가고 싶은
대학에 가는
고교
소설 ①

가고 싶은
대학에 가는
고교
소설

초판 1쇄 발행   2005년 12월 30일
초판 4쇄 발행   2018년 4월 13일

엮 은 이   구 인 환
펴 낸 이   신 원 영
펴 낸 곳   (주)신원문화사
책임편집   최 광 희
편집진행   이선희 | 박은희 | 박소연
디 자 인   박아영 | 신정님
주   소   서울시 구로구 가마산로 27길 14 (신원빌딩 10층)
전   화   3664-2131~4
팩   스   3664-2130
출판등록   1976년 9월 16일 제5-68호

＊저자와의 협약에 의해 인지는 생략합니다.
＊잘못된 책은 바꾸어 드립니다.

ISBN 89-359-1317-0 44810
ISBN 89-359-1315-4 (세트)

가고 싶은
대학에 가는
고교 소설 ①

구인환 엮음
(서울대 명예교수·문학과 문학교육연구소 소장)

㈜신원문화사

머리말…

　세상은 흐르는 물과 같이 변해 간다. 물은 잠시도 머물러 있지 않고 낮은 데로 흘러가 작은 개울이 큰 강이 되고 큰 강물이 또 흘러가 오대양의 망망대해를 이루어 출렁거린다.

　흐르다가 좁아지면 거기에 따라 흐르고, 막히면 잠시 머물렀다가 그것을 넘어 흘러간다. 그 흐르는 물결에 따라 계곡의 절경을 이루기도 하고, 댐에 갇히어 방류될 때를 기다리기도 하며, 흐르고 흘러 수평선을 넘나드는 대해의 장관을 이루기도 한다. 황진이는 '산은 옛 산이로되 물은 옛 물이 아니로다. 주야에 흐르니 옛 물이 있을쏘냐. 인걸도 이와 같아야 가고 아니 오노매라.'라고 정 두고 간 사람을 그리고 있지만, 흐르는 물은 세상의 변화와 같이 그 먼 수평선을 향해 흐른다. 여기에 계절에 따라 변하는 사계절의 아름다움을 이룬 삼천리 금수강산은 의구한 산이나 들을 벗하여 그 변화의 아름다움을 보여 준다.

우리는 이 흐르는 물과 같은 세상에 금수강산의 사계의 아름다움 속에 오늘을 살아간다. 세상의 변화 속에 사계가 분명하여 청명하고 아름다운 이 강산에서 살면서 내일의 지평을 그리면서 오늘을 살아간다. 뜻이 있다면 길이 있다는 말을 명심하면서 뜻을 굳히고 길을 찾아 앞으로 달려간다. 달려가는 그 길은 평탄하면서도 때로는 굴곡이 있고, 또 뛰어넘어야 할 개울을 만나게 된다. 입시도 이 개울을 뛰어넘는 한 관문이다. 이 관문에서도 사고력의 심도 있는 측정과 심층적인 정서에 바탕을 둔 논리적인 사고력을 표현하는 구술과 논술은 우리가 뛰어넘어야 할 중요한 관문이다. 그것은 흐르는 강물과 같은 인생에 한 걸림돌에 지나지 않다.

　우리가 넘어야 할 관문은 정면 돌파하여 직접 대결하여 맞서 나갈 때에 왕도의 길이 열리게 된다. 거기에 맞서기 위해서는 평소에 시나 소설, 에세이 등을 많이 읽어 심층적인 감상에 의해 정서적 상상력과 사고력을 기르고, 그것을 구술·논술로 표현할 수 있는 표현력을 길러 어떠한 제재가 나와도 이해하고 감상하고 표현할 수 있는 능력을 갖추어야 한다.

　일찍 시작해서 꾸준히 지속하는 것이 그 왕도이다. 이에 근대 이후의 근대·현대의 소설에서 고등학생이 읽고 논술에 대비할 작품을 엄선하여 작품의 이해와 감상 그리고 논술을 돕는 안내자와 동반자가 되려고 한다.

1. 한국 근·현대 소설에서 고등학생의 수능 및 논술의 입시나 일반인의 교양을 위해, 문학사의 기념비가 될 만한 주옥같은 작품을 엄선했다.
2. 내용 구성은 작품의 감상 능력과 논술 능력을 신장시키는 데 초점을 맞추었다. 각 작품마다 '생각해 봅시다', '작품의 줄거리'를 넣어 작품의 길라잡이 역할을 하도록 했고, '작품 이해', '논술 다지기' 등을

통해 작품을 심층적으로 감상하고, 상상력과 사고력을 길러 풍부하고 심도 있게 삶의 총체상을 이해할 수 있도록 하였다. 특히 매 작품마다 여러 유형의 논술 문제를 수록하여 실전에 대비할 수 있도록 하였다.
3. 문학의 이해와 감상을 더욱 심층화하고 사고력의 신장에 도움이 되도록 연관 작품과 문학 용어, 그리고 하단에 중요 어구 풀이를 했다.

이런 기획으로 엮어진 '가고 싶은 대학에 가는 고교 소설'이 수능과 논술 입시를 준비하는 학생들의 성실한 길잡이가 되고, 일반인의 교양을 위한 등불이 되어 그 속에 얽힌 삶의 의미와 총체상을 이해하고, 창조의 예술미를 음미하면서 논술로 표현하고 삶을 즐기는 안식처가 되기를 기대한다.

끝으로 양적으로 팽창하는 상업성에 기우는 출판의 상황에서 이런 입시와 삶의 길잡이가 되는 읽어야 할 양서를 상재해 주는 신원영 사장에게 감사하고, 동분서주하면서 총괄하는 윤석원 상무와 기획 총괄하는 최광희 부장, 그리고 교정과 제작에 애쓴 모든 분에게 감사한다.

구 인 환

✦ 일러두기

1. 표기는 현재의 맞춤법에 따랐다. 다만, 방언이나 속어는 가능한 한 그대로 두었으며 작가와 작품의 의도를 해치지 않기 위해서 대화체에서는 옛 표기를 최대한 살렸다.
2. 외래어는 현재의 표기법에 맞춰 고쳤으며, 원문에서 일본어 등 외국어로 씌어진 것은 음독 표기하고 괄호 안에 우리말로 번역해 놓았다.

차례

병신과 머저리__이청준　11

감자__김동인　63

광염 소나타__김동인　85

금 따는 콩밭__김유정　121

봄봄__김유정　147

산__이효석　173

화수분__전영택　191

낙동강__조명희　213

사랑 손님과 어머니__주요섭　243

치숙__채만식　283

사하촌__김정한　315

황혼__박완서　369

김 강사와 T교수__유진오　397

병신과 머저리

이청준(1939~)

　소설가. 전남 장흥 출생. 1965년 단편 〈퇴원(退院)〉이 《사상계》 신인상에 당선되어 문단에 등단함. 1966년 서울대학교 독문과를 졸업한 뒤 1967년까지 《사상계》 편집부 기자로 재직하면서 본격적인 작품 활동을 시작함. 1968년에는 《아세아》 편집부 기자로 재직하였으며, 1971년에는 《지성》 문화 담당 부장을 역임함. 1986년에는 한양대학교 국어국문학과에서 강의를 함. 동인문학상, 이상문학상, 대한민국문학상 등 다수를 수상함.

　그는 주로 생활과 예술, 혹은 이상과 현실 사이의 갈등과 고민을 소설로 형상화하였으며, 그 형식은 액자 소설이라 불리는 기법을 쓰고 있으며 관념적인 작가라는 평을 듣기도 하나 진실을 추구하는 데 집요한 작가로 알려져 있음. 주요 작품으로는 〈별을 보여 드립니다〉, 〈매잡이〉, 〈소문의 벽〉, 〈침몰선〉, 〈이어도〉, 〈축제〉, 〈서편제〉, 〈낮은 데로 임하소서〉 등이 있음.

미리 엿보기...

생각해 봅시다

1. 전쟁을 체험한 형과 전쟁을 체험하지 못한 동생이 지니고 있는 아픔이 무엇이며, 형과 동생이 이러한 아픔을 치유해 가는 과정을 비교해 보자.
2. 이 작품의 제목이기도 한 '병신과 머저리'가 의미하는 바가 무엇인지 생각해 보자.
3. 이 작품의 '형'은 달포 전 수술을 한 어린 소녀가 죽자 병원 문을 닫고 소설을 쓰기 시작한다. 형의 '소설 쓰기'가 갖는 의미가 무엇인지 생각해 보자.

작품의 줄거리

어느 날, 화가인 '나'는 형 친구의 소개로 알게 된 혜인으로부터 청첩장을 받는다. 그녀는 무력한 '나' 대신에 장래가 촉망되는 의사를 배우자로 선택한다. '나'는 그녀가 결혼한다는 소식을 들었지만, 무기력하게 지낼 뿐이다. 그림도 제대로 그려지지 않는다. '나'에게는 의사인 형이 하나 있다. 형은 얼마 전 수술을 한 어린 소녀가 죽자 병원 문을 닫고 소설 쓰기를 시작한다. 형은 6·25 때 패잔병으로 낙오되었다가 동료를 죽이고 탈출한 아픈 과거를 지니고 있다. '나'는 형이 소설을 쓰는 과정에서 그의 소설을 읽게 된다. 그 소설의 내용은 형이 겪었던 아픈 과거의 기록이었다.

소설에는, 표독한 이등 중사 오관모, 신병 김 일병, 그리고 서술자인

'나'(형) 등 세 명이 등장한다. '독 오른 배암 같은 인상'을 지닌 오관모는 늘 대검을 들고 다니면서 신병을 위협하는 인물이다. 그는 얼굴이 여자처럼 곱게 생긴 김 일병에게 매질을 가하곤 한다. 이 세 명은 패잔병이 되어 동굴 속에서 숨어 지내게 된다. 오관모는 전부터 김 일병을 남색(男色)의 대상으로 삼았는데, 김 일병의 상처에서 나는 역한 냄새로 그 짓이 불가능해지자 김 일병을 죽이려 한다.

이야기는 거기까지였다. '나'는 매일 저녁 형의 소설을 뒤져 보고 어서 끝이 나기를 기다렸지만, 형의 소설은 거기서 멈춰 있다. 이러는 사이 '나' 역시 그림을 그릴 수가 없다. 결국 '나'는 더 이상 기다릴 수가 없어서 형 대신에 소설의 결말을 쓴다. 그러니까 소설 속의 '내'(형)가 관모가 오기 전에 김 일병을 끌고 동굴을 나와서 쏘아 버리는 것으로 소설을 일단 끝내 버렸다. 다음 날, '나'는 화폭에 약간 손을 댔고, 혜인의 결혼식이 떠올라 묘한 흥분기 속에서 헤어나지를 못했다. 얼마 후 '나'는 형의 소설 원고를 다시 본다. 그런데 형의 소설은 끝이 달라져 있었다. 형은 '내'가 쓴 부분을 잘라 내고 자신이 다시 끝을 맺어 놓고 있었다. 형은 '나'의 추리를 완전히 거부해 버리고 있었다. 형은 오관모가 김 일병을 죽이고, 뒤따라간 자신이 오관모를 죽이는 것으로 소설을 끝맺었다. 결혼식에서 돌아온 형은 몹시 취해 있었다. 조금 뒤에 형은 자신이 쓴 소설을 찢어서 태워 버린다. 형은 원고지를 찢어 불에 넣으면서 '병신 새끼'라는 말을 되풀이한다. 그러면서 형은 '나'에게 '머저리 병신'이라고 소리를 꽥 질렀다. 형은 '나'에게 결혼식장에서 오관모를 만났다는 이야기를 들려준다. 그러면서 '나'에게 "참새 가슴 같은 것, 뭘 듣고 있어. 썩 네 굴로 꺼져!"라는 말을 한다. 나는 몸 전체가 까지는 듯한 아픔을 느낀다. 이제 형은 곧 병원 일을 시작하게 될 것이다. '나'는 멍하니 드러누워 '나'의 환부가 어디에 있는가를 생각한다. 그리고 그 아픔 가운데에는 형에게서처럼 명료한 얼굴이 없다고 생각한다.

화폭은 이 며칠 동안 조금도 메워지지 못한 채 넓게 나를 압도하고 있었다. 학생들이 돌아가 버린 화실은 조용해져 있었다. 나는 새 담배에 불을 붙였다.

형이 소설을 쓴다는 기이한 일은, 달포 전 그의 칼끝이 열 살배기 소녀의 육신으로부터 그 영혼을 후벼내 버린 사건과 깊이 관계가 되고 있는 듯했다. 그러나 그 수술의 실패가 꼭 형의 실수라고만은 할 수 없었다. 피해자 쪽이 그렇게 생각했고, 근 십 년 동안 구경만 해 오면서도 그쪽 일에 전혀 무지하지만은 않은 나의 생각이 그랬다. 형 자신도 그것은 시인했다. 소녀는 수술을 받지 않았어도 잠시 후에는 비슷한 길을 갔을 것이고, 수술은 처음부터 절반도 성공의 가능성이 없었던 것이었다. 무엇보다 그런 사건은 형에게서뿐 아니라 수술 중엔 어느 병원에서나 일어날 수 있는 종류의 것이었다. 그러나 어쨌든 그 일이 형에게는 하나의 사건이었다. 그 일이 있은 후로 형은 차츰 병원 일에 등한해지기 시작했다. 처음에는 가끔씩 밤에 시내로 가서 취해 돌아오는 일이 생기더니 나중에는 아주 병원 문을 닫고 들어앉아 버렸다. 그리고는 아주머니까지 곁에 오지 못하게 하고 진종일 방에만 들어박혀 있다가, 밤이 되면 시내로 가서 호흡이 다 답답해지도록 취해 돌아오곤 하였다.

방에 그렇게 틀어박혀 있는 동안 형은 소설을 쓴다는 것이었다. 처음에 나는 형의 그 소설이란 것에 대해서 별반 관심을 갖지 않았었다. 다만 열 살배기 소녀의 사망이 형에게 그만한 사건일 수 있을까, 그렇다면 형은 그 사건을 어떤 식으로 받아들였기에 소설까지 쓴다는 법석을 부리는 것인가 하는 정도였다. 그러다가 어느 날 밤 우연히 그 몇 장을 들추어보다 나는 깜짝 놀라고 말았다. 놀랐다고 하는 것은 그것이 소설이기 때문이거나 의사라는 형의 직업 때문이 아니었다. 언어 예술로서의 소설이라는 것은 나 따위 화실이나 내고 있는 졸때기[1] 미술 학도가 알 턱이 없다. 그것은 나를 크게 실망시키지도 않는다. 그러니까 내가 지금 형의 소설에 대해 말하고 있는 것은 문학적 관심과는 거리가 먼 것일 수밖에 없다. 형의 소설이 문학 작품으로는 이야깃거리가 못 된다는 것이 아니라 나는 그것에 대해서 잘 알고 있질 못하다는 말이다. 내가 놀란 것은 형이 그 소설에서 그토록 오래 입을 다물고 있던 십 년 전의 패잔(敗殘)과 탈출에 관한 이야기를 쓰고 있었기 때문이었다.

형은 자신의 말대로 외과 의사로서 째고 자르고 따내고 꿰매며 이십 년

중요 어구

1) 졸때기 : 보잘것없을 정도로 분량이나 규모가 작은 일을 속되게 이르는 말.

동안을 조용하게만 살아온 사람이었다. 생(生)에 대한 회의도, 직업에 대한 염증도, 그리고 지나가 버린 시간에 대한 기억도 없는 사람처럼 끊임없이, 그리고 부지런히 환자들을 돌보아 왔다. 어찌 보면 아무리 많은 환자들이 자기의 칼끝에서 재생의 기쁨을 얻어 돌아가도 형으로서는 아직 만족할 수 없는, 그래서 아직도 훨씬 더 많은 생명을 구해 내도록 계시를 받은 사람처럼 자기의 칼끝으로 몰려드는 생명들을 기다리고 있었다. 그런 형의 솜씨는 또한 신중하고 정확해서 적어도 그 소녀의 사건이 있기 전까지는 단 한 번의 실수도 없었다. 그 밖에 형에 대해서 내가 확실하게 알고 있는 것은 거의 아무것도 없는 셈이었다. 다만 지금 아주머니에 관해서는 좀더 이야기를 할 수 있을 것 같다. 아주머니에게는 미안한 말이지만, 결혼 전 형은 귀와 눈이 다 깊지 못하고 입술이 얇은 그 여자를[2] 사이에 두고 그 여자의 다른 남자와 길고 힘든 싸움을 벌였었다. 그런데 어떻게 된 셈인지 내가 별반 승점(勝點)을 주지도 않았고, 질긴 신념도 없으리라 여겼던 형이 마침내는 그 여자와 결혼을 하게 되었다. 결혼을 하고 나서도 녹록지 않은 아주머니와 깊이 가라앉은 형의 성격 사이에는 별로 대단한 말썽을 일으킨 일이 없었다. 풍파가 조금 있었다면 그것은 성격 탓이 아니라 어느 편의 결함인지 모르나 그들 사이에는 아직 아이를 갖지 못하고 있다는 것이 언제나 그 원인이었다. 그것은 그러나 누구에게나 당연한 일로 여겨지는 그런 것이었다. 어떻든 형이 그렇게 지낼 수 있는 것은 형의 인내와 모든 인간성에 대한 긍정적인 사고의 덕이 아닌가 생각되기도 했으나, 그것 역시 자신 있게 말할 수 있는 것은 아니었다. 형에 대하여 알고 있다는 것은 그것뿐이었다. 그리고는 확실하지 못한 대신 형에게는 내가 언제

중요 어구

2) 귀와 눈이~여자 : 보잘것없을 정도로 분량이나 규모가 작은 일을 속되게 이르는 말.

나 궁금하게 여기고 있던 일이 한 가지 더 있었다. 그것은 형이 6·25 사변 때 강계(江界) 근방에서 패잔병으로 낙오된 적이 있었다는 사실과, 나중에는 거기서 같이 낙오되었던 동료를(몇이었는지는 정확지 않지만) 죽이고 그때는 이미 38선 부근에서 격전을 벌이고 있는 우군 진지까지 무려 천 리 가까운 길을 탈출해 나온 일이 있었다는 사실에 대해서였다. 그러나 형은 그 때 낙오의 경위가 어떠했으며, 어떤 동료를, 그리고 왜 어떻게 죽이고 탈출해 왔던가, 또는 그 천릿길의 탈출 경위가 어떠했었는가 하는 이야기들은 한 번도 털어놓은 일이 없었다.

어느 땐가 딱 한 번, 형은 술걸레가 되어 돌아와서 자기가 그 천릿길을 살아 도망나올 수 있었던 것은 그 동료를 죽였기 때문이라고 한 적이 있었을 뿐이다. 이상한 이야기였다. 나는 그 말을 이해할 수 없었으려니와 다음부터는 형이 그런 자기의 말까지도 전혀 모른 체해 버렸기 때문에 나는 그런 일이 있었던 것이 사실이었는지조차도 확언할 수가 없는 형편이 되고 말았다. 그런데 형은 요즘 쓰고 있다는 소설에서 바로 그 이야기를 시작한 것이다. 나의 화폭이 갑자기 고통스러운 넓이로 변하면서 손을 긴장시켜 버린 것은 분명히 그 형의 이야기를 읽기 시작하면서부터였다. 더욱이 요즘 형은 내가 가장 궁금하게 여기는 곳에 와서 이야기를 딱 멈추고 있는 것이다. 문제는 형이 이야기를 멈추고 있는 동안 나는 나의 일을 할 수가 없는 것이었다. 이야기의 결말을 생각하는 동안 화폭은 며칠이고 선(線) 하나 더해지지 못하고 고통스러운 넓이로 나를 괴롭히고만 있었다. 이야기의 끝이 맺어질 때까지 정말 나는 아무것도 할 수가 없는 것이다.

창으로 흘러든 어둠이 화실을 채우고 네모 반듯한 나의 화폭만을 희게 남겨 두었을 때 나는 그만 자리에서 일어섰다.

그 때 그림자처럼 혜인이 문에 들어서 있는 것을 알았다. 나는 불을 켰다. 그녀는 꽤 오래 그러고 서서 기다렸던 듯 움직이지 않은 어깨가 피곤해 보였다. 불을 켜자 그녀는 불빛을 피해 머리를 좀 숙여서 그늘을 만들었다.

"나가실까요?"

나는 다시 불을 껐다.

왜 왔을까. 이 여자에게는 아직도 정리되지 않은 감정이 남아 있었던가. 그녀가 별반 이유도 없이 나의 화실을 나오지 않게 되었을 때 나는 얼마나 황급히 나의 감정을 정리해 버렸던가.

혜인은 형 친구의 소개로 나의 화실에 나오게 된 학사 아마추어였다.

학생들이 유난히 일찍 화실을 비워 주던 날, 내가 석고상 앞에 혼자 서 있는 그녀의 뒤로 가서 귀밑에다 콧김을 뿜었을 때 그녀는 내게 입술을 주고 나서, 그것은 내가 그림을 그리는 사람이기 때문이라고 했다. 그리고 어느 날 그녀는 이제 화실을 나오지 않겠으며, 나로부터도 아주 떠나가는 것이라고 했다. 이유는 단지 내가 그림을 그리는 사람이기 때문이라면서, 그 꽃잎같이 고운 입술을 작게 다물어 버렸던 것이다. 나는 혜인에게 아무 것도 주장하지 못했다. 아무것도 주장할 수 없으며, 떠나보내는 슬픔을 견디는 것이 더 쉽고 홀가분하리라는 것을 알고 있는 자신이 화가 났지만, 결국 나는 그녀의 말대로 그림을 그리는 사람 이상이 될 수는 없었다.[3]

"청첩장 드리러 왔어요."

다방에 마주 앉아 혜인은 흰 사각봉투를 꺼내 놓으며 말했다.

중요 어구

3) 결국~없었다 : 삶을 대하는 태도나 혜인과의 관계에서 적극성을 띠지 못하고 그림으로써만 억눌린 욕구를 표현함을 의미한다.

나는 실없이 웃었다.

혜인은 그 후로도 한 번 화실을 찾아온 일이 있었다. 그 때 혜인을 다방으로 안내하고 마주 앉아서 아무렇지도 않은 자신을 발견하고 나는 그녀가 정말로 나로부터 떠나가 버린 것을 알았다. 혜인 역시 그런 나에게 아무렇지도 않게 자기는 어떤 개업 의사와 쉬 결혼을 하리라고 했었다. 그것은 화실을 그만두기 전부터 작정한 일이었노라고.

"모렌데 오시겠어요?"

아예 혼자인 것처럼 멀거니 앉아 있는 나에게 혜인이 사각봉투를 만지작거리며 물었다. 목소리가 까마득하게 멀었다.

그 날 밤, 아주머니에게 그런 말을 했을 때 아주머니는 갑자기 목소리에 희열을 담으며 말했었다.

"도련님, 그럼 그 아가씨 결혼식엔 가 보실래요?"

아주머니도 물론 혜인을 알고 있었다. 아주머니는 아마 실수한 배우에게 박수를 치며 좋아할 여자임에 틀림없을 것이다. 나는 그런 박수를 받은 배우처럼 난처했다. 그 때 나는 뭐라고 했던가. 인부(人夫)를 한 사람 사서 보내리라고, 아마 그 사람으로도 혜인의 결혼에 대한 내 축원의 뜻을 충분히 전할 수 있을 것이라고. 그것은 치사한 질투가 아니었다. 사실 지금도 나는 혜인과의 화실 시절과 청첩장을 만지작거리고 있는 지금 그녀의 이야기와 또 그녀의 결혼, 모든 것에 관심이 가지 않았다.

"화가 나지 않는 게 이상하군요."

나는 하품처럼 대답했다.

"그러고 보니 도련님은 성질이 퍽 칙칙한 데가 있으시더군요."

그 날 밤, 아주머니는 그렇게 말했었다. 아주머니는 다른 사람의 일을 이야기하기 좋아했다. 그렇다고 그녀의 관심이 다른 사람에게 머무르고 있는 것은 아니었다.

"아주머닌 처녀 시절 형님과는 약간 밑진다는 생각으로 결혼을 하셨을 줄 아는데, 형에게 무슨 그럴 만한 꼬임수라도 있었습니까?"

나는 혜인의 일과 형의 일에 관심을 반반 해서 물었다.

"어딘지 좀 악착같은 데가 있었던 것이지요. 단순하다는 이야기가 될지도 모르겠네요. 머리가 복잡한 삶은 한 가지 일에 악착같을 수가 없거든요. 여자는 복잡한 것을 싫어해요. 말하자면 좀 마음을 놓고 의지할 수 있으리라고 생각이 들었더란 말이지요. 나이든 여자는 화려한 꿈은 꾸지 않는 법이니까 당연한 생각 아녜요?"

형에 대해서 아주머니는 완전히 정확하지는 못했다. 그러나 그런 생각이 여자의 일반 통념이라는 그녀의 비약을 탓하고 싶지는 않았었다.

"전 또 일이 있습니다."

나는 갑자기 형의 소설이 생각나서 훌쩍 커피를 마시고 일어섰다. 나의 화폭이 고통스러운 넓이로 눈앞을 지나갔다.

혜인은 말없이 따라 일어섰다.

"아무 말씀도 해 주시지 않는군요."

문 앞에서 혜인은 나의 말을 한 마디라도 듣지 않고는 돌아가지 않겠다는 듯이 발길을 딱 멈추어 섰다.

"그 아가씬 잊으세요. 여자가 그런 덴 오히려 표독한 편이니까요."

그 날 밤 꼭 한 번 근심스러운 얼굴로 말하던 아주머니의 단정은 결코 혜인에게 적용될 수 있는 것은 아닌 것 같았다. 그렇지 않다면 혜인은 여자가 좋아한다는 연극을 하고 있을 것이었다.

나는 돌아서 버렸다.

예상대로 집에는 형이 돌아와 있지 않았다.

― 진창에 앉은 듯 취해 있겠지.

나는 저녁을 끝마친 대로 곧장 형의 방으로 가서 서랍을 뒤졌다. 소설은 언제나 같은 곳에 있었다.

형은 아주머니나 나를 경계하는 것 같지 않았다.

"형님을 갑자기 문호[4]로 아시는군요."

아주머니는 관심이 없었다. 소리를 귀로 흘리며 나는 성급하게 원고 뭉치의 뒤쪽을 펼쳤다. 그러나 이야기는 전날 그대로 한 장도 더 나가지 못하고 있었다. 휴지통에 파지를 내놓은 것이나 하루 종일 책상에 매달려 있었다는 아주머니의 말을 들으면 형은 무척 애를 쓰기는 했던가 보았다. 망설이는 것이었다. 이야기의 결말에 대해서, 아니 하나의 살인에 대해서 형은 무던히도 망설이고 있다. 그것은 마치 그 답답하도록 넓은 화폭 앞에 초조히 앉아 있기만 하다가 집으로 돌아와 버리곤 하는 나를 일부러 형이 골리고 있는 것 같기도 했다. 나는 다시 서랍을 정리해 두고 나의 방으로 돌아왔다. 일찌감치 자리를 깔고 누웠으나 눈이 감기지 않았다. 눈을 감으면 곧 잠이 들던 편리한 습관은 고등학교 때까지뿐이었다. 나대로 소설의 결말을 얻어 보려고 몇 밤을 새웠던 상념이 뇌수로 번져 나왔다.

소설의 서두는 이미지가 선명한 하나의 서장(序章)으로 시작되고 있었다. 그것은 형의 소녀 시절의 한 회상이었다 '나'(얼마나 형이 객관화되고 있는지는 모르지만 이것은 그 소설 속의 주인공이다. 이하 ' '표는 소설문의 직접 인용)는 어렸을 때 노루 사냥을 따라간 일이 있었다. 그 즈음 '나'의 고향 마을에는 가을부터 이듬해 초봄까지 꼭꼭 사냥꾼이 찾아들었다. 그들은 가을에는 멧돼지를, 겨울과 봄으로는 노루 사냥을 했다. 겨울이면 특히

중요 어구

4) 문호 : 뛰어난 문학 작품을 많이 써서 알려진 사람.

마을 사람 가운데 날품 몰이꾼을 몇 사람씩 데리고 산으로 들어갔다. 양솥을 산으로 메고 가서 사냥한 것을 끓여 먹었다. 겨울철 할 일이 없는 마을 사람들은 몰이꾼을 자원했고, 사냥꾼이 뜸해지면 그들은 사냥꾼이 마을로 들어오기를 기다리는 것이었다.

눈이 산들을 하얗게 덮은 어느 겨울날, 방학을 맞아 고향 마을로 돌아와 있던 '내'가 그 몰이꾼들에 끼어 함께 사냥을 따라나선 일이 있었다. 그 날은 이상하게도 한낮이 기울 때까지 아무것도 걸리는 것이 없었다. '나'는 다른 어른 한 사람과 함께 어느 능선 부근 바위틈에서 언 밥으로 시장기를 쫓고 있었다. 그 때 능선 너머에서 갑자기 한 발의 총 소리가 울려왔다. 그 총 소리에 대해서 형은 이렇게 쓰고 있었다.

'나는 총 소리를 듣자 목구멍으로 넘어가던 것이 갑자기 멈춰 버린 것 같았다. 싸늘한 음향 — 분명한 살의와 비정이 담긴 그 음향이 넓은 설원을 메아리쳐 올 때, 나는 부질없는 호기심에 끌려 사냥을 따라 나선 일을 후회하기 시작했다.'

그러나 총알은 노루를 맞히지 못했다. 상처를 입은 노루는 설원에 피를 뿌리며 도망쳤다. 사냥꾼과 몰이꾼은 눈 위에 방울방울 번진 핏자국을 따라 노루를 쫓았다. 핏자국을 따라가면 어디엔가 노루는 피를 쏟고 쓰러져 있으리라는 것이었다. '나'는 흰 눈을 선연하게 물들이고 있는 핏빛에 가슴을 섬뜩거리며 마지못해 일행을 쫓고 있었다. 총 소리를 처음 들었을 때와 같은 후회가 가슴에서 끝없이 피어올랐다. '나'는 차라리 노루가 쓰러져 있는 것을 보기 전에 산을 내려가 버리고 싶었다. 그러나 '나'는 망설이기만 할 뿐 가슴을 두근거리며 해가 저물 때까지도 일행에서 벗어나지 못하고 있었다. 핏자국은 끝나지 않았고, '나'는 어스름이 내릴 때에야 비로소 일행에서 떨어져 집으로 되돌아왔다. 그리고 '나'는 곧 굉장히 앓아 누웠기 때문에, 다음 날 그들이 산을 세 개나 더 넘어가서 결국 그 노루를 찾아냈다는 이야기는 자리에서 소문으로만 듣게 되었다. 그러나 '나'는 그것만으로도 몇 번이고 끔찍스러운 몸서리를 치곤 하였다.[5]

 서장은 대략 그런 이야기였다. 물론 내가 처음에 이 서장을 읽은 것은 아니었다. 어느 중간을 읽다가 문득 긴장하여 처음부터 이야기를 다시 읽게 된 것이었지만, 여기에서도 나는 그 총 소리하며 노루의 핏자국이나 눈빛 같은 것들이 묘한 조화 속에 긴장기 어린 분위기를 이루고 있음을 느꼈다. 사실 여기서 암시하고 있듯이 형의 소설은 전반에 걸쳐서 무거운 긴장과 비정기가 흐르고 있었다.

 형의 내력에 대한 관심도 문제였지만, 형의 소설이 나를 더욱더 초조하게 하는 것은 그것이 이상하게 나의 그림과 관계가 되고 있는 것 같은 생각 때문이었다. 그것은 어쩌면 사실일 수도 있었다. 혜인과 헤어지고 나서 나는 갑자기 사람의 얼굴이 그리고 싶어졌다. 사실 내가 모든 사물에 앞서 사람의 얼굴을 한 번 그리고 싶다는 생각은 막연하게나마 퍽 오래 지니고 있던 것이었다. 그러니까 혜인과 헤어지게 된 것이 그 모든 동기라고 할 수는 없지만, 어쨌든 그 무렵 그런 충동이 새로워진 것은 사실이었다.

 나의 그림에 대해서는 더 이야기하고 싶지 않다. 그것은 견딜 수 없이 괴로운 일이다. 그리고 나는 내가 그것에 대해서 생각하고 화필과 물감을 통해서 의미를 부여하고자 하는 것의 십분의 일도 설명할 수가 없을 것이다. 다만 나는 인간의 근원에 대해 좀더 생각을 깊이 하지 않으면 안 된다는 느낌이 깊었던 점만은 지금도 고백할 수가 있을 것이다. 하여 에덴으로

중요 어구

5) '나'는~하였다 : '나'(형)의 심성을 알 수 있는 대목이다. 전쟁과 살육에 대한 거부감을 가지고 있음을 알 수 있다.

부터 그 이후로는 아벨이라든지 카인, 또 그 인간들이 지니고 의미하는 속성들을 논리 없이 생각해 보곤 하였다. 그러나 어느 것도 전부를 긍정할 수는 없었다. 단세포 동물처럼 아무 사고도 찾아볼 수 없는 에덴의 두 인간과 창세기적 아벨의 선 개념, 또 신으로부터 영원한 악으로 단죄받은 카인의 질투 — 그것은 참으로 인간의 향상 의지로서 신을 두렵게 했을는지도 모른다 — 그 이후로 나타난 수많은 분화, 선과 악의 무한정한 배합 비율…… 그러나 감격으로 나의 화필이 떨리게 하는 얼굴은 없었다. 실상 나는 그 많은 얼굴들 사이를 방황하고 있었는지도 모를 일이었다. 하지만 안타까운 것은 혜인 이후 나는 벌써 어떤 얼굴을 강하게 예감하고 있다는 것이었다. 아직은 내가 그것과 만날 수가 없었을 뿐이었다. 둥그스름한, 그러나 튀어나갈 듯이 긴장한 선으로 얼굴의 외곽선을 떠 놓고(그것은 나에게 있어 참 이상한 방법이었다) 나는 며칠 동안 고심만 했다.

그러던 어느 날, 그 소설이라는 것이 시작되기 바로 전날이었을 것이다. 형이 불쑥 나의 화실에 나타났다. 그는 낮부터 취해 있었다. 숫제 나의 일은 제쳐놓고 학생들에게 매달려 있는 나에게 형은 시비조로 말하는 것이었다.

"흠! 선생님이 그리는 사람은 외롭구나. 교합 작용[6]이 이루어지는 기관은 하나도 용납하지 않았으니……."

얼굴의 윤곽만 떠 놓은 나의 화폭을 완성된 것에서처럼 형은 무엇을 찾아 내려는 듯 요리조리 뜯어보고 있었다. 나는 물끄러미 형을 바라보았다.

"그건 아직 시작인걸요."

"뭐, 보기에 따라서는 다 된 그림일 수도 있는걸…… 하나님의 가장 진

중요 어구

6) **교합 작용** : 서로 잘 맞아 떨어짐.

실한 아들일지도 몰라. 보지 않고 듣지 않고 오직 하나님의 마음만으로 살아가는. 하지만, 눈과 입과 코…… 귀를 주면…… 달라질 테지— 한데, 선생님은 어느 편이지?"

형은 그림과 나를 번갈아 쳐다보았다. 그 눈은 무엇을 열심히 찾고 있는 것이었다. 그러나 그것은 이미 밖에서 찾을 것이 아무것도 없는 줄 알고 있는 눈이었다. 나는 어리둥절해 있기만 했다.

"흥, 나를 무시하는군. 사람의 안팎은 논리로만 구명될 수 있는 것이 아니라는 건 예술가도 이 의사에게 동의해 줄 테지. 그렇다면 내 얘기도 조금은 맞는 데가 있을는지 몰라. 어때, 말해 볼까?"

형은 도시 종잡을 수 없는 말을 했다. 무엇인가 열심이라는, 열심히 말하고 싶어한다는 것만은 알 수 있었다.

"그 새로 탄생할 인간의 눈은, 그리고 입은 좀더 독이 흐르는 쪽이어야 할 것 같은데…… 희망은 — 이건 순전히 나의 생각이지만, 선(線)이 긴장을 하고 있다는 것이야."

이상하게도 형은 나의 그림에 대해서 이야기를 하고 있었다.

그 날 저녁, 모처럼 술을 사겠다는 형을 따라 화실을 나와 화실 근처를 지나고 있을 때였다. 우산을 써도 좋고 안 써도 좋을 만큼씩 비가 내리고 있었다. 부지런한 사람은 우산을 썼지만 우리는 물론 쓰지 않고 걸었다.

ㅈ은행 신축 공사장 앞에는 늘 거지아이 하나가 꿇어 엎드려 있었다. 열 살쯤 나 보이는 그 소녀 거지는 머리를 어깨 아래로 박고 두 팔을 앞으로 내밀어서 손을 벌리고 있었다. 그 손에는 언제나 흑갈색 동전이 두세 닢 놓여 있었다. 한데 우리가 그 앞을 지날 때였다. 앞서 걷던 형의 구둣발이 소녀의 그 내어민 손을 무심한 듯 밟고 지나가는 것이 아닌가.[7] 놀란 것은 거지아이보다 내 쪽이었다. 형의 발걸음은 유연했다. 발바닥이 손을 깔아

뭉개는 감촉을 느끼지 못한 것 같았다. 더욱 이상한 것은 그 때 깜짝 놀라 머리를 들었던 소녀가 벌써 저만큼 멀어져 가고 있는 형의 뒤를 노려볼 뿐 소리도 지르지 않은 것이었다. 나는 소녀의 손을 내려다보았다. 아무렇지도 않았다. 소녀는 다시 자세를 잡았다. 나는 울컥 화가 치밀어 올랐으나, 그것을 꾹 참아 넘기며 앞서 가는 형을 조용히 뒤따랐다. 분명 형은 스스로에게 무엇인가를 확인하고 있는 것 같은, 그리고 화실에서 지껄이던 말들이 결코 우연한 이야기들만이 아니었던 것 같은 생각이 들었다. 그것은 그 며칠 전에 형이 저지른 실수 그것 때문일 거라고 나는 혼자 추리를 해 보았다. 하지만 그것은 형의 실수는 아니었다. 그러나 중요한 것은 형의 칼끝이 그 소녀의 몸에 닿은 후에 소녀의 숨이 끊어진 것이었다.

건널목에 이르러 신호등이 막히자 형은 비로소 나를 돌아다보았다. 형의 눈은 무엇인가 묻고 있는 것 같았다. 절대로 대답을 할 수 없으리라고 믿는 그런 것을 자랑스럽게 묻고 있는 눈이었다.

"아까 형님은 부러 그러신 것 같았어요."

형이 자주 드나들었던 듯한 어떤 홀로 들어가서 자리를 정하자 나는 극도로 관심을 아끼는 목소리로 말했다.

"뭘?"

형은 시치미를 뗐다.

"거지아이의 손을 밟아 버린 거 말입니다."

나는 오히려 귀찮아하는 목소리로 말했다. 형은 잠시 당황하는 얼굴을

중요 어구

7) 앞서 걷던~아닌가 : 형은 자신이 소녀를 죽였다는 죄책감을 더 잔인한 행동을 함으로써 극복하고자 한다.
8) 배를 내밀지 말라던 : 대들거나 덤비지 말라는 뜻

했다. 아무 생각도 없이 그저 그렇게 해야 한다는 생각 때문에 당황해 보이는.

"하지만 별수없더군요, 형님도. 발이 말을 잘 듣지 않았던 모양이죠. 아이가 별로 아파해하지 않은 것 같았어요. 형님은 나 때문에 뒤를 돌아보지 못해서 모르실 테지만."

형은 그 다음 날부터 소설을 쓰기 시작했고, 그러자 나는 그림에 손을 댈 수 없게 되어 버린 것이었다.

형의 이야기의 본 줄거리는 대강 다음과 같은 것이었다. 그것은 6·25 사변 전의 국군 부대 진중에서부터 시작되었다.

진중 생활에서 형은 두 사람에 대해 초점을 맞추고 있었다. 한 사람은 오관모라고 하는 이등 중사(당시 계급)였는데, 그는 언제나 대검(帶劍)을 한 손에 들고 영내를 돌아다니는 습관이 있었다. 키가 작고 입술이 푸르며 화가 나면 눈이 세모로 이그러지는 독 오른 배암 같은 인상의 사내였다. 그는 부대에 신병이 들어오기만 하면 다짜고짜 세모눈을 해 가지고 대검을 코밑에다 꼬나 대며 '내게 배를 내미는 놈은 한 칼에 갈라놓는다'고 부술 듯이 위협을 하여 기를 꺾어 놓는 것이었다. 그리고 그 날 밤으로 가엾은 신병들은 관모가 낮에 배를 내밀지 말라던[8] 말의 뜻을 괴상한 방법으로 이해하게 되곤 하였다. 관모에게 배를 내미는 사람이 몇이나 되었는진 알 수가 없지만 관모가 그 신병들의 '배를 갈라놓는' 일은 한 번도 없었다. 그러던 어느 날, 관모네 중대에 또 한 사람의 신병이 왔다. 그가 바로 형의 이야기에서 초점이 맞추어지고 있는 다른 한 사람인데, 그는 김 일병이라고만 불리고 있었다. 얼굴의 선이 여자처럼 곱고 살이 두꺼운 편이었는데, '콧대가 좀 고집스럽게 높았다'는 점을 제외하면 김 일병은 관모가 세모눈을 지을 필요도 없을 만큼 유순한 얼굴을 하고 있었다. 그런데 어떻게 된 셈인지 바로 다음 날부터 관모는 꼬리 밟힌 독사처럼 약이 바짝 올라서 김 일병을 두들겨 패기 시작했다. '나'는 김 일병의 코가 제 값을 하나 보다고 생각했으나 그런 장난스런 생각은 잠깐뿐이었다.

'내가 뒷산에서 의무대의 들것 조립에 쓸 통나무를 베어 들고 관모네 중대의 변소 뒤를 돌아오고 있을 때였다. 관모가 김 일병을 엎드려 놓고 빗자루를 거꾸로 쥐고 서투른 백정 개 잡듯 정신없이 매질을 하고 있었다. 관모는 나를 보자 빗자루를 버리고 대뜸 나에게서 통나무를 낚아 갔다. 미처 어찌할 사이도 없이 관모의 세찬 숨소리와 함께 김 일병의 엉덩이 살을 파고드는 통나무의 둔중한 타격음이 산골을 퍼져 나갔다. 그러나 김 일병은 무서울 정도로 가지런한 자세로 관모의 매를 맞고 있었다. 김 일병이 관모의 매질에 한 번도 굴복한 일이 없다는 소문이 있었고, 그것이 더욱 관모를 약오르게 한다고는 했으나, 나는 당장 눈앞에 숙연해 있는 김 일병의 자세를 믿을 수가 없었다. 김 일병의 자세는 절대로 흐트러지지 않았다. 관모는 괴상한 울음소리 같은 것을 입에 물며 땀을 뻘뻘 흘리고 있었다. 끔찍스러운 광경이었다. 그것은 마치 김 일병이 그만 굴복해 주기를 관모가 애원하고 있는 형국이었다. 그러나 나는 마침내 이상한 것을 보고 말았다. 내가 관모와 김 일병 사이로 끼어들어 내내 그 기이한 싸움의 구경꾼이 되어 버린 동기는 아마 내가 그것을 보게 된 데 있었던 것 같다. 언제까지나 자세를 허물어뜨리지 않을 것 같던 김 일병이 마침내는 천천히 머리를 들어 나를 올려다보았는데, 그 때 나는 갑자기 호흡이 멈추어 버린 것처럼 긴장이 되고 말았다.'

그 때 '내'가 김 일병에게서 보았던 것은 김 일병의 눈빛이었다. 허리 아래에서 타격이 있을 때마다 김 일병의 눈에서는 '파란 불꽃'[9] 같은 것이 지나갔다는 것이었다.

여기서 형은 그 눈빛에 관해서 상당히 길게 설명을 하고 있었다. 그리고도 미심했던지 형은 원고지를 두 장이나 여분으로 남기고 지나갔다. 혹은 그 눈빛에 관해서 좀더 설득력 있게 이야기를 바꾸어 보려는 것이었는지도 모른다. 어떻든지 형은 그 순간에 적어도 그 파란 눈빛의 환각에 빠졌을 만큼 강렬한 경험을 견디고 있었던 것만은 사실인 것 같았다. 형의 소설적 상상력은 절대로 그런 것을 상정해 낼 수 있을 정도는 아니기 때문이다.
　'그러나 김 일병은 그 눈을 무섭게 까뒤집으며 으으으 하는 신음과 함께 몸을 비틀어 버렸다. 관모가 울상이 되어 김 일병에게 달려들어 그 꿈틀거리는 육신을 타고 앉아서 미친 듯이 하체를 굴러 댔다.'
　'나'는 다음에도 여러 번 그 기이한 싸움을 구경했다. 그 때마다 '나'는 김 일병의 '파란 빛'이 지나가는 눈을 지키면서 속으로 관모의 매질에 힘을 주고 있었다. 그런 때 '나'는 그 눈빛을 보면서 이상한 흥분과 초조감에 몸을 떨면서 더 세게 더 세게 하고 관모의 매질을 재촉하는 것이었다.
　'이상한 일이었다. 나는 왜 그렇게 초조하고 흥분했었는지, 또 나는 누구를 편들고 있었는지, 그런 것을 하나도 모른 채, 그리고 그 기이한 싸움은 끝이 나지 않은 채 6·25 사변이 터지고 말았다.'
　이야기는 거기서 한 단이 끝났다. 그러나 아직 이야기의 초점은 드러나지 않고 있었다. 이야기의 초점이란 형이 패잔[10] 때 죽였노라고 했던, 그를 죽였기 때문에 그 먼 탈출에 성공할 수 있었노라던 일에 대한 것 말이다. 하지만 나중까지 가 보면 형은 이야기를 위해서 사건을 상당히 생략하고

중요 어구

9) 파란 불꽃 : 강렬한 분노의 표현
10) 패잔 : 싸움에 져서 몸만이 살아 남음.

초점을 향해 치밀하게 이야기를 집중시켜 가고 있음을 알 수 있다.

다음에서 형은 곧 그 패잔에 관해서 이야기하기 시작했다. 강계 어느 산골에 있는 동굴로 장소를 옮겨 갔다.

동굴 바깥은 '지금' 눈이 내리고 있고 '나'는 굴 어귀에 드러누워 머리를 반쯤 밖으로 내놓고 눈을 맞고 있다. 그 안쪽에 오관모 이등 중사가 아직 차림이 멀쩡한 군복으로 앉아 있고, 굴의 가장 안쪽 벽 아래에는 김 일병이 가랑잎에 싸여 누워 있다. 그들은 패잔병이었다. 동굴 안에는 무거운 긴장이 흐르고 있다. '나'는 그러고 엎드려서 한창 눈에 덮이고 있는 골짜기를 내려다보면서도 신경은 줄곧 관모에게 가 있고, 관모 역시 입가에 허연 침이 몰리도록 갈대를 씹어뱉곤 했으나, 낮게 뜬 눈은 '나'의 등에 고정되어 있다. 그런 긴장을 형은 '지금 눈이, 첫눈이 내리고 있기 때문'이라고만 간단히 말하고 지나갔다. 그런 간단한 비약이 '나'를 훨씬 긴장시켰다. 김 일병은 오른팔이 하나 잘려서(이것은 꽤 나중에 밝혀지고 있지만, 이야기를 쉽게 하기 위해서 먼저 밝히는 것이 좋을 것 같다) 다른 두 사람을 잊어버린 듯 의식이 깊이 숨어 버린 눈을 하고 있다.

'어느 곳인지는 모른다. 강계 북쪽, 하루나 이틀 뒤면 우리는 압록강 물을 볼 수 있으리라는 것이었다. 그러나 그 날 새벽 우리는 갑자기 전쟁 개입설이 돌던 중공군의 기습을 받았다. 별로 전투다운 전투를 겪어 보지도 못하고 여기까지 밀려온 우리는 처음으로 같은 장소에서 꼬박 하룻동안을 총 소리와 포성 속에서 지냈다. 어느 쪽이나 촌보의 양보도 없이 버티었다. 다음 날 새벽 부상병을 나르던 내가 오른쪽 팔이 겨드랑 부근에서 동강나간 김 일병을 발견하고 바위 밑으로 끌고 가서 응급 지혈을 하고 있을 때였다. 별안간 총 소리가 남으로 이동하기 시작했다. 아직 정신을 돌리지 못한 김 일병 때문이기도 했지만, 총 소리는 미처 내가 어떻게 할 사이도 없이 갑자기 남쪽으로 내려가 버렸고, 중공군이 이내 수런수런 산을 누비고 지나갔다. 금방 날이 밝았다. 그러나 그 때는 이미 골짜기가 중공군의 훨씬 후방이 되어 있었다. 나는 바위 밑에서 옴지락도 못하고 한나절을 보냈다. 포성이 남쪽으로 남쪽으로 사라져 가고 중공군도 뜸해졌다. 그 날 해가 질 무렵에야 김 일병은 정신을 조금 돌렸다. 다음 날은 뜸뜸하던 포성마저 사라지고 중공군의 발길이 딱 끊어졌다. 전쟁이 늘 그렇듯이, 대충만 훑고 지나가면 뒤에 남은 것은 제풀에 소멸해 버리거나 이미 전쟁과는 상관 없을 만큼 힘을 잃어버리게 마련. 중공군은 골짜기를 버리고 갔다. 혹시 부상당한 적의 패잔병 따위가 남아 있는 것을 눈치채었다 해도 그들은 그냥 지나가 버렸을 것이다. 하여, 이제 골짜기는 정적과 가을 햇볕으로 가득 할 뿐이었다. 하지만 나는 불안했다. 싸움터에서 흩어진 건빵 봉지와 깡통 몇 개를 모아가지고 김 일병을 부축하며 좀더 깊고 안전한 곳으로 은신처를 찾아 나섰다. 김 일병의 상처는 경과가 좋은 편이지만, 포성마저 사라져 버린 지금 국군을 찾아 떠나기는 불가능한 일이었다 — 포성이 곧 되돌아오겠지 — 안전한 곳에서 기다려 보자.

골짜기를 타고 올라와서 잣나무 숲을 빠져 나오니 산정[11]까지 이어진 초원이 나섰다. 거기서 관목을 타고 올라오다 나는 동굴을 하나 발견했다. 내가 그 동굴 앞에서 김 일병을 부축한 채 안을 기웃거리고 있을 때였다.

"어떤 놈들이 주인 허락도 없이 남의 집을 기웃거리고 있어!"

소스라쳐 돌아보니 건너편 숲 속에서 우리 쪽에다 총을 겨눈 채 웃고 있는 사람이 있었다. 관모였다.

"고기가 먹고 싶던 참이라 마침 방아쇠 당길 뻔했다."

중요 어구

11) 산정 : 산꼭대기.

관모는 총을 거두고 훌쩍 뛰어왔다. 그러고는 내가 부축하고 있던 김 일병의 팔을 들춰 보더니,

"이런! 넌 별로 쓸모가 없겠군."
하며 혀를 차는 것이었다. 그리고 나의 어깨를 툭 쳤다.

"하지만 고맙지 뭐냐. 적정을 살피러 가래 놓고 다급해지니까 저희들만 싹 꽁무니를 빼 버린 줄 알았더니 너희들이 날 기다려 줬으니."

거기까지 이야기한 다음 소설은 다시 눈이 오고 있는 동굴로 돌아왔다.

오관모는 질겅질겅 씹고 있던 갈대를 뱉어 버리고 구석에 세워둔 카빈총을 짊어지고 동굴을 나갔다. 그는 '장소'와 인적을 탐색하러 간 것이었다. 관모는 '이' 골짜기에서 총 소리를 내도 좋은가를 미리 탐색할 만큼은 지략이 있었다. 이제 동굴에는 '나'와 김 일병뿐이었다.

'우리는 우선 전투 지역에 흩어진 식량거리를 한데 모아 놓고 동굴로 날랐다. 많은 것은 아니었으나 우리는 그것을 하루분이나 이틀분씩만 가볍게 날라 올렸기 때문에 며칠을 두고 산을 내려가지 않으면 안 되었다. 그것은 우리가 아직도 군인이라는 유일한 행동이기도 했다. 김 일병을 남겨 놓고 둘이는 매일 한 차례씩 산을 내려갔다. 그러나 사실을 말하자면 그런 모든 행동의 결정은 관모가 내렸고, 관모는 그렇게 함으로써 김 일병을 제외한 둘이만의 시간을 가지려는 눈치를 여러 번 보였다. 동굴에서의 관모는 언제나 이야기의 주변만 돌고 있는 것 같았다. 그래서 그에게는 틀림없이 따로 하고 싶어하는 이야기가 있는 듯한 눈치가 느껴지곤 했었다. 그러나 막상 둘이 되었을 때도 관모는 어떤 이야기의 주변만 맴돌 뿐 불쑥 말을 꺼내지는 못했다.

그러던 어느 날, 그 날도 둘이서 산 아래의 것들을 마지막으로 모두 메어 오던 날이었다.

산을 앞장서 오르던 관모가 발을 멈추고 돌아보며 불쑥 물어 왔다.

"포성은 인제 안 오려나 보지?"

"겨울을 나면서 천천히 기다려야지."

나는 숨을 몰아쉬며 무심결에 대답했다. 그 때 관모가 조금 웃었다.

"요걸로 얼마나 지낼까?"

관모는 자기의 어깨에 멘 쌀자루를 툭툭 쳐 보였다. 그러는 관모의 표정이 변했다.

"입을 줄이는 수밖에 없지."[12]

말하고 나서 관모는 휙 몸을 돌려 다시 산을 오르기 시작했다. 나는 얼핏 그의 말뜻을 알아들을 수가 없었다. 대꾸를 못하고 아직 그 말을 씹으며 뒤를 따르고 있으니까 관모는 다시 발을 멈추고 돌아서서는,

"다 내게 맡기고 너 같은 참새 가슴은 구경만 하면 돼. 위생병은 그런 일에는 적당치 않으니까. 한데…… 언제가 좋을까?"

그는 찬찬히 나의 얼굴을 들여다보았다. 그리고 그는 모든 것을 이미 정해 놓았던 듯 별로 생각해 보지도 않고 잘라 말했다.

"첫눈이 오는 날이 좋겠어. 그 사이에 포성이 오면 또 생각을 달리해도 될 테니까."

관모는 금방 눈이 떨어지기라도 할 것처럼 하늘을 쳐다보는 것이었다.

그 날 밤 관모는 또 나에게로 왔다. 그러나 나는 다른 어느 때보다 불쾌한 듯 그를 쫓았다. 사실로 그것은 불쾌한 일이었다.

우리가 이 동굴로 온 첫날 밤, 막 잠이 든 뒤였다. 동굴의 어둠 속에서 나는 몸이 거북해서 다시 눈을 뜨고 말았다. 정신이 들고 보니 엉덩이 아

중요 어구

12) 입을~없지 : 극한 상황에 처한 인간의 생존 욕구와 본능적 이기심을 보여 준다.

래를 뭉툭한 것이 뿌듯이 치받고 있었다. 귀밑에서 후끈거리는 숨결을 의식하자 나는 울컥 기분이 역해져서 몸을 비틀었다. 그러나 놈은 가슴으로 나의 등을 굳게 싸고 있었다.

"가만있어……."

관모가 귀밑에서 황급히, 그러나 낮게 속삭였다. 나는 견딜 수가 없었다. 구렁이처럼 감겨드는 놈을 매섭게 밀쳐 버리고 바닥에 등을 꽉 붙이고 누웠다. 그는 한동안 숨을 죽이고 있더니 할 수 없었는지 가랑잎을 부스럭거리며 안쪽으로 굴러갔다. 나는 눈을 감았다. 그리고 희한하게도 관모가 김 일병에게서 낮에 말했던 '쓸모'를 찾아 낸 소리를 듣고 있었다.

아마 그것은 김 일병이 관모에게 뒤를 맡긴 최초의 일이었을 것이다.

다음 날, 김 일병의 표정은 별로 달라지질 않고 있었다. 오히려 얼마쯤 명랑해진 쪽이었다. 그 사이 김 일병에게서 의식하지 못했던 그 눈빛마저 되살아난 것 같았다. 포성의 이야기, 곧 포성이 되돌아오게 될 거라는 이야기를 해 주었을 때 김 일병은 잠깐 그런 눈을 했다. 관모도 김 일병을 별로 괴롭히지 않았다. 김 일병의 상처는 더 나빠지지는 않았으나 결코 위생병 옆에서는 좋아질 수도 없을 만큼 큰 것이었다. 그렇게 며칠을 지나던 어느 날 밤 관모가 다시 나에게로 와서 더운 입김을 뿜어댔다. 김 일병에게서는 냄새가 난다고 했다. 나는 관모를 다시 김 일병에게로 쫓아 버렸다. 그러나 그 며칠 뒤부터 관모는 절대로 다시 김 일병에게로는 가지 않았다. 그러다가 그 첫눈에 관한 이야기를 했던 것이다. 사실 김 일병의 상처에서는 견딜 수 없을 만큼 냄새가 났다. 그 날 밤도 관모는 김 일병에게 가지 않았다. 관모는 밤마다 나의 귀밑에서 더운 입김만 뿜다가 떨어져가곤 했다. 내가 할 수 있는 것은 등을 바닥에서 떼지 않는 것뿐이었다. 초겨울로 접어들었는데도 눈은 무척 더디었다. 이제 김 일병에게서는 아무리 포성의 이야기를 해도 그 기이한 눈빛을 하지 않았고, 나중에는 하루 한 번씩 내가 소독약을 발라 주는 것조차 거절해 버리고 있었다. 건빵 가루로 쑤어 준 미음을 받아 먹던 것도 이미 사흘 전의 일. 포성에 대한 희망은 까마득한 채 드디어 첫눈이 내리게 된 것이다.'

여기서 첫눈에 관한 비약[13]은 완전히 해명이 된 셈이었다.

'어둠이 차오르기 시작한 골짜기 아래서 가물가물 관모가 올라오고 있었다. 관모는 조금 오르고는 한참씩 멈춰 서서 동굴을 쳐다보곤 했다. 긴장 때문에 사지가 마비되어 오는 것 같았다. 나는 후닥닥 김 일병 쪽으로 가서 그의 눈을 들여다보았다. 그 눈동자는 천장의 어느 한 점에 고정되어 있었으나 시신경은 이미 작용을 멈춰 버린 것 같았다. 그 눈은 시신경의 활동보다 먼저 그의 안이 텅 비어 버린 것을 말해 주는 것이었다. 가끔씩 눈꺼풀이 내려와서 그 눈알을 씻고 올라가는 것이 그가 아직 살아 있다는 유일한 증거였다.

"눈이 오고 있다, 김 일병."

나는 부드러운 목소리로 아무렇지 않게 말하고 나서 김 일병의 눈을 들여다보았다. 그 눈에는 아무런 표정도 스치지 않았다.

"김 일병, 눈이 오고 있어."

나는 좀더 큰 소리로 말했으나 김 일병의 표정이 여전히 변하지 않는 것을 보고는 문득 손을 놀려 김 일병의 상처에 처맨 천을 풀었다. 말라붙은 피고름이 헝겊에 빳빳하게 엉겨 있었다. 그것을 풀어 내자 나는 흠칫 놀라 숨을 들이쉬었다. 상처 벽이 흙벼랑처럼 무너져 가고 있었다. 나는 다시 김 일병의 눈을 보았다. 아 그런데 김 일병은 나의 말을 알아들은 것일까.

> 중요 어구

13) 비약 : 논리나 사고방식 따위가 그 차례나 단계를 따르지 아니하고 뛰어넘음.

아니면 아까 분위기가 말해 준 모든 것을 이미 알아차리고 자기의 가장 깊은 곳으로 들어가서 마지막 생명의 소리에 귀를 기울여 보고 있었던 것일까. 뜻밖에도 그의 눈에 맑은 액체가 가득히 차올라 있었다. 그리고 그것을 밀어내지 않으려는 듯이 눈꺼풀은 오래 동작을 그치고 있었다. 그 눈물을 되삼켜 버린 듯 그의 눈이 다시 건조해졌다. 눈동자가 뜻없이 천장의 한 점을 응시하고 있었다.

그 때 나는 김 일병이 죽어도 좋다고 생각했다.'[14]

이야기는 거기까지였다. 그러니까 형이 죽였다고 한 것은 아마도 김 일병이었을 것이지만, 그것이 누구의 행위일는지는 아직도 그리 확실하지가 않았다. 확실치 않은 것은 관모에 대해서도 마찬가지였지만, 어쨌든 거기에서 형이 천릿길을 탈출할 힘을 얻을 수 있었다면 그것은 가해자가 누구냐인가는 문제가 아니었다. 형은 이미 살인을 저지른 것이었다. 그리고 형은 지금 그 이야기를 함으로써 관념 속에서 살인을 되풀이하려는 것이었다. 그러나 그는 망설이고 있었다. 그것은 마치 소설의 서장으로 쓰인 눈과 사냥의 이야기에서, 그리고 관모와 김 일병의 눈빛 사이에서 아무것도 하지 못하고 초조하게 망설이고 있는 '나'를 연상케 했다. 수술에 실패한 소녀에 관해서만 생각지 않는다면, 형은 지금 무슨 이유로 그 때의 살인의 이야기를 하고 있는지, 그리고 그 살인의 기억을 되새기고 있는지도 알 수가 없었다. 더욱이 그 살인의 기억 속에 이야기의 결말을 망설이고 있는지 형의 심사를 알 수가 없었다.

중요 어구

14) 그 때~생각했다 : 형이 부대꼈던 전쟁의 고통을 나타내는 구체적인 예로서, 형이 동료의 죽음에 대해 어떤 식으로든 책임이 있음을 보여 준다.
15) 인텔리 : 지식층.

매일 저녁 나는 그 형의 소설을 뒤져 보고 어서 끝이 나기를 기다렸지만, 관모는 항상 아직 골짜기 아래서 가물거리고 있었고, 김 일병은 형의 결정을 기다리고만 있었다.

무엇보다 나는 형이 그러고 있는 동안 화실에서 나의 일을 할 수가 없었다.

다음 날 내가 아침을 먹고 집을 나올 때까지 형은 얼굴을 내밀지 않았다. 나는 낮 동안은 될수록 형의 소설을 생각지 않고 나의 작업에만 전념해 보리라 마음을 다지고 일찍 화실로 나갔다. 그러나 나는 화가 앞에 앉을 마음의 준비가 없이는 아무것도 되지 않는다는 것을 알고 있었다. 나는 유리창 앞으로 가서 담배를 피워 물었다. 화실로 학생들이 나오는 시간은 오후부터였다. 현기증이 나도록 넓은 화폭 앞에서 나는 결국 형의 소설만을 생각했다. 그 이야기 가운데의 누가 나의 화폭에서 재생되기라도 할 듯 그것의 결말을 보지 않고는, 형이 김 일병을 죽이기 전에는, 나의 일을 할 수가 없었다. 결말은 명백히 유추될 수 있었다. 형은 언젠가 자기가 동료를 죽였다고 말했지만, 형의 약한 신경은 관모의 행위에 대한 방관을 자기의 살인 행위로 받아들인 것인지도 모를 일이었다. 그렇다면 형은 가엾은 사람이었다. 그리고 미웠다. 언제나 망설이기만 하고 한 번도 스스로 행동하지 못하고 남의 행동의 결과나 주워 모아다 자기 고민거리로 삼는 기막힌 인텔리[15]였다. 자기의 실수만도 아닌 소녀의 사건을 자기 것으로 고민함으로써 역설적으로 양심을 확인하려 하였다. 그리고 자신을 확인하고 새로운 삶의 힘을 얻으려는 것이었다.

그러나 요즘 형은 그 관념 속의 행위마저도 마지막을 몹시 주저하고 있었다. 악질인 체했을 뿐 지극히 비루하고 겁 많은 사람이었다. 영악하고 노회한[16] 그의 양심이 그것을 용납지 않은 모양이었다.

나는 화실 학생들의 등 뒤에서 그들의 화폭만을 기웃거리다가 어스름 전에 집으로 돌아오고 말았다. 역시 형은 나가고 없었다. 나는 우선 형의 방으로 가서 원고부터 조사했다. 어제나 마찬가지였다. 원고를 다시 집어 넣어 두고 방을 나왔다. 몸을 씻고 저녁을 먹고 아주머니와 몇 마디 농담을 주고받는 동안 나는 줄곧 화가 나서 견딜 수가 없었다. '도대체 형이란 자는……'으로부터 시작해서 생각해 낼 수 있는 욕설은 모조리 쏟아 놓고 싶었다. 그러나 그것은 꼭 형을 두고 하는 생각만은 아닌 것 같았다. 그저 욕을 하고 싶다는 것, 욕할 생각이라도 하고 있지 않으면 한순간도 견뎌 배길 수 없을 듯한 노여움 같은 것이 속에서 부글거렸다. 아주머니가 오랜만에 바람 좀 쐬고 오겠다고 집을 나간 다음, 나는 다시 형의 방으로 가서 쓰다 둔 소설과 원고지를 들고 나의 방으로 갔다. 기다릴 수가 없었다. 나는 화풀이라도 하는 마음으로 표범 토끼 잡듯 김 일병을 잡았다. 김 일병의 살해범이 누구인지 확실치도 않은 것을 '나'로 만들어 버렸다. 그러니까 '내'(여기서는 형이라고 해야 좋겠다)가 관모가 오기 전에 김 일병을 끌고 동굴을 나와서 쏘아 버리는 것으로 소설을 일단 끝내 버렸다.[17] 형은 다음에 탈출 이야기를 이을 것인지 모르지만 그것은 아무래도 좋았다. 관모의 말처럼 망설이고 두려워하기만 하는 형('나')의 참새 가슴이 벌떡거리는 것을 그리다 나는 새벽녘에야 조금 눈을 붙였다.

중요 어구

16) **노회한** : 경험이 많고 교활한.
17) **관모가~끝내 버렸다** : 자신의 책임이나 사명의 완벽한 실천이 불가능하다는 동생의 생각이 반영되어 있는 결말.

다음 날, 나는 화폭에 약간 손을 댔다. 그러고 나서 한동안 나는 묘한 흥분기 속에서 헤어나지를 못했다. 혜인의 결혼식을 무의식중에나마 의식하고 있었던 때문이었는지도 모른다. 실상 나는 혜인의 결혼식을 가 보는 게 옳을는지 모른다는 생각이 들기도 했지만, 오랜만에 제법 손이 풀리는 것 같아서 그것을 금방 잊어버리고 있었다. 그런데 점심을 먹고 들어와서 막 아이들을 기다리고 있는 참에 뜻밖에 그 때쯤 식장에 서 있을 혜인에게서 속달이 왔다. 하루가 지난 뒤에 뜯어 보든지 아주 잊어버려지기를 바라면서 봉투를 서랍 속에 던져 넣어 버렸다. 그러고는 아직 좀 이른 시간이었으나 아이들을 기다렸다. 그것들이 옆에 있어 주는 것이 좋을 것 같았다. 그러나 그 때 문을 벌컥 열고 들어선 것은 눈이 벌겋게 충혈된 형이었다. 사실 나는 어젯밤 형의 이야기에 손을 대 놓고 형이 아주 모른 체하리라고는 생각지 않았었다. 그러나 나는 모처럼 화폭에 손을 댈 수 있었고, 막연하게나마 혜인의 결혼이 머리에 젖어 있어서 미처 형이 그렇게 나타나리라고는 생각지를 못하고 있었던 것이다.

형은 문에 기대어 서서 문을 잘못 들어선 사람처럼 방 안을 한 번 휘둘러보고 나서야 천천히 나의 곁으로 다가왔다.

"혜인인가…… 그 아가씨 결혼식엔 안 가니?"

형은 물끄러미 나의 화폭을 바라보면서 말했다. 예사스런 목소리와는 다르게 화폭에 가 닿은 식지가 파르르 떨리고 있었다. 혜인은 원래 형 친구의 소개로 나의 화실을 나왔던 터이니까 형도 그건 알고 있을 것이었다. 그렇다면 형은 혜인에 대해서, 그리고 그 여자의 남자에 대해서도 알 만한 것은 알고 있을 것이었다. 하지만 그게 내게 무슨 상관이란 말인가.

"형님의 관심은 그런 데 있는 게 아닐 텐데요."

나는 도사리는 소리를 했다.

"아가씨를 뺏긴 것 외에는 넌 썩 현명한 편이다."

형은 웃었다. 그러자 나는 갑자기 초조해졌다.

"제게 감사하러 오신 것 같지는 않군요."

"그럼. 더욱이 그런 오해를 하고 있을까 봐서."

하면서 형은 손가락으로 화폭을 꾹 눌러서 구멍을 내버렸다. 나는 반사적으로 자리에서 일어섰다. 형이 한 손으로 계속 그 구멍을 넓히면서 다른 한 손으로 내게 앉으라는 시늉을 해 왔다.

"좀 똑똑한 아우를 두고 싶을 뿐이야. 화를 내지 말았으면 해. 난 너의 기분 나쁜 쌍통을 상대하기에는 지금 너무 기분이 좋아 있어. 다만 이 그림은 틀렸어, 난 잘 모르지만. 틀림없이 넌 뭔가 잘못 알고 있으니까. 곧 알게 될 거야. 늦었을지 모르지만 난 이제 결혼식엘 가 봐야겠어. 신랑도 아는 처지라 말이다."

그리고 형은 나가 버렸다. 어깨가 퍽 자신 있게 흔들리고 있었다. 나는 한동안 형이 사라진 문을 멍하니 바라보고만 있었다. 눈을 돌렸을 때 폭풍에 시달린 돛폭처럼 나의 화폭은 흉하게 너덜거리고 있었다. 나는 갑자기 생각이 난 듯 서랍에서 혜인의 편지를 꺼내어 잠시 손가락 사이에서 부피감을 느껴 보다가 봉투를 뜯었다.

인제 갑니다. 새삼스럽다구요? 하지만 그젯밤 선생님은 제가 이제 정말로 떠나간다는 인사말을 하게 해 주지도 않으셨지요. 그건 선생님께서 너무 연극기를 싫어하기 때문이라시겠죠. 저를 위해 축복해 주시라고는 하지 않습니다. 다만 안녕히 계시라고 분명한 목소리로 말을 했어야 했고, 그걸 못했기 때문에 다시 이런 연극을 하는 거예요.

결혼식을 하루 앞둔 신부의 편지라고 겁내실 필요는 없어요. 어떤 일도 선생님은 책임을 지려고 하지 않으셨고, 저는 선생님에게 책임을 지워 보려는 모든 노력에서 한 번도 이긴 적이 없으니까요. 결국 선생님은 책임을 질 수 있는 일이 아무것도 없음을 알았어요. 혹은 처음부터 책임을 지지 않도록 하는 일이 이미 책임 있는 행위라고 생각하고 계실지 모르겠어요. 감정의 문제까지도 수식을 풀고 해답을 얻어 내는 그런 방법이 사용될 수 있으리라고 생각하시는지 모르지만, 그것도 결국 선생님은 아무것도 책임질 능력이 없다는 증거지요. 왜냐하면 선생님의 해답은 언제나 모든 것이 자신의 안으로 돌아가는 것뿐이었으니까요.

 선생님을 언제나 그렇게 만든 것은 선생님이 지니고 계신 이상한 환부(患部)였을 것입니다. 내일 저와 식을 올릴 분은 선생님의 형님 되시는 분을 6·25 전쟁의 전상자라고 하더군요. 처음에 저는 그 말을 알아들을 수가 없었지만 요즘의 병원 일과 소설을 쓰신다는 일, 술(놀라시겠지만 그 분은 선생님의 형님과 친구랍니다)에 관한 모든 이야기를 듣고는 어느 정도 납득이 갔어요. 그렇지만 정말로 저는 선생님에 대해서는 알 수가 없었어요. 6·25의 전상이 자취를 감췄다고 생각하면 오해라고, 선생님의 형님은 아직도 그 상처를 앓고 있다고 하시는 그 분의 말을 듣고 저는 선생님을 생각했어요. 그렇다면 이유를 알 수 없는 환부를 지닌, 어쩌면 처음부터 환부다운 환부가 없는 선생님은 도대체 무슨 환자일까고요.[18] 더욱이 그 증상은 더 심한 것 같았어요. 그 환부가 어디에 위치해 있는지, 그것이 무슨 병인지조차 알 수 없다는 점에서 선생님의 증상은 더욱더 무겁고 위험해 보였지요. 선생님의 형님은 그 에너지가 어디에 근원했건 자기를 주장해

중요 어구

18) 처음부터~환자일까고요 : 형과 달리 체험의 절실함도 없이 무기력하게 자신을 포기하며 살아가고 있는 동생을 지적하고 있다.

왔고, 자기의 여자를 위해서 뭔가 싸워 왔어요.

몇 번의 입맞춤과 손길을 허락한 대가로 말씀드리는 것은 아닙니다. 제가 치료를 해 드릴 수 있었으면 하고 생각했었지만, 그것은 결국 선생님 자신의 힘으로밖에 치료될 수 없는 것이라는 것을 알게 되었습니다. 그렇게 되기를 빌 뿐입니다.

그리고 이제 저는 어떻든 행복해지고 싶으며, 그러기 위해선 누구보다 먼저 자신이 자신을 용서해야 하리라는 조그만 소망 속에 이 글을 끝맺겠어요.

영영 문을 열지 않을 성주(城主)에게
혜인 올림

"도련님, 오늘은 이 집에 무슨 못 불 바람이 불었나 보죠?"

가까스로 아이들을 돌보고 집으로 돌아오자, 아주머니는 전에 없이 웃는 얼굴이었다.

"바람이라뇨?"

나는 말하면서 힐끗 형의 방을 들여다보았다. 형은 역시 부재 중이었다.

"도련님 얼굴이 다른 날과 달라요."

그것은 정말일는지 모른다. 아주머니 자신의 표정이 다른 날과는 다르기 때문이다.

"무슨 일이 있었나요?"

"형님이 내일부터 병원 일을 시작하시겠대요."

아주머니는 어서 누구에게라도 그 말을 하려고 기다리고 있었던 듯 더 이상 참지 못하고 웃음의 비밀을 털어놓았다.

나는 형의 방으로 뛰어들어가서 서랍을 열고 원고 뭉치를 꺼냈다. 잠시 나의 뇌수는 어떤 감정의 유발도 유보하고 있었다. 소설의 끝부분을 펼쳤다. 그리고는 거기 선 채로 나의 시선은 원고지를 쫓기 시작했다. 나의 감정은 다시 한 번 진공 속으로 빠져 들어갔다. 등을 보이고 쫓기던 사람이 갑자기 돌아섰을 때처럼 나는 긴장했다. 형의 소설은 끝이 달라져 있었다. 형은 내가 쓴 부분을 잘라 내고 자신이 다시 끝을 맺어 놓고 있었다. 형의 경험은 이 소설 속에서 얼마만큼 사실성을 유지하고 있는지는 모른다. 혹은 적어도 이 끝부분만은 형의 완전한 픽션인지도 모른다. 형은 나의 추리를 완전히 거부해 버리고 있었다.

 '나'는 관모가 나타날 때까지 동굴을 들락날락하고만 있다. 드디어 관모는 동굴까지 올라왔다. 그 얼굴이 어둠 속에서 땀에 번들거렸다. 그는 대뜸 '동강나간 팔 핑계를 하고 드러누워 처먹고만 있을 테냐'고 하며, '오늘은 네놈도 같이 겨울 준비를 해야겠다'[19]면서 김 일병을 일으켜 끌고 동굴을 나간다. '내'가 불현듯 관모의 팔을 붙잡는다. 관모가 독살스러운 눈으로 '나'를 쏘아본다. '나'는 아무 말도 못하고 고개를 떨어뜨린다. '넌 구경이나 하고 있어…….' 타이르듯 낮게 말하고 관모는 김 일병을 앞세우며 산을 내려간다. 말끝에서 나는 '이 참새 가슴아' 하고 말하고 싶어하는 관모의 소리를 들은 듯싶었다. 뜻밖의 기동으로 침착하게 발길을 내려 걷고 있는 김 일병은 단 한 번 길을 내려가면서 '나'를 돌아본다. 그러나 그 눈에는 아무것도 찾아볼 수가 없다. 둘은 눈길에 검은 발자국을 내며 골짜기로 내려갔다. 그리고 그들이 골짜기의 잣나무 숲으로 아물아물 숨어 들어가 버릴 때까지 '나'는 거기에 못 박힌 듯 붙어 서 있기만 했다. 어느덧 눈은 그치고 눈 위를 스쳐 온 바람이 관목 사이로 기분 나쁜 소리를

중요 어구

19) 오늘은~해야겠다 : 김 일병을 죽여서 겨울 식량을 아끼겠다는 뜻.

내며 빠져 나갔다. 드문드문 뚫린 구름장 사이로는 바쁜 별들이 서쪽으로 서쪽으로 흐르고 있었다. 조금 뒤에 골짜기에서는 한 발의 총 소리가 적막을 깼다. 그 소리는 골짜기를 한 바퀴 돌고 난 다음 남쪽 산등성이로 긴 꼬리를 끌며 사라져 갔다. '나'는 비로소 잠에서 깨어난 듯 깜짝 놀란다.[20]

'그 총 소리는 나의 가슴 속 깊이 어느 구석엔가 숨어서 그 전쟁터의 수많은 총 소리에도 지워지지 않고 남아 있었던 선명한 기억 속의 것이었다. 어린 시절, 노루 사냥을 갔을 때에 설원에 메아리치던 그 비정과 살의를 담은 싸늘한 음향이었다.'

그러자 '나'의 눈앞에는 그 설원에 끝없이 번져 가는 핏자국이 떠올랐다. 그 때 또 한 발의 총 소리가 메아리쳐 올랐다. '나'는 몸을 부르르 떨고 나서 동굴 구석에 남은 한 자루의 총을 걸어메고, 그 '핏자국'을 따라 산을 내려갔다. '오늘은 그 노루를 보고 말겠다. 피를 토하고 쓰러진 노루를.' '날더러는 구경만 하라고? 그렇지. 잔치는 언제나 너희들뿐이었지.' 이런 말들이 '내'가 그 '핏자국'을 따라가는 동안에 수없이 되풀이되고 있었다.

'그 핏자국은 끝날 것 같지 않았다. 끝없이 눈 위로 계속되었다. 나는 뛰었다. 그 핏자국은 관모들이 눈을 헤치고 간 발자국이었다는 것을 안 것은 내가 가시나무에 이마를 할퀴고 정신을 다시 차렸을 때였다.

이마에 섬뜩한 촉감을 느끼고 발을 멈추어 섰을 때 나의 뒤에서는 가시나무가 배를 움켜쥐며 웃고 있는 것처럼 커다란 키를 흔들고 있었다. 나는

중요 어구

20) '나'는~놀란다 : 관모가 김 일병을 죽인 총 소리에 놀라는 모습을 통해 김 일병의 죽음 앞에 무력했던 '나'를 알 수 있다.
21) 노리쇠 : 탄알을 소총의 약실에 장전하기 위한 장치.

잣나무 숲속으로 들어서 있었다. 이마에 손을 대어 보니 미끄럽고 검은 것이 묻어났다. 손가락을 뿌리고 다시 발자국을 따라 몸을 움직이려고 했을 때였다.

"어딜 가는 거야."

송곳 같은 소리가 귀에 와 들이박혔다. 나는 흠칫 놀라 발을 멈추고 주위를 둘러보았다. 발자국이 사라진 쪽과는 반대편 언덕 아래서 관모가 총을 내 쪽으로 받쳐들고 서 있었다. 어둠 속에 허연 이를 드러내 놓고 있었다. 웃고 있는 것 같았다. 내가 발을 멈추자 그는 총을 내리고 나에게로 다가왔다.

"너 같은 참새 가슴은 보지 않는 게 좋아. 모른 체하고 있으래지 않았나."

관모는 쓰다듬어 줄 듯이 목소리가 낮았다.

— 하지만 나는 오늘 밤, 노루를 보고 말겠다. 피를 토하고 쓰러진 노루를.

나는 관모를 무시하고 천천히 몸을 돌렸다.

"가지 마라!"

이상하게 가라앉은 목소리가 나를 쫓아왔다. 노리쇠[21]가 한 번 후퇴했다. 전진하는 금속성이 뒤로부터 나의 뇌수를 쪼았다. 뇌수가 아팠다. 나는 등 뒤로 독사 눈깔처럼 까맣게 나를 노리고 있을 총구를 의식했다.

— 또 뒤를 주고 섰구나, 뒤를.

"포성이 다시 올 희망은 없다. 먹을 게 없어지면 우리가 찾아가야 한다. 난 아직 네가 필요하다. 그것은 너도 마찬가지다."

"……"

"돌아서라."

― 그렇지, 돌아서야지. 이렇게 뒤를 주고서야 어디.

나는 돌아섰다.

관모는 그제야 안심한 듯 내게 향했던 총을 내리고 나에게로 걸어왔다. 어깨라도 짚어 줄 것 같은 태도였다. 그 순간이었다. 나의 총은 다급한 금속성을 튕기고 몸은 납작 땅바닥 위로 엎드렸다. 관모의 몸도 따라 땅 위로 낮아지고 거의 동시에 두 발의 총 소리가 또 한 번 골짜기의 정적을 깼다. 그 모든 것은 거의 한순간에 일어난 일이었다.

총 소리가 사라지자 골짜기에는 다시 무거운 고요가 차올랐다. 나는 머리를 조금 들고 관모 쪽을 응시했다. 흰 눈 위에 관모는 검게 늘어진 채 미동도 없었다. 나는 엎드린 채 몸을 움직여 보았다. 이상한 데가 없었다. 당황한 관모의 총알은 조준이 되지 않았을 것이었다.

다시 관모 쪽을 살폈다. 가슴께서부터 눈 위로 검은 반점이 스멀스멀 번져 나오고 있었다. 나는 거기에서 눈을 떼지 않은 채 상체부터 조금씩 몸을 일으켰다. 그리고는 총을 비껴 쥐고 조심조심 관모 쪽으로 다가갔다. 가슴에서 쏟아진 피가 빠른 속도로 눈을 물들이고 있었다. 금세 나의 발을 핥고 들 기세였다. 나무들은 높고 산골은 소름끼치는 고요가 짓누르고 있었다. 이상스런 외로움이 뼛속으로 배어들었다. 그 때 갑자기 관모가 몸을 꿈틀했다. 그리고는 계속해서 조금씩 꿈틀거렸다. 그것은 모래성에서 모래가 조금씩 흘러내리는 것처럼 작고 신경에 닿아 오는 것이었다. 나는 겁이 나기 시작했다. 어느 새 핏자국은 눈을 타고 나의 발등을 덮었다. 나는 한참 동안 두려운 눈으로 관모의 움직임을 지켜보고 있었다. 입으로 짠 것이 흘러들었다. 손으로 이마를 짚었다. 생채기에서 볼로 미끈한 것이 흐르고 있었다.

관모의 움직임은 더 커 가는 것 같았다. 금방 팔을 짚고 일어나 앉을 것 같은 생각이 들었다. 짠 것이 계속해서 입으로 흘러 들어왔다. 나는 천천히 총대를 받쳐들고 관모를 겨누었다.

탕!

총 소리는 산골의 고요를 멀리까지 쫓아 버리려는 듯 골짜기를 샅샅이 훑고 나서 등성이 너머로 사라졌다. 그 소리의 여운을 타고 그리움 같은 것이 가슴으로 젖어들었다.[22] 문득 수면에 어리는 그림자처럼 희미한 얼굴이 떠올랐다. 그것은 웃고 있는 것 같았다. 그리고 좀더 확실해지기만 하면 나는 그 얼굴을 알아볼 수도 있을 것 같았다. 오래 전부터 나와 익숙했던, 어쩌면 어머니의 뱃속에도 있기 이전부터 이미 알고 있었던 것 같은 그리운 얼굴이었다. 그러나 생각이 나지 않았다. 안타까웠다. 생각이 나기 전에 그 수면 위의 그림자처럼 희미하던 얼굴은 점점 사라져 갔다. 나는 눈을 감았다. 그리고 계속해서 방아쇠를 당겼다. 총 소리가 다시 산골을 메웠다. 짠 것이 입으로 자꾸만 흘러 들어왔다.

탄환이 다하고 총 소리가 멎었다.

피투성이의 얼굴이 웃고 있었다. 그것은 나의 얼굴이었다.'

선 채로 소설을 다 읽고 나서 나는 비로소 싸늘하게 식은 저녁상과 싸늘하게 기다리고 있는 아주머니를 의식했다. 몸을 씻은 다음 상 앞에 앉아서도 나는 아직 아주머니에게 눈을 주지 않고 있었다. 나의 추리는 완전히 빗나갔다. 그러나 그런 건 생각할 필요가 없었다. 소설의 마지막에서 형은 퍽 서두른 흔적이 보였지만 결코 지워지지 않는 연필로 그린 듯한 강한 선

중요 어구

22) 그 소리의~젖어들었다 : 관모로 대변되는 부정적 현실에 총을 겨눈 형의 양심의 정당한 반항과 그것을 통한 자아발견을 상징적으로 나타낸다.

(線)으로 얼굴을 이야기하고 있었다.[23] 형이 낮에 나의 그림을 찢은 이유가 거기 있었다. 내일부터 병원 일을 시작하겠다던 말을 알 수 있을 것 같았다. 그리고 동료를 죽였기 때문에 천릿길의 탈출에 성공할 수 있었다던 수수께끼의 해답도 거기 있었다.

　나는 상을 물리고 나서 담배를 피워 물고 마루에 걸터앉았다.

　"형님은 소설 다 끝맺어 놨지요?"

　아주머니가 곁에 와 앉았다.

　"네, 읽어 보셨어요?"

　"아니요, 그저 그런 것 같아서요."

　여자들의 직감은 타고난 것이었다. 지극히 촉각에 예민한 곤충처럼 모든 것을 피부로 느끼고 알아 냈다.

　"이상한 일이군요. 알 수가 없어요…… 형님은."

　나는 아주머니의 말을 알 수 있었다.

　"모르시는 대로 괜찮을 거예요."

　"도련님도 마찬가지예요."

　"제게도 모르실 데가 있나요?"

　"요즘, 통 술을 잡수시지 않는 것, 그 아가씨에 대한 복수예요?"

　아주머니는 복잡한 이야기를 싫어했다. 이야기를 따라가기가 힘들어지면 언제나 나의 꼬리를 끌어 잡아당겨 뒷걸음질을 시켜서 맥을 못 추게 해 놓곤 했다.

　"그 아가씬 오늘 결혼해 버렸어요."

중요 어구

　23) 강한 선(線)으로~있었다 : 형은 소설의 새로운 결말을 쓰는 과정을 통해 진정한 자기 정체성을 찾게 되었음을 의미한다.

열한 시가 조금 지났을 때에 대문이 열리고 형이 들어오는 소리가 났다. 나는 천장을 쳐다보고 누워서 형의 거동 하나하나를 귀로 감시하고 있었다. 형은 몹시 취한 모양이었다. 화난 짐승처럼 숨을 식식거리며 아주머니의 말에는 대꾸도 하지 않고 방으로 들어갔다. 조금 뒤에 형은 다시 문을 열고 나왔다. 그리고는 무슨 종이를 북북 찢어댔다. 성냥을 그어 거기 붙이는 소리가 나고는 잠시 조용해졌다. 형은 노래 같은 소리를 내다가는 뭐라고 중얼중얼 혼잣말을 하기도 했다. 아주머니가 곁에 서서 형을 내려다보고 있을 것이었다. 형 쪽에서 바라지도 않았지만 아주머니는 술 취한 형을 도와 준 일이 없었다.

붉은 화광이 창문에 비쳤다.

— 무엇을 태우고 있을까.

종이 찢는 소리가 이따금씩 들렸다. 나는 벌떡 일어나 문을 열고 밖으로 나갔다. 아주머니가 먼저 나를 보았다. 아무 표정도 없었다. 형은 댓돌을 타고 앉아서 그 원고 뭉치를 한 장 한 장 뜯어 내어 불에다 던져 넣고 있었다. 한참 만에야 형은 천천히 고개를 돌려 나를 쳐다보았다. 그 얼굴이 비죽비죽 웃고 있었다. 형은 다시 불붙고 있는 원고지 쪽으로 얼굴을 돌려 버렸다.

"병신 새끼!"

형은 나에겐지, 형 아닌 다른 사람에게라기에는 너무나 탈진한 목소리로 중얼거렸다. 그러나 그것은 나에게 한 말이었다. 다음 순간 형은 다시 나를 똑바로 쳐다보았다.

"너의 그 귀여운 아가씨는 정말 널 싫어했니?"

— 형님은 6·25 전상자랍니다.

하려다 나는 아직도 형이 하고 싶은 말이 있으리라 생각하고 순순히 머리를 끄덕였다.

"병신 새끼……."

이번에는 형이 손으로는 연신 원고지를 찢어 불에 넣으면서도 눈길만은 내쪽을 향해 분명하게 말했다.

"그래 도망간 아가씨의 얼굴이 그리고 싶어졌군!"

나는 아직도 더 참을 수 있다고 생각했다. 아주머니는 여전히 형과 나의 얼굴을 무표정하게 번갈아 보고만 서 있었다.

"다 소용없는 짓이야[24]…… 오해였어."

형은 다시 중얼거리는 투였다. 나는 지금 형에게 원고를 불태우는 이유를 이야기시키려는 것은 소용없는 일일 것 같았다. 방으로 들어가려고 했다.

"거기 있어!"

형이 벌떡 몸을 일으키는 체하며 호령을 했다.

"기껏해야 김 일병이나 죽인 주제에…… 임마, 넌 이걸 모두 읽고 있었지…… 불쌍한 김 일병을…… 그 아가씨가 널 싫어한 건 너무 당연했어."

순서는 뒤범벅이었지만 무엇을 이야기하려는 것인지는 분명했다. 나는 형을 쏘아보았으나, 그 때 형도 나를 마주 쏘아보았기 때문에 시선을 흘리고 말았다. 형은 눈으로 나를 쏘아본 채 손으로는 계속 원고를 뜯어 불에 넣고 있었다.

"임마, 넌 머저리 병신이다. 알았어?"[25]

중요 어구

24) **다 소용없는 짓이야** : 소설의 결말은 어디까지나 허구일 뿐이며 관모의 폭력에 굴복한 자신은 그대로라는 인식 때문이다.
25) **임마.~알았어?** : 형과 같은 절실한 체험도 없이 삶을 방관하고 무기력한 모습을 보이는 동생에 대한 질타.

형이 또 소리를 꽥 질렀다. 그리고 그것은 지극히 당연한 말이었다는 듯이 머리를 두어 번 끄덕이고 나서는,

"그런데 말이야……."

갑자기 장난스럽게 손짓을 했다. 형은 손에서 원고 뭉치를 떨어뜨리고 나의 귀를 잡아끌었다. 술냄새가 호흡을 타고 내장까지 스며들 것 같았다. 형은 아주머니까지도 들어서는 안 될 이야기나 된 것처럼 귀에다 입을 대고 가만히 속삭이는 것이었다.

"넌 내가 소설을 불태우는 이유를 묻지 않는군……."

너무나 정색을 한 목소리여서 형의 얼굴을 보려고 했으나 형의 손이 귀를 놓아 주지 않았다.

"그런데 너도 읽었겠지만, 거 내가 죽인 관모놈 있지 않아, 오늘 밤 나 그놈을 만났단 말야."

그러고는 잠시 말을 끊고 나를 찬찬히 살펴보고 있었다. 그 눈은 술에 젖어 있었으나, 생각이 멀리 있는 것처럼 보이는 것은 결코 술 때문만은 아닌 것 같았다. 그러나 형은 이제 안심이라는 듯 큰 소리로,

"그래 이건 쓸데없는 게 되어 버렸지…… 이 머저리 새끼야!"

하고는 나의 귀를 쭉 밀어 버렸다.

다시 원고지를 집어 사그라드는 불집에 집어 넣었다.

"한데 이상하거든…… 새끼가 날 잘 알아보질 못한단 말이야…… 일부러 그런 것 같지도 않았는데……?"

불을 보면서 형은 계속 중얼거렸다.

"내가 이제 놈을 아주 죽여 없앴으니 내일부턴…… 일을 하리라고 생각하고 자리를 일어서서 홀을 나오려는데…… 그렇지 바로 문에서 두 걸음쯤 남았을 때였어. 여어, 너 살아 있었구나 하고 누가 등을 탁 치지 않나

말야."

　형은 나를 의식하고 이야기하는 것 같기도 하고 혼자 중얼거리는 것 같기도 했다.

　"놀라 돌아보니 아 그게 관모놈이 아니냔 말야. 한데 놈이 그래 놓고는 또 영 시치밀 떼지 않아. 이거 미안하게 됐다구…… 두려워서 비실비실 물러나면서…… 내가 그 사이 무서워진 걸까…… 하긴 놈은 내가 무섭기도 하겠지. 어쨌든 나는 유유히 문까지는 걸어 나왔어. 그러나…… 문을 나서서는 도망을 쳤지…… 놈이 살아 있는데 이런 게 이제 무슨 소용이냔 말야."

　형은 나머지 원고 뭉치를 마저 불집에 집어넣고 나서 힐끗 나를 보았다.

　"이 참새 가슴 같은 것, 뭘 듣고 있어. 썩 네 굴로 꺼져!"

　소리를 꽥 지르는 통에 나는 방으로 쫓겨 들어오고 말았다.

　비로소 몸 전체가 까지는 듯한 아픔이 전해 왔다. 그것은 아마 형의 아픔이었을 것이다. 형은 그 아픔 속에서 이를 물고 살아왔다. 그는 그 아픔이 오는 곳을 알고 있는 것이다. 그리하여 그것을 견딜 수 있었고, 그것을 견디는 힘은 오히려 형을 살아 있게 했고 자기를 주장할 수 있게 했다. 그러던 형의 내부는 검고 무거운 것[26]에 부딪혀 지금 산산조각이 나고 있었다.

　그렇다고 해도 이제 형은 곧 일을 시작하게 될 것이다. 형은 자기를 솔직하게 시인할 용기를 가지고, 마지막에는 관모의 출현이 착각이든 아니든, 사실로서 오는 것에 보다 순종하여, 관념을 파괴해 버릴 수 있는 힘이 있었다. 무엇보다도 형은 그 아픈 곳을 알고 있었으니까. 어쨌든 형을 지

중요 어구

26) 검고 무거운 것 : 6·25 전쟁으로 인한 정신적 상처.

금까지 지켜 온 그 아픈 관념의 성은 무너지고 말았지만, 그만한 용기는 계속해서 형에게 메스를 휘두르게 할 것이다. 그것은 무서운 창조력일 수도 있었다.

그러나 ─

나는 멍하니 드러누워 생각을 모으려고 애를 썼다.

나의 아픔은 어디서 온 것인가. 혜인의 말처럼 형은 6·25의 전상자이지만, 아픔만이 있고 그 아픔이 오는 곳이 없는 나의 환부는 어디인가. 혜인은 아픔이 오는 곳이 없으면 아픔도 없어야 할 것처럼 말했지만, 그렇다면 지금 나는 엄살을 부리고 있다는 것인가.

나의 일은, 그 나의 화폭은 깨어진 거울처럼 산산조각이 나 있었다. 그것을 다시 시작하기 위하여 나는 지금까지보다 더 많은 시간을 망설이며 허비해야 할는지도 모른다.

어쩌면 그것은 나의 힘으로는 영영 찾아 내지 못하고 말 얼굴일는지도 모를 일이었다. 나의 아픔 가운데에는 형에게서처럼 명료한 얼굴이 없었다.

작품 이해 및 논술 다지기····

 작품 이해

 핵심 정리

- 갈래 : 단편 소설. 액자 소설
- 시점 : 1인칭 주인공 및 관찰자 시점
- 배경 : 내부 이야기 — 시간적 : 6·25
              — 공간적 : 강계의 어느 시골
      외부 이야기 — 시간적 : 1960년대
              — 공간적 : 화실, 병원
- 구성 : 원인을 추적해 가면서 서서히 밝혀 주는 구성
- 문체 : 추리적 문체
- 주제 : 삶의 방식이 다른 '형'과 '동생'의 아픔 및 그 극복 의지

등장 인물의 성격

- **형** : 의사. 6·25 참전 중 낙오되었던 경험과 최근 치료받던 소녀의 죽음의 충격이 복합되어 병원 문을 닫고 체험에 대한 소설 쓰기를 통해 아픔을 능동적으로 극복하는 인물.
- **나(동생)** : 화가. 자기 아픔의 상처가 무엇인지를 알지 못하는 인물로서 형을 통해 자신을 확인하고 반성함.
- **혜인** : '나'의 애인이었으나 다른 남자에게 출가함.
- **관모** : 인간의 이기심과 생존 욕구의 전형.
- **김 일병** : 암담한 현실에서 고통받으며 사라지는 민중의 하나.

이해와 감상

1966년 9월 《창작과 비평》에 발표된 단편 소설로서, 1950년대 전후 소설(戰後小說)의 새로운 모습을 보여 주는 작품이다. 특히 6·25 전쟁을 직접 체험하면서 아픔을 지닌 형과 관념으로서의 아픔을 지닌 동생의 갈등을 보여 주면서, 그 상처를 극복하기 위해 행하는 형과 아우의 모습을 비교해서 형상화하고 있다.

형은 소녀의 이 실패하자 병원 문을 닫고 소설을 쓰기 시작한다. 그 소설 속에는 전쟁 체험을 겪으면서 갖게 된 형의 아픔이 고스란히 드러나 있다. 이에 반해 동생은 정체도 모르는 아픔을 갖고 있다. 형과 같은 절실한 체험도 없으며, 다만 무기력하게 지낼 뿐이다. 이와 같은 기질과 인생관을 지닌 형제는 강렬하게 부딪힌다. 혜인을 붙잡지도 못했던, 그리고 그림으로 자신의 억눌린 욕구를 표현하고자 하는 '나'와 극한 상황의 비인간성 속에서 자신에 대한 극도의 환멸을 맛보았던, 그리고 그 환멸에 대한 분출구로서 소설을 쓰기 시작한 형이 갈등을 빚는 것이다. 그리고 그 갈등은 형이 쓰던 소설의 결말 부분에서 첨예화된다. 형은 김 일병을 쏘아 죽인 오관모를 자기가 직접 쏘아 죽이는 것으로 소설의 결말을 구성한다. 반면에 동생은 김 일병을 쏘아 죽이는 것으로 그 결말을 구성한다. 형은 현실과의 싸움이 아무리 절망적일지라도 미리 포기하는 것보다 싸우다 파괴되는 것이 훨씬 진실된 삶이라고 생각한다. 반면에 동생은 신념이나 사명감을 완벽하게 펼치는 것이 불가능하다고 생각되면, 아예 시도도 하지 못하는 회의적인 태도를 지닌 인물이다.

이렇듯 형은 6·25 참전 중 낙오되었던 경험과 최근 치료받던 소녀가 죽은 충격을 이겨 내고 다시 병원 문을 열게 된다. 이것은 자신의 체험을 소설로 쓰면서 아픔을 극복하고 건강한 생활인으로 돌아온다는 것을 의미한다. 반면에 동생은 혜인을 사랑하면서도 적극적으로 나서지 못해 놓쳐 버리고 만다. 늘 무기력하게 지내기만 할 뿐이다. 동생은 뚜렷한 환부를 지니고 있지 않다. 환자의 죽음으로 인해 받은 상처를 극복하기 위해 자신의 경험을 소설적으로 변형시키는 형과는 달리, 동생은 자신이 지닌 상처의 근원을 알지 못하기 때문에 그 상처를 치유할 방법을 찾지 못한다.

결국, 형은 소설 쓰기를 통해 상처를 치유하고 자기 연민에서 벗어나고자 한다. 하지만 동생은 상처의 근원을 모르기 때문에 형처럼 소설로 재구성하는 등의 일은 하지 못한다. 형은 소설 쓰기를 통해 상처를 치유하고, 오관모와의 만남을 통해 새롭게 자기를 발견하지만, 동생은 그러한 모습을 보면서 '더 많은 시간을 망설이며 허비해야' 될 것 같은 느낌만을 가질 뿐이다. 그 상처는 동생의 힘으로는 찾을 수도 없는 명료한 '얼굴'이 아니기 때문이다.

'나'는 형과 같은 구체적인 아픔을 간직하고 해결하기 위해 노력하기보다는 수동적으로 현실을 회피하면서 무기력하게 보낼 뿐이다. 형이 동생에게 '병신과 머저리'라고 말한 것도 그 때문이며, 동생 스스로도 자신이 '병신과 머저리'라고 느끼고 있다.

 생각 나누기

1. 〈병신과 머저리〉에서 등장 인물이 겪고 있는 문제점과 그 대처 방법은 무엇인가?
2. 이 소설의 등장 인물 '혜인'이 '나'에게서 떠난 뒤 다른 사람과 결혼을 한 이유는 무엇인가?
3. 소설의 결말에서 '형'이 자신이 쓴 원고를 찢어서 불에 태운 이유는 무엇인가?

 모범 답안

1. 형은 수술로 죽은 소녀에 대한 경험과 과거의 패잔병 시절에 겪었던 경험으로 인해 고통받고 있다. 동생은 원인도 모르는 패배감으로 괴로워하고 있다. 그런데 형과 동생이 그 아픔을 치유하는 방법은 서로 다르다. 형이 소설을 쓰면서 자신의 아픔을 치유하는 반면에 동생은 무기력하게 지낼 뿐이다. 결국 형은 적극적으로 자신의 상처를 치유하기 위해 애쓰지만 동생은 무력감에 사로잡혀 방향성을 잃어버리고 있다.
2. 처음에 혜인이 '나'를 좋아하게 된 이유는 '나'가 '그림을 그리는 사람'이기 때문이었다. 그리고 '나'와 헤어지기로 결심한 이유도 '나'가 '그림을 그리는 사람'이기 때문이다. 처음에 혜인은 사랑을 낭만적인 것으로 보았기 때문에 화가인 '나'를 사랑하게 되었다. 하지만 혜인이 결혼을 생각할 무렵 무기력하게만 지내고 미래가 불투명한 '나'는 그의 결혼 상대가 되지 못했다. 결혼은 현실이기 때문이다. 그래서 혜인은 '나'를 버리고 미래가 확실히 보장된 의사와 결혼하기로 결심한다.
3. 결혼식장에서 돌아온 형은 소설 속에서 쏘아 죽였던 오관모를 우연히 만

난다. 자신의 관념 속에서 지워 버렸던 그 인간을 다시 만나고 돌아온 뒤 소설을 찢어서 불에 태워 버린다. 오관모를 만난 것이 사실이든 착각이든 형은 자신의 소설을 불에 태우는 행위를 통해 지금까지 자신을 억눌러 왔던 아픈 기억을 지워 버린다. 더 이상 형은 패잔병 시절의 기억을 떠올리며 괴로워할 필요는 없다. 이제부터는 과거의 기억으로부터 벗어나 현실에 충실하면서 사는 것이 중요하다고 판단한 것이다. 아마도 형은 곧 병원 일을 다시 시작할 수 있을 것이다.

연관 작품 더 읽기

- **〈당신들의 천국〉(이청준)** : 나환자들이 모여 사는 소록도를 배경으로 '조백현' 원장과 나환자들 간의 갈등을 그린 작품. 작가는 이 작품에서 자유 없는 권력은 증오를 낳고, 사랑 없는 권력은 강요된 의무만을 요구할 뿐이라는 비관적 세계관을 도출하고 있음.

- **〈나목〉(박완서)** : 6·25 전쟁으로 인해 황폐해진 정신을 갖게 된 사람들이 그 상처를 치유하는 과정을 형상화한 소설. 황량함 속에서도 예술을 향한 열정을 보이는 '옥희도'와 전쟁으로 가족을 잃은 '이경'의 삶의 모습을 통해 분단이나 전쟁의 상황에서 살아가고 있는 인간의 존재 방식을 따지고 있음.

좀더 알아보기

- **실존주의** : 실존이라 함은 말 그대로 실제로 존재하는 인간의 모습을 의미하는 것이고 실존 철학이라 함은 그러한 실존의 모습을 규명하고자 하

는 철학이라 할 수 있다. 모든 낡은 관념과 우매함을 떨치고 진정한 이 삶에서 인간을 이야기하는 것, 이러한 삶에 대한 주체적이고 적극적인 방식, 이것이 실존주의의 본 모습이라 할 수 있음.

논술 다지기

❖ 다양한 가치관이 충돌하는 현대 사회에서 인간은 자신의 정체성을 형성하기 위해 많은 노력을 기울이게 된다. 자신이 처한 상황을 인식하고 대처하면서 자아의 정체성을 형성하는 데 필요한 요소들이 많이 있는데, 그 중 중요한 것이 '경험'과 '관념'이다. 〈병신과 머저리〉에 나타난 형과 아우의 모습을 통해 자아의 정체성을 형성하기 위한 조건인 '경험'과 '관념'이 어떤 관계가 있는지에 대해 논하시오. (2,000자 내외)

 모범 답안

산업화와 정보화의 영향으로 빠르게 변화하는 현대 사회에서 인간은 그 속도에 발맞추기 어려워 가치관의 혼란을 느낄 때가 많다. 또한 다양한 가치관이 혼재하고 있기 때문에 자신이 취해야 할 가치관이 무엇이며, 그로 인해 확립해야 할 정체성이 무엇인지도 가늠하기 힘들 때가 많다. 개인이 자아를 이해하고 자신의 정체성을 형성하기 위해 필요한 조건으로 들 수 있는 것이 바로 '경험'과 '관념'이다.

　〈병신과 머저리〉의 '형'과 '아우'가 상처를 치유하는 과정에서 동원되는 '경험'과 '관념'의 관계를 살펴보면서 정체성을 형성하기 위한 요건에 대해 살펴보도록 하자.

　〈병신과 머저리〉에 나오는 '형'은 6·25 참전 중 낙오되었던 경험과 최근 자신에게 수술받던 소녀의 죽음의 충격이 복합되어 병원 문을 닫고 소설 쓰기를 통해 아픔을 능동적으로 극복하고 있다. '아우'는 매사에 무기력과 패배감을 지닌 인물로서 자신의 상처가 무엇인지를 알지 못하고, 현실 문제에 완벽한 대응이 서지 않으면 실천하지 않는 인물이다.

　두 인물 모두 상처를 지니고 있지만 그 아픔을 치유하는 과정은 사뭇 다르다. 형이 자신의 경험을 정면에서 다루어 소설 쓰기라는 능동적인 작업을 통해 상처를 치유한다면, 아우는 관념 속에 자신을 투영시켜 상처를 치유하고자 한다. 즉 형은 부작용에도 불구하고 실천해야 한다는 행동적 유형의 인물이며, 동생은 완벽한 실천이 불가능하다면 그것이 완벽해질 때까지 계속 고민만 하는 회의적 유형의 인물이다. 요컨대, 〈병신과 머저리〉의 '형'과 '아우'는 각각 경험과 관념을 통해 자신의 상처를 치유하려고 노력하고 있다.

　이러한 형과 아우의 태도는 현대를 살아가는 우리에게 많은 시사점을 던져 준다. 우리는 현대화된 공간 속에서 여러 사람과 소통하면서 자신과는 다른 가치관을 지닌 사람들을 접한다. 그 속에서 우리는 갈등하기도 하고, 상처를 입고 패배의식에 빠지기도 한다. 이러한 것은 우리 스스로가 자신에 대한 확고한 가치관을 정립시키지 못한 상태에서 비롯된다. 따라서 우리는 혼란스러운 현대 사회의 다양한 현상을 냉철하게 바라볼 필요가 있으며, 그 속에서 자신의 정체성을 형성해야 한다. 가치관을 확립하고 정체성을 형성하기 위해서 우리는 〈병신과 머저리〉에서 형과 아우가 각각 동원한 방법인 경험과 관념에 주목할 필요가 있다.

　경험과 관념 중 어느 하나만을 강조해서 자신의 정체성을 확립한다는 것은 불가능하다고 생각한다. 우리는 어릴 때부터 쌓아 온 폭넓은 경험을 통해 세상을 이해하고, 그 속에 존재하는 자신을 잘 이해할 수 있다. 물론 경험 자체로만으로는 부족하다. 과거에 자신이 경험했던 사실을 정리하면서 미래를 설계할 수 있어야 한다. 〈병신과 머저리〉의 '형'과 같이 자신의 경험을 글쓰기를 통해 정리한다든지, 부모 혹은 친구들과의 대화를 통해 자신의 경험을 정리하는 태도가 필요하다. 이렇게 우리는 자신의 경험을 이해하는 과정에서 나름대로의 관념을 형성해 나아갈 수 있다. 그리고 우리는 경험을 통해 기존에 지니고 있던 관념을 구체화할 수 있으며, 보다 바람직한 모습으로 변화시킬 수도 있다. 관념 속에서만 자신을 이해하는 것은 또다른 추상적인 관념 속으로 자신을 밀어넣을 뿐이다. 이렇게 된다면 우리는 현실과는 거리가 먼 지극히 추상적인 세계 속에서 존재할 수밖에 없다. 관념 속의 존재를 현실로 이끌어 내고 보다 구체적이고 실재적인 존재가 되기 위해서는 관념을 자신의 경험과 끊임없이 관련시켜야 한다. 결국 경험은 관념 속에 존재하는 자신을 구체화하는 중요한 요인이 된다. 마찬가지로 관념은 경험을 더 잘 이해할 수 있도록 하는 원동력이 되는 것이다.

〈병신과 머저리〉는 어떤 문제를 관념적으로 해결하는 것과 그 문제가 실제 현실에서 해결되는 것은 다를 수밖에 없다는 것을 보여 준다. 또한 어느 하나만을 강조해 문제를 해결하고, 그 과정 속에서 자신의 가치관을 확립한다는 것이 힘들다는 것도 함께 보여 준다. 이처럼 인간의 정체성은, 경험과 관념이 조화로운 관계를 유지할 때 '병신과 머저리'와 같은 불구의 상태가 아니라 보다 바람직하고 이상적으로 정립될 수 있는 것이다.

배움이란 우연히 얻어지는 것이 아니다. 열성을 가지고 추구해야 하는 것이며, 부지런히 정성을 기울여야 하는 것이다.

-아담(Adam, Karl)-

감자

김동인(1900~1951)

호는 금동(琴童). 평양 출생. 숭실중학 중퇴. 1914년 일본으로 건너가 메이지 학원을 졸업했으며, 1918년에는 미술에 뜻을 두고 가와바타 미술학교에 입학함. 1919년 주요한 등과 함께 문예동인지 《창조》를 낸 후 귀국. 3·1 운동 무렵에 출판법 위반 혐의로 6개월 간 징역을 살았음. 《창조》에 발표한 처녀작 〈약한 자의 슬픔〉을 비롯하여 〈붉은 산〉, 〈배따라기〉, 〈감자〉, 〈김연실전〉 등 자연주의 경향의 작품을 다수 발표하였고, 한편으로는 〈광화사〉, 〈광염 소나타〉처럼 탐미주의·예술 지상주의 소설을 씀. 1930년대 이후로는 역사 소설의 창작에 주력하여 〈운현궁의 봄〉, 〈젊은 그들〉, 〈대수양〉 등의 작품을 남겼으며, 《야담》이라는 월간지를 발간하는 등 통속적인 경향으로도 흐름. 《목숨》, 《김동인 단편집》 등의 많은 소설집과 평론집 《춘원 연구》를 남김.

미리 엿보기...

생각해 봅시다

1. 자연주의 소설이라고 평가되는 이 작품을 통해 문예사조로서의 자연주의가 지니는 특성을 이해해 보자.
2. 이 작품의 작자인 김동인이 한국 문학사에서 차지하는 위치를 살펴보자.

작품의 줄거리

　복녀는 도덕 있는 얌전한 농가에서 자라난 처녀였다. 그러나 무능한 남편과 결혼해서 빈민가로 밀려나고, 몸을 팔아 생계를 꾸리게 되면서 그의 도덕감은 점점 옅어져 간다.
　어느 날 복녀는 중국인 왕 서방의 밭으로 감자를 도적질하러 갔다가 왕 서방에게 들킨 다음, 그와 계속 관계를 가진다. 그러다 왕 서방이 결혼하는 날, 복녀는 질투심에 사로잡혀 신방에 뛰어들어가 함께 가자고 조르며 칼을 들이대다 오히려 왕 서방의 손에 죽는다. 왕 서방은 복녀의 남편과 의사에게 돈을 줌으로써 이 문제를 해결하고, 복녀의 시체는 뇌일혈로 죽었다는 의사의 진단으로 공동묘지에 보내진다.

싸움, 간통, 살인, 도적, 구걸, 징역, 이 세상의 모든 비극과 활극의 근원지인 칠성문 밖 빈민굴로 오기 전까지는 복녀 부처는 (사농공상의 제 2위에 드는) 농민이었었다.

 복녀는, 원래 가난은 하나마 정직한 농가에서 규칙 있게 자라난 처녀였다. 이전 선비의 엄한 규율은 농민으로 떨어지자부터 없어졌다 하나, 그러나 어딘지는 모르지만 딴 농민보다는 좀 똑똑하고 엄한 가율이 그의 집에 그냥 남아 있었다. 그 가운데서 자라난 복녀는 물론 다른 집 처녀들과 같이 여름에는 벌거벗고 개울에서 멱감고, 바짓바람으로 동네를 돌아다니는 것을 예사로 알기는 알았지만, 그러나 그의 마음 속에는 막연하나마 도덕이라는 것에 대한 기품을 가지고 있었다.

 그는 열다섯 살 나는 해에 동리 홀아비에게 팔십 원에 팔려서 시집이라는 것을 갔다. 그의 새서방(영감이라는 편이 적당할까)이라는 사람은 그보다 이십 년이나 위로서, 원래 아버지의 시대에는 상당한 농민으로 밭도 몇 마지기가 있었으나, 그의 대로 내려오면서는 하나 둘 줄기 시작하여, 마지막에 복녀를 산 팔십 원이 그의 마지막 재산이었었다. 그는 극도로 게으른 사람이었다. 동리 노인의 주선으로 소작 밭깨나 얻어 주면, 종자만 뿌려 둔 뒤에는 후치질도 안 하고 김도 안 매고 그냥 내버려 두었다가는, 가을에 가서는 되는대로 거두어서 '금년은 흉년입네.' 하고 전줏집에는 가져도 안 가고 자기 혼자 먹어 버리곤 하였다. 그러니까 그는 한 밭을 이태[1]를 연하여 부쳐 본 일이 없었다. 이리하여 몇 해를 지내는 동안 그는 그 동리에서는 밭을 못 얻을 만큼 인심과 신용을 잃고 말았다.

　복녀가 시집을 간 뒤 한 삼사 년은 장인의 덕으로 이렁저렁 지내 갔으나, 이전 선비의 꼬리인 장인은 차차 사위를 밉게 보기 시작하였다. 그들은 처가에까지 신용을 잃게 되었다.

　그들 부처는 여러 가지로 의논하다가 하릴없이 평양성 안으로 막벌이로 들어왔다. 그러나 게으른 그에게는 막벌이나마 역시 되지 않았다. 하루 종일 지게를 지고 연광정에 가서 대동강만 내려다보고 있으니, 어찌 막벌이인들 될까. 한 서너 달 막벌이를 하다가, 그들은 요행 어떤 집 막간(행랑) 살이로 들어가게 되었다.

　그러나 그 집에서도 얼마 안 하여 쫓겨 나왔다. 복녀는 부지런히 주인집 일을 보았지만, 남편의 게으름은 어찌할 수가 없었다. 매일 복녀는 눈에 칼을 세워 가지고 남편을 채근하였지만, 그의 게으른 버릇은 개를 줄 수는 없었다.

중요 어구

1) 이태 : 두 해.
2) 칠성문 밖 빈민굴: 복녀의 성격이 변화하는 원인이 되는 환경.

"벳섬 좀 치워 달라우요."

"남 졸음 오는데, 님자 치우시관."

"내가 치우나요?"

"이십 년이나 밥 처먹구 그걸 못 치워."

"에이구, 칵 죽구나 말디."

"이년, 뭘!"

이러한 싸움이 그치지 않다가, 마침내 그 집에서도 쫓겨 나왔다.

이젠 어디로 가나? 그들은 하릴없이 칠성문 밖 빈민굴[2]로 밀리어 오게 되었다.

칠성문 밖을 한 부락으로 삼고 그 곳에 모여 있는 모든 사람들의 정업은 거러지요, 부업으로는 도적질(자기네끼리의)과 매음, 그 밖에 이 세상의 모든 무섭고 더러운 죄악이었다. 복녀도 그 정업으로 나섰다.

그러나 열아홉 살 한창 좋은 나이의 여편네에게 누가 밥인들 잘 줄까.

"젊은 거이 거랑질은 왜?"

그런 소리를 들을 때마다 그는 여러 가지 말로, 남편이 병으로 죽어 가거니 어쩌거니 핑계는 댔지만, 그런 핑계에는 단련된 평양 시민의 동정은 역시 살 수가 없었다. 그들은 이 칠성문 밖에서도 가장 가난한 사람 가운데 드는 편이었다. 그 가운데서 잘 수입되는 사람은 하루에 오 리짜리 돈푼으로 일 원 칠팔십 전의 현금을 쥐고 돌아오는 사람까지 있었다. 극단으로 나가서 밤에 돈벌이 나갔던 사람은 그 날 밤 사십여 원을 벌어 가지고 와서 그 근처에서 담배 장사를 시작한 사람까지 있었다.

복녀는 열아홉 살이었다. 얼굴도 그만하면 빤빤하였다. 그 동리 여인들의 보통 하는 일을 본받아서, 그도 돈벌이 좀 잘하는 사람의 집에라도 간간 찾아가면 매일 오륙십 전은 벌 수가 있었지만, 선비 집안에서 자라난 그는 그런 일은 할 수가 없었다.[3]

그들 부처는 역시 가난하게 지냈다. 굶는 일도 흔히 있었다.

기자묘 솔밭에 송충이가 끓었다. 그 때, 평양부에서는 그 송충이를 잡는 데 (은혜를 베푸는 뜻으로) 칠성문 밖 빈민굴 여인들을 인부로 쓰게 되었다.

빈민굴 여인들은 모두 다 지원을 하였다. 그러나 뽑힌 것은 겨우 오십 명쯤이었다. 복녀도 그 뽑힌 사람 가운데 한 사람이었다.

복녀는 열심으로 송충이를 잡았다. 소나무에 사다리를 놓고 올라가서는, 송충이를 집게로 집어서 약물에 잡아넣고 또 그렇게 하고, 그의 통은 잠깐 사이에 차곤 하였다. 하루에 삼십이 전씩의 품삯이 그의 손에 들어왔다.

그러나 대엿새 하는 동안에 그는 이상한 현상을 하나 발견하였다. 그것은 다른 것이 아니라, 젊은 여인부 한 여남은 사람은 언제나 송충이는 안 잡고, 아래서 지절거리며 웃고 날뛰기만 하고 있는 것이었다. 뿐만 아니라, 그 놀고 있는 인부의 품삯은, 일하는 사람의 삯전보다 팔 전이나 더 많이 내어 주는 것이었다.

감독은 한 사람뿐이었는데 감독도 그들이 놀고 있는 것을 묵인할 뿐 아니라, 때때로는 자기까지 섞여서 놀고 있었다.

어떤 날 송충이를 잡다가 점심때가 되어서 나무에서 내려와서 점심을 먹고 다시 올라가려 할 때 감독이 그를 찾았다.

중요 어구

3) 선비 집안에서~없었다 : 자신의 신분과 가치관에 따라 판단하고 행동하는 복녀의 모습을 볼 수 있다.

"복네! 애 복네!"

"왜 그릅네까?"

그는 약통과 집게를 놓고 뒤로 돌아섰다.

"좀 오너라."

그는 말없이 감독 앞에 갔다.

"애, 너, 음…… 데 뒤 좀 가 보디 않갔니?"

"뭘 하레요?"

"글쎄, 가야……."

"가디요. ……형님!"

그는 돌아서면서 인부들 모여 있는 데로 고함쳤다.

"형님두 갑세다가레."

"싫다 애, 둘이서 재미나게 가는데, 내가 무슨 맛에 가갔니?"

복녀는 얼굴이 새빨갛게 되면서 감독에게로 돌아섰다.

"가 보자."

감독은 저편으로 갔다. 복녀는 머리를 수그리고 따라갔다.

"복네 좋갔구나."

뒤에서 이러한 조롱 소리가 들렸다. 복녀의 숙인 얼굴은 더욱 발갛게 되었다.

그 날부터 복녀도 '일 안 하고 품삯 많이 받는 인부'의 한 사람으로 되었다.

복녀의 도덕관 내지 인생관은 그 때부터 변하였다.

그는 아직껏 딴 사내와 관계를 한다는 것을 생각하여 본 일도 없었다. 그것은 사람의 일이 아니요, 짐승의 하는 짓쯤으로만 알고 있었다. 혹은 그런 일을 하면 탁 죽어지는지도 모를 일로 알았다.

그러나 이런 이상한 일이 어디 다시 있을까. 사람인 자기도 그런 일을 한 것을 보면, 그것은 결코 사람으로 못할 일이 아니었다.[4] 게다가 일 안 하고도 돈 더 받고, 긴장된 유쾌가 있고, 빌어먹는 것보다 점잖고…… 일본말로 하자면 '삼박자(三拍子)' 같은 좋은 일은 이것뿐이었다. 이것이야말로 삶의 비결이 아닐까. 뿐만 아니라, 이 일이 있은 뒤부터, 그는 처음으로 한 개 사람이 된 것 같은 자신까지 얻었다.

그 뒤부터는, 그는 얼굴에 조금씩 분도 바르게 되었다.

일 년이 지났다.

그의 처세의 비결은 더욱더 순탄히 진척되었다. 그의 부처는 이제는 그리 궁하게 지내지는 않게 되었다.

그의 남편은 이것이 결국 좋은 일이라는 듯이 아랫목에 누워서 벌신벌신 웃고 있었다.

복녀의 얼굴은 더욱 이뻐졌다.

"여보 아즈바니, 오늘은 얼마나 벌었소?"

복녀는 돈 좀 많이 번 듯한 거지를 보면 이렇게 찾는다.

"오늘은 많이 못 벌었쉐다."

"얼마?"

"도무지 열서너 냥."

"많이 벌었쉐다가레. 한 댓 냥 꿰 주소고레."

"오늘은 내가……."

어쩌고 어쩌고 하면, 복녀는 곧 뛰어가서 그의 팔에 늘어진다.

중요 어구

4) 사람인~아니었다 : 빈민굴로 옮겨진 삶의 환경에 따라 복녀의 성격도 변화하고 있다.

"나한테 들킨 댐에는 꿰구야 말아요."

"나 원, 이 아즈마니 만나믄 야단이더라. 자 꿰 주디. 그 대신 응? 알아 있디?"

"난 몰라요. 해해해해."

"모르믄, 안 줄 테야."

"글쎄, 알았대두 그른다."

그의 성격은 이만큼까지 진보되었다.

가을이 되었다.

칠성문 밖 빈민굴 여인들은 가을이 되면 칠성문 밖에 있는 중국인 채마밭에 감자(고구마)며 배추를 도적질하러, 밤에 바구니를 가지고 간다. 복녀도 감자깨나 잘 도적질하여 왔다.

어떤 날 밤, 그는 고구마 한 바구니를 잘 도적질하여 가지고, 이젠 돌아오려고 일어설 때, 그의 뒤에 시꺼먼 그림자가 서서 그를 꽉 붙들었다. 보니, 그것은 그 밭의 주인인 중국인 왕 서방이었다. 복녀는 말도 못하고 멀찐멀찐 발 아래만 내려다보고 있었다.

"우리 집에 가."

왕 서방우 이렇게 말하였다.

"가재믄 가디. 원, 것두 못 갈까."

복녀는 엉덩이를 한 번 홱 두른 뒤에, 머리를 젖히고 바구니를 저으면서 왕 서방을 따라갔다.

한 시간쯤 뒤에 그는 왕 서방의 집에서 나왔다. 그가 밭고랑에서 길로 들어서려 할 때, 문득 뒤에서 누가 그를 찾았다.

"복네 아니야?"

복녀는 홱 돌아서 보았다. 거기는 자기 곁집 여편네가 바구니를 끼고, 어두운 밭고랑을 더듬더듬 나오고 있었다.

"형님이댔쉐까? 형님두 들어갔댔쉐까?"

"님자두 들어갔댔나?"

"형님은 뉘 집에?"

"나? 눅 서방네 집에. 님자는?"

"난 왕 서방네……. 형님, 얼마 받았소?"

"눅 서방네…… 그 깍쟁이 놈. 배추 세 페기……."

"난 삼 원 받았디."

복녀는 자랑스러운 듯이 대답하였다.

십 분쯤 뒤에 그는 자기 남편과 그 앞에 돈 삼 원을 내놓은 뒤에, 아까 그 왕 서방의 이야기를 하면서 웃고 있었다.

그 뒤부터 왕 서방은 무시로[5] 복녀를 찾아왔다.

한참 왕 서방이 눈만 멀찐멀찐 앉아 있으면, 복녀의 남편은 눈치를 채고 밖으로 나갔다. 왕 서방이 돌아간 뒤에 그들 부처는, 일 원 혹은 이 원을 가운데 놓고 기뻐하곤 하였다.[6]

복녀는 차차 동리 거지들한테 애교를 파는 것을 중지하였다. 왕 서방이 분주하여 못 올 때가 있으면 복녀는 스스로 왕 서방의 집까지 찾아갈 때도

중요 어구

5) 무시로 : 특별히 정한 때가 없이 아무 때나.

6) 왕 서방이~하였다 : 무기력하고 게으른 남편이 아내를 그저 하나의 상품으로 여기는 태도가 드러난다.

7) 강짜 : '강샘'을 속되게 이르는 말. 부부 사이나 사랑하는 이성 사이에서 상대되는 이성이 다른 이성을 좋아할 경우에 지나치게 시기하는 것.

있었다.

복녀 부처는 이제 이 빈민굴의 한 부자였다.

그 겨울도 가고 봄이 이르렀다.

그 때 왕 서방은 돈 백 원으로 어떤 처녀를 하나 마누라로 사 오게 되었다.

"흥!"

복녀는 다만 코웃음만 쳤다.

"복녀, 강짜[7] 하갔구만."

동리 여편네들이 이런 말을 하면, 복녀는 흥 하고 코웃음을 웃곤 하였다.

내가 강짜를 해? 그는 늘 힘있게 부인하고 있었다. 그러나 그의 마음에 생기는 검은 그림자는 어찌할 수가 없었다.

"이놈 왕 서방, 내 두고 보자."

왕 서방이 색시를 데려오는 날이 가까웠다. 왕 서방은 여태껏 자랑하던 기다란 머리를 깎았다. 동시에 그것은 새색시의 의견이라는 소문이 쫙 퍼졌다.

"흥!"

복녀는 역시 코웃음만 쳤다.

마침내 새색시가 오는 날에 이르렀다. 칠보단장에 사인교를 탄 색시가 칠성문 밖 채마밭 가운데 있는 왕 서방의 집에 이르렀다.

밤이 깊도록, 왕 서방의 집에는 중국인들이 모여서 별한 악기를 뜯으며 별한 곡조로 노래하며 야단하였다. 복녀는 집 모퉁이에 숨어 서서 눈에 살기를 띠고 방 안의 동정을 듣고 있었다.

다른 중국인들이 새벽 두 시쯤 하여 돌아가는 것을 보면서 복녀는 왕 서방의 집 안에 들어갔다. 복녀의 얼굴에는 분이 하얗게 발리어 있었다.[8]

신랑 신부는 놀라서 그를 쳐다보았다. 그것을 무서운 눈으로 흘겨보면서, 그는 왕 서방에게 가서 팔을 잡고 늘어졌다. 그의 입에서는 이상한 웃음이 흘렀다.

"자, 우리 집으로 가요."

왕 서방은 아무 말도 못하였다. 눈만 정처 없이 두룩두룩하였다. 복녀는 다시 한 번 왕 서방을 흔들었다.

"자, 어서."

"우리, 오늘 밤 일이 있어 못 가."

"일은 밤중에 무슨 일."

"그래두, 우리 일이……."

복녀의 입에 여태껏 떠돌고 있던 이상한 웃음이 문득 없어졌다.

"이까짓 것!"

그는 발을 들어서 치장한 신부의 머리를 찼다.

"자, 가자우, 가자우."

왕 서방은 와들와들 떨었다. 왕 서방은 복녀의 손을 뿌리쳤다.

복녀는 쓰러졌다. 그러나 곧 다시 일어섰다. 그가 다시 일어설 때는, 그의 손에는 얼른얼른하는 낫이 한 자루 들리어 있었다.

"이 되놈, 죽어라, 죽어라. 이놈, 나 때렸디! 이놈아, 아이구, 사람 죽이

중요 어구

8) 복녀의~있었다 : 왕 서방에게 시집온 새색시에 대한 시기와 질투를 엿볼 수 있다.
9) 그리고 시체에는~주었다 : 세 사람이 모여 복녀의 시체를 흥정하는 장면. 인간의 존엄성을 무시하는 타락한 인간의 전형을 보여 준다.

누나."

그는 목을 놓고 처울면서 낫을 휘둘렀다. 칠성문 밖 외따른 밭 가운데 홀로 서 있는 왕 서방의 집에서는 일장의 활극이 일어났다. 그러나 그 활극도 곧 잠잠하게 되었다. 복녀의 손에 들리어 있던 낫은 어느덧 왕 서방의 손으로 넘어가고, 복녀는 목으로 피를 쏟으면서 그 자리에 고꾸라져 있었다.

복녀의 송장은 사흘이 지나도록 무덤으로 못 갔다. 왕 서방은 몇 번을 복녀의 남편을 찾아갔다. 복녀의 남편도 때때로 왕 서방을 찾아갔다. 둘의 사이에는 무슨 교섭하는 일이 있었다.

사흘이 지났다.

밤중에 복녀의 시체는 왕 서방의 집에서 남편의 집으로 옮겨졌다. 그리고 시체에는 세 사람이 둘러앉았다. 한 사람은 복녀의 남편, 한 사람은 왕 서방, 또 한 사람은 어떤 한방 의사. 왕 서방은 말없이 돈주머니를 꺼내어, 십 원짜리 지폐 석 장을 복녀의 남편에게 주었다.[9] 한방 의사의 손에도 십 원짜리 두 장이 갔다.

이튿날, 복녀는 뇌일혈로 죽었다는 한방의의 진단으로 공동묘지로 실려 갔다.

작품 이해 및 논술 다지기

작품 이해

 핵심 정리

- **갈래** : 단편 소설
- **시점** : 작가 관찰자 시점(부분적으로 전지적 작가 시점이 드러남)
- **배경** : 시간적 — 1920년대

  공간적 — 평양 칠성문 밖 빈민굴
- **구성** : 순행적 구성
- **문체** : 간결체
- **주제** : 환경에 따라 변하는 인간성과 애정의 자각

 **등장 인물의 성격**

- **복녀** : 엄격한 가정 교육을 받고 자라났지만, 게으른 남편에게 팔려와

빈민굴 동네로 이사간 후 도덕성을 잃고 몸을 팔다가 질투로 인해 타락과 파멸의 길을 걷는다.
- **남편** : 천성이 게으르고 아내의 매춘으로 편안히 사는 것을 동조하는, 도덕적으로 타락한 파렴치한 인간.
- **왕 서방** : 중국인 지주로 돈으로 세상 모든 일을 처리하는 배금주의자며 호색한(好色漢).

 이해와 감상

1925년 이 소설이 《조선문단》에 발표되었을 때, 몇몇 프로 비평가들은 이를 신경향파적인 작품으로 받아들였다. 빈궁한 삶을 소재로 하여 그 비참함을 적나라하게 드러냈다는 점에서 이 소설이 신경향파 소설과 비슷하다고 판단했기 때문이다.

그러나 〈감자〉에서 작가의 관심은, 사회적인 모순을 드러내고 분노를 터뜨리는 데 있는 것이 아니다. 정직한 농가에서 규칙 있게 자라난 처녀인 복녀가 빈민굴의 매음녀가 되고 결국 죽음을 맞게 되는 과정이 별다른 감정을 거느리지 않고 그저 제시되는 것뿐이다. 즉 환경의 변화에 따라 ― 얌전한 농가에서 빈민굴로까지의 전락 ― 복녀라는 인물은 변화하는데, 입체적 인물의 성격과 행동이 환경에 의해 결정된다는 결정론의 영향을 여기서 볼 수 있다. 이런 변화에 대해 〈감자〉의 인물들은 어떤 자의식도 갖지 못한다. 몸을 팔아 번 돈을 남편에게 자랑스럽게 내 보이는 복녀, 아내의 죽음을 삼십 원과 맞바꾸는 복녀의 남편에게는 윤리나 도덕에 대한 의식이 전혀 없다.

그들은 단지 변화하는 환경에 적응할 뿐이다. 이런 특징들, 특히 환경 결정론의 영향을 지적하는 데서 〈감자〉를 자연주의 작품으로 보려는 견해가 생겨난다. 김동인의 작품 중 자연주의라는 평을 듣고 있는 것에는 〈배따라기〉, 〈

감자〉, 〈김연실전〉 등이 있는데, 그 중에서도 〈감자〉는 자연주의 정신이 잘 구현되어 있다는 평가를 받는다. 도덕이나 윤리·법이라는 치장을 걸치기 전, 생물적 존재로서의 인간이 잘 묘사되고 있기 때문이다.

〈배따라기〉에서 형상화되고 있는 인간의 원초적인 애욕은 회상 속의 '과거'로서 주어지며, 이야기를 서술하는 현재의 시점은 낭만성으로 짙게 물들어 있다. 또 〈김연실전〉의 경우는, 방종한 생활을 해 온 여주인공에게 '행복한 결혼' 이라는 결말을 안겨 줌으로써 냉정한 시선을 포기하고 있다.

반면 드러나는 특질이 비슷함에도 불구하고, 자연주의가 지녔던 시대적 의미에 있어서 서구와 우리의 경우는 퍽 다르다. 졸라, 플로베르가 대표하는 서구의 자연주의는 진보성을 특징으로 한다. 환경에 의해 인간의 성격과 행동이 결정된다는 결정론은 환경, 즉 주변의 실제 생활이 중요하다는 사실의 자각에서 비롯된 것이었고, 자연주의의 바탕에는 물질만을 좇는 자본주의 사회에 대한 비판 정신이 깔려 있었다. 생물적 존재로서의 인간과 인간의 추악한 욕망을 적나라하게 드러내면서 사회의 모순을 보여 주는 것, 그것이 서구의 자연주의였다. 초기 자본주의 시대에 자연주의는 진보적인 문학 조류의 한 방편으로서 자리잡았던 것이다.

그러나 〈감자〉의 경우는 사회적 진보성과 거리가 멀다. 다양한 방향으로 뻗쳐 갔던 김동인의 실험 중 한 갈래가 〈감자〉를 낳았다고 보는 데서 그치는 편이 옳을 것이다.

우리 나라의 경우, 서구의 여러 문예 사조가 1920년대를 전후한 짧은 시기에 집중적으로 소개·수용되었으므로, 사실 어떤 사조의 역사적·사회적 뿌리를 캐기는 어렵다. 서구 역사의 특정한 고비에서 등장한 사조들을, 우리 작가들이 마구잡이로 받아들였다시피 했기 때문이다. 자연주의 소설로서의 〈감자〉가 그러했듯, 서구 문예사조와 최소한의 공통점을 가지면서도 서구와 다른 한국적 특질을 가진 것이 한국 문학사에서의 문예사조이다.

 생각 나누기

1. 〈감자〉에서 보이는 자연주의적 특질을 지적해 보자.
2. 〈감자〉와 같은 계열에 속한다고 평가되는 이 작가의 작품을 둘 이상 들어 보자.
3. 복녀가 파멸에 이르는 원인과 작가가 이 작품에서 보여 준 현실 인식의 한계를 연관지어 설명하시오.

 모범 답안

1. 〈감자〉는 주인공 복녀를 중심으로 자연주의적 성격을 뚜렷이 부각시킨 작품이다. 자연주의는 유전 법칙이나 자연의 섭리에 따라 인간을 기계적으로 진단, 그 짐승과 같은 어두운 면을 파헤쳐 인간이 자연과 동질임을 보여 주는 사상이다. 인간의 성격은 환경에 의해 결정된다는 결정론과 함께 생존을 위해 다른 가치를 무시하는 인간상, 즉 생물적 존재로서의 인간을 노골적으로 묘사한 점에서 이 작품의 자연주의적 특질은 잘 드러난다. 복녀는 원래 정직한 농가에서 규칙 있게 자라난 처녀였으나 돈에 팔려 나이 많은 남자에게로 시집을 가면서 자유 분방한 생활을 하게 된다. 송충이 잡이를 하다가 감독의 눈에 띄어 몸을 주고는 편히 지내고, 또 고구마를 훔치다가 왕 서방에게 발각되어 몸을 준 대가로 돈을 받는다. 왕 서방이 결혼을 하자 비로소 사랑을 자각한 복녀는 질투에 불타 신방에 낫을 들고 가 휘두르다가 오히려 죽음을 맞게 된다. 이 남자 저 남자에게 몸을 주고 대가를 받는 본능 그대로의 모습, 질투의 불길 때문에 죽음을 맞이하는 종말의 비극에서 자연주의의 특성이 강하게 드러나고 있는 것이다.

2. 김동인의 작품은 〈감자〉와 같은 자연적 사실주의 계열과 〈배따라기〉와 같은 생의 외경을 추구하는 계열, 그리고 〈광화사〉와 같은 탐미적 계열로 나누어진다. 〈감자〉는 생의 외경과 운명을 그린 〈배따라기〉, 신여성의 발랄한 자유 연애 사상을 그린 〈김연실전〉, 염상섭을 두고 썼다는 〈발가락이 닮았다〉 등과 그 경향을 같이한다.

3. 복녀는 벗어날 수 없는 가난과 애욕 때문에 결국 죽음이라는 비극적 상황으로 치닫게 된다. 애욕은 복녀 개인에게 속한 원인이지만, 가난의 문제는 개인의 책임으로만 돌릴 수 없는 문제이다. 가난과 무지로 인해 도덕적으로 타락하게 되는 한 여인의 삶은 현실 상황에 의해 지배되는 한 인간의 운명을 잘 보여 주고 있지만, 그 비극의 원인으로 제시되는 빈곤의 근본적인 원인에 대한 작가의 고찰은 부족하다.

연관 작품 더 읽기

- **〈명문〉(김동인)** : 이 세상의 질서와 저 세상의 질서가 다름을 보여 준 소설로, 감자의 극적 구성이나 비약적인 사건 진행은 〈명문〉으로 이어져 근대 단편 소설의 새로운 패턴을 형성함.

- **〈나나〉(에밀 졸라)** : 성적 매력을 가진 여배우 나나에게 빠진 호색가들이 차례차례 파산·투옥·자살의 판국에 몰리는 과정을 뛰어난 사실주의적 수법으로 그려 낸 소설.

좀더 알아보기

플롯의 진행 : 플롯이 어떻게 진행되느냐에 따라 세 가지 유형으로 나뉘

어짐.

- 평면적 진행 : 사건이 과거, 현재, 미래로 순차적으로 진행되는 방법. 〈춘향전〉, 〈흥부전〉 등 고대 소설은 물론 〈동백꽃(김유정)〉, 〈감자(김동인)〉, 〈바비도(김성한)〉 등 근·현대 소설에서 사용됨.
- 입체적 진행 : 사건을 시간순이 아닌, 과거와 현재를 뒤섞어서 진행하는 방법. 근대 소설의 일부와 현대 소설에서 사용됨. 〈까치소리(김동리)〉, 〈요한시집(장용학)〉, 〈매잡이(이청준)〉, 〈새끼무당(한승원)〉 등.
- 평행적 진행 : 두 가지 사건이 동시에 진행되는 방법. 〈실화(이상)〉와 같은 작품이 그 예에 들어감.

논술 다지기

❖ (가)와 (나)는 인간과 환경의 관계에 대한 글이다. 김동인의 〈감자〉에 등장하는 복녀의 행동을 (가)의 관점에서 설명하고, (나)의 관점에서 비판하시오. (1,200자 내외)

(가) 인간의 행동 양식은 인간의 능력보다는 오히려 자연 환경에 의해 결정된다. 즉 인간은 환경의 산물로 간주되며 전통과 문화 그리고 인간의 자유 의지는 도외시된다. 환경은 인간 생활과 사회 현상을 규정하고 있기 때문에, 자연과 인류와의 관계는 자연과학적인 보편적 법칙으로 이해해야 한다.

(나) 환경이나 사회적 조건이 인간의 사고 방식이나 행동 방식을 결정하지는 않는다. 인간은 외부의 조건이나 원인에 의해 직접적으로 영향을 받는 존재가 아니라, 자기 나름의 가치관과 기준에 따라 행동할 수 있는 자유 의지를 갖고 있는 존재이다.

 모범 답안

    김동인의 〈감자〉는 환경에 의해 인간이 변화되어 가는 모습을 잘 보여 주는 작품이다. 가난하지만 정직한 농가에서 자란 복녀는 가난이라는 환경의 영향을 받아 도덕적으로 타락해 간다. 이러한 복녀의 모습은 인간과 외부 환경의 관계를 진지하게 고민하게 만든다. 과연 인간은 복녀처럼 철저하게 환경의 지배를 받는 존재인가? 아니면 자율 의지로 적극적으로 자신의 운명을 개척할 수 있는 존재인가?

    (가)는 인간과 환경의 관계를 환경결정론의 관점에서 설명하고 있다. (가)는 주인공의 운명이 환경에 의해 이미 결정되어 있다고 바라본다. 복녀의 죽음도 따지고 보면 불우한 환경이 빚어낸 일종의 숙명으로, 그 운명은 환경에 의해 이미 결정된 것이다. 가난은 복녀의 자율 의지로 극복될 성질의 것이 아니다. 가난이라는 환경은 복녀의 행위를 이끌어 오고 있는 원인이다. 복녀가 살고 있는 '칠성문 밖 빈민굴'은 복녀로 하여금 이전의 도덕적 금기를 일탈하도록 하는 데 중요한 요인으로 작용한다. 환경이 복녀의 윤리적 감각을 마비시킨 것이다. 이러한 복녀의 매춘 행위는 환경결정론의 관점에서 보자면 '무죄'이다. 가난은 그의 의지로 극복하고 해결할 수 없는 문제이기 때문이다. 이미 가난이라는 환경이 복녀로 하여금 타락하게 만든 것이다. 하지만 '복녀'가 윤리적 의식을 지닌 채 환경의 영향을 벗어나 자기 의지대로 가난이라는

환경을 극복할 수는 없었을까?

  (나)는 인간과 환경의 문제를 인간의 자율의지론의 관점에서 설명하고 있다. 아무리 불우한 환경일지라도 자신의 자율 의지가 작용하지 않았다면 윤리적으로 무장한 복녀가 매춘 행위를 할 리가 없다. 환경의 탓으로 돌리기에는 문제가 남는다. 우리는 동일한 환경이라도 인간의 의지에 따라 그 결과가 달라지는 것을 보아왔다. 불우한 환경이지만 열심히 노력해 자신의 목표를 이루는 사람이 있는가 하면, 모든 문제를 환경 탓으로 돌리다가 인생을 망치는 경우도 있다. 이것은 인간의 행동을 결정짓는 것이 환경이라기보다는 인간의 자율 의지라는 것을 말해 준다. 이 관점에서 보자면 복녀의 행위는 '유죄'라고 할 수 있다. 아무리 불우한 환경이라 할지라도 모든 결정은 복녀 스스로 내리는 것이기 때문이다. 따라서 그의 매춘 행위는 정당화될 수 없는 성질의 것이다. 복녀가 환경 탓만 하지 말고, 적극적인 의지로 가난을 극복하려고 했다면 그렇게 비참한 결말을 맞이하지는 않았을 것이다.

살아가는 동안에는 배우기를 멈추지 마라. 노년에 이르러 지혜가 이루어지기를 기다리지 마라.

-솔로몬-

광염 소나타

김동인(1900~1951)

 호는 금동(琴童). 평양 출생. 숭실중학 중퇴. 1914년 일본으로 건너가 메이지 학원을 졸업했으며, 1918년에는 미술에 뜻을 두고 가와바타 미술학교에 입학함. 1919년 주요한 등과 함께 문예동인지 《창조》를 낸 후 귀국, 3·1운동 무렵에 출판법 위반 혐의로 6개월 간 징역을 살았음. 《창조》에 발표한 처녀작 〈약한 자의 슬픔〉을 비롯하여 〈붉은 산〉, 〈배따라기〉, 〈감자〉, 〈김연실전〉 등 자연주의 경향의 작품을 다수 발표하였고, 한편으로는 〈광화사〉, 〈광염 소나타〉처럼 탐미주의·예술 지상주의 소설을 씀. 1930년대 이후로는 역사 소설의 창작에 주력하여 〈운현궁의 봄〉, 〈젊은 그들〉, 〈대수양〉 등의 작품을 남겼으며, 《야담》이라는 월간지를 발간하는 등 통속적인 경향으로도 흐름. 《목숨》, 《김동인 단편집》 등이 많은 수설집과 평론집 《춘원 연구》를 남김.

미리 엿보기...

생각해 봅시다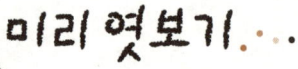

1. 이 작품을 통해 부도덕하거나 추한 것에서까지 미를 찾으려고 하는 김동인의 문학관을 이해해 보자.
2. 액자 소설이라는 새로운 형식의 특징에 유의해 가며 작품을 읽어 보자.

작품의 줄거리

〈광염 소나타〉는 처음에 서술자가 나오고, 화자가 곧 뒤를 따르며, 주인공의 행동이 펼쳐지는 이야기식으로 구성되어 있다. 줄거리는 다음과 같다.

음악 비평가 K씨가 사회 교화자 모씨에게 백성수라는 작곡가를 아느냐고 묻자, 모씨는 그 〈광염 소나타〉의 작곡가 백성수야 다 아는 게 아니냐고 반문한다. K씨는 모씨에게 지금부터 하는 이야기를 잘 들으면 '천재'와 '기회'라는 것을 잘 알 수 있을 것이라고 하며 다음과 같이 말한다.

백성수의 아버지는 천부적인 음악적 재질을 가진 사람으로서, K씨의 동창생이었으며 작곡을 전공했다. 야성적인 그의 곡은 음악계에 새로운 충격을 주었으나, 술을 너무 좋아해 술이 곧 예술이라며 술에 취해 지냈다. 그러다가 어떤 양가의 처녀와 가까워지지만 그만 유복자를 남겨 두고 세상을 떠나고 말았다. 그 유복자가 바로 백성수였다.

삼십 년의 세월이 흐른 어느 날, K씨 즉 나는 예배당에 가 조용히 생각에 빠져 있었다. 그런데 갑자기 시끄러운 소리가 나더니 웬 사람이 뛰어들어 와 밖을 내다보았다. 밖에는 무엇인가 활활 타오르고 있었는데, 그 사람은 경련하듯이 밖을 쳐다보다가 옆에 있는 피아노에 앉아 미친 듯이 피아노 건반을 두들겼다. 바로 〈광염 소나타〉를 즉흥적으로 작곡한 것이다. 나는 그 연주에 매혹당해 백성수를 집으로 데리고 와 그의 이야기를 들었다.

백성수는 어린 시절 어머니 밑에서 곱게 자랐다. 그러나 어머니가 병들어 사경을 헤매는 데 의사를 부를 돈이 없었다. 그 때 담배 가게 앞을 지나가는데 주인이 안 보여 담배 상자 위에 있는 돈을 가지고 달아나다가 잡혀 반 년 동안 옥살이를 하고 나와 보니 이미 어머니는 세상을 떠난 후였다. 그래서 복수할 양으로 담배 가게 집에 불을 놓았다고 했다.

그 후 백성수는 나의 집에 머물면서 음악에 심취했으나 자신 안에 내재된 비상한 열정이 그대로 표현되질 않자 뛰쳐나가 타지 않는 열정을 위해 불을 지르고, 그 광경에 흥분하여 '성난 파도'를 작곡한다. 또 좀더 자극을 받으려고 우연히 발견한 노인의 시체를 이리저리 집어던져 시체가 피투성이가 되자 흥분하여 '피의 선율'을 작곡하고, 달밤에 처녀의 무덤을 파보고는 스스로 흥분하여 '사령(死靈)'을 작곡한다. 그렇게 한 사람씩 죽을 때마다 새로운 음악을 탄생시키지만 결국 백성수는 정신병원에 감금된다.

이런 얘기를 나누면서 K씨는 백성수 같은 천재를 사회 윤리 때문에 말살시킴은 옳지 않다고 주장하며 모씨와 함께 힘 있는 예술, 선이 굵은 예술, 야성으로 충일된 예술에 관해 서로 역설한다.

광염 소나타…

　　독자는 이제 내가 쓰려는 이야기를, 유럽의 어떤 곳에서 생긴 일이라고 생각하여도 좋다. 혹은 사오십 년 뒤에 조선을 무대로 생겨날 이야기라고 생각하여도 좋다. 다만, 이 지구상의 어떠한 곳에 이러한 일이 있었는지도 모르겠다, 있는지도 모르겠다, 혹은 있을지도 모르겠다, 가능성만은 있다 ― 이만치 알아 두면 그만이다.

　그런지라, 내가 여기 쓰려는 이야기의 주인공 되는 백성수(白性洙)를, 혹은 알버트라 생각하여도 좋을 것이요, 짐이라 생각하여도 좋을 것이요, 또는 호 모(胡某)나 기무라 모(木村某)로 생각하여도 괜찮다. 다만 사람이라는 동물을 주인공 삼아 가지고, 사람의 세상에서 생겨난 일인 줄만 알면…….

　이러한 전제로서, 자 그러면 내 이야기를 시작하자.

　"기회(찬스)라 하는 것이, 사람을 망하게도 하고 흥하게도 하는 것을 아시오?"

"네, 새삼스러이 연구할 문제도 아닐걸요."

"자, 여기 어떤 상점이 있다 합시다. 그런데 마침 주인도 없고 사환[1]도 없고 온통 비었을 적에 우연히 그 앞을 지나가던 신사가…… 그 신사는 재산도 있고 명망도 있는 점잖은 사람인데…… 그 신사가 빈 상점을 들여다보고 혹은 이렇게 생각할 수도 있지 않아요? 텅 비었으니깐 도적놈이라도 넉넉히 들어갈 게다. 들어가서 훔치면 아무도 모를 테다. 집을 왜 이렇게 비워 둔담……. 이런 생각 끝에 혹은 그…… 그 뭐랄까, 그 돌발적(突發的) 변태 심리로써 조그만 물건 하나(변변치도 않고 욕심도 안 나는)를 집어서 주머니에 넣는 경우가 있을지도 모르지 않겠습니까?"

"글쎄요."

"있습니다, 있어요."

어떤 여름날 저녁이었다. 도회를 떠난 교외 어떤 강변에, 두 노인이 앉아서 이런 이야기를 하고 있었다. 그 기회론을 주장하는 사람은 유명한 음악 비평가 K씨였다. 듣는 사람은 사회 교화자(教化者) 모씨였다.

"글쎄, 있을까요?"

"있어요…… 좌우간 있다 가정하고, 그러한 경우에 그 책임은 어디 있습니까?"

"동양 속담 말에, 외밭서는 신 끈도 다시 매지 말랬으니, 그 신사가 책임을 질까요?"

"그래 버리면 그뿐이지만, 그 신사는 점잖은 사람으로서, 그런 절대적 기묘한 찬스만 아니더라면 그런 마음은커녕 엄두도 내지 않을 사람이라

중요 어구

1) 사환 : 관청이나 회사, 가게 따위에서 잔심부름을 시키기 위하여 고용한 사람.

생각하면 어찌 됩니까?"

"……."

"말하자면 죄는 '기회'에 있는데 '기회'라는 무형물은 벌을 할 수가 없으니깐, 그 신사를 가해자로 인정할 수밖에는 지금은 없지요."

"그렇습니다."

"또 한 가지…… 사람이 천재라 하는 것도, 경우에 따라서는 어떤 '기회'가 없으면 영구히 안 나타나고 마는 일이 있는데, 그 '기회'란 것이 어떤 사람에게서, 그 사람의 '천재'와 '범죄 본능'을 한꺼번에 끌어 내었다면 우리는 그 '기회'를 저주하여야겠습니까, 축복하여야겠습니까?"

"글쎄요."

"선생은 백성수라는 사람을 아시오?"

"백성수? …… 자…… 기억이 없는데요."

"작곡가(作曲家)로서 그……."

"네, 생각납니다. 유명한…… '광염 소나타'의 작가 말씀이지요?"

"네, 그 사람이 지금 어디 있는지 아십니까?"

"모릅니다…… 뭐 발광했단 말이 있었는데……."

"네, 지금 ○○ 정신병원에 감금되어 있는데, 그 사람의 일대기를 이야기할 테니 들으시고, 사회 교화자로서의 의견을 말씀해 주십시오."[2]

내가 이제 이야기하려는 백성수의 아버지도, 또한 천분[3] 많은 음악가였습니다. 나와는 동창생이었는데 학생 시절부터 벌써 그의 천분은 넉넉히

> 중요 어구

2) 그 사람의~말씀해 주십시오 : 액자식 구성에서 내화로 들어가는 부분.
3) 천분 : 타고난 재질이나 직분.

볼 수가 있었습니다. 그는 작곡과(作曲科)를 전공하였는데, 때때로 스스로 작곡을 하여서는 밤중에 혼자서 피아노를 두드리곤 하여서, 우리들로 하여금 뜻하지 않게 일어나게 하곤 하였습니다. 그리고 우리는 그 밤중에 울려 오는 야성적(野性的) 선율에 몸을 소스라치곤 하였습니다.

그는 야인(野人)이었습니다. 광포스런 야성은, 때때로 비위에 틀리면 선생을 두들기기가 예사이며, 우리 학교 근처의 술집이며 모든 상점 주인들은, 그에게 매깨나 안 얻어맞은 사람이 없었습니다. 그러한 야성은 그의 음악 속에 풍부히 잠겨 있어서, 오히려 그 야성적 힘이 그의 예술을 빛나게 하는 것이었습니다.

그러나 그가 학교를 졸업하고 난 뒤에는 그 야성은 다른 곳으로 발전되고 말았습니다.

술, 술, 무서운 술이었습니다. 아침부터 저녁까지, 저녁부터 아침까지 술잔이 그의 입에서 떠나지를 않았습니다. 그리고 술을 먹고는 여편네들에게 행패를 하고, 경찰서에 구류당하고, 나와서는 또 같은 일을 하고…….

작품? 작품이 다 무엇이외까? 술을 먹은 뒤에 취흥에 겨워 때때로 피아노에 앉아서 즉흥으로 탄주를 하곤 하였는데, 지금 생각하면 그 귀기(鬼氣)가 사람을 엄슙하는 힘과 야성(베토벤 이래로 근대 음악가에서 발견할 수 없던), 그건…… 보물이라 하여도 좋을 것이 많았지만, 우리들은 각각 제 길 닦기에 바쁜 사람이라, 주정꾼의 즉흥악을 일일이 베껴 둔다든가 그런 일은 꿈에도 생각하지 않았습니다.

우리들은 그의 장래를 생각하여 때때로 술을 삼가기를 권고하였지만, 그런 야인에게 친구의 권고가 무슨 소용이 있겠습니까.

"술? 술은 음악이다!"

하고는 하하하하 웃어 버리고 다시 술집으로 달아나곤 합디다.

그렇게 칠팔 년이 지난 뒤에 그는 아주 폐인이 되고 말았습니다. 술이 안 들어가면 그의 손은 떨렸습니다. 눈에는 눈곱이 끼었습니다. 그리고 술이 들어가면 — 술만 들어가면 그는 그 광포성을 발휘하였습니다. 누구를 막론하고 붙잡고는 입에 술을 부어넣어 주었습니다. 그러다가는 장소를 불문하고 아무 데나 누워서 잡디다.

사실 아까운 천재였습니다. 우리들 사이에는 때때로 그의 천분을 생각하고 아깝게 여기는 한숨이 있었지만, 세상에서는 그 장래가 무서운 한 천재가 있었다는 것은 몰랐었습니다.

그러는 동안에 그는 어떤 양가의 처녀를, 어떻게 관계를 맺어서 애까지 뱄습니다. 그러나 그 애의 출생을 보지 못하고, 아깝게도 심장마비로 죽어 버리고 말았습니다.

그 유복자로 세상에 나온 것이 백성수였습니다.

그러나 우리는 백성수가 세상에 출생되었다는 풍문만 들었지, 그 애 아버지가 죽은 뒤부터는 그 애의 소식이며 그 애 어머니의 소식은 일체 몰랐습니다. 아니, 몰랐다는 것보다, 그 집안의 일은 우리의 머리에서 온전히 잊혀져 버리고 말았습니다.

삼십 년이라는 세월이 흘렀습니다.

십 년이면 산천도 변한다 하는데 삼십 년 사이의 변천을 어찌 이루 다 말하겠습니까. 좌우간 그 동안에 나는 내 길을 닦아 놓았습니다. 아시다시피 지금 K라 하면 이 나라에서 첫손가락을 꼽는 음악 비평가가 아닙니까. 건실한 지도적 비평가 K라면, 이 나라 음악계의 권위이며, 이 나의 한 마디는 음악가의 가치를 결정하는 판결문이라 하여도 옳을 만치 되었습니다. 많은 음악가가 내 손 아래서 자랐으며, 많은 음악가가 내 지도로써 이름을 날렸습니다.

  재작년 이른 봄 어떤 날이었습니다.
  그 때 나는 조용한 밤중의 몇 시간씩을 ○○ 예배당에 가서, 명상으로 시간을 보내는 것이 습관이 되어 있었습니다. 언덕 위에 홀로 서 있는 집으로서, 조용한 밤중에 혼자 앉아 있노라면 때때로 들보에서, 놀라서 깬 비둘기 날개 소리와, 간간이 기둥에서 뚝뚝 하는 소리밖에는 아무 소리도 들리지 않는, 말하자면 나 같은 괴상한 성미를 가진 사람이 아니면 돈을 주면서 들어가래도 들어가지 않을 음침한 집이었습니다. 그러나 나같이 명상을 즐기는 사람에게는, 다른 데서 구하기 힘들도록 온갖 것이 갖추어진 집이었습니다. 외따르고 조용하고 음침하며, 간간이 알지 못할 신비한 소리까지 들리며, 멀리서는 때때로 놀란 듯한 기적(汽笛) 소리도 들리는…… 이것뿐으로도 상당한데, 게다가 이 예배당에는 피아노도 한 대 있었습니다. 예배당에는 오르간은 있을지나 피아노가 있는 곳은 쉽지 않은 것으로서, 무슨 흥이나 날 때에는 피아노에 가서 한 곡조 두드리는 재미도 또한 괜찮았습니다.
  그 날 밤도(아마 두 시는 지났을걸요) 그 예배당에서 혼자 눈을 감고 조용한 맛을 즐기고 있노라는데 갑자기 저편 아래에서 재재하는[4] 소리가 납디다. 그래서 눈을 번쩍 뜨니까 화광이 충천하였는데, 내다보니까 언덕 아래 어떤 집에 불이 붙으며 사람들이 왔다갔다 야단이었습니다.
  이렇게 말하면 어떨지 모르지만, 그다지 멀지 않은 곳에서 불붙는 것을

중요 어구

4) **재재하다** : 좀 수다스럽게 재잘거리어 어지럽다.

바라보는 맛도 괜찮은 것이었습니다. 일어나는 불길이며 퍼져 나가는 연기, 불씨의 날아가는 양, 그 가운데 거뭇거뭇 보이는 기둥, 집의 송장, 재재거리는 사람의 무리, 이런 것은 어떻게 생각하면 과연 시도 될지며 음악도 될 것이었습니다. 옛날에 '네로'가 불붙는 것을 바라보면서 자기는 비파를 뜯고 노래를 하였다는 것도 음악가의 견지로 보면 그다지 나무랄 것이 아니었습니다.

　나도 그 때에 그 불을 보고 차차 흥이 났습니다.

　'네로를 본받아서 나도 즉흥으로 한 곡조 두드려 볼까?'

　어렴풋이 이런 생각을 하며, 나는 그 불을 정신없이 바라보고 있었습니다.

　그 때였습니다. 갑자기 덜컥덜컥 하는 소리가 들리더니 예배당 문이 열리며, 웬 젊은 사람이 하나 낭패한 듯이 뛰어들어왔습니다. 그리고 무엇에 놀란 사람같이 두리번두리번 사면을 살피더니, 그래도 내가 있는 것은 못 보았는지, 저편에 있는 창 안에 가서 숨어 서서, 아래서 붙는 불을 내려다 봅디다.

　나는 꼼짝을 못하였습니다. 좌우간 심상스런 사람은 아니요, 방화범이나 도적으로밖에는 인정할 수 없지 않겠습니까? 그래서 꼼짝을 못하고 서 있노라니까 그 사람은 한참 정신없이 서 있다가 한숨을 쉽디다. 그리고 맥 없이 두 팔을 늘어뜨리고 도로 나가려고 발을 떼려다가, 자기 곁에 피아노가 놓인 것을 보더니, 교의(交椅)를 끌어다 놓고 그 앞에 주저앉고 말겠지요. 나도 거기서는 그만 직업적 흥미에 끌렸습니다. 그래서 무엇을 하나 보자 하고 있노라니까, 뚜껑을 열더니 한 번 뚱 하고 시험을 해 보아요. 그리고 조금 있더니 다시 뚱뚱 하고 시험을 해 보겠지요.

　이 때부터 그의 숨소리가 차차 높아 가기 시작했습니다. 씩씩거리며 몸시 흥분된 사람같이 몸을 떨다가, 벼락같이 양손을 '키' 위에 가져다가 덮었습니다. 그 다음 순간 C#단음계(短音階)의 알레그로가 시작되었습니다.

처음에는 다만 흥미로써 그의 모양을 엿보고 있던 나는, 그 알레그로가 울려나오는 순간 마음이 끝까지 긴장되고 흥분되었습니다.

그것은 순전한 야성적 음향이었습니다.[5] 음악이라 하기에는 너무 힘있고 무기교(無技巧)였습니다. 그러나 음악이 아니라기엔 거기에는 너무 괴롭고도 무겁고 힘있는 '감정'이 들어 있었습니다. 그것은 마치 야반의 종소리와도 같이 사람의 마음을 무겁고 음침하게 하는 음향인 동시에, 맹수의 부르짖음과 같이 사람으로 하여금 소름 돋치게 하는 무서운 감정의 발현이었습니다. 아아, 그 야성적 힘과 남성적 부르짖음, 그 아래 감추어져 있는 침통한 주림과 아픔, 순박하고도 아무 기교가 없는 그 표현!

나는 덜썩 그 자리에 주저앉고 말았습니다. 그리고 음악가의 본능으로 뜻하지 않고 주머니에서 오선지(五線紙)와 연필을 꺼내었습니다. 피아노의 울려나가는 소리에 따라서 나의 연필은 오선지 위에서 뛰놀았습니다. 등불도 없는지라 손짐작으로.

……좀 급속도로 시작된 빈곤, 거기 연하여 주림, 꺼져 가는 불꽃과 같은 목숨, 그러한 것을 지나서 한참 연속되는 완서조(緩徐調)의 압축된 감정, 갑자기 튀어져 나오는 광포(狂暴). 거기 연한 쾌미(快味), 홍소(哄笑)[6]……. 이리하여 주화조(主和調)로서 탄주는 끝이 났습니다. 더구나 그 속에 나타나 있는 압축된 감정이며 주림, 또는 맹렬한 불길 등이 사람의

중요 어구

5) 그것은~음향이었습니다 : 백성수가 방화를 저지른 후 예배당에 들어가 연주하는 것은 음악과 같은 예술은 도덕이나 규범에서 벗어난 광기의 영역이라고 볼 수 있다.
6) 홍소 : 입을 크게 벌리고 웃거나 떠들썩하게 웃음. 또는 그 웃음.

마음에 주는 그 처참함이며 광포성은, 나로 하여금 아직 '문명'이라 하는 것의 은택에 목욕하여 보지 못한 야인을 연상케 하였습니다.

탄주가 다 끝이 난 뒤에도 나는 정신을 못 차리고 망연히 앉아 있었습니다. 물론 조금이라도 음악적 소양이 있는 사람일 것 같으면 이제 그 소나타를, 음악에 대하여 정통(正統)으로 아무러한 수양도 받지 못한 사람이, 다만 자기의 천재적 즉흥뿐으로 탄주한 것임을 알 것입니다. 해결도 없이, 감칠도화현(減七度和絃)이며 증육도화현(增六度和絃)을 범벅으로 섞어 놓았으며, 금칙(禁則)인 병행오팔도(並行五八度)까지 집어넣은 것으로서, 더구나 스케르초는 온전히 뽑아 먹은, 대담하다면 대담하고 무식하다면 무식하달 수도 있는 자유 방분한 소나타였습니다.

이 때 문득 내 머리에 떠오른 것은, 삼십 년 전에 심장마비로 죽은 백○○였습니다. 그의 음악으로서, 만약 정통적 훈련만 뽑고 거기다가 야성을 더 집어넣으면 지금 내 눈 앞에 있는 그 음악가의 것과 같은 것이 될 것이었습니다. 귀기가 사람을 엄습하는 듯한 그 힘과 방분스러운 표현과 야성…… 이것은 근대 음악가에게 구하기 힘든 보물이었습니다.

그 소나타에 취하여 한참 정신이 어리둥절해 앉았던 나는, 고즈넉이 일어서서 그 피아노 앞에 가서 그의 어깨에 가만히 손을 얹었습니다. 한 곡조를 타고 나서 아주 곤한 듯이 정신없이 앉아 있던 그는 펄떡 놀라 일어서서 내 얼굴을 보았습니다.

"자네 몇 살 났나?"

나는 그에게 이렇게 첫말을 물었습니다. 가슴이 답답한 나로서는 이런 말밖에는 갑자기 다른 말이 생각 안 났습니다. 그는 높은 창에서 들어오는 달빛을 받고 있는 내 얼굴을 한순간 쳐다보고 머리를 돌이키고 말았습니다.

"배고프나?"

나는 두 번째 그에게 물었습니다.

그는 시끄러운 듯이 벌떡 일어섰습니다. 그리고 달빛에 비친 내 얼굴을 정면으로 바라보다가,

"아, K선생님 아니세요?"

하면서 나를 붙들었습니다. 그래서 그렇노라고 하니깐,

"사진으로는 늘 뵈었습니다마는……."

하면서 다시 맥없이 나를 놓으며 머리를 돌렸습니다.

그 순간, 그가 머리를 돌이키려는 순간, 달빛에 얼핏 나는 그의 얼굴을 처음으로 보았습니다. 그리고 나는 거기서 뜻밖에, 삼십 년 전에 죽은 벗 백○○의 모습을 발견하였습니다.

"아, 자네 이름이 뭔가?"

"백성수……."

"백성수? 그 백○○의 아들이 아닌가. 삼십 년 전에 자네가 나오기 전에 세상 떠난……."

그는 머리를 번쩍 들었습니다.

"네? 선생님 어떻게 아세요?"

"백○○의 아들인가? 같이두 생겼다. 내가 자네 어르신네와 동창이네. 아아…… 역시 그 애비의 아들이다."

그는 한숨을 길게 쉬며 머리를 숙여 버렸습니다.

나는 그 날 밤 그 백성수를 데리고 집으로 돌아왔습니다. 그리고 비록 작곡상 온갖 법칙에는 어그러진다 하나, 그만치 힘과 정열과 열성으로 찬 소나타를 거저 버리기가 아까워서 다시 한 번 피아노에 올라앉기를 명하였습니다. 아까 예배당에서 내가 베낀 것은 알레그로가 거의 끝난 곳부터

였으므로 그 전 것을 베끼기 위해서였습니다.

그는 피아노를 향하여 앉아서 머리를 기울였습니다. 몇 번 손으로 '키'를 두드려 보다가는 다시 머리를 기울이고 생각하곤 하였습니다. 그러나 다섯 번, 여섯 번을 다시 하여 보았으나 아무 효과도 없었습니다. 피아노에서 울려오는 음향은, 규칙 없고 되지 않는 한낱 소음(騷音)에 지나지 못하였습니다. 야성? 힘? 귀기? 그런 것은 없었습니다. 감정의 재뿐이었습니다.

"선생님, 잘 안 됩니다."

그는 부끄러운 듯이 연하여 고개를 기울이며 이렇게 말하였습니다.

"두 시간도 못 돼서 벌써 잊어버린담?"

나는 그를 밀어 놓고 내가 대신하여 피아노 앞에 앉아서, 아까 베낀 그 음보를 펴 놓았습니다. 그리고 내가 베낀 곳부터 타기 시작하였습니다.

화염(火炎)! 화염! 빈곤, 주림, 야성적 힘, 기괴한 감금당한 감정! 음보를 보면서 타던 나는 스스로 흥분이 되었습니다. 미상불 그 때 내 눈은 미친 사람같이 번득였으며, 얼굴은 흥분으로 새빨갛게 되었을 것이었습니다.

즉, 그 때 그가 갑자기 달려들더니 나를 떠밀쳐 버렸습니다. 그리고 자기가 대신하여 앉았습니다.

의자에서 떨어진 나는 그 자리에 앉은 대로 그의 하는 양을 쳐다보았습니다. 그는 나를 밀쳐 버린 다음에 그 음보를 들고서 읽기 시작하였습니다. 아아 그의 얼굴! 그의 숨소리가 차차 높아지면서 눈은 미친 사람과 같이 빛을 내기 시작하였습니다.[7] 그러더니 그 음보를 홱 내던지며 문득 벼

중요 어구

7) 그의~시작하였습니다 : 백성수가 추구하는 미란 광기와 열정의 아름다움이다.

락같이 그의 두 손은 피아노 위에 덧엎었습니다.

'C#단음계'의 광포스런 '소나타'는 다시 시작되었습니다. 폭풍우같이, 또는 무서운 물결같이 사람으로 하여금 숨막히게 하는 그 힘…… 그것은 베토벤 이래로 근대 음악가에서 보지 못하던 광포스런 야성이었습니다.

무섭고도 참담스런 주림, 빈곤, 압축된 감정, 거기서 튀어져 나온 맹염(猛炎), 공포, 홍소……. 아아, 나는 너무 숨이 답답하여, 뜻하지 않게 두 손을 홱 내저었습니다.

그 날 밤이 새도록, 그는 흥분이 되어서 자기의 과거를 일일이 다 이야기하였습니다. 그 이야기에 의지하면 대략 그의 경력이 이러하였습니다.

그의 어머니는 그를 밴 뒤에 곧 자기의 친정에서 쫓겨 나왔습니다.

그 때부터 그의 가난함은 시작되었습니다.

그러나 교양이 있고 어진 그의 어머니는 품팔이를 할지언정 성수를 곱게 길렀습니다. 변변치는 않으나마 오르간 하나를 준비하여 두고, 그가 잠자려 할 때에는 슈베르트의 '자장가'로써 그의 잠을 도왔으며, 아침에 깰 때는 하루 종일을 유쾌히 지내게 하기 위하여, 도랜드의 '세컨드 왈츠'로써 그의 원기를 돋우었습니다.

그는 세 살 났을 적에 어머니의 품속에 안겨서 오르간을 장난하여 보았습니다. 이 오르간 장난하는 것을 본 어머니는 근근이 돈을 모아서 그가 여섯 살 나는 해에 피아노를 하나 샀습니다.

아침에는 새소리, 바람에 버석거리는 포플러잎, 어머니의 사랑, 부엌에서 국 끓는 소리, 이러한 모든 것이 이 소년에게는 신비스럽고도 다정스러워, 그는 피아노에 향하여 앉아서 생각나는 대로 키를 두드리곤 하였습니다.

이러한 가운데 고이 소학과 중학도 마쳤습니다. 그러는 동안 음악에 대한 동경은 그의 가슴에 터질 듯이 쌓였습니다.

중학을 졸업한 뒤에는 이젠 어머니를 위하여, 그는 학업을 중지하지 않을 수가 없었습니다. 그는 어떤 공장의 직공이 되었습니다. 그러나 어진 어머니의 교육 아래서 길러난 그는, 비록 직공은 되었다 하나 아주 온량한 사람이었습니다.

그리고 음악에 대한 집착은 조금도 줄지 않았습니다. 비록 돈이 없어서 정식으로 음악 교육은 못 받을망정, 거리에서 손님을 끄느라고 틀어 놓은 유성기 앞이며, 또는 일요일날 예배당에서 찬양대의 노래에 젊은 가슴을 뛰놀리던 그였습니다. 집에서는 피아노 앞을 떠나 본 일이 없었습니다.

때때로 비상한 감흥으로 오선지를 내놓고, 음보를 그려 본 적도 한두 번이 아니었습니다. 그러나 이상한 것은, 그만치 뛰놀던 열정과 터질 듯한 감격도 음보로 그려 놓으면 아무 긴장도 없는 싱거운 음계가 되어 버리곤 하였습니다. 왜? 그만치 천분이 있고 그만치 열정이 있던 그에게서 왜 그런 재와 같은 음악만 나왔느냐고 물으실 테지요. 거기 대하여서는 이따가 설명하리다.

감격과 불만, 열정과 재, ……비상한 흥분과 그 흥분에 반비례되는 시원치 않은 결과, 이러한 불만의 십 년이 지났습니다.

그의 어머니는 문득 몹쓸 병에 걸렸습니다.

중요 어구

8) 자양 : 몸의 영양을 좋게 함.
9) 미상불 : 아닌 게 아니라 과연.
10) 명재경각 : 거의 죽게 되어 숨이 끊어질 지경에 이름.

자양[8]과 약값, 그가 몇 해를 근근이 모았던 돈은 차차 줄기 시작하였습니다. 조금이라도 안락한 생활이 되기만 하면, 정식으로 음악에 대한 교육을 받으려고 모아 두었던 저금은, 그의 어머니의 병에 다 들어갔습니다. 그러나 그의 어머니의 병은 차도가 보이질 않았습니다.

  그리하여 그와 내가 그 예배당에서 만나기 전해 여름 어떤 날 그의 어머니는 도저히 회복할 가망이 없는 중태에까지 빠지게 되었습니다. 그러나 그 때는 벌써 그에게는 돈이라고는 다 떨어진 때였습니다.

  그 날 아침, 그는 위독한 어머니를 버려 두고 역시 공장에 갔습니다. 그러나 아무리 하여도 마음이 놓이질 않아서, 일을 중도에 그만두고 집으로 돌아왔습니다. 그 때 어머니는 벌써 혼수 상태에 빠져 있었습니다. 가슴이 덜컥 내려앉은 그는 황급히 다시 뛰어나갔습니다. 그러나 어디로? 무얼 하러? 뜻없이 뛰어나와서 한참 달음박질하다가, 그는 문득 정신을 차리고 의사라도 청할 양으로 히끈 돌아섰습니다.

  그 때였습니다. 아까 내가 말한 바 '기회'라는 것이 그 때 그의 앞에 나타났습니다. 그것은 조그만 담배 가게 앞이었는데, 가게와 안방 사이의 문은 닫혀 있고 안에는 미상불[9] 사람이 있을지나 가게를 보는 사람이 눈에 안 띄었습니다. 그리고 그 담배 상자 위에는 오십 전짜리 은전 한 닢과 동전 몇 닢이 놓여 있었습니다.

  그는 자기로서도 무엇을 하는지 몰랐습니다. 의사를 청하여 오려면 다만 몇십 전이라도 돈이 있어야겠단 어렴풋한 생각만 가지고 있던 그는, 한 번 사면을 살핀 뒤에 벼락같이 그 돈을 쥐고 달아났습니다.

  그러나 그는 이십 칸도 뛰지 못하여 따라오는 그 집 사람에게 붙들렸습니다.

  그는 몇 번을 사정하였습니다. 마지막에는 자기의 어머니가 명재경각

(命在頃刻)¹⁰이니, 한 시간만 놓아 주면 의사를 어머니에게 보내고 다시 오마고까지 하여 보았습니다. 그러나 그런 말은 모두 헛소리로 돌아가고, 그는 마침내 경찰서로 가게 되었습니다.

경찰서에서 재판소로, 재판소에서 감옥으로 이러한 여섯 달 동안에 그는 이를 갈면서 분해하였습니다. 자기 어머니의 운명이 어찌 되었나, 그는 손과 발을 동동 구르면서 안타까워했습니다. 만약 세상을 떠났다 하면, 떠나는 순간에 얼마나 자기를 찾았겠습니까. 임종에도 물 한 잔 떠 넣어 줄 사람이 없는 어머니였습니다. 애타하는 그 모양, 목말라하는 그 모양을 생각하고는, 그 어머니에게 지지 않게 자기도 애타하고 목말라했습니다.

반년 뒤에 겨우 광명한 세상에 나와서 자기의 오막살이를 찾아가매, 거기는 벌써 다른 사람이 들어 있었으며, 어머니는 반년 전에 아들을 찾으며 길에까지 기어나와서 죽었다 합니다.

공동묘지를 가 보았으나 분묘조차 발견할 수가 없었습니다.

이리하여 갈 곳이 없어 헤매던 그는, 그 날도 역시 갈 곳을 찾으러 헤매다가 그 예배당(나하고 만난)까지 뛰쳐들어온 것이었습니다.

여기까지 이야기해 오던 K씨는 문득 말을 끊었다. 그리고 마도로스 파이프를 꺼내어 담배를 피워 가지고 빨면서 모씨에게 향하였다.

"선생은 이제 내가 이야기한 가운데 모순된 점을 발견 못하셨습니까?"

"글쎄요."

"그럼 내가 대신해 물으리다. 백성수는 그만치 천분이 많은 음악가였는데, 왜 그 '광염 소나타'(그 날 밤의 그 소나타를 '광염 소나타'라고 그랬습니다)를 짓기 전에는 그만치 흥분되고 긴장됐다가도 일단 음보로 만들어 놓으면 아주 힘없는 것이 되어 버리곤 했겠습니까?"

"그거야 미상불 그 때의 흥분이 '광염 소나타'를 지을 때의 흥분만 못한 연고겠지요."

"그렇게 해석하세요? 듣고 보니 그것도 한 해석이 되기는 합니다. 그러나 나는 그렇게 해석 안 하는데요."

"그럼 K씨는 어떻게 해석하십니까?"

"나는…… 아니, 내 해석을 말하는 것보다, 그 백성수한테서 내게로 온 편지가 한 통 있는데, 그것을 보여 드리리다. 선생은 오늘 바쁘지 않으세요?"

"일은 없습니다."

"그러면 우리 집까지 잠깐 같이 가 보실까요?"

"가지요."

두 노인은 일어섰다.

도회와 교외의 경계에 딸린 K씨의 집에까지 두 노인이 이른 때는 오후 너덧 시쯤이었다.

두 노인은 K씨의 서재에 마주 앉았다.

"이것이 이삼 일 전에 백성수한테서 내게로 온 편지인데, 읽어 보세요."

K씨는 서랍에서 커다란 편지 뭉치를 꺼내어, 모씨에게 주었다. 모씨는 받아서 폈다.

"가만, 여기서부터 보세요, 그 전에는 쓸데없는 인사이니까."

(전략) 그리하여 그 날도 또한 이제 밤을 지낼 집을 구하노라고 돌아다니던 저는, 우연히 그 집(제가 전에 돈 오십여 전을 훔친 집) 앞에까지 이르렀습니다. 깊은 밤 사면은 고요한데 그 집 앞에서 잘 곳을 구하노라고 헤매던 저는, 문득 마음 속에 무서운 복수의 생각이 일어났습니다. 이 집만

아니었다면, 이 집 주인이 조금만 인정이라는 것을 알았더라면, 저는 그 불쌍한 제 어머니가 길에까지 기어나와서 세상을 떠나게 하지는 않았을 것입니다. 분묘가 어디인지조차 알지 못하여, 꽃 한 번 가져다가 꽂아 보지 못한 이러한 불효도 이 집 때문이외다. 이러한 생각에 참지를 못하여, 그 집 앞에 가려 있던 볏짚에다가 불을 놓았습니다. 그리고 거기 서서 불이 집으로 옮아가는 것을 다 본 뒤에 갑자기 무서운 생각이 나서 달아났습니다.

좀 달아나다 보매, 아래서는 벌써 사람이 꾀어들기 시작한 모양인데, 이때 저의 머리에 타오르는 생각은 통쾌하다는 생각과 달아나려는 생각뿐이었습니다. 그리하여 저는 몸을 숨기기 위하여, 앞에 보이는 예배당으로 뛰어들어갔습니다.

거기서 불이 다 타도록 구경을 한 뒤에 나오려다가 피아노를 보고…….

"이보세요."

K씨는 편지를 보는 모씨를 찾았다.

"비상한 열정과 감격은 있어두, 그것이 그대로 표현 안 된 것이 그것 때문이었습니다. 즉 성수의 어머니는 몹시 어진 사람으로서, 어렸을 때부터 성수의 교육에 힘을 들여서 착한 사람이 되도록, 착한 사람이 되도록 그렇게 길렀습니다그려. 그 어진 교육 때문에 그가 하늘에서 타고난 광포성과 야성이 표면상에 나타나지를 못하였습니다. 그 타오르는 야성적 열정과 힘이 음보로 그려 놓으면 아주 힘없는, 말하자면 김빠진 술같이 되곤 하는 것이 모두 그 때문이었습니다그려. 점잖고 어진 교훈이 그의 천분을 못 발휘하게 한 셈이지요."

"흠!"

"그것이, 그 사람…… 성수가, 감옥 생활을 한 동안에 한 번 씻기우기는 하였으나, 그러나 사람의 교양이라 하는 것은 온전히 씻지는 못하는 것이외다. 그러다가, 그 '원수'의 집 앞에서 갑자기, 말하자면 돌발적으로 야성과 광포성이 나타나서 불을 놓고 예배당 안에 숨어 서서 그 야성적 광포적 쾌미를 한껏 즐긴 다음에 그에게서 폭발하여 나온 것이 그 '광염 소나타'였구려. 일어서는 불길, 사람의 비명, 온갖 것을 무시하고 퍼져 나가는 불의 세력…… 이런 것은 사실 야성적 쾌미 가운데 으뜸이 되는 것이니깐요."

"……."

"아셨습니까? 그러면 그 다음에 그 편지의 여기부터 또 보세요."

(중략) 저는, 그 날의 일이 아직 눈앞에 어리는 듯하외다. 선생님이 저를 세상에 소개하시기 위하여, 늙으신 몸이 몸소 피아노에 앉으셔서, 초대한 여러 음악가들 앞에서 제 '광염 소나타'를 탄주하시던 그 광경은, 지금 생각하여도 제 눈에서 눈물이 나오려 합니다. 그 때 그 손님 가운데 부인 손님 두 분이 기절을 한 것은 결코 '광염 소나타'의 힘뿐이 아니고, 선생님의 그 탄주의 힘이 많이 섞인 것을 뉘라서 부인하겠습니까. 그 뒤 여러 사람 앞에 저를 내세우고, '이 사람이 '광염 소나타'의 작자이며, 삼십 년 전에 우리를 버려 두고 혼자 간 일대의 귀재 백○○의 아들이외다.'라고 소개를 하여 주신 그 때의 그 감격을 제 일생에 어찌 잊사오리까.

그 뒤에 선생님께서 저를 위하여 꾸며 주신 방도, 또한 제 마음에 가장 맞는 방이었습니다. 널따란 북향 방에, 동남쪽 귀에 든든한 참나무 침대가 하나, 서북쪽 귀에 아무 장식 없는 참나무 책상과 의자, 피아노가 하나씩, 그 밖에는 방 안에 장식이라고는 서남쪽 벽에 커다란 거울이 하나 있을 뿐, 덩더렇게 넓은 방은 사실 밤에 전등 아래 앉아 있노라면 저절로 소름이 끼치도록 무시무시한 방이었습니다. 게다가 방 안은 모두 검은 칠을 하고, 창 밖에는 늙은 홰나무 고목이 한 그루 서 있는 것도 과연 귀기가 돌았습니다. 이러한 가운데서 선생님은 저로 하여금 방분스러운[11] 음악을 낳도록 애써 주셨습니다.

저도 그런 환경 아래서 좋은 음악을 낳아 보려고 얼마나 애를 썼겠습니까. 어떤 날 선생님께 작곡에 대한 계통적 훈련을 원할 때 선생님은 이렇게 대답하셨습니다.

"자네에게는 그러한 교육이 필요 없어. 마음대로 나오는 대로 하게. 자네 같은 사람에게 계통적 훈련이 들어가면 자네의 음악은 기계화돼 버리고 말어. 마음대로 온갖 규칙과 규범을 무시하고 가슴에서 터져 나오는 대로……."[12]

저는 이 말씀의 뜻을 똑똑히는 몰랐습니다. 그러나 대략한 의미뿐은 통하였습니다. 그리하여 저는 마음대로, 한껏 자유스러운 음악의 경지를 개척하려 하였습니다.

그러는 그 동안에 제가 산출한 음악은 모두 이상히도 저의 이전(제 어머니가 아직 살아 계실 때)의 것과 마찬가지로, 아무러한 힘도 없는 음향의 유희에 지나지 못하였습니다.

제가 얼마나 초조하였겠습니까. 때때로 선생님께서 채근 비슷이 하시는 말씀은 저로 하여금 더욱 초조하게 하였습니다. 그리고 마음이 초조하면

중요 어구

11) **방분스러운** : 보기에 제멋대로 나아가 거침이 없는 듯한.
12) **자네에게는~나오는 대로** : 탐미주의적 성격이 두드러지는 부분. 모든 목적이 미의 창조에 집중되어 있어 온갖 규칙과 규범이 무시되어도 좋다는 견해이다.

초조할수록, 제게서 생겨나는 음악은 더욱 나약한 것이 되었습니다.

저는 때때로 그 불붙던 광경을 생각하여 보았습니다. 그리고 그 때의 통쾌하던 감정을 되풀이하여 보려 하였습니다. 그러나 그것 역시 실패로 돌아갔습니다.

때때로 비상한 열정으로 음보를 그려 놓은 뒤에, 몇 시간이 지나서 다시 한 번 읽어 보면, 거기에는 아무 힘이 없는 개념만 있곤 하였습니다.

저의 마음은 차차 무거워지기 시작하였습니다. 그리고 큰 기대를 가지고 계신 선생님께도 미안하기 짝이 없었습니다.

"음악은 공예품과 달라서, 마음대로 만들고 싶은 때에 되는 것이 아니니, 마음놓고 천천히 감흥이 생긴 때에……."

이러한 선생님의 위로의 말씀 듣기가 제 살을 깎아 내는 듯하였습니다. 그러나 제 마음성은, 이제는 제게서 다시 힘있는 음악이 나올 기회가 없는 것같이만 생각되었습니다.

이러한 동안에 무위(無爲)의 몇 달이 지났습니다.

어떤 날 밤중, 가슴이 너무 무겁고 가슴 속에 무엇이 가득한 것같이 거북하여서, 저는 산보를 나섰습니다. 무거운 머리와 무거운 가슴과 무거운 다리를 지향 없이 옮기면서 돌아다니다가, 저는 어떤 곳에서 커다란 볏짚 낟가리를 발견하였습니다.

이때의 제 심리를 어떻게 형용하면 좋을지 저는 모르겠습니다. 저는 무슨 무서운 적을 만난 것같이 긴장되고 흥분되었습니다. 저는 사면을 한 번 살펴보고 그 낟가리에 달려가서 불을 그어 놓았습니다. 그리고 갑자기 무서움증이 생겨 돌아서서 달아나다가, 멀찌막이까지 달아나서 돌아보니까, 불길은 벌써 하늘을 찌를 듯이 일어났습니다. 왁왁, 꺄, 꺄, 사람들의 부르짖는 소리도 들렸습니다.

저는 다시 그 곳까지 가서, 그 무서운 불길에 날아 올라가는 볏짚이며, 그 낟가리에 연달아 있는 집을 헐어 내는 광경을 구경하다가 문득 흥분되어서 집으로 돌아왔습니다.

그 날 밤에 된 것이 '성난 파도'였습니다.

그 뒤에 이 도회에서 일어난 알지 못할 몇 가지의 불은 모두 제가 질러 놓은 것이었습니다. 그리고 불이 있던 날 밤마다 저는 한 가지의 음악을 얻었습니다.[13] 며칠을 연하여 가슴이 몹시 무겁다가 그것이 마침내 식체(食滯)와 같이 거북하고 답답하게 되는 때는, 저는 뜻없이 거리를 나갑니다. 그리고 그러한 날은 한 가지의 방화 사건이 생겨나며, 그 날 밤에는 한 곡의 음악이 생겨났습니다.

그러나 그것도 번수가 차차 많아 갈 동안, 저의 그 불에 대한 흥분은 반비례로 줄어졌습니다. 온갖 것을 용서하지 않는 불꽃의 잔혹함도 그다지 제 마음을 긴장시키지 못하였습니다.

"차차, 힘이 적어져 가네."

선생님께서 제 음악을 보시고 이렇게 말씀하신 것이 그러한 때였습니다.

그러나, 저는 게서 더할 도리가 없었습니다. 하는 수 없이 저는 한동안 음악을 온전히 잊어버린 듯이 내버려 두었습니다.

모씨가 성수의 편지를 여기까지 읽었을 때, K씨가 찾았다.

중요 어구

13) 그 뒤에~얻었습니다 : 예술을 위해서 방화를 저지르는 것은 미를 위해 인간과 사회가 무시되어도 좋다는 위험한 생각이다.
14) 스케르초 : 익살스럽고 분방한 성격의 곡.

"재작년 봄과 가을에 걸쳐서, 원인 모를 불이 많지 않았습니까. 그것이 죄 성수의 장난이었습니다그려."

"K씨는 그것을 온전히 모르셨습니까?"

"나요? 몰랐지요. 그런데…… 그 어떤 날 밤이구려. 성수는 기대에 반해서, 우리 집으로 온 지 여러 달이 됐지만, 한 번도 힘있는 것을 지어 본 일이 없겠지요. 그래서 저 사람에게 무슨 흥분될 재료를 줄 수가 없나 하고 혼자 생각하며 있더랬는데, 그 때에 저편……"

K씨는 손을 들어 남편 쪽 창을 가리켰다.

"저편 꽤 멀리서, 불붙는 것이 눈에 뜨입디다그려. 그래 저것을 성수에게 보이면, 혹 그 때의 감정(그 때, 나는 그 담배장수네 집에 불이 일어난 것도 성수의 장난인 줄은 생각 안 했구려)을 부활시킬지도 모르겠다, 이렇게 생각하고 성수의 방으로 올라가려는데, 문득 성수의 방에서 피아노 소리가 울려나옵디다그려. 나는 올라가려던 발을 부지중 멈추고 말았지요. 역시 C# 단음계로서, 제일곡은 뽑아 먹고 '아다지오'에서 시작되는데, 고요하고 잔잔한 바다, 수평선 위로 넘어가려는 저녁 해, 이러한 온화한 것이 차차 '스케르초'[14]로 들어가서는 소낙비, 풍랑, 번개질, 무서운 바람소리, 우레질, 전복되는 배, 곤해서 물에 떨어지는 갈매기, 한 번 뒤집어지면서는 해일(海溢)에 쓸려 나가는 동네 사람의 부르짖음 — 흥분에서 흥분, 광포에서 광포, 야성에서 야성, 온갖 공포와 포악한 광경이 눈앞에 어릿거리는데, 이 늙은 내가 그만 흥분에 못 견디어, 뜻하지 않고 '그만두어 달라'고 고함친 것만으로도 짐작하시겠지요. 그리고 올라가서 보니까, 그는 탄주를 끝내 버리고 피곤한 듯이 피아노에 기대어 앉아 있고, 이제 탄주한 것은 벌써 '성난 파도'라는 제목 아래 음보로 되어 있습디다."

"그러면 성수는 불을 두 번 놓고, 두 음악을 낳았다는 말씀이지요?"

"그렇지요. 그리고 그 뒤부터는 한 십여 일 건너서는 하나씩 지었는데, 그것이 지금 보면 한 가지의 방화 사건이 생길 때마다 생겨난 것이었습니다. 그러나 그의 편지말마따나, 얼마 지나서부터는 차차 그 힘과 야성이 적어지기 시작했지요. 그래서……."

"가만 계십쇼. 그 사람이 다음에도 '피의 선율'이나 그 밖에 유명한 곡조를 여러 개 만들지 않았습니까?"

"글쎄 말이외다. 거기 대한 설명은, 그 편지를 또 보십쇼…… 여기서부터 또 보시면 알리다."

(중략) ○○다리 아래로부터 나오려는데, 무엇인가 발길에 채이는 것이 있었습니다. 성냥을 그어 가지고 보니깐, 그것은 웬 늙은이의 송장이었습니다. 저는 그것이 무서워서 달아나려다가, 돌아서려던 발을 다시 돌이켰습니다. 그리고…….

선생님은 이제 제가 쓰는 일을 이해하여 주실는지요. 그것은 너무도 기괴한 일이라, 저로서도 믿겨지지 않는 일이었습니다. 저는 그 송장을 타고 앉았습니다. 그리고 그 송장의 옷을 모두 찢어서 사면으로 내던진 뒤에 그 발가벗은 송장을, 제 힘이라 생각되지 않는 무서운 힘으로써 쳐들어서, 저편으로 내던졌습니다. 그런 뒤에는 마치 고양이가 알을 가지고 놀 듯, 다시 뛰어가서 그 송장을 들어서 도루 이편으로 던졌습니다. 이렇게 몇 번을 하여 머리가 깨지고 배가 터지고…… 그 송장은 보기에도 참혹스럽게 되었습니다. 그리하여 그 송장을 다시 만질 곳이 없이 된 뒤에 저는 그만 곤하여 그 자리에 앉아서 쉬려다가 갑자기 마음이 긴장되고 흥분되어서, 집으로 달려왔습니다. 그 날 밤에 된 것이 '피의 선율'이었습니다.

"선생은 이러한 심리를 아시겠습니까?"

"글쎄요."

"아마, 모르실걸요. 그러나 예술가로서는 능히 머리를 끄덕일 수 있는 심리외다…… 그리고 또 여기를 읽어 보십시오."

(중략) 그 여자가 죽었다는 것은, 제게는 너무도 뜻밖이었습니다.

저는, 그 날 밤 혼자 몰래 그 여자의 무덤을 찾아갔습니다. 그리고 칠팔 시간 전에 묻어 놓은 그의 무덤의 흙을 다시 파서 시체를 꺼내어 놓았습니다.

푸르른 달빛 아래 누워 있는 아름다운 그의 모양은 과연 선녀와 같았습니다. 가볍게 눈을 닫고 있는 창백한 얼굴, 곧은 콧날, 풀어 헤친 검은 머리…… 아무 표정도 없는 고요한 얼굴은 더욱 처연함을 도왔습니다. 이것을 정신없이 들여다보고 있다가, 저는 갑자기 흥분이 되어…… 아아 선생님, 저는 이 아래를 쓸 용기가 없습니다. 재판소의 조서를 보시면, 저절로 아실 것이올시다. 그 날 밤에 된 것이 '사령(死靈)'이었습니다.

"어떻습니까?"

"……"

"네?"

"……"

"언어 도단이에요? 선생의 눈으로는 그렇게 뵈시리다. 또 여기를 읽어 보십쇼."

(중략) 이리하여 저는 마침내 사람을 죽인다 하는 경우에까지 이르렀습

니다.

 그리고 한 사람이 죽을 때마다, 한 개의 음악이 생겨났습니다. 그 뒤부터 제가 지은 그 모든 것은, 모두가 한 사람씩의 생명을 대표하는 것이었습니다.[15] (하략)

"이젠 더 보실 것이 없습니다. 그런데 그만큼 보셨으면 성수에 대한 대략한 일은 아셨을 터인데, 거기에 대한 의견이 어떻습니까?"

"……."

"네?"

"어떤 의견 말씀이오니까?"

"어떤 '기회'라는 것이 어떤 사람에게서, 그 사람이 가지고 있는 천재와 함께 범죄 본능까지 끌어 내었다 하면, 우리는 그 '기회'를 저주해야겠습니까, 혹은 축복하여야겠습니까? 이 성수의 일로 말하자면 방화, 사체 모욕, 시간(屍姦), 살인, 온갖 죄를 다 범했어요. 우리 예술가 협회에서 별수단을 다 써서 정부에 탄원하고 재판소에 탄원하고 해서, 겨우 성수를 정신병자라 하는 명목 아래 정신병원에 감금했지, 그렇지 않으면 당장에 사형이 아닙니까. 그런데 이제 그 편지를 보셔도 짐작하시겠지만, 통상시에는 그 사람은 아주 명민하고 점잖고 온화한 청년입니다. 그러나 때때로 그…… 뭐랄까, 그 흥분 때문에 눈이 아득하여져서 무서운 죄를 범하고, 그 죄를 범한 다음에는 훌륭한 예술을 하나씩 산출합니다. 이런 경우에 우

중요 어구

15) 그~것이었습니다 : 서간체 형식으로 소설을 전개하는 기법을 구사하고 있다.
16) 방화?~아깝지 않습니다 : 이렇게 극단적인 탐미주의는 도덕성의 결핍을 불러와 사회적 혼란을 야기할 위험이 크다.

리는 범죄를 밉게 보아야 합니까, 혹은 범죄 때문에 생겨난 예술을 보아서 죄를 용서하여야 합니까?"

"그거야, 죄를 범치 않고 예술을 만들어 냈으면 더 좋지 않습니까?"

"물론이지요. 그러나 성수 같은 사람도 있는 것이니깐, 이런 경우엔 어떻게 해결하렵니까?"

"죄를 벌해야지요. 죄악이 성하는 것을 그냥 볼 수는 없습니다."

K씨는 머리를 끄덕였다.

"그렇겠습니다. 그러나, 우리 예술가의 견지로는 또 이렇게 볼 수도 있습니다. 베토벤 이후로는 음악이라 하는 것이 차차 힘이 빠져 가서, 꽃이나 계집이나 찬미할 줄 알고 연애나 칭송할 줄 알아서, 선이 굵은 것은 볼 수가 없이 되었습니다. 게다가 엄정한 작곡법이 있어서, 그것은 마치 수학 방정식과 같이 작곡에 대한 온갖 자유스런 경지를 제한해 놓았으니깐, 이후에 생겨나는 음악은 새로운 길을 개척하기 전에는 한 기술이 될 것이지 예술이 될 수는 없습니다. 예술가에게는 이것이 쓸쓸해요. 힘있는 예술, 선이 굵은 예술, 야성으로 충일된 예술…… 우리는 이것을 기다린 지 오래였습니다. 그럴 때 백성수가 나타났습니다. 사실 말이지 백성수, 그의 예술은 그 하나하나가 모두 우리의 문화를 영구히 빛낼 보물입니다. 우리 문화의 기념탑입니다. 방화? 살인? 변변치 않은 집개, 변변치 않은 사람개는 그의 예술의 하나가 산출되는 데 희생하라면 결코 아깝지 않습니다.[16] 천 년에 한 번, 만 년에 한 번 날지 못 날지 모르는 큰 천재를, 몇 개의 변변치 않은 범죄를 구실로 이 세상에서 없이 하여 버린다 하는 것은 더 큰 죄악이 아닐까요. 적어도 우리 예술가에게는 그렇게 생각됩니다."

K씨는, 마주 앉은 노인에게서 편지를 받아서 서랍에 집어넣었다. 새빨간 저녁해에 비치어서 그의 늙은 눈에는 눈물이 번득였다.

작품 이해 및 논술 다지기

작품 이해

 핵심 정리

- 갈래 : 단편 소설
- 시점 : 1인칭 관찰자 시점
- 배경 : 시간적, 공간적으로 제한받지 않는 몇십 년 후의 지구상의 어느 곳
- 구성 : 역순행적 구성
- 문체 : 간결체
- 주제 : 힘있고 야성적인 예술을 위한 절규

 **등장 인물의 성격**

- 백성수 : 천재적 음악성을 지니고 있으나, 예술을 위해서라면 방화, 살인, 시체 간음 등도 죄악이 아니라는 생각을 가진 음악가.

- K씨 : 백성수의 천재성을 이끌어 내기 위해 은연 중 백성수를 사주(使嗾)함.
- 사회 교화자 모씨 : 윤리 도덕을 앞세우는 인물.

 **이해와 감상**

〈광염 소나타〉는 〈광화사〉와 더불어 김동인의 미의식 및 예술관이 잘 드러난 탐미적 경향의 소설이다. 두 작품 모두 예술의 신비와 힘을 역설하고, 예술의 완성을 위하여 사람을 도구로 이용하여 비극적 절정을 맞이한다는 내용이다.

이 소설은 사회에서조차 용납하기 어려운 극단적 미의식을 주장한 작품으로, 인간과 사회는 예술을 위해 짓밟혀도 좋다는 K씨의 주장에서 추하거나 부도덕한 것에서까지 미를 찾으려고 했던 김동인의 문학관을 자세히 엿볼 수 있다.

이야기의 서사가 1인칭 관찰자 시점으로 액자 소설의 성격을 띠고 있고, 기독교적인 배경이 강하며 예술을 위한 예술을 중요시하고 있는 이 작품은 '서술자(작가)의 들어가는 말 ― 두 화자의 말(백성수 사건) ― 두 화자의 말'의 형식을 가지고 있는 삼중 구조를 취하고 있다. 특히 화자인 내가 이야기(서사 단론)를 이끌어 가면서 사건의 진수인 백성수의 이야기를 직접 하는 것이 특징이다.

〈광염 소나타〉는 어떤 강한 자극을 받아야 작곡, 즉 예술을 할 수 있는 백성수와 백성수의 아버지를 통해 탐미주의 문학 세계를 짐작하게 하고 예술 창조가 무엇인가를 느끼게 해 주는 김동인 단편의 백미이다. 하지만 도덕성의 결핍과 현실의 괴리에서 비롯된 왜곡을 남긴 탐미주의, 극단적인 상황 설정, 구체적인 시간과 공간의 배경 없이 사회의식을 개인의식 속에 매몰시켰다는 점에서 부정적인 평가도 받고 있다.

 생각 나누기

1. 이 소설의 주제를 나타내는 예술관은 무엇인가?
2. 이 소설의 서술 시점은 어떻게 되어 있는가?
3. 〈광염 소나타〉에 나타나는 액자식 구성에 대해 설명하시오.

 모범 답안

1. 〈광염 소나타〉의 주제는 힘있는 예술, 선이 굵은 예술, 야성으로 충만된 예술의 추구에 있다. 예술은 원래 서정적이면서 낭만적인 경향과 사실적이면서 행동적인 경향으로 나누어지는데, 전자를 〈벙어리 삼룡이〉나 〈소나기〉와 같이 순수 문학이라 하고, 후자를 〈술 권하는 사회〉나 〈불꽃〉과 같이 실천 문학이라고 한다. 이런 경향들은 김동인의 또 다른 작품 〈광화사〉나 〈붉은 산〉에서도 볼 수 있듯이 탐미적 경향이나 민족애와 같은, 의식의 다양화 속에서 행동을 표출하는 주제 의식 등으로 나타나고 있다. 이러한 예술관은 다시 오스카 와일드의 〈살로메〉와 같은 탐미적 취향과 〈황선지대(오상원)〉와 같이 그 날의 행복을 위하여 전력을 다하여 사는 인간형으로 나타난다.
2. 1인칭 관찰자 시점으로 액자 소설적 성격을 띠고 있다.
3. 액자식 구성이란, 이야기 속에 또 다른 이야기가 포함되어 있는 형식으로 액자 속 이야기와 액자 밖 이야기로 나누어 볼 수 있다. 〈광염 소나타〉에서는 나와 사회 교화자 K씨가 이야기를 나누는 장면이 액자 밖 이

야기이고, 백성수의 광기 어린 예술성에 대한 이야기가 액자 안 이야기로 존재한다.

 **연관 작품 더 읽기**

- 〈광화사〉(김동인) : 눈 먼 소녀상을 완성하고 미쳐 버린 주인공의 운명을 통해, 광기와 우연 속에서 새로운 미가 창조된다는 신비적 경향의 유미주의 소설.
- 〈살로메〉(오스카 와일드) : 아름다운 살로메의 춤에 매혹된 헤롯 왕이 그녀의 소원을 들어주기 위해 세례 요한의 목을 친다는 내용의 탐미주의적 소설.

 **좀더 알아보기**

플롯의 단계 : 이야기를 전개하되 개연성 있게 의도적으로 배열하는 것으로 4단계 구성과 5단계 구성이 있음.

- 발단 : 이야기가 시작되는 시두를 말함. 서두에 강점을 두면 서두 강조법.
- 전개 : 사건이 구체적으로 발전되는 부분으로서 갈등과 분규를 일으키는 단계.
- 위기 : 극적인 반전을 가져오는, 절정을 유발하는 계기를 이룸.
- 절정 : 중요한 사건이나 문제가 최고의 긴장 상태에 이르는 부분으로서, 단편은 이 단계에서 그치고 결말은 독자에게 맡기는 경우도 있음.

- 결말 : 사건이나 문제가 해결되는 부분으로서 소설의 마지막 단계.

플롯의 강조 : 플롯의 어느 부분을 강조하여 주제나 인물을 뚜렷하게 나타냄.

- 위치 강조법 : 〈변신(카프카)〉의 서두 강조, 〈날개(이상)〉와 〈무영탑(현진건)〉의 절정 강조, 〈동백꽃(김유정)〉의 결말 강조 등 플롯이 어느 단계를 강조하는 방법.
- 중단 강조법 : 〈학(황순원)〉과 같이 진행 중인 사건을 중단하고 다른 사건을 삽입하는 강조법.
- 대조 강조법 : 〈무녀도(김동리)〉의 모화와 욱이의 대조를 통해 상반된 개념의 샤머니즘과 기독교를 대조하여 강조.
- 경악 강조법 : 〈동백꽃(김유정)〉, 〈목걸이(모파상)〉 등 놀라운 결말 기법을 사용하는 강조법.

논술 다지기

❖ 〈광염 소나타〉의 등장 인물 K씨는 '백성수'를 천재적 음악가라 칭하면서, '그의 음악을 위해서 한 사람의 인간을 희생한다는 것이 뭐 그리 대수로운가?'라고 '백성수'를 평가한다. 제시문을 근거로 하여 K를 비판하는 입장에서 인간과 예술의 관계에 대해 논하시오. (1,200자 내외)

영화 〈서편제〉는 베를린 영화제의 예선에도 통과하지 못했다. 음악이나 미술, 미장센 등이 대단히 훌륭하다는 점에 대해서는 인정하였으나, 영화의 중심이 되는 이야기, 즉 스토리가 인간적이지 못하다는 것이다. 주인공 유봉이 소리를 완성시키기 위해 자신의 의붓딸 송화의 눈을 멀게 하는 행위가 너무 비인간적인 행위였다는 것이었다. 아무리 득음(得音)의 경지에 도달하는 것이 중요하고 예술을 완성시키는 것이 위대한 일이라 하더라도, 예술은 인간을 위해서 존재하는 것이 아니냐는 것이다. 설령 송화가 유봉의 행위를 용서했다고 하더라도, 인간이 어떤 목적을 위한 수단으로 쓰인다는 점에 대해 쉽사리 공감이 되지 않았다고 한다. 한 마디로 엽기적이라는 것이다.

김중신, 〈문학과 삶의 만남〉 중에서

모범 답안

  모든 인간은 생명의 존엄성을 지닌 존재이다. 따라서 이 세상에 존재하는 그 무엇도 인간의 생명을 해치는 것이 목적이자 과정이 될 수는 없다. 시대가 바뀌고 가치 기준이 달라졌다고 해도 인간은 절대 수단으로 사용될 수는 없다. 예술도 마찬가지이다. 예술은 인간이 인간을 위해서 창조해 낸 것이므로 인간보다 고귀할 수는 없다. 예술을 위해 인간을 수단으로 사용하는 것은 인간의 존엄성을 무시하는 행위이므로 도저히 용납할 수 없는 일이다. 그렇다면 뛰어난 음악 작품을 창작하기 위해 기괴한 행동을 한 백성수를 어떻게 평가해야 하는가?

　제시문은 한국 영화 〈서편제〉가 세계 3대 영화제 중 하나인 베를린 영화제에 출품되었으나, 예선 탈락한 이유를 설명하고 있다. 영화 〈서편제〉는 득음의 경지에 도달하기 위해 의붓딸의 눈을 멀게 한 소리꾼의 예술혼을 그린 작품이다. 우리는 이 영화를 판소리의 미학을 영상으로 드러낸 작품이니 영상미가 뛰어난 작품이니 하면서 많은 찬사를 보냈다. 또한 유봉의 행위는 쓰러져 가는 전통을 살리고자 한 행위였고, 결국 송화로 하여금 의미 있는 인생을 살게 했다.

　하지만 유럽 심사위원들은 이 부분을 문제삼아 〈서편제〉를 '엽기' 영화로 취급해 버린 것이다. 즉 유봉의 행위가 윤리적으로 허용이 되지 않을 만큼 비인간적이라는 것이다. 그들은 유봉의 행위는 사회의 보편적인 규범을 넘어선 것이라고 판단했다.

　제시문에 제시된 심사위원의 관점에서 '백성수'는 어떤 존재인가? 한 마디로 백성수는 광인이자 인간 망종에 불과한 인물이다. 따라서 그가 창작한 음악 작품도 예술이라기보다는 엽기에 가깝다. 백성수가 대단한 음악을 창작했다고 하더라도, 그 음악은 광적인 범죄 행위에 기반해 만들어진 것이므로 예술적 가치를 인정받을 수 없는 것이다. 그에 의해 살해당한 사람의 생명과 인격은 어떻게 보상할 수 있을까? 모든 인간은 인격과 생명을 존중받을 권리가 있다. 그런데 예술을 한다는 핑계로 시체 모독과 간음을 하고, 살인을 하는 '백성수'를 예술가로 볼 아무런 근거가 없는 것이다. 요컨대, 예술을 위해 인간의 생명을 함부로 빼앗을 수는 없는 일이다. 예술을 위해 인간이 존재하는 것이 아니라 인간을 위해 예술이 존재하기 때문이다. 물론 인류 역사상 가장 위대한 예술들이 기존의 생각과 고정 관념을 깨뜨리는 시도를 통해 발전해 왔다고 말할 수 있다. 하지만 그것 역시 인간 사회의 보편적 규범과 관습을 넘어서지 않는 범위 내에서 행해져야 할 것이다.

금 따는 콩밭

김유정(1908~1937)

강원도 춘성 출생. 휘문고보 졸업 후 연희전문 문과 중퇴. 1935년 〈소낙비〉가 《조선일보》 신춘문예에, 〈노다지〉가 《중앙일보》 신춘문예에 각각 당선됨으로써 문단에 등단. 1937년 폐결핵으로 세상을 뜰 때까지 〈금 따는 콩밭〉, 〈만무방〉, 〈산골〉, 〈가을〉, 〈봄봄〉, 〈동백꽃〉, 〈따라지〉 등 약 30편의 단편 소설을 발표함. 그의 문학 세계는 해학적이고 골계적이며, 주로 농촌 현실과 농민들의 삶을 다룸. 〈동백꽃〉, 〈봄봄〉, 〈산골〉 같은 작품에서는 경쾌한 해학성이 전편에 두드러지고, 〈소낙비〉, 〈만무방〉, 〈총각과 맹꽁이〉 등에서는 농촌 생활을 소재로 사회적 모순을 그려 냄. 구인회 회원으로도 활동함.

미리 엿보기...

생각해 봅시다

1. 콩밭에서 금을 캐려는 사람의 욕심을 어떻게 표현하고 있는가 알아 보자.
2. 소설의 특징 중의 하나가 성격 창조에 있는데, 영식과 수재 그리고 영식의 아내 성격이 어떻게 다르게 나타나 있는지 알아 보자.

작품의 줄거리

가난한 소작인 영식은 금을 찾아다니는 수재의 감언이설을 믿고 그와 함께 한창 잘 자라는 콩밭을 파기 시작한다. 처음에는 콩밭에 금줄이 있을 거라는 수재의 말을 믿지 않았지만, 가난을 면해 보고자 하는 생각과 아내의 부추김으로 콩밭을 파고들어간 것이다. 이를 본 동네 어른들은 그들에게 미친 짓이라고 비난하지만 영식은 눈앞에 나타날 금줄을 생각하면서 괭이를 높이 들어 밭을 판다. 쌀을 빌려다가 산제를 지내고는 영식과 그의 아내는 금이 나오면 집도 새로 짓고, 좀 사는 것같이 살아 보자는 꿈에 부풀어 있었다. 그러나 금은 나오지 않고 빌린 양식마저 갚을 수 없게 되자 아내는 불안해하고 영식과 수재 간의 다툼은 계속된다. 마침내 금이 나올 수 없다는 것을 깨달은 수재는 금줄을 잡았다고 속여 말하고 그 날 밤으로 꼭 달아나리라고 결심을 한다.

땅 속 저 밑은 늘 음침하다.

간드렛불. 맥없이 푸르끼하다. 밤과 달라서 낮엔 되우 흐릿하였다.

겉으로 황토 장벽으로 앞뒤 좌우가 콕 막힌 좁직한 구뎅이. 흡사히 무덤 속같이 귀중중하다.[1] 싸늘한 침묵. 쿠더부레한 흙내와 징그러운 냉기만이 그 속에 자욱하다.

곡괭이는 뻔질 흙을 이르집는다. 암팡스러이 내려쪼며,

'퍽 퍽 퍼억.'

이렇게 메떨어진 소리뿐. 그러나 간간 우수수 하고 벽이 헐린다.

영식이는 일손을 놓고 소맷자락을 끌어당기어 얼굴의 땀을 훑는다. 이

중요 어구

1) 귀중중하다 : 매우 더럽고 지저분하다.

놈의 줄이 언제나 잡힐는지 기가 찼다. 흙 한 줌을 집어 코밑에 바짝 들여 대고 손가락으로 샅샅이 뒤져 본다. 완연히 버력은 좀 변한 듯싶다. 그러나 불통버력이 아주 다 풀린 것도 아니었다. 말똥버력이라야 금이 온다는데, 왜 이리 안 나오는지.

곡괭이를 다시 집어 든다. 땅에 무릎을 꿇고 궁둥이를 번쩍 든 채 식식거린다. 곡괭이를 무작정 내려찍는다. 바닥에서 물이 스미어 무르팍이 흥건히 젖었다. 굿 옆은 천판[2]에서 흙방울은 내리며 목덜미로 굴러든다. 어떤 때에는 윗벽의 한쪽이 떨어지며 등을 탕 때리고 부서진다.

그러나 그는 눈도 하나 깜짝하지 않는다. 금을 캔다고 콩밭 하나를 다 잡쳤다. 약이 올라서 죽을 둥 살 둥 눈이 뒤집힌 이 판이다. 손바닥에 침을 탁 뱉고 곡괭이 자루를 한 번 꼬나잡더니 쉴 줄 모른다.

등 뒤에서는 흙 긁는 소리가 드윽드윽 난다. 아직도 버력을 다 못 친 모양. 이 자식이 일을 하나 시졸 하나. 남은 속이 바직바직 타는데 웬 뱃심이 이리도 좋아.

영식이는 살기 띤 시선으로 고개를 돌렸다. 암말 없이 수재를 노려본다. 그제야 꾸물꾸물 바지게에 흙을 담고 등에 메고 사다리를 올라간다.

굿이 풀리는지 벽이 움찔하였다. 흙이 부서져 내린다. 전날이라면 이 곳에서 안 해 한 번 못 보고 생죽음이나 안 할까 털끝까지 쭈뼛할 게다. 그러나 이젠 그렇게 되고도 싶다. 수재란 놈하고 흙더미에 묻히어 한꺼번에 죽는다면 그게 오히려 날 게다.

이렇게까지 몹시몹시 미웠다. 이놈 풍치는 바람에 애꿎은 콩밭 하나만

> 중요 어구
>
> 2) 천판 : 책상, 상자나 장롱 따위의 위 표면이나 천장에 대는 널.
> 3) 금점 : 금광.

결단을 냈다. 뿐만 아니라 모두 다 낭패다. 세 벌 논도 못 맸다. 논둑의 풀은 성큼 자란 채 어지러이 널려 있다. 이 기미를 알고 지주는 대노하였다. 내년부터는 농사지을 생각을 말라고 발을 굴렀다. 땅은 암만을 파도 지수가 없다. 이만해도 다섯 길은 훨씬 넘었으리라. 좀더 지펴야 옳을지, 혹은 북으로 밀어야 옳을지, 우두커니 망설거린다. 금점[3] 일에는 풋둥이다. 입때껏 수재의 지휘를 받아 일을 하여 왔고, 앞으로도 역시 그리해야 금을 딸 것이다. 그러나 그런 칙칙한 짓은 안 한다.

"이리 와, 이것 좀 파게."

그는 어쓴 위풍을 보이며 이렇게 분부하였다. 그리고 저는 일어나 손을 털며 뒤로 물러선다.

수재는 군말 없이 고분하였다. 시키는 대로 땅에 무릎을 꿇고 벽채로 군버력을 긁어 낸 다음 다시 파기 시작한다.

영식이는 치다 나머지 버력을 짊어진다. 커다란 걸대를 뒤룩거리며 사다리로 기어오른다. 굿 문을 나와 버력더미에 흙을 마악 내치려 할 제,

"왜 또 파. 이것들이 미쳤나그래!"

산에서 내려오는 마름과 맞닥뜨렸다. 정신이 떠름하여 그대로 벙벙히 섰다. 오늘은 또 무슨 포악을 들으려는가.

"말라니까 왜 또 파는 게야."

하고 영식이의 바지게 뒤를 지팡이로 꽉 찌르더니,

"갈아먹으라는 밭이지 흙 쓰고 들어가라는 거야, 이 미친 것들아. 콩밭에서 웬 금이 나온다구 이 지랄들이야그래."

하고 목에 핏대를 올린다. 밭을 버리면 간수 잘못한 자기 탓이다. 날마다 와서 그 북새를 피고 금하여도, 담날 보면 또 여전히 파는 것이다.

"오늘로 이 구뎅이를 도로 묻어 놔야지, 아니면 낼로 당장 징역 갈 줄 알

125

게."

　너무 감정에 격하여 말도 잘 안 나오고 떠듬떠듬거린다. 주먹은 곧 날아들 듯이 허구리께서 불불 떤다.

　"오늘만 좀 해 보고 고만두겠어유."

　영식이는 낯이 붉어지며 가까스로 한 마디하였다. 그리고 무턱대고 빌었다. 마름은 들은 척도 안 하고 가 버린다. 그 뒷모양을 영식이는 멀거니 배웅하였다. 그러나 콩밭 낯짝을 들여다보니 무던히 애통 터진다. 멀쩡한 밭에 구멍이 사면 풍풍 뚫렸다.

　예제 없이 버력은 무더기무더기 쌓였다. 마치 사태 만난 공동묘지와도 같이 귀살적고[4] 되우 을씨년스럽다. 그다지 잘되었던 콩포기는 거반 버력더미에 다 깔려 버리고 군데군데 어쩌다 남은 놈들만이 고개를 나풀거린다. 그 꼴을 보는 것도 자식 죽는 걸 보는 게 낫지 차마 못할 경상이었다. 농토는 모조리 떨어질 것이다. 그러나 대관절 올 밭도지 벼 두 섬 반은 뭘로 해내야 좋을지. 게다 밭을 망쳤으니 자칫하면 징역을 갈는지도 모른다. 영식이가 구덩이 안으로 들어왔을 때 동무는 땅에 주저앉아 쉬고 있었다. 태연 무심히 담배만 뻑뻑 피는 것이다.

　"언제나 줄을 잡는 거야."

　"인제 차차 나오겠지."

　"인제 나온다."

하고 코웃음치고 엇먹더니 조금 지나매,

중요 어구

- 4) **귀살적다** : '귀살쩍다'의 잘못. 일이나 물건 따위가 마구 얼크러져 정신이 뒤숭숭하거나 산란하다.
- 5) **강약이 부동** : 강자와 약자는 서로 상대가 되지 못하기 때문에 항상 뻔한 결과가 나타난다.

"이새끼."

흙덩이를 집어 들고 골통을 내려친다.

수재는 어쿠 하고 그대로 폭 엎드린다. 그러나 벌떡 일어선다. 눈에 띠는 대로 곡괭이를 잡자 대뜸 달려들었다. 그러나 강약이 부동[5]. 왁살스러운 팔뚝에 튕겨져 벽에 가서 쿵 하고 떨어졌다. 그 순간에 제가 빼앗긴 곡괭이가 정백이를 겨누고 날아드는 걸 보았다. 고개를 홱 돌린다. 곡괭이는 흙벽을 퍽 찍고 다시 나간다.

수재 이름만 들어도 영식이는 이가 갈렸다. 분명히 홀딱 속은 것이다.

영식이는 본디 금전에 이력이 없었다. 그리고 흥미도 없었다. 다만 밭고랑에 웅크리고 앉아서 땀을 흘려 가며 꾸벅꾸벅 일만 하였다. 올엔 콩도 뜻밖에 잘 열리고 맘이 좀 놓였다. 하루는 홀로 김을 매고 있노라니까,

"여보게, 덥지 않은가. 좀 쉬었다 하게."

고개를 들어 보니 수재다. 농사는 안 짓고 금점으로만 돌아다니더니 무슨 바람에 또 왔는지 싱글벙글한다. 좋은 수나 걸렸나 하고,

"돈 좀 많이 벌었나. 나 좀 꿔 주게."

"벌구말구, 맘껏 먹고 맘껏 쓰고 했네."

술에 거나한 얼굴로 신껏 주적거린다. 그리고 밭머리에 쭈그리고 앉아 한참 객설을 부리더니,

"자네, 돈벌이 좀 안 할려나. 이 밭에 금이 묻혔네, 금이."

"뭐?"

하니까, 바로 이 산 너머 큰골에 광산이 있다. 광부를 삼백여 명이나 부리는 노다지판인데 매일 소출되는 금이 칠십 냥을 넘는다. 돈으로 치면 칠천 원, 그 줄맥이 큰 산허리를 뚫고 이 콩밭으로 뻗어 나왔다는 것이다. 둘이

서 파면 불과 열흘 안에 줄을 잡을 게고[6], 적어도 하루 서너 돈씩은 따리라. 우선 삼십 원만 해도 얼마냐. 소를 산대도 반 필이 아니냐고. 그러나 영식이는 귀담아듣지 않았다. 금점이란 칼 물고 뜀뛰기다. 잘 되면이거니와 못 되면 신세만 조진다. 이렇게 전일부터 들은 소리가 있어서였다. 그 담날도 와서 피송거리다 갔다.

셋째 번에는 집으로 찾아왔는데 막걸리 한 병을 손에 떡 들고 영을 피운다. 몸이 달아서 또 온 것이다. 봉당에 걸터앉아서 저녁상을 물끄러미 바라보더니 조당수는 몸을 훑인다는 둥 일꾼은 든든히 먹어야 한다는 둥 남들은 논을 사느니 밭을 사느니 떠드는데 요렇게 지내다 그만둘 테냐는 둥 일쩝게 지껄인다.

"아주머니, 이것 좀 먹게 해 주시게유."

그리고 비로소 영식이 아내에게 술병을 내놓는다. 그들은 밥상을 끼고 앉아서 즐겁게 술을 마셨다. 몇 잔이 들어가고 보니 영식이의 생각도 적이 돌아섰다. 딴은 일 년 고생하고 끽 콩 몇 섬 얻어먹느니보다는 금을 캐는 것이 슬기로운 짓이다. 하루에 잘만 캔다면 한 해 줄곧 공들인 그 수확보다 훨씬 이익이다. 올 봄 보낼 제 비료값, 품삯, 빚진 칠 원 까닭에 나날이 졸리는 이 판이다. 이렇게 지지하게 살고 말 바에는 차라리 가로지나 세로지나 사내자식이 한 번 해 볼 것이다.

"내일부터 우리 파 보세. 돈만 있으면이야 그까짓 콩은……."

수재가 안달스레 재우쳐 보채일 제 선뜻 응낙하였다.

중요 어구

6) 줄을 잡을 게고 : 금줄을 잡다. 금맥을 찾아내다.
7) 시체는~잡았다 : 1930년대 일제 치사 조선 농촌에까지 일제의 금광사업이 영향을 미쳤음을 짐작하게 한다.
8) 짜장 : 과연, 정말로.

"그래 보세. 빌어먹을 거 안 됨 고만이지."

그러나 꽁무니에서 죽을 마시고 있던 아내가 허구리를 쿡쿡 찔렀게 망정이지 그렇지 않았다면 좀 주저할 뻔도 하였다.

아내는 아내대로의 심이 빨랐다. 시체는 금점이 판을 잡았다.[7] 섣부르게 농사만 짓고 있다간 결국 비렁뱅이밖에는 더 못 된다. 얼마 안 있으면 산이고 논이고 밭이고 할 것 없이 다 금쟁이 손에 구멍이 뚫리고 뒤집히고 뒤죽박죽이 될 것이다. 그 때는 뭘 파먹고 사나. 자, 보아라. 머슴들은 짜위나 한 듯이 일하다 말고 후딱하면 금점으로들 내빼지 않는가. 일꾼이 없어서 올엔 농사를 질 수 없느니 마느니 하고 동리에서는 떠들썩하다. 그리고 번동 포농이 쫓아 호미를 내어 던지고 강변으로 개울로 사금을 캐러 달아난다. 그러나 며칠 뒤에는 다비신에다 옥당목을 떨치고 히짜를 뽑는 것이 아닌가. 아내는 콩밭에서 금이 날 줄은 아주 꿈 밖이었다. 놀라고도 또 기뻤다. 올해는 노상 침만 삼키던 그놈 코다리(명태)를 짜장[8] 먹어 보겠구나. 생각만 하여도 속이 메질 듯이 짜릿하였다. 뒷집 양근댁이 금점 덕택에 남편이 사다 준 흰 고무신을 신고 나릿나릿 걷는 것이 무척 부러웠다. 저도 얼른 금이나 펑펑 쏟아지면 흰 고무신도 신고 얼굴에 분도 바르고 하리라.

"그렇게 해 보지 뭐. 저 양반 하잔 대로만 하면 어련히 잘 될라구."

얼떨하여 앉았는 남편을 이렇게 추겼던 것이다.

동이 트기 무섭게 콩밭으로 모였다. 수재는 진언이나 하는 듯 이리 대고 중얼거리고 저리 대고 중얼거리고 하였다. 그리고 덤벙거리며 이리 왔다가 저리 왔다가 하였다. 제 딴은 땅 속에 누운 줄맥을 어림하여 보는 맥이었다.

한참을 밭을 헤매다가 산 쪽으로 붙은 한 구석에 딱 서며 손가락을 펴

들고 설명한다. 큰 줄이란 본시 산운, 산을 끼고 도는 법이다. 이 줄이 노다지임에는 필시 이켠으로 비스듬히 누웠으리라. 그러니 여기서부터 파들어 가자는 것이다.

영식이는 그 말이 무슨 소린지 새기지는 못했지마는, 금점에는 난다는 수재이니 그 말대로 하기만 하면 영락없이 금퇴야 나겠지 하고 그것만 꼭 믿었다. 군말 없이 지시해 받은 곳에다 삽을 푹 꽂고 파헤치기 시작하였다.

금도 금이면 애써 키워 온 콩도 콩이었다. 거진 다 자란 허울 멀쑥한 놈들이 삽 끝에 으스러지고 흙에 묻히고 하는 것이다. 그걸 보는 것은 썩 속이 아팠다. 애틋한 생각이 물밀 때 가끔 삽을 놓고 허리를 구부려서 콩잎의 흙을 털어 주기도 하였다.9)

"아, 이 사람아. 맥쩍게 그건 봐 뭘 해. 금을 캐자니깐."

"아니야, 허리가 좀 아파서!"

핀잔을 얻어먹고는 좀 열쩍었다. 하기는 금만 잘 터져 나오면 이까짓 콩밭쯤이야. 이 밭을 풀어 논도 만들 수 있을 것이다. 눈을 감아 버리고 삽의 흙을 아무렇게나 콩잎 위로 홱홱 내어 던진다.

"국으로 땅이나 파먹지 이게 무슨 지랄들이야!"

동리 노인은 뻔질 찾아와서 귀 거친 소리를 하곤 하였다.

밭에 구멍을 셋이나 뚫었다. 그리고 대고 뚫는 길이었다. 금인가 난장을

중요 어구

9) 애틋한~하였다 : 영식은 땅을 사랑하는 우직한 농사꾼으로서의 면모를 가지고 있는 인물이다.

10) 이번에~목을 비게 : 일확천금을 노리고 남을 충동질하는 수재의 허황된 모습을 볼 수 있다.

맞을 건가 그것 때문에 농군은 버렸다. 이게 필연코 세상이 망하려는 징조이리라. 그 소중한 밭에다 구멍을 뚫고 이 지랄이니 그놈이 온전할 겐가.

노인은 제풀 화에 지팡이를 들어 삿대질을 아니할 수 없었다.

"벼락 맞느니, 벼락 맞어."

"염려 말아유. 누가 알래지유."

영식이는 그럴 적마다 데퉁스레 쏘았다. 골김에 흙을 되는 대로 내꽂지고는 침을 탁 뱉고 구덩이로 들어간다. 그러나 마음 한 구석에는 언제나 끄응 하였다. 줄을 찾는다고 콩밭을 통히 뒤집어 놓았다. 그리고 줄이 언제나 나올지 아직 까맣다. 논도 못 매고 물도 못 보고 벼가 어이 되었는지 그것조차 모른다. 밤에는 잠이 안 와 멀뚱하니 애를 태웠다.

수재는 낙담하는 기색도 없이 늘 하냥이었다. 땅에 웅숭그리고 시적시적 노량으로 땅만 판다.

"줄이 꼭 나오겠나?"

하고 목이 말라서 물으면,

"이번에 안 나오거든 내 목을 비게."[10]

서슴지 않고 장담을 하고는 꿋꿋하였다. 이걸 보면 영식이도 마음이 좀 놓이는 듯싶었다. 전들 금이 없으면 무슨 멋으로 이 고생을 하랴. 반드시 금은 나올 것이다. 그제서는 이왕 손해는 하릴없거니와 고만두리라는 절망이 스스로 사라지고 다시금 주먹이 쥐어지는 것이었다.

캄캄하게 밤은 어두웠다. 어디선가 뭇개가 요란히 짖어 대인다.

남편은 진흙투성이를 하고 산에서 내려왔다. 풀이 죽어서 몸을 잘 가누지도 못하고 아랫목에 축 늘어진다.

이 꼴을 보니 아내는 맥이 다시 풀린다. 오늘도 또 글렀구나. 금이 터지면은 집을 한 채 사 간다고 자랑을 하고 왔더니 이내 헛일이었다. 인제 좌지가 나서 낯을 들고 나갈 염의조차 없어졌다.

남편에게 저녁을 갖다 주고 딱하게 바라본다.

"인젠 꿔 온 양식도 다 먹었는데……."

"새벽에 산제를 좀 지낼 텐데 한 번만 더 꿔 와."

남의 말에는 대답 없고 유하게 흘게 늦은 소리뿐. 그리고 드러누운 채 눈을 지그시 감아 버린다.

"죽거리두 없는데 산제는 무슨……."

"듣기 싫어. 요망 맞은 년 같으니."

이 호통에 아내는 고만 멈찔하였다. 요즘 와서는 무턱대고 공연스레 골만 내는 남편이 영 딱하였다. 환장을 하는지 밤잠도 아니 자고 소리만 빽빽 지르며 덤벼들려고 한다. 심지어 어린것이 좀 울어도 이 자식 갖다 내꾼지라고 북새를 피는 것이다.

저녁을 아니 먹으므로 그냥 치워 버렸다. 남편의 영을 거역키 어려워 양근댁한테로 또다시 안 갈 수 없다. 그간 양식은 줄곧 꾸어다 먹고 갚지도 못하였는데, 또 무슨 면목으로 입을 벌릴지 난처한 노릇이었다.

그는 생각다 끝에 있는 염치를 보째 쏟아 던지고 다시 한 번 찾아가는 것이지마는 딱 맞닥뜨리어 입을 열고,

"낼 산제를 지낸다는데 쌀이 있어야지유."

하자니 영 낯이 화끈하고 모닥불이 날아든다.

그러나 그들은 어지간히 착한 사람이었다.

"암 그렇지요. 산신이 벗나면 죽도 글릅니다."

하고 말을 받으며 그 남편은 빙그레 웃는다. 워낙이 금점에 장구 닳아난 몸인만치 이런 일에는 적잖이 속이 트였다. 손수 쌀 닷 되를 떠다 주며,

"산제란 안 지냄 몰라두 이왕 지낼려면 아주 정성껏 해야 됩니다. 산신이란 노하길 잘하니까유."
하고 그 비방까지 깨쳐 보낸다.

쌀을 받아 들고 나오며 영식이 처는 고마움보다 먼저 미안에 질리어 얼굴이 다시 빨갰다. 그리고 그들 부부 살아가는 살림이 참으로 참으로 몹시 부러웠다. 양근댁 남편은 날마다 금점으로 감돌며 버럭더미를 뒤지고 토록[11]을 주워 온다. 그걸 온종일 장판돌에다 갈면 수가 좋으면 이삼 원, 옥아도 칠팔십 전 꼴은 매일 심이 되는 것이었다. 그러면 쌀을 산다, 피륙을 끊는다, 떡을 한다, 장리를 놓는다 ─ 그런데 우리는 왜 늘 요 꼴인지 생각만 하여도 가슴이 메이는 듯 맥맥한 한숨이 연발을 하는 것이었다.

아내는 집에 돌아와 떡쌀을 담갔다. 낼은 밀로 죽을 쑤어 먹을는지. 윗목에 웅크리고 앉아서 맞은쪽에 자빠져 있는 남편을 곁눈으로 살짝 할퀴어 본다. 남들은 돌아다니며 잘도 금을 주워 오련만 저 망나니, 제 밭 하나를 다 버려도 금 한 톨 못 주워 오나. 에에, 변변치도 못한 사나이. 저도 모르게 얕은 한숨이 거푸 두 번을 터진다.

밤이 이슥하여 그들 양주는 떡을 하러 나왔다. 남편은 절구에 쿵쿵 빻았다. 그러나 체가 없다. 동리로 돌아다니며 빌려 오느라고 아내는 다리에 불풍이 났다.

"왜 이리 앉았수. 불 좀 지피지."

떡을 찧다가 얼이 빠져서 멍하니 앉았는 남편이 밉살스럽다. 남은 이래저래 애를 죄는데 저건 무슨 생각을 하고 저리 있는 건지. 낫으로 삭정이

중요 어구

11) **토록** : 광맥의 본래 줄기에서 떨어져 다른 잡석과 함께 광맥의 겉으로 드러나 있는 광석.

를 탁탁 조져서 던져 주며 아내는 은근히 후딱이었다. 닭이 두 홰를 치고 나서야 떡은 되었다. 아내는 시루를 이고 남편은 겨드랑에 자리때기를 꼈다. 그리고 캄캄한 산길을 올라간다.

비탈길을 얼마 올라가서야 콩밭은 놓였다. 전면이 우뚝한 검은 산에 둘리어 막힌 곳이었다. 가생이로 느티, 대추나무들은 머리를 풀었다. 밭머리 조금 못 미처 남편은 걸음을 멈추고 뒤의 아내를 돌아본다.

"인 내, 그리고 여기 가만히 섰어."

시루를 받아 한 팔로 껴안고 그는 혼자서 콩밭으로 올라섰다. 앞에 쌓인 것이 모두 흙더미, 그 흙더미를 마악 돌아서려 할 제 아마 돌을 찼나 보다. 몸이 쓰러지려고 우찔근하니 아내가 기겁을 하여 뛰어오르며 그를 부축하였다.

"부정타라구 왜 올라와, 요망 맞은 년."

남편은 몸을 고루 잡자 소리를 뺵 지르며 아내 얼뺨을 붙인다. 가뜩이나 죽으라 죽으라 하는데 불길하게도 계집년이. 그는 마뜩지 않게 두덜거리며 밭으로 들어간다. 밭 한가운데다 자리를 펴고 그 위에 시루를 놓았다. 그리고 시루 앞에다 공손하고 정성스레 재배를 커다랗게 한다.

"우리를 살펴줍시사. 산신께서 거들어 주지 않으면 저희는 죽을밖에 꼼작할 수 없습니다유."[12]

그는 손을 모으고 이렇게 축원하였다.

아내는 이 꼴을 바라보며 독이 뾰록같이 올랐다. 금점을 합네 하고 금 한 톨 못 캐는 것이 버릇만 점점 글러 간다. 그 전에는 없더니 요새로 건듯하면 탕탕 때리는 못된 버릇이 생긴 것이다. 금을 캤랬지 뺨을 치랬나. 제

중요 어구

12) 우리를~없습니다유 : 금맥에 대한 절실함 때문에 밭에 고사까지 지내게 된다.

발 덕분에 고놈의 금 좀 나오지 말았으면. 그는 뺨 맞은 앙심으로 맘껏 방자하였다.

하긴 아내의 말 그대로 되었다. 열흘이 썩 넘어도 산신은 깜깜 무소식이었다. 남편은 밤낮으로 눈을 까뒤집고 구덩이에 묻혀 있었다. 어쩌다 집엘 내려오는 때이면 얼굴이 헐떡하고 어깨가 축 늘어지고 거반 병객이었다. 그리고서 잠자코 커다란 몸집을 방고래에다 쿵 하고 내던지고 하는 것이다.

"제 어미 붙을, 죽어나 버렸으면."

혹은 이렇게 탄식하기도 하였다.

아내는 바가지에 점심을 이고서 집을 나섰다. 젖먹이는 등을 두드리며 좋다고 끽끽거린다.

이젠 흰 고무신이고 코다리고 생각조차 물렸다. 그리고 금 하는 소리만 들어도 입에 신물이 날 만큼 되었다. 그건 고사하고 꿔다 먹은 양식에 졸리지나 말았으면 그만도 좋으리마는.

가을은 논으로 밭으로 누렇게 내리었다. 농군들은 기꺼운 낯을 하고 서로 만나면 흥겨운 농담, 그러나 남편은 앰한 밭만 망치고 논조차 건살 못하였으니 이 가을에는 뭘 거둬들이고 뭘 즐겨할는지. 그는 동리 사람의 이목이 부끄러워 산길로 돌았다.

솔숲을 나서서 멀리 밖에를 바라보니 둘이 다 나와 있다.

오늘도 또 싸운 모양. 하나는 이쪽 흙더미에 앉았고 하나는 저쪽에 앉았고, 서로들 외면하여 담배만 뻑뻑 피운다.

"점심들 잡숫게유."

남편 앞에 바가지를 내려놓으며 가만히 맥을 보았다.

남편은 적삼이 찢어지고 얼굴에 생채기를 내었다. 그리고 두 팔을 걷고 먼 산을 향하여 묵묵히 앉았다.
　수재는 흙에 박혔다 나왔는지 얼굴은커녕 귓속드리 흙투성이다. 코밑에는 피딱지가 말라붙었고, 아직도 조금씩 피가 흘러내린다. 영식이 처를 보더니 열쩍은[13] 모양. 고개를 돌리어 모로 떨어치며 입맛만 쩍쩍 다신다.
　금을 캐라니까 밤낮 피만 내다 마려는가. 빚에 졸리어 남은 속을 볶는데 무슨 호강에 이 지랄들인구. 아내는 못마땅하여 눈가에 살을 모았다.
　"산제 지낸다구 꿔 온 것은 언제나 갚는다지유?"
　뚱하고 있는 남편을 향하여 말끝을 꼬부린다. 그러나 남편은 눈썹 하나 까딱하지 않는다. 이번에는 어조를 좀 돋우며,
　"갚지도 못할 걸 왜 꿔 오라 했지유?"
하고 얼추 호령이었다.
　이 말은 남편의 채 가라앉지도 못한 분통을 다시 건드린다.
　그는 벌떡 일어서며 황밤주먹을 쥐어 낭창할만치 아내의 골통을 후렸다.
　"계집년이 방정맞게."
　다른 것은 모르나 주먹에는 아찔이었다. 멋없이 덤비다간 골통이 부서진다. 암상을 참고 바르르 하다가 이윽고 아내는 등에 업은 언내를 끌러들었다. 남편에게로 그대로 밀어 던지니 아이는 까르륵 하고 숨 모는 소리를 친다. 그리고 아내는 돌아서서 혼잣말로,

---

중요 어구

　13) 열쩍다 : '열없다'의 잘못. 겸연쩍고 부끄럽다.
　14) 네가~망할 년 : 남편보다 판단은 빠르기는 하지만 마찬가지로 남의 속임수에 쉽게 빠지는 어리석은 아내의 모습.
　15) 시나브로 : 모르는 사이에 조금씩.

"콩밭에서 금을 딴다는 숙맥도 있담."

하고 빗대 놓고 비아냥거린다.

"이년아, 뭐!"

남편은 대뜸 달려들며 그 볼치에다 다시 올찬 황밤을 주었다. 저그나면 계집이니 위로도 하여 주련만, 요건 분만 폭폭 질러 놓으려나. 에이, 빌어먹을 거, 이판사판이다.

"너허구 안 산다. 오늘루 가거라."

아내를 와락 떠다밀어 밭둑에 제쳐놓고 그 허구리를 발길로 퍽 질렀다.

아내는 입을 헉 하고 벌린다.

"네가 허라구 옆구리를 쿡쿡 찌를 제는 은제냐, 요 집안 망할 년."[14]

그리고 다시 퍽 질렀다. 연하여 또 퍽.

이 꼴들을 보니 수재는 조바심이 일었다. 저러다가 그 분풀이가 다시 제게로 슬그머니 옮아 올 것을 지레 채었다. 인제 걸리면 죽는다. 그는 비슬비슬하다 어느 틈엔가 구덩이 속으로 시나브로[15] 없어져 버린다. 볕은 다사로운 가을 향취를 풍긴다. 주인을 잃고 콩은 무거운 열매를 둥글둥글 흙에 굴린다.

맞은쪽 산밑에서 벼들을 베며 기뻐하는 농군의 노래.

"터졌네, 터져."

수재는 눈이 휘둥그렇게 굿 문을 뛰어나오며 소리를 친다. 손에는 흙 한 줌이 잔뜩 쥐었다.

"뭐?"

하다가,

"금줄 잡았어, 금줄."

"응!"

하고 외마디를 뒤남기자 영식이는 수재 앞으로 살같이 달려들었다. 허겁지겁 그 흙을 받아들고 샅샅이 헤쳐 보니 딴은 재래에 보지 못하던 불그죽죽한 황토였다. 그는 눈에 눈물이 핑 돌며,

"이게 원줄인가?"

"그럼, 이것이 곱색줄이라네. 한 포에 댓 돈씩은 넉넉 잡히네."

영식이는 기쁨보다 먼저 기가 탁 막혔다. 웃어야 옳을지 울어야 옳을지, 다만 입을 반쯤 벌린 채 수재의 얼굴만 멍하니 바라본다.[16]

"이리 와 봐. 이게 금이래."

이윽고 남편은 아내를 부른다. 그리고 내 뭐랬어, 그러게 해 보라고 그랬지, 하고 설면설면 덤벼 오는 아내가 한결 어여뻤다. 그는 엄지손가락으로 아내의 눈물을 지워 주고 그리고 나서 껑충거리며 구덩이로 들어간다.

"그 흙 속에 금이 있지요?"

영식이 처가 너무 기뻐서 코다리에 고래등 같은 집까지 연상할 제 수재는 시원스러이,

"네, 한 포대에 오십 원씩 나와유."

하고 대답하고 오늘 밤에는 꼭, 정녕코 꼭 달아나리라 생각하였다.

거짓말이란 오래 못 간다. 뽕이 나서 뼈다귀도 못 추리기 전에 훨훨 벗어나는 게 상책이겠다.

중요 어구

16) 영식이는~바라본다 : 곤란한 상황에서 벗어나기 위한 수재의 거짓말에 영식 부부가 감격하고 기뻐하는 이 대목이 소설 전체에서 비극성이 가장 두드러진다.

작품 이해 및 논술 다지기

작품 이해

핵심 정리

- 갈래 : 단편 소설, 농촌 소설
- 시점 : 전지적 작가 시점
- 배경 : 시간적 — 1930년대 봄
  공간적 — 강원도 산골
- 구성 : 역행적 구성
- 문체 : 우유체
- 주제 : 욕망에 이끌리는 인간의 탐욕적인 삶

등장 인물의 성격

- 영식 : 성실하고 우직한 농사꾼이지만, 수재의 꾐에 빠져 금을 찾으려다

가 콩밭만 망치는 안타까운 인물.
- **영식의 처** : 섣부르게 농사만 짓다가는 비렁뱅이가 될 수밖에 없다고 단정하고, 남편을 부추겨 일을 저질러 놓고 보자는 아낙네.
- **수재** : 일확천금의 횡재를 노리며 금줄을 찾아 헤매며 남을 충동질하는 인물.

 이해와 감상

 이 소설은 《개벽(1935)》에 발표한 작품으로서, 김유정의 다른 작품인 〈동백꽃〉이나 〈봄봄〉과 같이 1인칭 작가 시점을 구사하지 않고 3인칭을 구사하여 표현하고 있다. 그러면서도 1인칭 소설에서와 같은 내적인 심리의 독백이나 관찰의 흔적이 있어서 객관적인 실화성을 주로 하는 3인칭의 전지적 시점이 흐려지고 있다. 또한 이 작품은 이야기를 중간에 꺾어 진행하면서 과거를 삽입하는 입체적 진행으로 짜여져 있다. 다른 작품과 같이 해학적 요소가 많이 나타나 있고 표현도 아주 간결한 문체로 이루어져 있다.

 자기의 권유로 시작한 콩밭에서 금맥이 나오지 않는다는 것을 안 수재는 흙에서 금이 나온다고 거짓말을 한다. 사실인 줄 알고 좋아하는 영식 아내의 물음에 "네, 한 포대에 오십 원씩 나와유."라고 대답하고는 오늘 밤은 정녕코 꼭 달아나리라고 다짐하면서, '거짓말이란 오래 못 간다. 뽕이 나서 뼈다귀도 못 추리기 전에 훨훨 벗어나는 게 상책'이라고 생각하는 것에서 익살스러운 그의 일면을 엿볼 수 있다. 또한 이 작품은 금광을 안다는 수재의 허풍과 마을 촌로와 마름의 수구적인 자세, 그리고 영식과 그 처의 금에 대한 현혹됨이 삼각의 관계를 이루어, 황금에 어두워지는 인간 욕심의 허탈을 강원도 산골을 배경으로 해학적으로 잘 그리고 있다.

 생각 나누기

1. 이 작품에서 인간의 어떠한 면을 영식과 수재를 통해서 나타내고 있는가?
2. 수재가 마지막에 흙에서 금이 나온다고 하고 도망가려고 하는 까닭은 무엇이며, 이런 소설을 무슨 강조법이라고 하는가?
3. 이 소설을 결말부를 중심으로 본다면 한 편의 실패담이다. 그럼에도 불구하고 독자가 해학미를 느낄 수 있는 이유는 무엇인가?

 모범 답안

1. 금이나 돈은 인간의 욕망의 소산이며 소유하고자 하는 가치의 대상이며 부의 표상인 동시에 파멸의 길로 통하는 양가성(兩價性)을 지니고 있다. 〈금 따는 콩밭〉에서는 영식을 통해 인간의 이러한 황금에 대한 욕심을 나타내고, 수재를 통하여 미숙한 잔꾀로 인간을 속이고 자신의 욕망을 채우려는 허황된 인간의 탐욕을 그리고 있다. 파스칼의 말대로 인간은 천사도 악마도 아니다. 인간은 천사와 같이 순수할 수도 있고, 악마와 같이 악하기도 한 것이다. 이 사이에서 방황하는 것이 인간이라고는 하지만, 순진한 인간은 약하고 모진 사람에게 속고 당하는 경우가 많다. 루소의 성선설과 순자의 성악설이 부딪쳐 성선설 쪽으로 기울어져야 인간의 구제가 가능해지고, 미래가 밝아질 것이다.
2. 금맥이 나올 수 없음을 안 까닭에 그렇게 했고, 이러한 강조법을 절정 강조법이라고 한다.
3. 해학미란 익살스러운 행동이나 대화를 통해 삶의 발랄함을 긍정하려는 태도에서 느껴지는 아름다움을 말한다. 김유정 소설의 대표적인 특징으

로 해학미를 들곤 하는데, 이 소설에서도 역시 빠지지 않는다. 독자인 우리는 이미 알고 있는 사실을 끝까지 모르고 우둔하게 수재에게 속고 마는 영식과 친구를 유혹해 한몫 잡아 보겠다는 계획이 무산되자 아무런 죄의식도 없이 도망갈 궁리나 하는 수재의 모습이 독자의 웃음을 유발한다.

 **연관 작품 더 읽기**

- 〈관촌수필〉(이문구) : 보령 한 마을의 격동기적인 삶을 그린 풍속 소설.
- 〈무진기행〉(김승옥) : 안개가 퍼지는 속에 무진을 찾아가 일어나는 일들을 감각적으로 그려 낸 상황 소설.

 **좀더 알아보기**

- 해학(諧謔, humor) : 인간에 대하여 선의를 가지고 약점, 실수, 부족을 같이 즐겁게 시인하는 공감적 태도. 해학은 모순과 부조리에 가득 찬 현실을 날카로운 인간 관찰의 눈을 통해 들여다보고 있으나 그 사실을 겉으로 드러내지 않고 오히려 어리석은 행동을 어쩔 수 없이 하는 인간에게 자비심을 가지고 표현함.
- 기지(機智, wit) : 서로 다른 사물에서 남이 보지 못하는 유사점을 찾아내고, 그것을 경구나 격언 같은 압축되고 정리된 말로 능숙히 표현하는 지적 능력.

논술 다지기

❖ 산업화가 진행되면서 물질적 가치가 정신적 가치를 앞서게 되고, 이로 인해 황금만능주의 풍조가 생겨나게 되었다. 〈금 따는 콩밭〉에 나타난 '금'을 향한 열정을 현대의 황금만능주의와 연관지어 생각해 보고, 황금만능주의로 인해 나타나게 된 사회 현상을 비판적 시각에서 논하시오. (2,000자 내외)

 모범 답안

　산업화가 진행되면서 기계와 기술의 발달로 대량 생산과 소비가 가능해졌다. 따라서 사람들은 물질적 부를 축적할 수 있었고, 거대자본을 형성할 수 있게 되었다. 그 결과 사회의 가치 평가가 생산과 부를 기준으로 삼기에 이르면서 현대 사회는 황금만능주의, 즉 물질만능주의로 기울어지게 되었다. 지나치게 돈을 숭배해 이기주의가 팽배하기 시작했고, 돈이 있는 사람을 강자로 여기고 돈이 없는 사람을 약자로 여기는 풍조가 생겨났다. 따라서 돈이 없는 사람은 수단과 방법을 가리지 않고 돈을 모으는 데 집착하고, 돈이 있는 사람들은 더 많은 돈을 버는 데 몰두하게 된 것이다. 황금만능주의로 인해 발생하게 된 문제점과 그 해결 방안은 무엇인지에 대해 살펴보자.
　〈금 따는 콩밭〉은 1930년대 일제 식민지 정책이 심화되면서 나타나는 농촌 사회의 문제점을 '금을 향한 정열'로 보여 준다. 1930년대는 인간 생활의 기본 조건이 갖춰 있지 않은 절망적인 시기이다. 이러한 상황에서 순진하고 무력한 주인공은 생존의 조건을 갖추기 위해 꿈을 좇는다. 주인공이 금줄을 찾기 위해 발버둥치는 것은 가난의 수렁에서 빠져 나오고자 하는 생활적 욕구이

다. 가난에서 벗어나기 위해 그들이 할 수 있는 최선의 방법은 일확천금의 꿈 이외에 다른 선택이 없다. 삶의 마지막 수단으로서 생존을 위한 눈물겨운 선택이다. 생계를 위해 금을 좇는 생활은 어쩌면 당연한 것일 수도 있다. 문제는 목적을 이루기 위해 남을 이용하고 속이는 데서 발생한다. '금을 향한 정열' 때문에 인간관계까지 무너지고 있는 것이다. 비록 1930년대의 농촌 현실의 비참함을 인정하더라도, 이러한 모습은 물질만이 최고의 가치로 여겨지기 때문에 나타나는 현상이다. 이러한 점은 돈만을 최고의 가치로 여기는 황금만능주의의 한 모습이라고 볼 수 있다.

산업화로 인한 물질만능주의의 출현은 삶의 주체인 인격의 균형을 상실하게 만든다. 〈금 따는 콩밭〉에서도 금맥을 찾기 위해 수재는 순진한 영식을 속인다. 일이 잘못되자 수재는 영식에 대한 걱정보다는 자기 살 길을 찾아 도망칠 궁리만을 한다. 모든 상황이 금을 위해 존재하고, 금을 향하고 있기 때문에, 그것이 무너지면 인간관계뿐만 아니라 모든 생활이 파탄에 이르게 된다. 이렇게 삶의 최고 가치를 돈에 두게 되면 사회 전반에 해악을 미치는 현상들이 출현하게 된다. 천박한 상업주의가 성행하고 이기주의가 팽배해지면서 인간의 존엄성이 파괴되고, 도덕성도 상실된다. 이는 결국 사회 공동체를 유지시킬 수 없을 정도로 파괴시키고 만다. 공무원들은 자신의 이익을 위해 국가를 팔고, 기업인은 공무원들에게 줄 비자금을 마련하느라 바빠진다. 결국 부는 일부 권력자들에게 편중되고, 서민들은 궁핍한 생활을 할 수밖에 없게 된다. 자연히 각종 사회 범죄가 늘어날 수밖에 없다. 같은 범죄를 저지르고도 돈 있는 사람은 풀려나고, 돈 없는 사람은 감옥에서 고생한다는 유전무죄, 무전유죄라는 말도 생겨난다. 이러한 현상들은 모두 물질만을 최고의 가치로 여기는 물질만능주의 풍조에서 기인한 것이다. 요컨대 물질만능주의 풍조는 정치, 경제, 사회, 문화 등 각 분야에 골고루 해악을 미치게 된다.

이러한 물질만능주의 풍조를 타파하기 위해서는 물질보다는 내면적 정신 가치의 소중함을 인식하고 이를 발전시켜야 한다. 이를 위해 남을 배려하고,

나보다는 공동체를 먼저 생각하는 의식이 필요하다. 우리는 도덕적인 삶에 대한 관심보다도 물질적으로 보다 나은 삶을 위한 지식 및 기능을 습득하기 위해 경쟁 속에서 살아가고 있다. 따라서 우리는 도덕적인 가치관을 정립하고, 도덕적 가치를 회복하려는 노력을 해야 한다. 이렇게 되기 위해서는 개개인들의 노력뿐만 아니라, 사회 전체에서 물질보다는 정신적이고 도덕적인 가치관을 우선시하는 풍조가 마련되어야 한다. 이것은 모든 사회 제도나 구조들의 개선을 통해 가능해진다. 남에게 피해를 주면서까지 돈만을 좇는 사람들에게는 무거운 형벌을 가해야 하며, 내면적 정신 가치를 소중하게 여기고 행동하는 사람들에게는 적절한 보상과 칭찬을 하는 토대가 마련되어야 한다. 요컨대 물질만능주의 풍조를 극복하기 위해서는 개개인의 노력뿐만 아니라 사회 제도의 개선도 함께 요구된다.

생활이 반드시 행복할 수는 없다. 그러나 선한 생활은 행복하다.
-세네카(Seneca, Lucius Annaeus)-

봄봄

김유정(1908~1937)

강원도 춘성 출생. 휘문고보 졸업 후 연희전문 문과 중퇴. 1935년 〈소낙비〉가 《조선일보》 신춘문예에, 〈노다지〉가 《중앙일보》 신춘문예에 각각 당선됨으로써 문단에 등단. 1937년 폐결핵으로 세상을 뜰 때까지 〈금 따는 콩밭〉, 〈만무방〉, 〈산골〉, 〈가을〉, 〈봄봄〉, 〈동백꽃〉, 〈따라지〉 등 약 30편의 단편 소설을 발표함. 그의 문학 세계는 해학적이고 골계적이며, 주로 농촌 현실과 농민들의 삶을 다룸. 〈동백꽃〉, 〈봄봄〉, 〈산골〉 같은 작품에서는 경쾌한 해학성이 전편에 두드러지고, 〈소낙비〉, 〈만무방〉, 〈총각과 맹꽁이〉 등에서는 농촌 생활을 소재로 사회적 모순을 그려 냄. 구인회 회원으로도 활동함.

미리 엿보기...

생각해 봅시다

1. 김유정 특유의 해학적·골계적 표현이 드러나고 있는 부분을 찾아보고, 우리 문학의 전통적 미의식 중 하나인 골계미에 대해서도 생각해 보자.
2. '봄'이라는 시간적 배경이 이 작품에서 하는 역할이 무엇인지 유의해 가며 읽어 보자.

작품의 줄거리

데릴사위로 장인 집에서 일을 시작한 지 3년이 넘었건만, 장인은 아직도 성례시켜 줄 생각을 하지 않는다. 말을 꺼낼 때마다 점순이가 아직 작아서 안 된다는 말만 되풀이할 뿐이다. 요즘에는 점순이가 성례시켜 달라는 말도 하지 못하느냐고 나를 채근하기도 한다. 그래서 장인을 끌고 구장 집에 가 보았지만, 열심히 일이나 하라는 말만 듣는다. 그래서 다음 날은 아프다고 드러누워 버렸다. 장인은 독기를 품고 나를 때리고, 점순이가 지켜보고 있음을 의식한 나는 장인의 바짓가랑이를 붙들고 늘어진다. 장인이 죽는 소리를 내자 장모와 점순이가 뛰어나오는데, "이 망할 게 아버지 죽이네!"라고 말하면서 내 귀를 잡아당기는 점순을 나는 아무래도 이해할 수가 없다.

"장인님! 인젠 저……."

내가 이렇게 뒤통수를 긁고 나이가 찼으니 성례[1]를 시켜 줘야 하지 않겠느냐고 하면 그 대답이 늘,

"이 자식아! 성례구 뭐구 미처 자라야지!"

하고 만다.

이 자라야 한다는 것은 내가 아니라 장차 내 아내가 될 점순이의 키 말이다.

내가 여기에 와서 돈 한 푼 안 받고 일하기를 삼 년하고 꼬박 일곱 달 동안을 했다. 그런데도 미처 못 자랐다니까 이 키는 언제야 자라는 겐지 짜장 영문 모른다. 일을 좀더 잘해야 한다든지, 혹은 밥을 (많이 먹는다고 노

중요 어구

1) 성례 : 혼인 예식을 지냄.

상 걱정이니까) 좀 덜 먹어야 한다든지 하면 나도 얼마든지 할 말이 많다. 허지만 점순이가 아직 어리니까 더 자라야 한다는 얘기에는 어째 볼 수 없이 고만 벙벙하고 만다.

이래서 나는 애초 계약이 잘못된 걸 알았다. 이태면 이태, 삼 년이면 삼 년, 기한을 딱 작정하고 일을 했어야 할 것이다. 덮어놓고 딸이 자라는 대로 성례를 시켜 주마 했으니 누가 늘 지키고 섰는 것도 아니고, 그 키가 언제 자라는지 알 수 있는가. 그리고 난, 사람의 키가 무럭무럭 자라는 줄만 알았지 붙박이 키에 모로만 벌어지는 몸도 있는 것을 누가 알았으랴. 때가 되면 장인님이 어련하랴 싶어서 군소리 없이 꾸벅꾸벅 일만 해 왔다. 그럼 말이다, 장인님이 제가 다 알아차려서,

"어 참, 너 일 많이 했다. 고만 장가들어라."

하고 살림도 내주고 해야 나도 좋을 것이 아니냐. 시치미를 딱 떼고 도리어 그런 소리가 나올까 봐서 지레 펄펄 뛰고 이 야단이다. 명색이 좋아 데릴사위[2]지 일하기에 싱겁기도 할 뿐더러 이건 참 아무것도 아니다.

숙맥이 그걸 모르고 점순이의 키 자라기만 까맣게 기다리지 않았나.

언젠가는 하도 갑갑해서 자를 가지고 덤벼들어서 그 키를 한 번 재볼까 했다마는, 우리는 장인님이 내외를 해야 한다고 해서 마주 서 이야기도 한 마디 하는 법 없다. 우물길에서 어쩌다 마주칠 적이면 겨우 눈어림으로 재보곤 하는 것인데 그럴 적마다 나는 저만치 가서

"제 에미 키두!"

하고 논둑에다 침을 퉤 뱉는다. 아무리 잘 봐야 내 겨드랑(다른 사람보다 좀 크긴 하지만) 밑에서 넘을락 말락 밤낮 요 모양이다.

중요 어구

2) 데릴사위 : 처가에서 데리고 사는 사위.

개돼지는 푹푹 크는데 왜 이리도 사람은 안 크는지, 한동안 머리가 아프도록 궁리도 해 보았다. 아하, 물동이를 자꾸 이니까 뼈다귀가 움츠러드나 보다, 하고 내가 넌짓넌짓이 그 물을 대신 길어도 주었다. 뿐만 아니라 나무를 하러 가면 서낭당에 돌을 올려놓고

"점순이의 키 좀 크게 해 줍소사. 그러면 담엔 떡 갖다 놓고 고사드립죠니까."

하고 치성도 한두 번 드린 것이 아니다. 어떻게 돼먹은 킨지 이래도 막무가내니……. 그래 내 어저께 싸운 것이지 결코 장인님이 밉다든가 해서가 아니다.

모를 붓다가 가만히 생각을 해 보니까 또 싱겁다. 이 벼가 자라서 점순이가 먹고 좀 큰다면 모르지만 그렇지도 못할 걸 내 심어서 뭘 하는 거냐. 해마다 앞으로 축 불거지는 장인님의 아랫배(너무 먹는 걸 모르고 내병이라나, 그 배)를 불리기 위하여 심곤 조금도 싶지 않다.

"아이구 배야!"

난 몰 붓다 말고 배를 쓰다듬으면서 그대루 논둑으로 기어올랐다. 그리고 겨드랑에 꼈던 벼 담긴 키를 그냥 땅바닥에 털썩 떨어뜨리며 나도 털썩 주저앉았다. 일이 암만 바빠도 나 배 아프면 고만이니까. 아픈 사람이 누가 일을 하느냐. 파릇파릇 돋아오른 풀 한 줌을 뜯어 들고 다리의 거머리를 쓱쓱 문대며 장인님의 얼굴을 쳐다보았다.

논 가운데서 장인님도 이상한 눈을 해 가지고 한참 날 노려보더니,

"너 이자식, 왜 또 이래 응?"

"배가 좀 아파서유!"

하고 풀 위에 슬며시 쓰러지니까 장인님은 약이 올랐다. 저도 논에서 철벙철벙 둑으로 올라오더니 잡은 참 내 멱살을 움켜 잡고 뺨을 치는 것이 아

닌가.

"이자식아, 일허다 말면 누굴 망해 놀 속셈이냐. 이 대가릴 까놀 자식!"

우리 장인님은 약이 오르면 이렇게 손버릇이 아주 못됐다. 또 사위에게 이자식 저자식 하는 이놈의 장인님은 어디 있느냐. 오죽해야 우리 동리에서 누굴 물론하고 그에게 욕을 안 먹는 사람은 명이 짧다 한다. 조그만 아이들까지도 그를 돌려세워 놓고 욕필이(본 이름이 봉필이니까) 욕필이 하고 손가락질을 할 만치 두루 인심을 잃었다. 허나 인심을 정말 잃었다면 욕보다 읍의 배 참봉댁 마름으로 더 잃었다.[3] 본디 마름이란 욕 잘하고, 사람 잘 치고, 그리고 생김 생기길 호박개 같아야 쓰는 거지만 장인님은 외양이 똑 됐다. 장인께 닭 마리나 좀 보내지 않는다든가 애벌논 때 품을 좀 안 준다든가 하면, 그 해 가을에는 영락없이 땅이 뚝뚝 떨어진다. 그러면 미리부터 돈도 먹이고 술도 먹이고 안달재신[4]으로 돌아치던 놈이 그 땅을 슬쩍 돌라 안는다. 이 바람에 장인님 집 외양간에는 눈깔 커다란 황소 한 놈이 절로 엉금엉금 기어들고, 동리 사람들은 그 욕을 다 먹어가면서도 그래도 굽실굽실하는 게 아닌가.

그러나 내겐 장인님이 감히 큰소리할 계제가 못 된다.

뒷생각은 못 하고 뺨 한 대를 딱 때려 놓고는 장인님은 무색해서 덤덤히 쓴침만 삼킨다. 난 그 속을 퍽 잘 안다.

조금 있으면 갈도 꺾어야 하고, 모도 내야 하고, 한창 바쁜 때인데 나 일 안 하고 우리 집으로 그냥 가면 고만이니까.

중요 어구

3) 허나~잃었다 : 장인의 성품과 마을에서의 행실에 대한 평판을 알 수 있는 대목.
4) 안달재신 : 몹시 속을 태우며 여기저기로 다니는 사람.
5) 그러면 얼찐~해 준다 : 딸을 혼인시키는 것 보다는 일 잘하는 나의 노동력에 더 관심을 보이는 장인에 대한 나의 소극적 불만 표시.

작년 이맘 때도 트집을 좀 하니까 늦잠 잔다구 돌멩이를 집어던져서 자는 놈의 발목을 삐게 해 놓았다. 사나흘씩이나 건성 끙끙 앓았더니 종당에는 거반 울상이 되지 않았던가.

"얘, 그만 일어나 일 좀 해라. 그래야 올 갈에 벼 잘되면 너 장가들지 않니?"

그래 귀가 번쩍 뜨여서 그 날로 일어나서 남이 이틀 품 들일 논을 혼자 삶아 놓으니까 장인님도 눈깔이 커다랗게 놀랐다. 그럼 정말로 가을에 와서 혼인을 시켜 줘야 원 경우가 옳지 않겠나. 볏섬을 척척 들여 쌓아도 다른 소리는 없고, 물동이를 이고 들어오는 점순이를 담배통으로 가리키며,

"이자식아, 미처 커야지. 조걸 데리고 무슨 혼인을 한다구 그러니 원!"
하고 남 낯짝만 붉혀 주고 그만이다. 골김에 그저 이놈의 장인님, 하고 댓돌에다 메다꽂고 우리 고향으로 내뺄까 하다가 꾹꾹 참고 말았다.

참말이지 난 이 꼴 하고는 집으로 차마 못 간다. 장가를 들러 갔다가 오죽 못났어야 그대로 쫓겨왔느냐고 손가락질을 받을 테니까.

논둑에서 벌떡 일어나 한풀 죽은 장인님 앞으로 다가서며,

"난 갈 테야유. 그 동안 사경 쳐내슈."

"너 사위로 왔지, 어디 머슴 살러 왔니?"

"그러면 얼찐 성례를 해 줘야 안 하지유. 밤낮 부려만 먹구 해 준다, 해 준다……."[5]

"글쎄, 내가 안 하는 거냐, 그년이 안 크니까."
하고 어름어름 담배만 담으면서 늘 하는 소리를 또 늘어놓는다.

이렇게 따져 나가면 언제든지 늘 나만 밑지고 만다. 이번엔 안 된다 하고 대뜸 구장님한테로 판단 가자고 소맷자락을 내끌었다.

"아, 이자식이 왜 이래 어른을!"

안 간다고 뻗디디고 이렇게 호령은 제 맘대로 하지만 장인님 제가 내 기운은 못 당한다. 막 부려먹고 딸은 안 주고, 게다 땅땅 치는 건 다 뭐야……

그러나 내 사실 참, 장인님이 미워서 그런 것은 아니다. 그 전날, 왜 내가 새고개 맞은 봉우리 화전밭을 혼자 갈고 있지 않았느냐. 밭 가생이로 돌 적마다 야릇한 꽃내가 물컥물컥 코를 찌르고 머리 위에서 벌들은 가끔 붕붕 소리를 친다. 바위 틈에서 샘물 소리밖에 안 들리는 산골짜기니까 맑은 하늘의 봄볕은 이불 속같이 따스하고 꼭 꿈꾸는 것 같다. 나는 몸이 나른하고(몸살을 아직 모르지만) 병이 나려구 그러는지 가슴이 울렁울렁하고 이랬다.

"어러이! 말이! 맘 마 마……."

이렇게 노래를 하며 소를 부리면 여느 때 같으면 어깨가 으쓱으쓱한다. 웬일인지 밭을 반도 갈지 않아서 온몸의 맥이 풀리고 대고 짜증만 난다. 공연히 소만 들입다 두들기며,

"안야! 안야! 이 망할 자식의 소(장인님의 소니까), 대리를 꺾어 줄라."

그러나 내 속은 정말 안야 때문이 아니라 점심을 이고 온 점순이의 키를 보고 울화가 났던 것이다.

점순이는 뭐 그리 썩 예쁜 계집애는 못 된다. 그렇다구 또 개떡이냐 하면 그런 것도 아니고, 꼭 내 아내가 돼야 할 만치 그저 툽툽하게 생긴 얼굴이다. 나보다 십 년이 아래니까 올해 열여섯인데, 몸은 남보다 두 살이나 덜 자랐다. 남은 잘도 훤칠히들 크건만 이건 위아래가 뭉툭한 것이 내 눈에는 헐없이 감참외 같다. 참외 중에는 감참외가 제일 맛좋고 예쁘니까 말이다. 둥글고 커단 눈은 서글서글하니 좋고 좀 짓쳐 찢어졌지만 입은 밥술이나 톡톡히 먹음직하니 좋다. 아따, 밥만 많이 먹게 되면 팔자는 고만 아

니냐. 한데 한 가지 파가 있다면 가끔 가다 몸이(장인님은 이걸 채신이 없이 들까분다고 하지만) 너무 빨리빨리 논다. 그래서 밥을 나르다가 때없이 풀밭에다 깨빡을 쳐서 흙투성이 밥을 곧잘 먹인다. 안 먹으면 무안해할까 봐서 이걸 씹고 앉았노라면 으적으적 소리만 나고 돌을 먹는 겐지 밥을 먹는 겐지.

그러나 이 날은 웬일인지 성한 밥째로 밭머리에 곱게 내려놓았다. 그리고 또 내외를 해야 하니까 저만큼 떨어져 이쪽으로 등을 향하고 웅크리고 앉아서 그릇 나기를 기다린다.

내가 다 먹고 물러섰을 때 그릇을 와서 챙기는데, 그런데 난 깜짝 놀라지 않았느냐. 고개를 푹 숙이고 밥함지에 그릇을 포개면서 날더러 들으라는지, 혹은 제 소린지,

"밤낮 일만 하다 말 텐가!"[6]

하고 혼자서 쫑알거린다. 고대 잘 내외하다가 이게 무슨 소린가, 하고 난 정신이 얼떨떨했다. 그러면서도 한편 무슨 좋은 수나 있는가 싶어서 나도 공중을 대고 혼잣말로,

"그럼 어떡해?"

하니까,

"성례시켜 달라지 뭘 어떡해……"

하고 되알지게 쏘아붙이고 얼굴이 발개져서 산으로 그저 도망질을 친다.

나는 잠시 동안 어떻게 되는 셈판인지 맥을 몰라서 그 뒷모양만 덤덤히 바라보았다.

중요 어구

6) 밤낮~말 텐가 : 점순이는 자신과 '나'의 미래에 대해 적극적이고 능동적으로 접근하는 인물이다.

봄이 되면 온갖 초목이 물이 오르고 싹이 트곤 한다. 사람도 아마 그런가 보다 하고 며칠 내 부쩍 (속으로) 자란 듯싶은 점순이가 여간 반가운 것이 아니다. 이런 걸 멀쩡하게 아직 어리다구 하니까…….

우리가 구장님을 찾아갔을 때 그는 싸리문 밖에 있는 돼지우리에서 죽을 퍼 주고 있었다. 서울엘 좀 갔다 오더니 사람은 점잖아야 한다구, 윗수염을(얼른 보면 지붕 위에 앉은 제비 꼬랑지 같다) 양쪽으로 뾰죽이 뻗치고 그걸 에헴 하고 늘 쓰다듬는 손버릇이 있다.

우리를 멀뚱히 쳐다보고 미리 알아챘는지,

"왜 일들 허다 말구 그래?"

하더니 손을 올려서 그 에헴을 한 번 후딱 했다.

"구장님! 우리 장인님과 츰에 계약하기를……."

먼저 덤비는 장인님을 뒤로 떠다밀고 내가 허둥지둥 달겨들다가 가만히 생각하고,

"아니, 우리 빙장님[7]과 츰에."

하고 첫번부터 다시 말을 고쳤다. 장인님은 빙장님 해야 좋아하고 밖에 나와서 장인님 하면 괜스레 골을 내려고 든다. 뱀두 뱀이래야 좋냐구, 창피스러우니 남 듣는 데는 제발 빙장님, 빙모님 하라구 일상 당조짐을 받아 오면서 난 그것도 자꾸 잊는다.

당장도 장인님 하다 옆에서 내 발등을 꾹 밟고 곁눈질을 흘기는 바람에야 겨우 알았지만…….

구장님도 내 이야기를 자세히 듣더니 퍽 딱한 모양이었다. 하기야 구장님뿐만 아니라 누구든지 다 그럴 게다. 길게 길러 둔 새끼 손톱으로 코를

중요 어구

7) 빙장님 : 장인.

후벼서 저리 탁 튀기며,

"그럼, 봉필 씨! 얼른 성례를 시켜 주구려. 그렇게까지 제가 하구 싶다는 걸……."

하고 내 짐작대로 말했다. 그러나 이 말에 장인님이 삿대질로 눈을 부라리고,

"아, 성례구 뭐구 계집애년이 미처 자라야 할 게 아닌가?"

하니까, 고만 멀쑤룩해서 입맛만 쩍쩍 다실 뿐이 아닌가.

"그것두 그래!"

"그래, 거진 사 년 동안에도 안 자랐다니 그 킨 은제 자라지유? 다 그만두구 사경 내슈……."

"글쎄, 이자식아! 내가 크질 말라구 그랬니, 왜 날 보구 떼냐?"

"빙모님은 참새만한 것이 그럼 어떻게 앨 낳지유?(사실 장모님은 점순이보다도 귀때기 하나가 작다)"

장인님은 이 말을 듣고 껄껄 웃더니(그러나 암만해두 돌 씹은 상이다) 코를 푸는 척하고 날 은근히 곯리려고 팔꿈치로 옆 갈비께를 퍽 치는 것이다. 더럽다. 나두 종아리의 파리를 쫓는 척하고 허리를 구부리며 어깨로 그 궁둥이를 콱 떼밀었다. 장인님은 앞으로 우찔근하고 싸리문께로 쓰러질 듯하다 몸을 바로 고치더니 눈총을 몹시 쏘았다. 이런 쌍년의 자식 하고 싶으나 남 앞이라니 차마 못하고 섰는 그 꼴이 보기에 퍽 쟁그라웠다.

그러나 이 밖에는 별반 신통한 귀정을 얻지 못하고 도로 논으로 돌아와서 모를 부었다. 왜냐면 장인님이 뭐라고 귓속말로 수군수군하고 간 뒤다. 구장님이 날 위해서 조용히 데리고 아래와 같이 일러 주었기 때문이다(뭉태의 말은 구장님이 장인님에게 땅 두 마지기 얻어부치니까 그래 꾀였다고 하지만 난 그렇게 생각 않는다).

"자네 말두 하기야 옳지. 암, 나이 찼으니까 아들이 급하다는 게 잘못된 말은 아니야. 허지만 농사가 한창 바쁜 때 일을 안 한다든가 집으로 달아난다든가 하면 손해죄루 그것두 징역을 가거든!(여기에 그만 정신이 번쩍 났다.) 왜 요전에 삼포말서 산에 불 좀 놓았다구 징역간 거 못 봤나? 제 산에 불을 놓아도 징역을 가는 이 땐데 남의 농사를 버려두니 죄가 얼마나 더 중한가. 그리고 자넨 정장[8]을(사경 받으러 정장 가겠다 했다) 간대지만 그러면 괜스레 죄를 들쓰고 들어가는 걸세. 또 결혼두 그렇지. 법률에 성년이란 게 있는데 스물하나가 돼야지 비로소 결혼을 할 수가 있는 걸세. 자넨 물론 아들이 늦을 걸 염려하지만 점순이루 말하면 이제 겨우 열여섯이 아닌가. 그렇지만 아까 빙장님의 말씀이 올 갈에는 열 일을 제치고라두 성례를 시켜 주겠다 하시니 좀 고마울 겐가. 빨리 가서 모 붓던 거나 마저 붓게. 군소리 말구 어서 가."

그래서 오늘 아침까지 끽소리 없이 왔다.

장인님과 내가 싸운 것은 지금 생각하면 전혀 뜻밖의 일이라 안 할 수 없다.

장인님으로 말하면 요즈막 작인들에게 행세를 좀 하고 싶다고 해서, "돈 있으면 양반이지 별게 있느냐?" 하고 일부러 아랫배를 쑥 내밀고 걸음도 뒤틀리게 걷곤 하는 이 판이다. 이까짓 나쯤 두들기다 남의 땅을 가지고 모처럼 닦아 놓았던 가문을 망친다든가 할 어른이 아니다. 또 나로 논지면 아무쪼록 잘 뵈서 점순이에게 얼른 장가를 들어야 하지 않느냐.

중요 어구

8) 정장 : 고소장을 관청에 냄.
9) 남의~빠져 죽어 : 뭉태가 봉필의 속셈을 정확하게 알려주지만, 나의 어리석음을 부각시키는 계기가 될 뿐이다.

이렇게 말하자면 결국 어젯밤 뭉태네 집에 마슬 간 것이 썩 나빴다. 낮에 구장님 앞에서 장인님과 내가 싸운 것을 어떻게 알았는지 대고 빈정거리는 것이 아닌가.
　"그래 맞구두 그걸 가만둬?"
　"그럼 어떡허니?"
　"임마, 봉필일 모판에다 거꾸로 박아 놓지 뭘 어떡해?"
하고 괜히 내 대신 화를 내가지고 주먹질을 하다 등잔까지 첬다. 놈이 본시 괄괄은 하지만 그래 놓고 날더러 석유값을 물라구 막 지다위를 붓는다. 난 어안이 벙벙해서 잠자코 앉았으니까 저만 연신 지껄이는 소리가,
　"밤낮 일만 해 주구 있을 테냐?"
　"……."
　"영득이는 일 년을 살구두 장갈 들었는데 넌 사 년이나 살구두 더 살아야 해."
　"……."
　"네가 세 번째 사윈 줄이나 아니, 세 번째 사위?"
　"……."
　"남의 일이라두 분하다, 이자식아. 우물에 가 빠져 죽어."[9]
　나중에는 겨우 손톱으로 목을 따라고까지 하고, 제 아들같이 함부로 욱대겼다. 별의별 소리를 다 해서 그대로 옮길 수는 없으나 그 줄거리는 이렇다.
　우리 장인님이 딸이 셋이 있는데 맏딸은 재작년 가을에 시집을 갔다. 정말은 시집을 간 것이 아니라 그 딸도 데릴사위를 해 가지고 있다가 내보냈다. 그런데 딸이 열 살 때부터 열아홉, 즉 십 년 동안에 데릴사위 갈아들이기를, 동리에선 사위 부자라고 이름이 났지마는 열 놈이란 참 너무 많다.

장인님이 아들은 없고 딸만 있는고로, 그 다음 딸을 데릴사위를 해 올 때까지는 부려먹지 않으면 안 된다. 물론 머슴을 두면 좋지만 그건 돈이 드니까, 일 잘하는 놈을 고르느라고 연방 바꿔 들였다. 또 한편 놈들이 욕만 줄창 퍼붓고 심히도 부려먹으니까 밸이 상해서 달아나기도 했겠지. 점순이는 둘째 딸인데 내가 일테면 그 세 번째 데릴사위로 들어온 셈이다. 내 담으로 네 번째 놈이 들어올 것을, 내가 일도 참 잘하고 그리고 사람이 좀 어수룩하니까 장인님이 잔뜩 붙들고 놓질 않는다. 셋째 딸이 인제 여섯 살, 적어도 열 살은 돼야 데릴사위를 할 터이므로 그 동안은 죽도록 부려먹어야 된다. 그러니 인제는 속 좀 차리고 장가를 들여 달라구 떼를 쓰고 나자빠져라, 이것이다.

나는 건으로 엉, 엉 하며 귓등으로 들었다. 뭉태는 땅을 얻어 부치다가 떨어진 뒤로는 장인님만 보면 공연히 못 먹어서 으릉거린다. 그것도 장인님이 저 달라고 할 적에 제 집에서 위한다는 그 감투(예전에 원님이 쓰던 것이라나, 옆고리에 뽕뽕 좀먹은 걸레)를 선뜻 주었더면 그럴 리도 없었던 걸…….

그러나 나는 뭉태란 놈의 말을 전수이 곧이듣지 않았다. 꼭 곧이들었다면 간밤에 와서 장인님과 싸웠지 무사히 있었을 리가 없지 않은가. 그러면 딸에게까지 인심을 잃은 장인님이 혼자 나빴다.

실토이지, 나는 점순이가 아침 상을 가지고 나올 때까지는 오늘은 또 얼마나 밥을 담았나, 하고 이것만 생각했다. 상에는 된장찌개 하고 간장 한 종지, 조밥 한 그릇 그리고 밥보다 더 수북하게 담은 산나물이 한 대접, 이렇다. 나물은 점순이가 틈틈이 해 오니까 두 대접이고 네 대접이고 멋대로 먹어도 좋으나 밥은 장인님이 한 사발 외엔 더 주지 말라고 해서 안 된다. 그런데 점순이가 그 상을 내 앞에 내려놓으며 제 말로 지껄이는 소리

가,

"구장님한테 갔다 그냥 온담그래?"

하고 엊그제 산에서와 같이 되우[10] 쫑알거린다. 딴은 내가 더 단단히 덤비지 않고 만 것이 좀 어리석었다, 속으로 그랬다. 나도 저쪽 벽을 향하여 외면하면서 내 말로,

"안 된다는 걸 그럼 어떡헌담!"

하니까,

"쉼을 잡아채지 그냥 둬, 이 바보야!"

하고 또 얼굴이 빨개지면서 성을 내며 안으로 샐쭉하니 튀들어 가지 않느냐. 이 때 아무도 본 사람이 없었게 망정이지 보았다면 내 얼굴이 에미 잃은 황새 새끼처럼 가엾다 했을 것이다.

 사실 이 때만치 슬펐던 일이 또 있었는지 모른다. 다른 사람은 암만 못생겼다 해두 괜찮지만 내 아내 될 점순이가 병신으로 본다면 참 신세는 따분하다. 밥을 먹은 뒤 지게를 지고 일터로 가려 하다 도로 벗어던지고 바깥 마당 공석 위에 드러누워서 나는 차라리 죽느니만 같지 못하다 생각했다.

 내가 일 안 하면 장인님 저는 나이가 먹어 못하고 결국 농사 못 짓고 만다. 뒷집으로 트림을 꿀꺽 하고 대문 밖으로 나오다 날 보고서,

"이자식아, 너 왜 또 이러니."

"관격이 났어유, 아이구 배야!"

"기껀 밥 처먹구 나서 무슨 관격이야, 남의 농사 버려 주면 이자식아, 징역 간다 봐라!"

> **중요 어구**
>
> 10) **되우** : 아주 몹시.

"가두 좋아유, 아이구 배야!"

참말 난 일 안 해서 징역 가도 좋다 생각했다. 일후 아들을 낳아도 그 앞에서 바보, 바보, 이렇게 별명을 들을 테니까 오늘은 열 쪽이 난대도 결정을 내고 싶었다.

장인님이 일어나라고 해도 내가 안 일어나니까 눈에 독이 올라서 저편으로 횡하게 가더니 지겟 작대기를 들고 왔다. 그리고 그걸로 내 허리를 마치 돌 떠넘기듯이 쿡 찍어서 넘기고 넘기고 했다. 밥을 잔뜩 먹어 딱딱한 배가 그럴 적마다 퉁겨지면서 뱃창이 꼿꼿한 것이 여간 켕기지 않았다. 그래도 안 일어나니까 이번에는 배를 지겟 작대기로 위에서 쿡쿡 찌르고 발길로 옆구리를 차고 했다. 장인님은 원체 심성이 궂어서 그렇지만 나도 저만 못하지 않게 배를 채였다. 아픈 것을 눈을 꽉 감고 넌 해라 난 재밌단 듯이 있었으나 볼기짝을 후려 갈길 적에는 나도 모르는 결에 벌떡 일어나서 그 수염을 잡아챘다마는, 내 골이 난 것이 아니라 정말은 아까부터 벽 뒤 울타리 구멍으로 점순이가 우리들의 꼴을 몰래 엿보고 있었기 때문이다.

가뜩이나 말 한 마디 똑똑히 못 한다고 바보라는데 매까지 잠자코 맞는 걸 보면 짜장 바보로 알 게 아닌가. 또 점순이도 미워하는 이까짓 놈의 장인님하곤 아무것도 안 되니까 맥 때려도 좋지만 사정 보아서 수염만 채고 (제 원대로 했으니까 이때 점순이는 퍽 기뻤겠지) 저기까지 잘 들리도록,

"이걸 까셀라 부다!"

하고 소리를 쳤다.

장인님은 더 약이 바짝 올라서 잡은 참지겟 작대기로 내 어깨를 그냥 내리갈겼다. 정신이 다 아찔하다. 다시 고개를 들었을 때 그 때엔 나도 온몸에 약이 올랐다. 이 녀석의 장인님을, 하고 눈에서 불이 퍽 나서 그 아래

밭 있는 넝 아래로 그대로 떠밀어 굴려 버렸다. 조금 있다가 장인님이 씩씩 하고 한 번 해 보려고 기어오르는 걸 얼른 또 떠밀어 굴려 버렸다.

기어오르면 굴리고 굴리면 기어오르고 이러길 한 너덧 번을 하며 그럴 적마다,

"부려만 먹구 왜 성례 안 하지유!"

나는 이렇게 호령했다. 하지만 장인님이 선뜻 오냐 낼이라두 성례시켜 주마, 했으면 나도 성가신 걸 그만두었을지 모른다. 나야 이러면 때린 건 아니니까 나중에 장인 쳤다는 누명도 안 들을 터이고 얼마든지 해도 좋다.

한번은 장인님이 헐떡헐떡 기어서 올라오더니 내 바짓가랑이를 요렇게 노리고서 단박 움켜잡고 매달렸다. 악, 소리를 치고 나는 그만 세상이 팽그르 도는 것이,

"빙장님! 빙장님! 빙장님!"

"이자식! 잡아먹어라, 잡아먹어!"

"아! 아! 할아버지! 살려줍쇼, 할아버지!"[11]

하고 두 팔을 허둥지둥 내저을 적에는 이마에 진땀이 쭉 내솟고 인젠 참으로 죽나 보다 했다. 그래두 장인님은 놓질 않더니 내가 기어이 땅바닥에 쓰러져서 거진 까무러치게 되니까 놓는다. 더럽다, 더럽다. 이게 장인님인가? 나는 한참을 못 일어나고 쩔쩔맸다. 그러다 얼굴을 드니(눈에 참 아무것도 보이지 않았다) 사지가 부르르 떨리면서 나도 엉금엉금 기어가 장인님의 바짓가랑이를 꽉 움키고 잡아낚았다.

내가 머리가 터지도록 매를 얻어맞은 것이 이 때문이다. 그러나 여기가

중요 어구

11) 아!~할아버지 : 장인 될 사람과 사위 될 사람이 몸싸움을 하는 장면이 해학성을 부각시킨다.

또한 우리 장인님이 유달리 착한 곳이다. 여느 사람이면 사경을 주어서라도 당장 내쫓았지 터진 머리를 불솜으로 손수 지져 주고, 호주머니에 희연 한 봉을 넣어 주고 그리고,

"올 갈엔 꼭 성례를 시켜 주마. 암말 말구 가서 뒷골의 콩밭이나 얼른 갈아라."

하고 등을 두드려 줄 사람이 누구냐.

나는 장인님이 너무나 고마워서 어느덧 눈물까지 났다. 점순이를 남기고 인젠 내쫓기려니 하다 뜻밖의 말을 듣고,

"빙장님! 인제 다시는 안 그러겠어유!"

이렇게 맹세를 하며 부랴부랴 지게를 지고 일터로 갔다. 그러나 이 때는 그걸 모르고 장인님을 원수로만 여겨서 잔뜩 잡아당겼다.

"아! 아! 이놈아! 놔라, 놔."

장인님은 헛손질을 하며 솔개미에 챈 닭의 소리를 연해 질렀다. 놓긴 왜, 이왕이면 호되게 혼을 내주리라 생각하고 짓궂이 더 당겼다마는 장인님은 땅에 쓰러져서 눈에 눈물이 피잉 도는 것을 알고 좀 겁도 났다.

"할아버지! 놔라, 놔, 놔, 놔, 놔."

그래도 안 되니까,

"애, 점순아! 점순아!"

이 악장에, 안에 있었던 장모님과 점순이가 헐레벌떡하고 단숨에 뛰어나왔다.

나의 생각에 장모님은 제 남편이니까 역성을 할는지도 모른다. 그러나 점순이는 내 편을 들어서 속으로 고소해하겠지……. 대체 이게 웬 속인지 (지금까지도 난 영문을 모른다), 아버질 혼내 주기는 제가 내래 놓고 이제 와서는 달겨들며,

"에그머니! 이 망할 게 아버지 죽이네!"[12]

하고 내 귀를 뒤로 잡아당기며 마냥 우는 것이 아니냐. 그만 여기에 기운이 탁 꺾이어 나는 얼빠진 등신이 되고 말았다. 장모님도 덤벼들어 한쪽 귀마저 뒤로 잡아채면서 또 우는 것이다.

이렇게 꼼짝도 못하게 해 놓고 장인님은 지게 작대기를 들어서 사뭇 내려조졌다. 그러나 나는 구태여 피하려지도 않고 암만해도 그 속 알 수 없는 점순이의 얼굴만 멀거니 들여다보았다.

"이자식! 장인 입에서 할아버지 소리가 나오도록 해?"

중요 어구

12) 에그머니!~죽이네! : 소극적이고 어리숙한 '나'를 뒤에서 조종해 싸움을 붙여놓고 정작 '나'의 편을 들어주지 않는 점순이의 행동 역시 해학적이다.

작품 이해 및 논술 다지기

작품 이해

 핵심정리

- 갈래 : 단편 소설, 농촌 소설
- 시점 : 1인칭 주인공(주관적) 시점
- 배경 : 시간적 — 1930년대
  공간적 — 강원도 어느 산골 마을
- 구성 : 종말 강조가 있는 순행법
- 문체 : 서정적 우유체
- 주제 : 순박한 남녀의 사랑을 통해 드러나는 농촌의 낭만적 정취

 **등장 인물의 성격**

- 나 : 어리숙하기도 하나 순박하고 충직한 인물로, 점순이를 아내로 얻기

위해 시키는 대로 일을 하면서도 가끔 장인 될 사람의 처사에 불만을 터뜨리기도 함.
- **장인(봉필)** : 장가들여 준다는 핑계로 '나'에게 일만 시키는 교활한 인물임.
- **점순** : 소극적인 태도를 지닌 '나'를 배후에서 조종하여 아버지와 싸움을 붙여 놓고 종국에는 아버지의 편을 듦.

 **이해와 감상**

 김유정 소설의 특징은 해학미와 골계미에 있다고 한다. 거칠게 말하자면 재미있다는 것이고, 그 재미가 미(美)로까지 승화되었다는 것이다.
 1936년 《조광》에 발표한 〈봄봄〉 역시 해학미와 골계미가 가득한 작품이다. 이 작품에 나오는 인물들은 모두 조금씩 모자란 사람들이다. 화자인 '나'는 사경 한 푼 없는 데릴사위로 3년이나 넘도록 일하면서도 불평 한 마디 변변히 하지 못하는 인물이다. 만물이 자라는 봄을 맞아 여인으로 성장하고 있는 점순의 충동질에 의해서나 겨우 장인에게 성례시켜 달라는 말을 건네볼 정도이다. 그리고 장인과 엉겨 싸우다가 머리가 터지는 상처를 입은 다음에, 데릴사위 자리에서 쫓겨날 줄 알았는데 그렇지 않아 다행이라고 안도의 한숨을 쉬는 인물이 바로 '나'이다.
 장인 역시 해학적으로 묘사되고 있는 인물이기는 마찬가지이다. 그는 품삯을 아끼기 위해 데릴사위 명목으로 사경 안 주는 머슴을 부려먹으며, 첫딸의 신랑감을 데릴사위 명목으로 무려 열 번이나 갈아들인 사람이다. 또 성례를 시켜 주지 않을 양이면 고향으로 돌아가겠다는 화자에게, 남의 농사를 버려두고 가는 것은 법에 어긋난다는 억지를 펴기도 하는 인물이다. 그 억지에 속는 화자나 그런 억지를 고안해 낸 장인은 모두 우둔한 인물들이다. 그러나 우둔

하고 때로는 욕심 사납기까지 해도 결코 인물이 부정적으로 묘사되는 법은 없다. 욕심 사나운 장인도 해학적으로 그려지기 때문에 미소를 자아내게 할 뿐이다. 이 독특한 분위기가 바로 해학이 빚어낸 미의식이다.

김유정은 일찍이 '조선 작가 중 가장 독자적인 언어를 구사하는 사람'으로 평가받은 바 있는데(최재서), 〈봄봄〉에서도 그의 언어 구사 능력은 십분 발휘된다. 특히 장인과 데릴사위가 서로 바짓가랑이를 잡고 늘어지며 싸우는 장면이 그러하다. 이렇듯 김유정은 개인적으로 비관적이고 음울한 성격을 지녔음에도 불구하고, 독특한 언어 구사와 해학의 미로 한국 문학사에 뚜렷한 자취를 남겼다.

 생각 나누기

1. 이 작품에서 해학적인 분위기를 짙게 드러내고 있다고 생각되는 대목을 찾아보자.
2. 봄이라는 시간적 배경은 이 소설에서 어떤 역할을 하고 있는가?
3. 이 작품에서 나타나는 주된 갈등은 무엇이며, 그 갈등이 해소되지 못하고 소설의 결말 부분에까지 지속되는 이유는 무엇인가?

 모범 답안

1. 구장집에서 화자와 장인, 구장이 이야기를 나누는 장면 / 화자와 장인이 바짓가랑이를 잡고 드잡이하는 장면.
2. 소설은 대개 그 소설의 주제를 나타내기에 알맞은 배경을 설정한다. 배경은 주제를 암시하고, 주제를 나타내는 인물이 등장하는 활동 무대를

제공한다. 이 소설의 배경은 산골의 봄이다. 봄은 만물이 성장하는, 모든 것이 일어나서 살아 움직이는 계절의 여왕이다. 이런 봄에 이제 막 이성에 눈을 뜨고 여성으로서 성숙해 가는 점순 역시 인생의 봄을 맞고 있다. 그런 그녀가 촉매로 작용함에 따라 〈봄봄〉을 구성하는 화자와 장인 사이의 대립이 시작된다. 또한 인생의 봄에 들어가는 화자와 배경인 봄이 서로 대응되어, 생동감 있고 해학적인 감동을 더하여 준다.

3. 어서 점순이와 혼례하고자 하는 '나'와 조금이라도 혼례를 미루고 싶어 하는 '장인님'과의 갈등이 이 소설의 주축이다. 발단 단계에서부터 제시된 갈등은 소설의 결말 부분에까지 이어지고 있는데, 그 이유는 크게 두 가지로 볼 수 있다. 하나는 '나'라는 인물이 장인님의 속셈을 알아채지 못할 만큼 어수룩하고 순진하다는 것, 다른 하나는 장인님이 그런 나를 이용하려는 이해타산적인 욕심을 끝까지 유지하고 있다는 것이다.

 **연관 작품 더 읽기**

- **사랑 손님과 어머니(주요섭)** : 성인의 연정을 동심의 눈으로 바라본 서정성 짙은 수작. 전통 윤리에 좌절되는 젊은 과부 어머니의 사랑을 작중 화자인 딸 옥희, 즉 1인칭 관찰자의 시점에서 그려 심리 변화나 행동에 대한 정적인 묘사가 아주 뛰어남.

 **좀더 알아보기**

- **해학 문학** : 어떤 대상과 소재를 익살과 풍자의 방법을 써서 웃음을 자아내게 하는 유머 문학. 한국적인 특유의 해학 문학으로는 김유정의 문

학을 꼽을 수 있는데, 그의 작품들은 우리나라 판소리계 소설에서 이어 받은 토착적 유머에 속하며 짙은 향토성 속에서 인간적인 삶을 위협하는 사회의 모순을 담아 내고 있음.

논술 다지기

다음 제시문은 이기영의 《고향》의 일부분이다. 제시문의 주인공 '희준'의 특성을 규정하고, '희준'의 입장에서 〈봄봄〉의 장인과 서술자 '나'의 삶의 방식을 각각 평가하여 논하시오. (1,200자 내외)

> 안승학은 얼른 이야기나 들어 보고 돌려보내자는 계획이다.
> "저희들이 이렇게 댁을 찾아왔을 때는 무슨 별다른 소관사가 있겠습니까…… 지난번에도 왔다가 코만 떼우고 갔습니다만 대관절 어떻게 저희들의 요구 조건을 들어주시겠습니까?"
> 희준이가 정식으로 말을 꺼냈다.
> "그 따위 이야기를 할 작정으로 이렇게들 식전 아침에 왔어? 못 들어주겠어! 발써 여러 번째 요구 조건은 들을 수 없다고 말했는데, 자꾸 조르기만 하면 될 줄 아는가? 어림없지…… 괜히 그러지들 말고 일찍이 나락을 베는 것이 당신들에게 유익할 것이야……." (중략)
> 희준이는 이렇게 말을 꺼내 가지고 계속하였다.

> "올 같은 수해이기에 도지를 탕감하야 달라는 것인데, 서울 있는 지주 영감은 반대하지도 않는 것을 사음 보시는 어르신네가 맘대로 지주보다도 더 욕심꾸러기 짓을 하려고 하니 말이 됩니까……."
>
> 이기영, 《고향》 중에서

 모범 답안

　《고향》에 나오는 '희준'은 두레를 결성하여 농민 의식을 변화시키며, 마름의 횡포에 맞서서 농민의 힘을 집결시켜 마침내 뜻을 이루는 인물이다. 제시문에서 보듯이 희준은 지주를 등에 업고 농민을 착취하는 마름 안승학에게 소작료를 감면해 줄 것을 요구하고 있다. 즉 《고향》의 희준은 농민을 결속시켜 그들을 착취하는 지배 계급 세력에 적극적으로 저항하는 인물이다. 과연 《고향》의 희준은 〈봄봄〉의 등장 인물 '장인'과 '나'의 생활 방식에 대해 어떤 평가를 내리고 있을까?
　제시문의 희준은 지배 계급의 폭력성을 부당하다고 생각하고 과감히 자신을 던져 적극적으로 행동하는 인물이다. 이러한 희준에게 〈봄봄〉의 장인은 지배 세급의 착취와 횡포의 전형으로 보일 수 있다. 장인은 동네에서 악랄하기로 유명한 마름이다. 그는 머슴 대신 데릴사위를 계속해서 갈아치우면서 노동력으로 활용한다. 물론 자신의 딸과 혼례를 시켜 준다는 명목으로 데릴사위를 들이지만, 실상은 그의 노동력을 이용하기 위한 기만 행위에 불과하다. 장인은 혼인을 핑계로 '나'에게 3년이 넘도록 농사일을 시키지만, 사경 한 푼 주지 않고, 이런저런 이유로 '나'를 기만하면서 노동력만 착취하는 인물이다. 농민을 착취하는 지배 계급에 저항하는 희준의 입장에서 보자면 '장인'은 저항하고 타도해야 할 대상이다.

 이러한 장인의 처사에 '나'는 불만을 갖고 있지만 적극적으로 저항하지는 못한다. '나'는 그의 부당함을 알고는 있지만, 우직한 성격 탓에 참고 견뎌 내고 있다. 물론 마지막에 '나'는 장인의 '바짓가랑이를 꽉 움키고 잡는' 저항을 하지만, 그것은 지배 계층에 대한 저항의 의미라기보다는 점순이를 의식한 행동에 불과하다. 이는, '나'가 마름과 소작인이라는 장인과 '나'와의 관계를 제대로 인식하지 못했기 때문이다. 희준의 입장에서 보자면, 점순과 결혼하고 싶은 '나'의 간절한 마음을 이해하기는 하지만, '나'는 현실에 대한 객관적인 인식이 부족한 인물이다. 역시 그의 저항도 현실 인식에 기반한 적극적인 것도 아니고, 자신의 바람을 이루기 위한 소극적인 것에 불과하기 때문이다.

 요컨대, 제시문의 희준은 〈봄봄〉의 장인을 혼례를 핑계로 소작인 '나'를 착취하는 지배 계급의 전형으로 보고 있으며, '나'를 현실에 대한 객관적 인식이 부족한 인물로 파악하고 있다. 결국 희준은 〈봄봄〉의 장인을 부정적으로, '나'를 비판적으로 바라보고 있다.

산

이효석(1907~1942)

호는 가산(可山). 강원도 평창 출생. 경성제대 졸업. 평양 숭실전문학교 교수 역임. 1928년 〈도시와 유령〉을 발표하면서 본격적인 창작 활동을 시작했으며, 초기에는 '동반자 작가'라는 평을 받은 소설들을 발표함. 〈도시와 유령〉, 〈마작 철학〉, 〈깨뜨려지는 홍등〉 등은 도시 빈민층이나 노동자·기생의 삶을 통해 상류 사회와의 갈등·대비를 보여 줌으로써 사회적 모순을 고발. 3부작《노령근해》,《상륙》,《북국사신》에서는 관능적이며 성적인 인간 본능의 폭로에도 관심을 기울였고, 단편 〈돈(豚)〉, 〈수탉〉을 기점으로 창작 내용의 전환을 이룸. 이후 순수 문학이라 할 만한 작품 창작에 전념하면서 1936년 대표작 〈메밀꽃 필 무렵〉을 발표. 〈메밀꽃 필 무렵〉에서 드러나듯이, 그의 문학 세계의 본령은 본질적으로 반산문적이고 반도시적임. 구인회 회원으로 활동함.

미리 엿보기...

생각해 봅시다

1. 이 작품을 통해서 자연과 인간의 합일이라는 문제를 생각해 보자. 그리고 그러한 주제가 나타나는 이효석의 다른 작품들인 〈돈〉, 〈들〉 등의 경향과 이 작품을 비교해 보자.
2. 이 작품에는 산에 대한 묘사가 많이 나타나고 있다. 그러한 묘사 속에서 산이 어떠한 성격의 공간으로 표현되고 있는지 생각해 보자.

작품의 줄거리

김 영감네 집에서 머슴을 살던 중실은 머슴 산 지 칠 년 만에 쫓겨나고 말았다. 새경 한 번 또박또박 받아 보지 못하고 일만 한 중실을 김 영감은 자기 첩을 건드렸다는 누명을 씌워서 내쫓은 것이다. 쫓겨난 후에 중실이 간 곳은 산 속이다. 중실은 나무 열매를 따 먹고 나뭇잎 더미 속에서 자면서, 시장에 나무를 내다 팔곤 한다. 어느 날 나무를 팔러 마을에 나간 중실은 여전히 어수선하고 왁자지껄한 마을을 보지만 산이 더 좋은 곳이라고 느낄 뿐이다. 산으로 돌아온 중실은 한 가지 욕심을 부려 본다. 통나무집을 지어 놓고 용녀를 데려다가 같이 살고 싶다는 생각을 하는 것이다. 그런 생각을 하다가 중실은 하늘에서 쏟아지는 별을 바라보면서 제 몸이 별이 되는 것을 느낀다.

1

나무하던 손을 쉬고 중실은 발밑에 깨금나무 포기를 들췄다. 지천으로 떨어지는 깨금알이 손안에 오르르 들었다. 익을 대로 익은 제철의 열매가 어금니 사이에서 오드득 두 쪽으로 갈라졌다.

돌을 집어 던지면 깨금알같이 오드득 깨어질 듯한 맑은 하늘! 물고기 등같이 푸르다. 높게 뜬 조각구름 떼가 햇볕에 뿌려진 조개껍질같이 유난스럽게도 한편에 옹졸봉졸 몰려들었다.

높은 산등이라 하늘이 가까우련만 마을에서 볼 때와 일반으로 멀다. 구만 리일까, 십만 리일까? 골짜기에서의 생각으로는 산기슭에만 오르면 만져질 듯하던 것이 산허리에 나서면 단번에 구만 리를 내빼는 가을 하늘!

산 속의 아침나절은 졸고 있는 짐승같이 막막은 하나 숨결이 은근하다.

휘엿한 산등은 누워 있는 황금의 등허리요, 바람결도 없는데 쉴새없이 파르르 나부끼는 사시나무 잎새는 산의 숨소리다. 첫눈에 띄는 하얗게 분장한 자작나무는 산 속의 일색. 아무리 단장한대야 사람의 살결이 그렇게 흴 수 있을까? 수뿍 들어선 나무는 마을의 인총보다도 많고 사람의 성보다도 종자가 흔하다. 고요하게 무럭무럭 걱정 없이 참 잘들 자란다. 산오리나무 · 물오리나무 · 가락나무 · 참나무 · 졸참나무 · 박달나무 · 사수래나무 · 떡갈나무 · 피나무 · 물가리나무 · 싸리나무 · 고로쇠나무, 골짜기에는 산사나무 · 아그배나무 · 갈매나무 · 개옷나무 · 엄나무, 산등에 간간이 섞여 어느 때나 푸르고 향기로운 소나무 · 잣나무 · 전나무 · 향나무 · 노간주나무 — 걱정 없이 무럭무럭 잘들 자라는 — 산 속은 고요하나 웅성한 아름다운 세상이다.

과실같이 싱싱한 기운과 향기, 나무 향기, 흙 냄새, 하늘 향기. 마을에서는 찾아볼 수 없는 향기다.

낙엽 속에 파묻혀 앉아 깨금을 알뜰히 바수는 중실은 이제 새삼스럽게 그 향기를 생각하고 나무를 살피고 하늘을 바라보는 것이 아니었다. 그런 것은 한데 합쳐서 몸에 함빡 젖어들어 전신을 가지고 모르는 결에 그것을 느낄 뿐이다. 산과 몸이 빈틈없이 한데 어울린 것이다.

눈에는 어느 결엔지 푸른 하늘이 물들었고 피부에는 산 냄새가 배었다. 바심할 때의 짚북데기보다도 부드러운 나뭇잎 — 여러 자 깊이로 쌓이고 쌓인 깨금잎 · 가랑잎 · 떡갈잎의 부드러운 보료 — 속에 몸을 파묻고 있으면 몸뚱어리가 마치 땅에서 솟아난 한 포기의 나무와도 같은 느낌이다. 소나무 · 참나무 총중[1]의 한 대의 나무다. 두 발은 뿌리요, 두 팔은 가지다. 살을 베면 피 대신에 나무 진이 흐를 듯하다. 잠자코 섰는 나무들의 주고받는 은근한 말을, 나뭇가지의 고갯짓하는 뜻을, 나뭇잎의 소근거리는 속셈을, 총중의 한 포기로서 넉넉히 짐작할 수 있다. 해가 쬘 때에 즐겨하고, 바람 불 때 농탕치고, 날 흐릴 때 얼굴을 찡그리는 나무들의 풍속과 비밀을 역력히 번역해 낼 수 있다. 몸은 한 포기의 나무다.

별안간 부드득 솟아오르는 힘을 느끼고 중실은 벌떡 뛰어 일어났다. 쭉 펴는 네 활개에 힘이 뻗쳐 금시에 그대로 하늘에라도 오를 듯싶다. 넘치는 힘을 보낼 곳 없어 할 수 없이 입을 크게 벌리고 하늘이 울려라 고함을 쳤다. 땅에서 솟는 산 정기의 힘찬 단순한 목소리다.

산이 대답하고 나뭇가지가 고갯짓한다. 또 하나 그 소리에 대답한 것은 맞은편 산허리에서 불시에 푸드득 날아 뜨는 한 자웅의 꿩이었다. 살찐 까투리의 꽁지를 물고 나는 장끼의 오색 날개가 맑은 하늘에 찬란하게 빛났다.[2]

살찐 꿩을 보고 중실은 문득 배가 허출함을 깨달았다. 아래편 골짜기 개울 옆에 간직하여 둔 노루 고기와 가랑잎에 싸 둔 개꿀이 있음을 생각하고 다시 낫을 집어 들었다. 첫 참때까지는 한 짐을 채워 놓아야 파장되기 전에 읍내에 다다르겠고 팔아 가지고는 어둡기 전에 다시 산으로 돌아와야 할 것이다. 한참 쉰 뒤라 팔에는 기운이 남았다. 버스럭거리는 나뭇잎 소리가 품안에 요란하고, 맑은 기운이 몸을 한바탕 멱감긴 것 같다. 산은 마을보다 몇 갑절 살기 좋은가! 산에 들어오기를 잘했다고 중실은 생각하였다.

중요 어구

1) 총중 : 많은 무리 가운데.
2) 살찐~빛났다 : 전반부에 주인공이 있는 산 속의 풍경들을 세밀하게 묘사함으로써 전체적인 소설의 분위기를 설정한다.

2

　세상에 머슴살이같이 잇속 적은 생업은 없다.
　싸울래 싸운 것이 아니라 김 영감 편에서 투정을 건 셈이다. 지금 와 보면 처음부터 쫓아낼 의사였던 것이 확실하다. 중실은 머슴 산 지 칠팔 년에 아무것도 쥔 것 없이 맨주먹으로 살던 집에서 쫓겨났다. 원통은 하였으나 애통하지는 않았다.
　해마다 새경을 또박또박 받아 본 일 없다. 옷 한 벌 버젓하게 얻어 입은 적 없다. 명절에는 놀이할 돈도 푼푼이 없이 늘 개 보름 쇠듯[3] 하였다. 장가들이고 집 사고 살림을 내준다던 것도 헛소리였다. 첩을 건드렸다는 생똥 같은 다짐이었으나 그것은 처음부터 계책한 억지요, 졸색의 등글개 따위에는 손댈 염도 없었던 것이다. 빨래하러 갔던 첩과 동구 밖에서 마주쳐 나뭇짐을 지고 앞서고 뒤서서 돌아왔다고 의심받을 법은 없다. 첩과 수상한 놈팡이는 도리어 다른 곳에 있는 것을 애매한 중실에게 엉뚱한 분풀이가 돌아온 셈이었다. 가살스런 첩의 행실을 휘어잡지 못하고 늘그막판에 속태우는 영감의 신세가 하기는 가엾기는 하다. 더욱 얼크러질 앞일을 생각하고 중실은 차라리 하직하고 나온 것이었다.
　넓은 하늘 밑에서도 갈 곳이 없다. 제일 친한 곳이 늘 나무하러 가던 산이었다. 짚북데기보다도 부드러운 두툼한 나뭇잎의 맛이 생각났다. 그 넓은 세상은 사람을 배반할 것 같지는 않았다.[4] 빈 지게만을 짊어지고 산으

중요 어구

　3) 늘 개 보름 쇠듯 : 잘 먹고 잘 입을 명절 때에도 잘 먹지 못하는 것을 이름.
　4) 그 넓은~않았다 : 머슴살이하던 세상과 대립되는 공간으로서 산을 설정하고 있다.
　5) 민출하다 : 모양새가 밋밋하고 훤칠하다.

로 들어갔다. 그 속에서 얼마 동안이나 견딜 수 있을까가 한 시험도 되었다.

박중골에서도 오 리나 들어간, 마을과 사람과는 인연이 먼 산협이다. 산등이 펑퍼짐하고 양지쪽에 해가 잘 쬐고 골짜기에 개울이 흐르고 개울가에 나무열매가 지천으로 열려 있는 곳이다. 양지쪽에서는 나무하러 왔다 낮잠을 잔 적도 여러 번이었다. 개울가에 불을 피우고 밭에서 뜯어 온 옥수수 이삭을 구웠다. 수풀 속에서 찾은 으름과 나뭇가지에 익어 시든 아그배와 산사로 배가 불렀다. 나뭇잎을 모아 그 속에 푹 파고든 잠자리도 그다지 춥지는 않았다.

이튿날 산을 헤매다가 공교롭게도 주영나무 가지에 나지막하게 달린 벌집을 찾아 냈다. 담배 연기를 피워 벌 떼를 어지러뜨리고 감쪽같이 집을 들어 냈다. 속에는 맑은 꿀이 차 있었다. 사람은 살기 마련인 듯싶었다. 꿀은 조금으로도 요기가 되었다. 개와 함께 여러 날 양식이 되었다.

꿀이 다 떨어지지도 않은 그저께 밤에는 맞은편 심산에 산불이 보였다. 백일홍같이 새빨간 불꽃이 어둠 속에 가깝게 솟아올랐다. 낮부터 타기 시작한 것이 밤에 들어가서 겨우 알려진 것이다. 누에에게 먹이는 뽕잎같이 아물아물해지는 것 같으나 기실은 한 자리에서 아롱아롱 타는 것이었다. 아귀의 혀끝같이 널름거리는 불꽃이 세상에도 아름다웠다. 울 밑에 꽃보다도, 비단결보다도, 무지개보다도, 맨드라미보다도 곱고 장하다.

중실은 알 수 없이 신이 나서 몽둥이를 들고 산등을 달아오르고 골짜기를 건너 불붙은 곳으로 끌려들어갔다. 가깝게 보이던 것과는 딴판으로 꽤 멀었다. 불은 산등에서 산등으로 들러붙어 골짜기로 타 내려갔다. 화기가 확확 끼쳐 가까이 갈 수 없었다. 후끈후끈 무더웠다. 나무뿌리가 탁탁 튀며 땅이 쩽쩽 울렸다. 민출한[5] 자작나무는 가지가지에 불이 피어올라 한

포기의 산호수 같은 불나무로 변하였다. 헛되이 타는 모두가 아까웠다. 중실은 어쩌는 수 없이 몽둥이를 쓸데없이 휘두르며 불 테두리를 빙빙 돌 뿐이었다. 불은 힘에 부치는 것이었다.

확실히 간 보람은 있었다. 그스러진 노루 한 마리를 얻은 것이다. 불 테두리를 뚫고 나오지 못한 노루는 산골짜기에서 뱅뱅 돌다 결국 불벼락을 맞은 것이다. 물론 그것을 얻은 때는 불도 거의 다 탄 새벽녘이었으나 외로운 짐승이 몹시 가여웠다.

그러나 이미 죽은 후의 고기라 중실은 그것을 짊어지고 산으로 돌아갔다. 사람을 살리자는 산의 뜻이라고 비위 좋게 생각하면 그만이었다. 여러 날 동안의 흐뭇한 양식이 되었다. 다만 한 가지 그리운 것이 있었다. 짠맛 — 소금이었다. 사람은 그립지 않으나 소금이 그리웠다. 그것을 얻자는 생각으로만 마을이 그리웠다.

3

힘에 자라는 데까지 졌다.

이십 리 길을 부지런히 걸으려니 잔등에 땀이 내뱄다. 걸음을 따라 나뭇짐이 휘춘휘춘 앞으로 휘었다.

간신히 파장 전에 대었다.

나무를 팔 때의 마음이 이 날같이 즐거운 적은 없었다.

물건을 살 때의 마음도 이 날같이 즐거운 적은 없었다.

그것은 가장 필요한 물건이기 때문이다.

나무 판 돈으로 중실은 감자 말과 좁쌀 되와 소금과 냄비를 샀다.

산속의 호젓한 살림에는 이것으로 족하리라고 생각되었다.

목숨을 이어가는 데 해어(海魚)쯤이 없으면 어떨까도 생각되었다.

올 때보다 짐이 단출하여 지게가 가벼웠다. 거리의 살림은 전과 다름없이 어수선하고 지저부레하였다. 더 나아진 것도 없으려니와 못해진 것도 없다.

술집 골방에서 왁자지껄하고 싸우는 것도 전과 다름없다.

이상스러운 것은 그런 거리의 살림살이가 도무지 마음을 당기지 않는 것이다. 앙상한 사람들의 얼굴이 그다지 그리운 것이 아니었다.

무슨 까닭으로 산이 이렇게도 그리울까? 편벽된 마음을 의심도 하여 보았다. 그러나 별로 이치도 없었다. 덮어놓고 양지쪽이 좋고 자작나무가 눈에 들고 떡갈잎이 마음을 끄는 것이다. 평생 산에서 살도록 태어났는지도 모른다.

김 영감의 그 후의 소식은 물어 낼 필요도 없었으나 거리에서 만난 박 서방 입에서 우연히 한 구절 얻어듣게 되었다.

병든 등글개 첩은 기어이 김 영감의 눈을 감춰 최 서기와 줄행랑을 놓았다. 종적을 수색 중이나 아직도 오리무중이라 한다.

사랑방에서 고시랑고시랑 잠을 못 이룰 육십 노인의 꼴이 측은하게 눈에 떠올랐다. 애매한 머슴을 내쫓았음을 뉘우치리라고도 생각되었다. 그러나 중실에게는 물론 다시 살러 들어갈 뜻도, 노인을 위로하고 싶은 친절도 가지기 싫었다.

다만 거리의 살림이라는 것이 더한층 어수선하게 여겨질 뿐이다.

4

 개울가에 냄비를 걸고 서투른 솜씨로 지은 저녁을 마쳤을 때는 밤이 적이 어두웠다.

 깊은 하늘에 별이 총총 돋고 초승달이 나뭇가지를 올가미 지웠다.

 새들도 깃들이고 바람도 자고 개울물만이 쫄쫄쫄쫄 숨쉰다. 검은 산등은 잠든 황소다.

 등걸불이 탁탁 튄다. 나뭇잎 타는 냄새가 몸을 휩싸며 구수하다. 불을 쬐며 담배를 피우니 몸이 훈훈하다. 더 바랄 것 없이 마음이 만족스럽다.

 한 가지 욕심이 솟아올랐다.

 밥 짓는 일이란 머슴의 할 일이 못 된다. 사내자식은 역시 밭 갈고 나무하는 것이 옳은 것이다. 장가를 들려면 이웃집 용녀만한 색시는 없다. 용녀를 데려다 밥일을 맡길 수밖에 없다고 생각하였다.

 용녀를 생각만 하여도 즐겁다. 궁리가 차례차례로 솔솔 풀렸다.[6]

 굵은 나무를 베다 껍질째 도막을 내어 양지쪽에 쌓아올려 단칸의 조촐한 오두막을 짓겠다. 펑퍼짐한 산허리를 일궈 밭을 만들고 봄부터 감자와 귀리를 갈 작정이다. 오랍뜰[7]에 우리를 세우고 염소와 돼지와 닭을 칠 터. 산에서 노루를 산 채로 붙들면 우리 속에 가둬 기르고, 용녀가 집일을 하

중요 어구

6) 용녀를~솔솔 풀렸다 : 용녀를 생각하는 것은 세속적 욕망이라기보다는 본능적 욕망에 가깝다.
7) 오랍뜰 : 대문이나 중문 안에 있는 뜰.
8) 등걸불 : 나뭇등걸을 태우는 불.
9) 중실은~느꼈다 : 자연과의 교감 속에서 행복을 느꼈던 중실이 마지막에는 스스로 자연이 되는 모습을 보임으로써 작가는 이 소설에서 인간보다 자연에 초점을 맞추고 있음을 알 수 있다.

는 동안에 밭을 가꾸고 나무를 할 것이며, 아이가 나면 소같이 산같이 튼튼하게 자라렷다. 용녀가 만약 말을 안 들으면 밤중에 내려가 가만히 업어 올걸. 한 번 산에만 들어오면 별수 없지.

불이 거의 거의 이스러지고 물소리가 더한층 맑다.

별들이 어지럽게 깜박거린다.

달이 다른 나뭇가지에 걸렸다.

나머지 등걸불[8]을 바로 비벼 끄니 골짜기는 더한층 막막하다.

어느 때인지 산 속에서는 때도 분별할 수 없다.

자기가 이른지 늦은지도 모르면서 나무 밑 잠자리로 향하였다.

낟가리같이 두두룩하게 쌓인 낙엽 속에 몸을 송두리째 파묻고 얼굴만을 빼꼼히 내놓았다.

몸이 차차 푸근하여 온다.

하늘의 별이 와르르 얼굴 위에 쏟아질 듯싶게 가까이 왔다 멀어졌다 한다.

별 하나 나 하나, 별 둘 나 둘, 별 셋 나 셋…….

어느 결엔지 별을 세고 있었다. 눈이 아물아물하고 입이 뒤바뀌어 수효가 틀려지면 다시 목소리를 높여 처음부터 고쳐 세곤 하였다. 별 하나 나 하나, 별 둘 나 둘, 별 셋 나 셋…… 세는 동안에 중실은 제 몸이 스스로 별이 됨을 느꼈다.[9]

작품 이해 및 논술 다지기···

작품 이해

 핵심 정리

- 갈래 : 단편 소설
- 시점 : 전지적 작가 시점
- 배경 : 시간적 — 가을
  공간적 — 산(山)
- 구성 : 순행적 단순 구성
- 문체 : 우유체
- 주제 : 자연과의 동화와 인간에의 회귀

 **등장 인물의 성격**

- 중실 : 주인인 김 영감의 오해로 집에서 쫓겨나 산에서 살면서 자연과의

교감으로 행복을 느낌.
- **김 영감**: 머슴의 사경을 제대로 주지 않는 못된 인물이며, 의심이 많음.

 **이해와 감상**

이 작품은 《삼천리(1936)》에 발표된 소설로서 자연과 인간의 합일을 구상화한 작품이다. 시점은 전지적 작가 시점이라고 할 수 있지만 작가가 작품의 전면에 나서서 개입하는 예는 나타나지 않는다. 다만 주인공 중실의 생각들을 모두 알고 그것을 드러내 주고 있을 뿐이다. 이 작품의 구성상 특징은 구체적이고 생생한 자연 묘사와 중실의 삶에 대한 요약적 제시가 함께 나타남으로써 작품을 짜임새 있게 만들어 주고 있다는 점이다. 작품의 서두에 나타나는 산에 대한, 그리고 나무들에 대한 섬세하고 구체적인 묘사는 바로 다음에 이어지는 중실의 머슴살이 이야기, 산을 내려가서 본 마을 이야기와 대비됨으로써 산 생활이 가지고 있는 고요와 정적, 그리고 안온함을 강조시켜 주는 효과를 지니는 것이다.

이효석의 작품은 사회 비판적인 성격과 함께 북국(北國)에 대한 이념적인 지향을 강하게 드러내었던 초기의 동반자적 작품들과 자연주의·심미주의적인 성격의 작품으로 나눌 수 있는데, 말하자면 이효석은 사회로부터 자연으로 귀의해 들어갔다고 할 수 있다. 그가 귀의해 들어간 자연은 사회의 온갖 병폐와 문명의 소음이 없는 세계로서 식물적인 자연과 동물적인 자연이라는 이원성을 가진 세계이다. 〈돈〉이 동물적인 자연을 부각하면서 순수한 원시성의 세계를 그려 내고 있다면, 〈산〉은 식물적인 자연을 부각하면서 반도시적이고 반문명적일 뿐만 아니라 비사회적인 세계를 그려 내고 있다. 그리고 이 식물적인 자연과 동물적인 자연이라는 자연의 이원성을 가장 잘 그려 내고 있는 작품이 〈메밀꽃 필 무렵〉이다.

　〈산〉이 식물적인 자연을 부각하고 있다는 것은 이 작품에서 나타나는 산에 대한 묘사를 살펴보면 잘 알 수 있다. 이 작품에서 산은 걱정이나 근심이 없는 고요한 곳이며, 온갖 나무와 과실들이 싱싱한 기운과 향기를 뿜어 내는 아름다운 곳으로 묘사되고 있다. 온갖 나무들의 이름이 한없이 열거되고 있는 것도 그러한 셀 수 없이 많은 종류의 나무들이 아무런 문제 없이 잘 자라고 있음을 보여 주기 위한 것이다. 이러한 산 속에 주인공 중실은 빨려들어간다.

　중실은 마을에 내려가서도 마을 사람이 어울려 떠드는 장면을 보고는 산을 그리워한다. 이러한 중실의 모습은 그가 산과 동화된다는 것에 이중적인 의미를 가진다는 것을 말해 주고 있다. 하나는 자연에 대해 철저한 합일과 외경으로서 자연미학과 통하는 것이며, 다른 하나는 식물적 감각, 즉 비사회적인 감각과 통하는 것이다. 중실은 산에 동화되어 가면서 사람들에 대한 그리움을 상실하고 마는 것이다. 물론 용녀를 데려다가 살고 싶다는 욕망을 느끼기는 하지만, 그러한 욕망 자체도 사회적인 것이라기보다는 본능적인 것에 가깝다.

　이효석의 작품이 '자연에의 은둔'이라는 성격을 가지고 있다고 비판받는 것은 그의 작품에서 나타나는 자연이 〈산〉에서 나타나는 바와 같이 반문명적인 것일 뿐 아니라 비사회적인 성격까지 지니고 있기 때문이다.

 생각 나누기

1. 이 작품에서 나타나는 공간적인 배경인 산은 어떠한 성격을 지닌 공간인가?
2. 이 작품에서 나타나는 '자연에의 동화' 또는 '자연과의 합일'이라는 주제가 가질 수 있는 문제점은 무엇인가?
3. 소설이 기본적으로 갖추어야 할 요소가 '서사성'이라고 할 때, 이효석의 〈산〉은 소설이라고 단정하기 어렵다. 그 이유는 무엇인가?

 **모범 답안**

1. 고요하고 정적인 식물적 공간.
2. 산이 좋아 산에서 사는 것은 자연에의 귀의(歸依)와 동화를 의미한다. 중실은 마을에 내려가서도 마을 사람들과 어울릴 수 없을 정도로 식물적이고 비사회적인 감각에 빠져 있다. 그는 자연과의 철저한 동화와 외경으로서 자연의 아름다움과 숭고함에 합치되고 자연의 순수 속에서 살게 된다. 이러한 자연에의 동화는 〈들〉이나 〈돈〉과는 달리 인간 세상을 멀리하고 수도와 진리의 터득에 힘쓰는 불도의 경지와 비슷하면서도 〈윤사월〉이나 〈청산도〉와 같이 자연의 숭고와 그 외경에 빠져 인간 사회를 멀리하는 은둔이나 도피의 성격을 띠기 쉽다. 그러나 루소의 '자연으로 돌아가라.'는 말은 도시 문명의 공해를 피하여 자연의 순수로 돌아가라는 문명 기피의 사상이지 자연 속에 묻혀 사는 자연 동화와는 그 성격이 다르다.
3. 소설이 서사성을 갖는다는 것은 소설 안에 어떤 사건이나 인물·사건·배경 등이 있고 시간의 흐름과 관련된 일정한 이야기 구조를 지닌다는 뜻이다. 이 소설에서는 '중실'이라는 인물이 등장하기는 하지만 그 인물이 구체적인 사건과 관련이 있거나 갈등을 일으키는 부분을 찾기 힘들며 주로 '중실'이 느끼는 서정성을 표현한 측면이 강하다. 따라서 이 작품을 엄밀한 의미에서 소설로 보기는 어려우며 '중실'이라는 인물만 제외한 많은 부분이 교술 갈래로서의 성격이 강하다.

 **연관 작품 더 읽기**

- 〈누님의 초상〉(유재용) : 8·15 해방과 한국 전쟁 등의 격동기를 거치며 변신하여 살아가는 누님을 그리워하는 성장 소설.

- 〈철쭉제〉(문순태) : 한국 전쟁 때 주인을 학살한 일꾼과 같이 철쭉이 만발한 지리산에 가 그 시신을 모시고 용서하여 화해하는 분단 소설.

 좀더 알아보기

- 장르(genre) : '종류'라는 의미의 프랑스 말. 다시 말해 유사성을 중심으로 분류한 문학 작품의 갈래를 일컬음. 시, 소설, 희곡이라든가 서정시, 서사시, 극시 같은 분류가 그 예임.

논술 다지기

❖ 〈산〉의 등장 인물 '중실'이 산으로 간 이유를 설명하고, '중실'의 행위를 비판적인 입장에서 검토하시오. (1,600자 내외)

 모범 답안

　인생을 살다 보면 누구나 힘든 일을 겪는다. 고통을 참아 내고 힘든 일을 이겨 낼 수만 있다면 인간은 더욱 성숙한 모습으로 성장하게 된다. 요즘 경제적인 어려움 때문에 힘들어 하고, 심지어는 자살까지 생각하는 사람들이 늘어나고 있다. 물론 당사자가 아니고서는 그 상황을 이해하기는 힘들 것이다. 하지만 아무리 힘들더라도 쉽게 자신을 포기해 버려서는 안 된다. 고난과 고통을 참아 낼 수 있을 때 비로소 인생의 참된 의미를 발견할 수 있을 것이다. 이런 관점에서 중실을 바라본다면, 그 역시 너무 쉽게 삶의 치열함을 포기해 버린 것이 아닌가 하는 생각이 든다.

〈산〉의 중실은 시끌벅적하고, '어수선하고 지지부레한' 모습을 지닌 삶의 현장으로서의 마을과 시장 거리의 인간 세계에 회의를 느끼고 산으로 도망친다. 그에게 '산'은 많은 혜택을 주는 '무조건' 좋은 곳이다. 그 곳에서 중실은 주인의 눈치를 볼 필요도 없고, 주인에게 오해를 받을 필요도 없다. 오로지 산에 동화되어, 산이 주는 혜택을 받기만 하면 행복한 삶을 유지하는 것이 가능하다. 여기서 산은 중실에게 현실에서는 느낄 수 없는 만족감과 행복감을 주는 곳이다. 즉 산은 이상적인 공간으로 존재하는 곳이다.

그런데, 이상적인 공간인 산이 과연 삶의 터전으로 존재할 수 있을까? 중실이 산에서 생활하는 모습은 인간들끼리 관계를 맺고 여러 갈등이 존재하는 인간 사회의 모습과는 거리가 멀다. 즉 산은 도시에 대한 반대항으로서 작용할 뿐이다.

최근 귀농을 희망하는 도시민들의 상당수가 사업 실패나 실직 등 경제적인 어려움 때문에 시골 생활을 원하고 있어 문제점으로 지적되고 있다. 현실 생활의 어려움을 견디지 못해 시골로 가는 사람들에게 시골은 중실이 생각하는 것처럼 하나의 이상적인 공간의 의미를 지닌다. 하지만 그 곳 역시 인간 사회의 모습을 지니고 있고, 새로운 현실 문제가 발생할 수 있다. 따라서 막연히 전원 생활을 그리며 찾아온 영세 귀농인들의 경우 50퍼센트 이상이 현지 적응 및 생활고를 이기지 못해 되돌아간 경우가 발생하고 있다. 중실이 생각한 것과 마찬가지로 이들은 시골을 하나의 생활 공간으로 파악한 것이 아니라, 도피해야 할 공간으로 파악했기 때문에 그 생활을 견디지 못하고 다시 도시로 돌아간 것이다.

물론 산에서 생활하는 것이 삶의 목표이자 과정이 될 경우는 상황이 다르다. 산을 생활 공간으로 생각하면서, 그 곳에서 자신의 꿈을 실현하고자 할

때 그 산은 도피 공간이 아니라 가꾸어야 할 삶의 공간이 된다. 하지만 이효석의 〈산〉에서 중실은 산을 생활 공간이 아닌 도피 공간으로 이해하고 있다. 언제까지 삶으로부터 도피할 수는 없는 일이다. 〈산〉의 산은 괴로운 현실에서 도피할 수 있는 관념적인 지향점에 지나지 않는다. 우리도 도시에서의 삶이 벅차고 힘들 때 전원 생활을 동경하기도 하지만 실제로 도시 생활에서 벗어나기는 힘들다.

    요컨대 중실이 선택한 산은 생활 공간이 아닌 도피 공간에 불과하다. 따라서 중실은 생활 공간으로 되돌아와서 치열하게 살아야 한다. 주인 영감에게 밀린 사경도 받아 내야 하며, 영감의 첩에 대한 오해도 풀어야 한다. 힘이 모자란다면 사람들과 힘을 합해 자신이 추구하고자 하는 바를 적극적으로 밀고 나가는 태도가 요구된다. 그것이 중실이 지금 해야 할 일인 것이다.

화수분

전영택(1894~1968)

평양 출생. 호는 늘봄. 평양 대성학교 중퇴. 동경 아오야마 학원(靑山學院) 문학부 졸업. 1919년, 김동인·주요한·김환 등과 함께 한국 최초의 문예 동인지 《창조》의 동인이 되어 문단 활동을 시작함. 초기 작품으로는 자유연애사상을 주제로 다루고 있는 〈혜선의 사〉가 있으며, 이후 〈생명의 봄〉, 〈독약을 마시는 여인〉, 〈화수분〉, 〈순교자〉 등을 발표함. 김동인이 그를 두고 '예각적으로 본 인생관을 인도주의에 연결한 작가'라고 지적하고 있듯이, 그의 작품 세계의 특징은 작위적인 허구성이 배제되고 인도주의적인 특성이 나타난다는 점임.

미리 엿보기...

생각해 봅시다

1. 이 소설이 발표된 1925년은 신경향파가 등장한 시기이기도 하다. 이 소설과 신경향파 작품들과의 공통점·차이점을 비교해 보자.
2. 이 소설이 한 가족의 비극을 그리고 있음에도 불구하고 그 가족의 비극이 절망으로만 떨어지지 않는 이유는 무엇인지 생각해 보자.

작품의 줄거리

　어느 겨울 밤, '나'는 잠결에 행랑아범의 울음소리를 들었다. 이튿날 이유를 알아보니 며칠 전 그의 아내가 큰딸을 남의 집에 주었다는 것이다. 아범의 이름은 화수분이며 본래 양평의 부농이었으나 집안이 망하여 남의 행랑살이를 하고 있었다. 며칠 후 아범은 고향의 형님으로부터 추수를 도와달라는 부탁을 받고 시골로 내려가고, 아범이 소식이 없자 어멈도 작은딸을 데리고 아범을 뒤따라 내려갔다. 후에 우리는 동생 S로부터 그 뒤의 화수분 일가의 소식을 들었다.
　한편, 시골에 가서 일을 하다가 병이 든 화수분은 어멈이 내려온다는 편지를 받고 길을 떠났다가 추위에 쓰러져 있는 아내와 작은딸을 발견하고는 같이 길에서 밤을 새운다. 이튿날 지나가던 나무 장수가 이들 부부의 껴안은 시체를 발견하고 부부 사이에 살아 있는 작은딸만을 소에 싣고 갔다.

1

첫겨울 추운 밤은 고요히 깊어 간다. 뒤뜰 창 바깥에 지나가는 사람 소리도 끊어지고, 이따금 찬바람 부는 소리가 휙— 우수수 하고 바깥의 춥고 쓸쓸한 것을 알리면서 사람을 위협하는 듯하다.

"만주노 호야 호오야."

길게 그리고도 힘없이 외치는 소리가 보지 않아도 추워서 수그리고 웅크리고 가는 듯한 사람이 몹시 처량하고 가엾어 보인다. 어린애들은 모두 잠들고 학교 다니는 아이들은 눈에 졸음이 잔뜩 몰려서 입으로만 소리를 내어 글을 읽는다. 나는 누워서 손만 내놓아 신문을 들고 소설을 보고, 아내는 이불을 들쓰고 어린애 저고리를 짓고 있다.

"누가 우나?"

일하던 아내가 말하였다.

"아니야요. 그 절름발이가 지나가며 무슨 소리를 지껄이면서 그러나 보아요."

공부하던 애가 말한다. 우리들은 잠시 그 소리를 들으려고 귀를 기울였으나 다시 각각 그 하던 일을 계속하여 다시 주의도 하지 아니하였다. 그러다가 우리는 모두 잠이 들어 버렸다.

나는 자다가 꿈결같이 으으으으으으 하는 소리를 들었다. 잠깐 잠이 반쯤 깨었으나 다시 잠들었다. 잠이 들려고 하다가 또 깜짝 놀라서 그리고 아내에게 물었다.

"저게 누가 울지 않소?"

"아범이구려."

나는 벌떡 일어나서 귀를 기울였다. 과연 아범의 우는 소리다. 행랑에 있는 아범의 우는 소리다.

'어찌하여 우는가. 사나이가 어찌하여 우는가. 자기 시골서 무슨 슬픈 상사의 기별을 받았나? 무슨 원통한 일을 당하였나?'

나는 생각하였다. 어이 어이 느껴 우는 소리를 들으면서 아내에게 물었다.

"아범이 왜 울까?"

"글쎄요, 왜 울까요?"

2

아범은 금년 구월에 그 아내와 어린 계집애 둘을 데리고 우리집 행랑방에 들었다. 나이는 한 서른 살쯤 먹어 보이고 머리에 상투가 그냥 달라붙어 있고, 키가 늘씬하고 얼굴은 기름하고 누르퉁퉁하고, 눈은 좀 큰데 사람이 퍽 순하고 착해 보였다. 주인을 보면 어느 때든지 그 방에서 고달픈 몸으로 밥을 먹다가도 얼른 일어나서 허리를 굽혀 절한다. 나는 그것이 너무 미안해서 그러지 말라고 이르려고 하면서 늘 그냥 지내었다. 그 아내는 키가 자그마하고 몸이 뚱뚱하고, 이마가 좁고, 항상 입을 다물고 아무 말이 없다. 적은 돈은 회계할 줄을 알아도 '원'이나 '백 냥' 넘는 돈은 회계할 줄을 모른다.

그리고 어멈은 날짜 회계할 줄을 모른다. 그러기에 저 낳은 아이들의 생일을 아범이 그 전날, 내일이 생일이라고 일러 주지 않으면 모른다고 한다. 그러나 결코 속일 줄은 모르고, 무슨 일이든지 하라는 대로 하기는 하나 얼른 대답을 시원히 하지 않고 꾸물꾸물 오래하는 것이 흠이다. 그래도 아침에는 일찍이 일어나서 기름을 발라 머리를 곱게 빗고, 빨간 댕기를 드려 쪽을 찌고 나온다.[1]

그들에게는 지금 입고 있는 단벌 홑옷과 조그만 냄비 하나밖에 아무것도 없다. 세간도 없고, 물론 입을 옷도 없고, 덮을 이부자리도 없고, 밥 담아 먹을 그릇도 없고, 밥 먹을 숟가락 한 개가 없다. 있는 것이라고는 보기 싫게 생긴 딸 둘과 작은애를 업는 홑누더기와 띠, 아범이 벌이하는 지게가 하나 — 이것뿐이다. 밥은 우선 주인집에서 내어 간 사발과 숟가락으로 먹고, 물은 역시 주인집 어린애가 먹고 비운 가루 우유통을 갖다가 떠 먹는다.

아홉 살 먹은 큰 계집애는 몸이 좀 뚱뚱하고 얼굴은 컴컴한데, 이마는

중요 어구

1) 결코~나온다 : 가난하지만 순박한 화수분의 아내.

어미 닮아서 좁고, 볼은 애비 닮아서 축 늘어졌다. 그리고 이르는 말은 하나도 듣는 법이 없다. 그 어미가 아무리 욕하고 때리고 하여도 볼만 부어서 까딱없다. 도리어 어미를 욕한다. 꼭 서서 어미 보고 눈을 부르대고 "조각쟁이가 왜 야단이야." 하고 욕을 한다. 먹을 것이 생기면 자식 먹이고 남편 대접하고 자기는 늘 굶는 어미가 헛입 노릇이라도 하는 것을 보게 되면 "저 망할 계집년이 무얼 혼자만 처먹어?" 하고 욕을 한다. 다만 자기 어미나 아비의 말을 아니 들을 뿐 아니라, 주인 마누라나 주인 나리가 무슨 말을 일러도 아니 듣는다. 먼 데 있는 것을 가까이 오게 하려면 손수 붙들어 와야 하고, 가까이 있는 것을 비키게 하려면 붙들어다 치워야 한다.

다음에 작은 계집애는 돌을 지나 세 살 먹은 것인데, 눈이 커다랗고 입술이 삐죽 나오고, 걸음은 겨우 빼뚤빼뚤 걷는다. 그러나 여태 말도 도무지 못하고, 새벽부터 하루 종일 붙들어매어 끌려가는 돼지 소리 같은 크고 흉한 소리를 내어 울어서 해를 보낸다.

울지 않는 때라고는 먹는 때와 자는 때뿐이다. 그러나 먹기는 썩 잘 먹는다. 먹을 것이라고는 눈앞에 보이기만 하면 죄다 빼앗다가 두 다리 사이에 넣고, 다리와 팔로 웅크리고 응응 소리를 내면서 혼자서 먹는다. 그렇게 심술 사나운 큰 계집애도 다 빼앗기고 졸연해서[2] 얻어먹지 못한다. 이렇기 때문에 작은 것은 늘 어미 뒷잔등에 업혀 있다. 만일, 내려놓아 버려두면 그냥 땅바닥을 벗은 몸으로 두 다리를 턱 내뻗치고, 묶여 가는 돼지 소리로 동리가 요란하도록 냅다 지른다.

그래서 어멈은 밤낮 작은 것을 업고 큰 것과 싸움을 하면서 얻어먹지도

중요 어구

2) 졸연해서 : 어떤 일의 상태가 갑작스러워서.
3) 아내의 말에~이러하였다 : 액자식 구성의 면모를 보여 준다.

못하고, 물 긷고 걸레질 치고 빨래하고 서서 돌아간다. 작은 것에게는 젖을 먹이고, 큰 것의 욕을 먹고 성화받고, 사나이에게 웅얼웅얼하는 잔말을 듣는다. 밥 지을 쌀도 없는데, 밥 안 짓는다고 욕을 한다. 그리고 아범은 밝기도 전에 지게를 지고 나갔다가 밤이 어두워서 들어오지만, 하루에 두 끼니를 못 끓여 먹고, 대개는 벌이가 없어서 새벽에 나갔다가 오정 때나 되면 일찍 들어온다. 들어와서는 흔히 잔다. 이런때는 온종일 그 이튿날 아침까지 굶는다. 그 때마다 말 없던 어멈이 옹알옹알 바가지 긁는 소리가 들린다. 어멈이 그 애들 때문에 그렇게 애쓰고, 그들의 살림이 그렇게 어려운 것을 보고, 나는 이따금 이렇게 생각하였다.

아내에게 말도 한다.

"저 애들을 누구를 주기나 하지."

위에 말한 것은 아범과 그 식구의 대강한 정형이다. 그러나 밤중에 그렇게 섧게 운 까닭은 무엇인가?

3

그 이튿날 아침이다. 마침 일요일이기 때문에 내게는 한가한 틈이 있어서 어멈에게서 그 내용을 들을 기회가 있었다.

"지난 밤에 아범이 왜 그렇게 울었나?"

하는 아내의 말에 어멈의 대답은 대강 이러하였다.[3]

"어멈이 늘 쌀을 팔러 댕겨서 저 뒤의 쌀가게 마누라를 알지요. 그 마누라가 퍽 고맙게 굴어서 이따금 앉아서 이야기도 했어요. 때때로 '그 애들을 데리고 어떻게 지내나?' 하고 물어요. 그럴 적마다 '죽지 못해 살지요.' 하고 아무 말도 아니했어요. 그러는데 한번은 가니까 큰애를 누구를 주면 어떠냐고 그래요. 그래서 '제가 데리고 있다가 먹이면 먹이고 죽이면 죽이고 하지, 제 새끼를 어떻게 남을 줍니까? 그리고 워낙 못생기고 아무 철이 없어서 어미 아비나 기르다가 죽이더래도 남은 못 주어요. 남이 가져갈 게 못 됩니다. 그것을 데려가시는 댁에서는 길러 무엇합니까. 돼지면 잡아나 먹지요.' 하고 저는 줄 생각도 아니했어요. 그래도 그 마누라는 '어린것이 다 그렇지 어떤가. 어서 좋은 댁에서 달라니 보내게. 잘 길러 시집 보내 주신다네. 그리고 젊은이들이 벌어먹고 살아야지. 애들을 다 데리고 있다가 인제 차차 날도 추워 오는데 모두 한꺼번에 굶어 죽지나 말고……' 하시면서 여러 말로 대구 권하셔요.

말을 들으니까 그랬으면 좋을 듯도 하기에 '그럼 저희 아범보고 말을 해 보지요.' 했지요. 그랬더니 그 마누라가 부쩍 달라붙어서 '내일 그 댁 마누라가 우리 집으로 오실 터이니 그 애를 데리고 오게.' 하셔요. 해서 저는 '글쎄요.' 하고 돌아와서 그 날 밤에, 그젯밤이올시다. 그젯밤이 아니라 어제 아침이올시다. 요새 저는 정신이 하나도 없어요. 그래, 밤에는 들어와서 반찬 없다고 밥도 안 먹고, 곤해서 쓰러져 자길래 그런 말을 못하고, 어제 아침에야 그 이야기를 했지요. 그랬더니 '내가 아나, 임자 마음대로 하게그려.' 그러고 일어서 지게를 지고 나가 버리겠지요. 그러고는 저 혼자서 온종일 이리저리 생각을 해 보았지요. 아무려니 제 자식을 남을 주고 싶지는 않지만 어떻게 합니까. 아씨 아시듯이 이제 새끼가 또 하나 생깁니다그려. 지금도 어려운데 어떻게 둘씩 셋씩 기릅니까. 그래서 차마 발길이 안 나가는 것을 오정 때가 되어서 데리고 갔지요. 짐승 같은 계집애는 아무런 것도 모르고 따라나서요. 앞서 가는 것을 뒤로 보면서 생각을 하니까 어째 마음이 안되었어요."

하면서 어멈은 울먹울먹한다. 눈물이 핑 돈다.

"그런 것을 데리고 갔더니 참말 알지 못하는 마누라님이 앉아 계셔요. 그 마누라가 이걸 호떡이라 군밤이라 감이라 먹을 것을 사다 주면서, '나하고 우리 집에 가 살자. 이쁜 옷도 해 주고 맛난 밥도 먹고. 좋지? 나하고 가자, 가자.' 하시니까 이것은 먹기에 미쳐서 대답도 아니하고 앉았어요."

이 말을 들을 때에 나는 그 계집애가 우리 마루 끝에 서서 우리 집 어린애가 감 먹는 것을 바라보다가, 내버린 감 꼭지를 쳐다보면서 집어 가지고 나가던 것이 생각났다.

어멈은 다시 이야기를 이어,

"그래, 제가 어쩌나 볼려고, '그럼 너 저 마님 따라가 살련? 나는 집에 갈 터이니.' 했더니 저는 본체만체하고 머리를 끄덕끄덕해요. 그래도 미심해서 '정말 갈 테야? 가서 울지 않을 테야?' 하니까 저를 한 번 흘끗 노려보더니, '그래, 걱정 말고 가요.' 하겠지요. 하도 어이가 없어서 내버리고 집으로 돌아왔지요. 그리고 돌아와서 저 혼자 가만히 생각하니까, 아범이 또 무어라고 할는지 몰라 어째 안 되겠어요. 그래, 바삐 아범이 일하러 댕기는 데를 찾아갔지요. 한 번 보기나 하랄려고, 염천교 다리로 남대문통으로 아무리 찾아야 있어야지요. 몇 시간을 애써 찾아댕기다가 할 수 없이 그 댁으로 두루 갔지요. 갔더니 계집애도 그 마누라도 벌써 떠나가 버렸겠지요. 그 댁 마님 말씀이 저녁 여섯 시 차에 광핸지 광한지로 떠났다고 하셔요. 가시면서 보고 싶으면 설 때에나 와 보고, 와 살려면 농사짓고 살라고 하셨대요. 그래 하는 수가 있습니까. 그냥 돌아왔지요. 와서 아무 생각이 없어서 아범 저녁 지어 줄 생각도 아니하고 공연히 밖에 나가서 왔다갔다 돌아댕기다가 들어왔지요. 저는 눈물도 안 나요. 그러다가 밤에 아범이 들어왔기에 그 말을 했더니, 아무 말도 아니하고 그렇게 통곡을 했답니다.[4] 여북하면 제 자식을 꿈에도 보두 못하던 사람에게 주겠어요. 할 수가 없어서 그렇지요. 집에 두고 굶기는 것보다 나을까 해서 그랬지요. 아범이 본래는 저렇게는 못살지 않았답니다. 저희 아버지 살았을 때는 벼 백 섬이나 하고, 삼 형제가 양평 시골서 남부럽지 않게 살았답니다. 이름들도 모두 좋지요. 맏형은 '장자'요, 둘째는 '거부'요, 아범이 셋쩬데 '화수분'[5]이랍니다. 그런 것이 제가 간 후부터 시아버님이 돌아가시고 그리고 맏아들이 죽고 농사 밑천인 소 한 마리를 도적맞고 하더니, 차차 못살게 되기 시작해서 종내 저렇게 거지가 되었답니다. 지금도 시골 큰댁엘 가면 굶지나 아니할 것을 부끄럽다고 저러고 있지요. 사내 못생긴 건 할 수가 없어요."

우리는 이제야 비로소 아범이 어제 울던 까닭을 알았고, 이 때에 나는 비로소 아범의 이름이 '화수분'인 것을 알았고, 양평 사람인 줄도 알았다.

4

그런 지 며칠이 지난 어느 날 아침이다. 화수분은 새옷을 입고 갓을 쓰고, 길 떠날 행장[6]을 차리고 안으로 들어온다. 그것을 보니까 지난 밤에 아내에게서 들은 말이 생각난다. 양평에 있는 형 거부가 일하다가 발을 다쳐

> **중요 어구**
>
> 4) 그러다가~했답니다 : 극도의 가난 때문에 남에게 자식을 보내야 하는 상황의 비극성이 화수분 내외를 통해 드러난다.
> 5) 화수분 : 재물이 계속 나오는 보물단지. 그 안에 온갖 물건을 담아 두면 끝없이 새끼를 쳐 그 내용물이 줄어들지 않는다는 설화상의 단지를 일컫는다. 이 소설에서는 주인공의 궁핍한 처지를 반어적으로 나타낸다.
> 6) 행장 : 여행할 때 쓰는 물건과 차림.

서 일을 못하고 누웠기 때문에, 가뜩이나 흉년인데다가 일을 못해서 모두 굶어 죽을 지경이니, 아범을 오라고 하니 가 봐야 하겠다는 말을 듣고, 나는 '가 봐야겠군.' 하니까, 아내는 '김장이나 해 놓고 가야 할 터인데.' 하기에, '글쎄, 그럼 그렇게 이르지.' 한 일이 있었다. 아범은 뜰에서 허리를 한 번 굽히고 말한다.

"나리, 댕겨오겠습니다 제 형이 일하다가 도끼로 발을 찍어서 일을 못하고 누웠다니까 가 봐야겠습니다. 가서 추수나 해 주고는 곧 오겠습니다. 거저 나리 댁만 믿고 갑니다."

나는 어떻게 대답했으면 좋을지 몰라서,

"잘 댕겨오게."

하였다.

아범은 다시 한 번 절을 하고,

"안녕히 계십시오."

하면서 돌아서 나갔다.

"저렇게 내버리고 가면 어떡합니까? 우리도 살기 어려운데 어떻게 불때 주고, 먹이고, 입히고 할 테요? 그렇게 곧 오겠소?"

이렇게 걱정하는 아내의 말을 듣고 나는 바삐 나가서 화수분을 불러서,

"곧 댕겨오게, 겨울을 나서는 안 되네."

하였다.

"암, 곧 댕겨옵지요."

화수분은 뒤를 돌아보고 이렇게 대답을 하고 달아난다.

5

화수분은 간 지 일 주일이 되고 열흘이 되고 보름이 지나도 아니 온다. 어멈은 아범이 추수해서 쌀말이나 가지고 돌아오기를 밤낮 기다려도 종내 오지 아니하였다. 김장 때가 다 지나고 입동이 지나고 정말 추운 겨울이 되었다. 하루 저녁은 바람이 몹시 불고, 그 이튿날 새벽에는 하얀 눈이 펑펑 내려 쌓였다.

아침에 어멈이 들어와서 화수분의 동네 이름과 번지 쓴 종이 조각을 내놓으면서, 오지 않으면 제가 가겠다고 편지를 써 달라고 하기에 곧 써서 부쳐까지 주었다.

그 다음 날부터는 며칠 동안 날이 풀려서 꽤 따뜻하였다. 그래도 화수분의 소식은 없다. 어멈은 본래 어린애가 딸려서 일을 잘 못하는데다가, 다릿병이 있어 다리를 잘 못 쓰고, 더구나 며칠 전에 손가락을 다쳐서 일을 하지 못하는 것을 퍽 미안하게 생각한다.

그리고 추운 겨울에 혼자 살아갈 길이 막연하여, 종내 아범을 따라 시골로 가기로 결심을 한 모양이다.

"아씨, 그만 시골로 가겠습니다."

"몇 리나 되나?"

"몇 린지 사나이들은 일찍 떠나면 하루에 간다고 해두, 저는 이틀에나 겨우 갈걸요."

"혼자 가겠나?"

"물어 보면 가기야 가지요."

아내와 이른 문답이 있는 다음 날 아침, 바람이 몹시 불고 추운 날 아침에 어멈은 어린것을 업고 돌아볼 것도 없는 행랑방을 한 번 돌아보면서 아창아창 떠나갔다.

그 날 밤에도 몹시 추웠다. 우리는 문을 꼭꼭 닫고 문틀을 헝겊으로 막고 이불을 둘씩 덮고 꼭꼭 붙어서 일찍 잤다.

나는 자면서 잘 갔나, 얼어 죽지나 않았나 하는 생각이 났다.

화수분도 가고, 어멈도 하나 남은 어린것을 업고 간 뒤에는 대문간은 깨끗해지고 시꺼먼 행랑방 방문은 닫혀 있었다. 그리고 우리 집에는 다시 행랑 사람도 안 들이고 식모도 아니 두었다. 그래서 몹시 추운 날, 아내는 손수 어린것을 등에 지고 이웃집의 우물에 가서 배추와 무를 씻어서 김장을 대강 하였다. 아내는 혼자서 김장을 하면서 눈물을 흘리고 어멈 생각을 하였다.[7]

6

김장을 다 마친 어떤 날, 추위가 풀려서 따뜻한 날 오후에, 동대문 밖에 출가해 사는 동생 S가 오래간만에 놀러 왔다. S에게 비로소 화수분의 소식을 듣고 우리는 놀랐다.[8] 그들은 본래 S의 시댁에서 천거[9]해 보낸 것이다. 그 소식은 대강 이렇다.

화수분이 시골 간 후에, 형 거부는 꼼짝 못하고 누워 있기 때문에, 형 대

중요 어구

7) 아내는~하였다 : 주인 내외의 따뜻한 마음씨를 엿볼 수 있다.
8) S에게~놀랐다 : 화수분의 후일담을 전하기 위해 S라는 인물을 새로 등장시키고 있다.
9) 천거 : 어떤 일을 맡아 할 수 있는 사람을 그 자리에 쓰도록 소개하거나 추천함.

신 겸 두 사람의 일을 하다가 몸이 지쳐 몸살이 나서 넘어졌다. 열이 몹시 나서 정신 없이 앓았다. 정신 없이 앓으면서도 귀동이(서울서 강화 사람에게 준 큰 계집애)를 부르고 늘 울었다.

"귀동아, 귀동아, 어델 갔니? 잘 있니……."

그러다가는 흐득흐득 느끼면서,

"그렇게 먹고 싶어하는 사탕 한 알 못 사주고 연시 한 개 못 사주고……."

하고 소리를 내어 어이어이 운다.

그럴 때에 어멈의 편지가 왔다. 뒷집 기와집 진사 댁 서방님이 읽어 주는 편지 사연을 듣고,

"아이구 옥분아(작은 계집애 이름), 옥분이 에미!"

하고 또 어이어이 운다. 울다가 펄떡 일어나서 서울서 넝마전에서 사입고 간 새옷을 입고 갓을 썼다. 집안 사람들이 굳이 말리는 것을 뿌리치고 화수분은 서울을 향하여 어멈을 데리러 떠났다. 싸리문 밖에를 나가 화수분은 나는 듯이 달아났다.[10]

화수분은 양평서 오정이 거의 되어서 떠나서, 해가 질 즈음 해서 백 리를 거의 와서 어떤 높은 고개를 올라섰다. 칼날 같은 바람이 뺨을 친다. 그는 고개를 숙여 앞을 내려다보다가, 소나무 밑에 희끄므레한 사람의 모양을 보았다. 그 곳을 곧 달려가 보았다. 가 본즉 그것은 옥분과 그의 어머니다. 나무 밑 눈 위에 나뭇가지를 깔고, 어린것 업는 헌 누더기를 쓰고 한끝

중요 어구

10) 싸리문~달아났다 : 순박하고 즉흥적이며 정 많은 화수분의 성격을 보여준다.
11) 이튿날~싣고 갔다 : 부부의 자식 사랑과 상황의 비극성이 극명하게 대비되고 있다. 현재의 극한 상황과 살아남은 아이의 모습이 중첩되어 희망을 내포한 결말이 보인다.

으로 어린것을 꼭 안아 가지고 웅크리고 떨고 있다. 화수분은 확 달려들어 안았다. 어멈은 눈을 떴으나 말을 못한다. 화수분도 말을 못한다. 어린것을 가운데 두고 그냥 껴안고 밤을 지낸 모양이다.

  이튿날 아침에 나무 장수가 지나다가, 그 고개에 젊은 남녀의 껴안은 시체와, 그 가운데 아직 막 자다 깨인 어린애가 등에 따뜻한 햇볕을 받고 앉아서, 시체를 툭툭 치고 있는 것을 발견하여 어린것만 소에 싣고 갔다.[11]

작품 이해 및 논술 다지기....

작품 이해

 핵심 정리

- 갈래 : 단편 소설
- 시점 : 1인칭 관찰자 시점
- 배경 : 시간적 — 일제 강점기의 추운 겨울
  　　　　공간적 — 도시 및 시골
- 구성 : 순행적 구성
- 문체 : 서사적 우유체
- 주제 : 궁핍하고 비참한 한 가족의 비극적 삶

 **등장 인물의 성격**

- 화수분 : '나'의 집에 세들어 살고 있는 행랑아범으로 선한 인품을 소유

했지만, 결혼 후 극심한 가난에 시달림.
- 어멈 : 가난 속에서도 선하게 살아가는 화수분의 아내.
- 나 : 서술자. 집주인으로 횟분네 가족에게 연민을 가지나 적극적으로 도와 주지 못함.

 이해와 감상

　이 소설은 《조선문단(1925)》에 발표된 작품으로서 소설가인 '나'의 문간방에 살았던 화수분 일가의 가난과 고통, 그리고 그로 인한 비극을 '나'가 독자에게 말해 주는 형식을 취하고 있다. 즉 주인공은 화수분이고 '나'는 화자로서 주인공과 그에게 일어난 사건을 관찰하고 서술하는 1인칭 관찰자 시점을 취하고 있고 부분적으로는 전지적 작가 시점이 나타나기도 한다.

　화수분 일가는 극도로 가난해 거지와 다름없는 살림을 하고 있다. 화수분에게는 딸이 두 명 있었는데, 굶어 죽을 지경에 이르게 되자 큰딸을 낯모르는 부인에게 주고 만다. 이 대목에서부터 이 작품은 비극적인 정조를 자아내기 시작하는데, 그 비극적인 정조는 결말에 가서 절정을 보인다. 남편을 찾아 나섰던 화수분의 아내가 한겨울 추운 들판에서 어린 딸을 보듬어 안고 죽어 가고 있을 때, 집으로 돌아가던 화수분이 그들을 발견하게 되고 결국 화수분과 그의 아내는 껴안고 죽게 된다. 그러나 어린 딸만은 살아서 나무 장수가 데려간다는 설정이다.

　1920년대의 한국 사회는 일제의 수탈이 가속화됨으로써 날로 궁핍화의 길을 걸었다. 주인공 화수분은 식민지적 경제 구조의 특징인 궁핍의 평준화 현상으로 인해서 발생한 행랑살이 계층(지게꾼)을, 그리고 그 내외의 죽음을 통해 추위와 굶주림에 시달리는 고통스러운 한국인의 당시 상황을 보여 준다.

　이 작품에서 화수분 일가의 궁핍상이 사실적으로, 그리고 구체적으로 묘사

되고 있는 것은 아니다. 이 작품에는 가난이나 궁핍에 대한 직접적인 묘사보다는 서술이 작품의 주류를 이루고 있는데다가, 1인칭 관찰자 시점을 취하고 있어서 제 나름대로의 객관성을 확보하고 있다. 그러나 결말의 죽음은 그 가난과 고통을 함축적으로 보여 주고 있다. 더구나 병들어 괴로운 와중에도 낯선 부인에게 준 딸을 그리워하고 안타까워하는 화수분의 모습, 그리고 마지막 장면에서 어린 딸을 보듬고 얼어 죽어 가는 화수분 부부의 모습은 가난과 고통 속에서도 사라질 수 없는 따뜻한 부모의 사랑을, 나아가서는 인간애를 보여 주고 있다. 따라서 이 작품은 한 가족이 가난으로 인해서 겪게 되는 비극을 그 내용으로 하고 있지만, 그 속에서도 인간애의 아름다움이 형상화되고 있다. 그리고 한편으로는 살아남은 어린아이를 통해서 고난의 시대를 극복하고 새 세대의 희망을 키워 갈 수 있다는 상징적 의미를 함축하고 있다. 이 소설이 화수분 일가의 비극을 다루고 있음에도 불구하고 그것이 절망으로 떨어지지 않는 것은 이러한 인간애에 대한 강조, 그리고 마지막의 상징적 결말 덕분이다.

 생각 나누기

1. 이 소설의 결말과 최서해의 〈홍염〉과 같은 신경향파 소설의 결말을 비교해 보고 이 소설의 결말이 가지는 의미를 서술하라.
2. 이 소설이 1인칭 관찰자 시점을 취함으로써 얻게 되는 효과는 무엇인지 간단히 서술하라.
3. 이 작품은 마지막을 "어린것만 소에 싣고 갔다."는 대목으로 마무리하며 객관적 사실만을 밝힐 뿐 다른 정보는 제공하지 않고 있다. 이와 같은 결말이 주는 효과에 대해 설명하시오.

모범 답안

1. 신경향파에 속하는 소설들은 방화·도둑·살인 등으로 끝을 맺고 있어서 폭력적이고 개인적인 저항의 측면에 초점이 맞추어져 있다. 그 예로 최서해의 〈홍염〉의 내용을 보면, 국내에서 소작을 하던 문 서방은 서간도로 이주했으나 별다른 수가 없어서 다시 중국인의 소작인이 되고 빚 때문에 딸마저 빼앗기고 만다. 그 설움으로 아내는 병이 나고, 죽기 전에 딸을 한 번 보기를 소원한다. 문 서방은 여러 번 중국인을 찾아갔으나 거절당하고 이에 격분한 문 서방이 중국인의 집에 불을 지르고 불 속으로 들어가 중국인을 죽이고 딸을 구해 낸다는 내용이다. 그럼으로써 문 서방은 자기의 작은 힘으로 철통 같은 성벽을 무너뜨린 것에 대해 무한한 희열을 느낀다. 그러나 이에 비하여 〈화수분〉은 비극적으로 결말을 맺고 있지만, 병이 들어 정신이 없는 와중에서도 화수분은 남에게 준 큰딸의 이름을 부른다든지 소설 곳곳에 화수분 내외가 딸들에게 가지는 애정이 그려져 있어 인도주의적인 사상이 짙게 깔려 있다.

2. 1인칭 관찰자 시점을 취함으로써 화수분 내외가 가난 속에서 겪는 고통과 비극을 독자들이 더 객관적으로 느끼도록 해 준다.

3. 소위 '열린 결말'이라고 부르는 이러한 마무리 방식은 작가가 가장 중요하고 결정적인 장면까지만 설명하고 그 뒷이야기는 생략함으로써 독자들이 나머지 이야기를 상상할 수 있는 여지를 제공한다. 〈화수분〉에서도 마지막에 열린 결말의 구조를 차용함으로써 독자가 '어린것'의 후일담을 스스로 구성할 수 있도록 유도하고 있다.
더불어 화수분과 그의 아내가 죽은 사실을 이와 같이 담담한 문체로 서술함으로써 결말의 비극성을 더욱 고조시킨다.

연관 작품 더 읽기

- 〈운수 좋은 날〉(현진건) : 인력거꾼 김 첨지의 운수 좋은 날과 아내의 죽음을 극적인 반전 효과로 예리하게 그려 내고 있음.
- 〈악마〉(김동리) : 하룻저녁 놀다 간 남사당패에게서 옥화를 낳은 할머니, 떠돌이 중으로부터 성기를 낳게 된 옥화, 유랑의 길에 오르는 성기 등 이들 가족의 비극적 운명을 토속적이고 시적으로 승화시킨 작품.

좀더 알아보기

- 주제(主題) : 작가가 작품을 통해 표현하고자 하는 중심 사상이나, 작품에서 드러나는 중심 문제. 문학 작품이 하나의 실체로서 완성되기 위해서는 소재로 삼은 대상들을 통일적으로 구성하여 작가가 구상한 모티브나 소재가 지니고 있는 모티브가 유기적으로 결합되어야 함.
- 제재(題材) : 주제를 나타내기 위해 선택한 소재를 말함. 소설의 제재가 될 수 있는 소재, 즉 자연이나 인사(人事)의 모든 것과는 구별되어야 함.

논술 다지기

❖ (가)와 (나)는 어느 신문에 실린 칼럼이다. 전영택의 〈화수분〉에서 '화수분'의 의미와 (가)와 (나)에서 암시하는 바람직한 경제 활동의 측면에서 본 '화수분'의 의미에 대해 논하시오. (1,200자 내외)

(가) 화수분이란 재물이 자꾸 생겨서 아무리 써도 줄지 않는 보물단지다. 가령 쌀을 넣어 두었다가 꺼내서 밥을 지으면 또 쌀이 있고 다시 꺼내도 쌀이 가득 남아 있다. 진짜 화수분이 하나 있다면 얼마나 좋을까. 옛날부터 세상살이가 힘들수록 이런 공상을 하는 사람이 적지 않았다.

(나) 모든 선택에는 대가가 따른다. 개인이든 기업이든 국가든 분수에 넘치게 돈을 쓰고 버텨 낼 수는 없다. 〈가지 않은 길〉을 쓴 미국 시인 로버트 프로스트는 '빚이 아무리 묘한 재간을 부린다 한들 자신이 낸 손실을 물어내지 않고는 배길 수 없다' 고 말했던가.

 모범 답안

(가)에서 말한 것처럼 화수분은 재물(財物)이 계속 나오는 보물단지를 말한다. 화수분만 있으면 우리는 굶지 않아도 되며, 넉넉한 생활을 유지할 수 있다. 어쩌면 인간의 가장 이상적인 바람이 이 화수분이라는 상징물을 통해 드러난 것으로 볼 수 있다. '화수분'이 전영택의 〈화수분〉에서는 어떤 의미로 사용되었으며, (나)에서 말하는 것과는 어떤 관련을 지니고 있는지 살펴보자.

먼저, 전영택의 〈화수분〉에서 화수분은 일제의 수탈로 비참하게 살아간 인물인 행랑아범의 이름이다. 물론 그의 이름대로 화수분의 집안은 원래 남부럽지 않을 정도로 부유했지만, 지금은 굶주리다 죽어 갈 정도로 참혹하게 가난하다. 이렇게 비참한 삶을 살다가 죽은 인물에 '화수분'이라는 이름이 붙여진 것은 도저히 이해가 되지 않는 부분이다. '화수분'은 가난한 삶과 반대되는

주인공의 이름으로 이 소설에서는 반어적(反語的) 명명법(命名法)에 의해 붙여진 것이다. 비록 등장 인물의 삶이 가난하고 굶주린 삶이지만, 그러한 삶을 극복하고자 하는 바람이 '화수분'이라는 이름으로 드러난 것으로 볼 수 있다.

제시문 (나)는 프로스트의 시구를 인용해 분수에 맞는 생활을 해야 한다는 것을 강조하면서 현대인들의 과소비 행태를 은근히 비판하고 있는 글이다. 지출은 항상 수입에 비례해서 이루어지는 것이 당연한데, 수입의 한도를 넘어서 지출할 경우 문제가 발생하는 것이다. '모든 선택에는 대가가 따르게 마련'이며, 자신이 감당할 수 없을 정도로 지출할 경우 거기에 대한 책임도 당사자에게 있는 것이다. 최근 몇 년 사이 수입을 생각하지 않고, 신용 카드를 마구 그어 댄 사람들은 어떻게 되었는가? 카드 빚을 갚지 못해 신용 불량자가 되기도 하고, 심지어는 목숨까지 끊는 사람들도 있다. 신용 카드는 사용하면 다시 채워지는 '화수분'이 아니다. 그것은, 자신이 지출한 것에 대한 책임을 다해야 하는 매우 냉혹한 '화수분'이다. 요컨대, 제시문 (나)는 세상에 화수분이라는 것은 존재하지 않기 때문에 자신의 수입에 맞게 지출을 하는 습관이야말로 바람직한 경제 활동의 모습이라고 말하고 있다.

결국, 전영택의 〈화수분〉은 처참하고 지독한 가난 때문에 삶을 마감한 인물의 모습을 통해 가난을 초월하고자 하는 간절한 바람이 '화수분'이라는 이름을 통해 드러났으며, 제시문 (나)는 '화수분'이 현실 세계에 존재하지 않는다는 것을 알려 줌으로써 현대인들의 과소비 행태를 비판하고 있다.

낙동강

조명희(1894~1938)

호는 포석. 충북 진천 출생. 3·1 운동에 참가하여 투옥되기도 했으며, 1919년 동경 동양대학 유학, 시 창작과 연극 활동을 하다 귀국. 1921년 희곡 〈김영일의 사〉를 창작하면서 문필 활동을 시작. 이어 〈파사〉라는 희곡을 《개벽》에 발표. 1925년부터 카프에 참여, 〈땅 속으로〉, 〈농촌 사람들〉, 〈낙동강〉 등 단편 소설을 발표하여 높은 평가를 받음. 이 단편 소설들에서는 초기의 시나 희곡에서 보이던 관념성이나 신비주의적 색채가 사라지고 노동자·농민의 등장, 사회주의 이념이 주제화되는 등 문학적 변모가 보임. 1928년 소련에 망명하여 산문시 〈짓밟힌 고려〉를 발표, 《선봉》, 《노동자의 조국》지에 평론을 내기도 함. 1934년 작가동맹에 가입, 〈붉은 깃발 아래서〉, 〈만주 빨치산〉 등 장편 소설을 남김.

미리 엿보기...

생각해 봅시다

1. 이 소설의 주인공 박성운의 행적이 역사적으로 어떤 의미를 갖는지 한국 근대사의 흐름에 비추어 생각해 보자.
2. 이 작품은 두 가지 사상의 결합을 제시하고 있는데, 두 가지 사상이란 무엇인지 유의해 가며 읽어 보자.

작품의 줄거리

낙동강가 농부의 아들인 박성운은 농업학교를 졸업한 뒤 군청 농업 조수로 있다가, 독립 운동에 참여하면서부터 삶의 행로를 달리한다. 독립 운동으로 1년 반 동안 투옥되었다 나온 그는 늙은 아버지와 함께 서간도로 떠난다. 그리고 5년 동안 만주, 노령, 상하이 등을 떠돌며 독립 운동에 가담하였으나 사회주의자로 전향하여 귀국한다.

귀국 후 사회운동 단체들의 파벌 싸움에 실망한 성운은 '브나로드!'를 외치며 고향으로 돌아와 농촌 야학, 소작조합운동, 형평운동 등에 전념하다 체포되어, 고문 끝에 병보석으로 나와 죽는다. 성운의 애인이며 백정의 딸로 사범학교를 졸업한 인텔리 로사는 '최하층에서 터져 나오는 폭발탄이 되라.'던 죽은 애인의 말을 따라 북으로 떠나는 기차에 몸을 싣는다.

낙동강 칠백 리, 길이길이 흐르는 물은 이 곳에 이르러 곁가지 강물을 한몸에 뭉쳐서 바다로 향하여 나간다. 강을 따라 바둑판 같은 들이 바다를 향하여 아득하게 열려 있고, 그 넓은 들 품안에는 무덤무덤의 마을이 여기저기 안겨 있다.

이 강과 이 들과 거기에 사는 인간 — 강은 길이길이 흘렀으며, 인간도 길이길이 살아왔었다. 이 강과 이 인간, 지금 그는 서로 영원히 떨어지지 않으면 아니 될 건가?

봄마다 봄마다
불어 내리는 낙동강물
구포벌에 이르러
넘쳐넘쳐 흐르네.

흐르네—에—헤—야.

철렁철렁 넘친 물
들로 벌로 퍼지면
만 목숨 만만 목숨의
젖이 된다네.
젖이 된다네—에—헤—야.

이 벌이 열리고
이 강물이 흐를 제
그 시절부터
이 젖 먹고 자라왔네.
자라왔네—에—헤—야.

천 년을 산 만 년을 산
낙동강! 낙동강!
하늘가에 간들
꿈에나 잊을쏘냐.
잊을쏘냐—아—하—야.[1]

중요 어구

1) 봄마다~잊을쏘냐—아—하—야 : 낙동강을 소재로 한 민요. 고향인 낙동강을 떠나 북간도로 가는 민족의 두려움과 애환이 나타남.
2) 이렇게~생각하여 보자 : 전지적 작가 시점임을 알려주는 작가의 직접적 개입.

어느 해 이른 봄에 이 땅을 하직하고 멀리 서북간도로 몰려가는 한 떼의 무리가 마지막 이 강을 건널 제, 그네들 틈에 같이 끼여 가는 한 청년이 있어 뱃전을 두드리며 구슬프게 이 노래를 불러서, 가뜩이나 이 슬퍼하는 이 사꾼들로 하여금 눈물을 자아내게 하였다 한다.

과연, 그네는 뭇강아지 떼같이 이 땅 어머니의 젖꼭지에 매달려 오래오랫동안 살아왔다. 그러나 그 젖꼭지는 벌써 자기네 것이 아니기 시작한 지도 오래였다. 그러던 터에 엎친 데 덮친다고 난데없는 이리 떼 같은 무리가 닥쳐와서 물어박지르며 빼앗아 먹게 되었다. 인제는 한 모금의 젖이라도 입으로 들어가기가 어렵게 되었다. 하는 수 없이 이 땅에 표박하여 나가게 되었다. 이렇게 된 것을 우리는 잠깐 생각하여 보자.[2]

이네의 조상이 처음으로 이 강에 고기를 낚고, 이 벌에 곡식과 열매를 딸 때부터 세지도 못할 긴 세월을 오래오래 두고 그네는 참으로 자유로웠었다. 서로서로 노래 부르며, 서로서로 일하였을 것이다. 남쪽 벌도 자기네 것이요, 북쪽 벌도 자기네 것이었다. 동쪽도 자기네 것이요, 서쪽도 자기네 것이었다.

그러나 역사는 한 바퀴 굴렀었다. 놀고먹는 계급이 생기고, 일하여 먹여 주는 계급이 생겼다. 다스리는 계급이 생기고, 다스려지는 계급이 생겼다. 그로부터 임자 없던 벌판에 임자가 생기고 주림을 모르던 백성이 굶주려 가기 시작하였다. 하늘의 햇빛도 고운 줄을 몰라 가게 되고, 낙동강의 맑은 물도 맑은 줄을 몰라 가게 되었다. 천 년이다. 오천 년이다. 이 기나긴 세월을 불평의 평화 속에서 아무 소리 없이 내려왔었다. 그네는 이 불평을 불평으로 생각지 아니하게까지 되었다. 흐린 날씨를 참으로 맑은 날씨인 줄 알 듯이. 그러나 역사는 또 한 바퀴 구르려고 한다. 소낙비 앞잡이 바람이다. 깃발이 날리었다. 갑오동학이다. 을미운동이다. 그 뒤에 이 땅에는,

아니 이 반도에는 한 괴물이 배회한다. 마치 나래치고 다니는 독수리같이. 그 괴물은 곧 사회주의이다. 그것이 지나치는 곳마다 기어가는 암나비 궁둥이에 수없는 알이 쏟아지는 셈으로 또한 알을 쏟아 놓고 간다. 청년운동, 농민운동, 형평운동, 노동운동, 여성운동……. 오천 년을 두고 흘러가는 날씨가 인제는 먹장구름에 싸여 간다. 폭풍우가 반드시 오고야 만다. 그 비 뒤에는 어떠한 날씨가 올 것은 뻔히 알 노릇이다.

이른 겨울의 어두운 밤, 멀리 바다로 통한 낙동강 어귀에는 고기잡이 불이 근심스러이 졸고 있고, 강기슭에는 찬 물결이 울리는 소리가 높아질 때다. 방금 차에서 내린 일행은 배를 기다리느라고 강 언덕 위에 옹기종기 등불에 얼비쳐 모여 섰다. 그 가운데에는 청년회원, 형평사원, 여성동맹원, 소작인조합 사람, 사회운동 단체 사람들이 대부분을 차지하였다. 동저고리 바람에 헌 모자 비스듬히 쓰고 보따리 든 촌사람, 검정 두루마기, 흰 두루마기, 구지레한 양복 혹은 루바슈카 입은 사람, 재킷 깃 위에 짧은 머리털이 다팔다팔하는 단발랑(斷髮娘)[3], 혹은 그대로 틀어얹은 신여성, 인력거 위에 앉은 병인, 그들은 ○○감옥의 미결수로 있다가 병이 위중한 까닭으로 보석 출옥하는 박성운이란 사람을 고대 차에서 받아서 인력거에 실어 가지고 마을로 들어가는 길이다.

"과연, 들리는 말과 같이 지독했구먼. 그같이 억대호 같던 사람이 저렇게 될 때야 여간 지독한 형벌을 하였겠니. 에라, 이 몹쓸 놈들."

이 정거장에 마중을 나와서야 비로소 병인을 본 듯한 사람의 말이다.

"그래 가지고도 죽으면 병이 나서 죽었닥 하겠지."

누가 받는 말이다.

중요 어구

3) 단발랑 : 단발한 젊은 여자.

"그러면, 와 바로 병원을 갈 일이지, 곧장 이리 온단 말고?"

"내사 모른다. 병인 당자가 한사코 이리 온닥 하니……."

"이거 와 이리 배가 더디노?"

"아, 인자 저기 뱃머리 돌렸다. 곧 올락 한다."

한 사람이 저쪽 강기슭을 바라보며 지껄인다. 인력거 위의 병인을 쳐다보며,

"뉘, 춥지 않나?"

"괜찮다, 내 안 춥다."

"아니 뉘 춥거든, 외투 하나 더 주까?"

"언제, 아니다, 괜찮다."

병인의 병든 목소리의 대답이다.

"보소. 배 좀 빨리 저오소."

강 저편에서 뱃머리를 인제 겨우 돌려서 저어 오는 뱃사공을 보고 소리를 친다.

"예……."

사이 뜨게 울려오는 소리다. 배를 저어 오다가 다시 멈추고 섰다.

"저, 뭘 하고 있노?"

"각중에 담배를 피워 무는 모양이구나. 에라, 이 문둥아."

여러 사람의 웃음은 와그르 쏟아졌다. 배는 왔다. 인력거 탄 사람이 먼저다.

"보소, 뉘 인력거, 사람 탄 채 그대로 배에 오를 수 있는가?"

한 사람이 인력거꾼 보고 묻는 말이다.

"어찌 그럴 수 있능기오."

"아니다. 내사 내리겠다."

병인은 인력거에서 내리며 부축되어 배에 올랐다. 일행이 오르기를 마침에 배는 삐꺽삐꺽 하는 놋좆 맞추는 소리와 수라수라 하는 물 젓는 소리를 내며 저쪽 기슭을 바라보고 나아간다. 뱃전에 앉은 병인은 등불빛에 보아도 얼굴이 참혹하게도 야위어졌음을 알 수 있다.

"보소, 배 부리는 양반. 뱃소리나 한 마디 하소, 야?"

"각중에 이 사람, 소리는 왜 하라꼬."

옆에 앉은 친구의 말이다.

"내 듣고 싶다……. 내 살아서 마지막으로 이 강을 건너게 되는지도 모를 일이다……."

"에라, 이 백주 짬 없는 소리만 탕탕……."

"아니다, 내 참 듣고 싶다. 보소, 배 부리는 양반, 한 마디 아니하겠소?"

"언제, 내사 소리할 줄 아능기오."

"아, 누가 소리해 줄 사람이 없는가? ……아, 로사! 참 소리하소, 의…… 내가 지은 노래하소."

옆에 앉은 단발랑을 조른다.

"노래하라꼬?"

"응, '봄마다 봄마다' 해라, 의."

봄마다 봄마다
불어 내리는 낙동강물
구포벌에 이르러
넘쳐넘쳐 흐르네.
흐르네—에—헤—야.
…….

경상도의 독특한 지방색을 띤 민요 '닐리리조'에다가 약간 창가 조를 섞은 그 노래는 강개하고도 굳센 맛이 띠어 있다. 여성의 음색으로서는 핏기가 과하고 음률로서는 선이 좀 굵다고 할 만한, 그러나 맑은 로사의 육성은 바람에 흔들리는 강 물결의 소리를 누르고 밤 하늘에 구슬프게 떠돌았다. 하늘의 별들도 무엇을 느낀 듯이 눈을 끔벅끔벅하는 것 같았다. 지금 이 배에 오른 사람들이 서북간도 이사꾼들은 비록 아니었지만 새삼스러이 가슴을 울리지 아니할 수는 없었다.

그 노래 제삼절을 마칠 때 박성운은 몹시 히스테리컬해진 모양으로 핏대를 올려 가지고 합창을 한다.

천 년을 산 만 년을 산
낙동강! 낙동강!
하늘가에 간들
꿈에나 잊을쏘냐.
잊을쏘냐— 아— 하— 야.

노래는 끝났다. 성운은 거진 미친 사람 모양으로 날뛰며, 바른 팔 소매를 걷어들고 강물에다 잠그며, 팔에 물을 적셔 보기도 하며, 손으로 물을 만지기도 하고 끼얹어 보기도 한다.⁴ 옆사람이 보기에 딱하던지,

"이 사람아, 큰일났구만. 이 병인이 지금 이 모양에, 팔을 찬물에다 정구고 하니, 어쩌잔 말고."

중요 어구

4) 성운은~한다 : 아직도 일제 치하에서 벗어나지 못한 조국에 돌아온 감흥을 격렬하게 표현하고 있다.

"내가 이래 죽어도 좋다. 늬 너무 걱정 마라."

그럴수록 병인은 더 날뛰며, 옆에 앉은 여자에게 고개를 돌려,

"로사! 늬 팔 걷어라. 내 팔하고 같이 이 물에 정궈 보자, 의?"

여자의 손을 잡아다가 잡은 채 그대로 물에다 잠그며 물을 저어 본다.

"내가 해외에 가서 다섯 해 동안을 떠돌아다니는 동안에도, 강이라는 것이 생각날 때마다 낙동강을 잊어 본 적은 없었다……. 낙동강이 생각날 때마다, 내가 이 낙동강 어부의 손자요, 농부의 아들임을 잊어 본 적도 없었다……. 따라서, 조선이란 것도."

두 사람의 손이 힘없이 그대로 뱃전 너머 물 위에 축 처져 있을 뿐이다. 그는 다시 눈앞의 수면(水面)을 바라다보며 혼잣말로,

"그 언제인가 가을에, 내가 송화강(松花江)을 건널 적에, 이 낙동강을 생각하고 운 적도 있었다……. 좋은 마음으로 나간 사람 같고 보면, 비록 만 리 밖을 나가 산다 하더라도 그같이 상심이 될 리 없으련마는……."

이 말이 떨어지자, 좌중은 호흡조차 은근히 끊어지는 듯이 정숙하였다. 로사의 들었던 고개가 아래로 떨어지며 저편의 손이 얼굴로 올라갔다. 성운의 눈에서도 한 방울 굵은 눈물이 뚝 떨어졌다.

한동안 물소리만 높았다. 로사는 뱃전에 늘어져 있던 바른손으로 사나이의 언 손을 꼭 잡아당기며,

"인제 구만둡시대, 의."

이 말끝 악센트의 감칠맛이란 것은 경상도 여자의 쓰는 말 가운데서도 가장 귀염성이 드는 말투였다. 그녀는 그의 손에 묻은 물을 손수건으로 씻어 주며 걷었던 소매를 내려 준다.

배는 저쪽 언덕에 가 닿았다. 일행은 배에서 내리자, 먼저 병인을 인력거 위에다 싣고는 건넛마을을 향하여 어둠을 뚫고 움직여 나갔다.

그의 말과 같이, 박성운은 과연 낙동강 어부의 손자요, 농부의 아들이었다. 그의 할아버지는 고기잡이로 일생을 보냈었고, 그의 아버지는 농사꾼으로 일생을 보냈었다. 자기네 무식이 한이 되어 그 아들이나 발전을 시켜 볼 양으로 그리하였든지, 남 하는 시세에 좇아 그대로 해 보느라고 그리하였든지, 남의 논밭을 빌려 농사를 지어 구차한 살림을 하여 나가면서도, 어쨌든 그 아들을 가르쳐 놓았다. 서당으로, 보통학교로, 도립 간이농업학교로…….

그는 농업학교를 마치고 나서, 군청 농업 조수로도 한두 해를 있었다. 그럴 때 자기 집에서는 자기 아들이 무슨 큰 벼슬이나 한 것같이 여기며, 만나는 사람마다 자기 아들 자랑하기가 일이었었다. 그러할 것 같으면 동네 사람들 또한 못내 부러워하며, 자기네 아들들도 하루바삐 어서 가르쳐 내놓을 마음을 먹게 되었다.

그러다가, 마침 독립 운동이 폭발하였다. 그는 단연히 결심하고 다니던 것을 헌신짝같이 집어던지고는, 독립 운동에 참가하였다. 일 마당에 나서고 보니 그는 열렬한 투사였다. 그 때쯤은 누구나 예사이지만 그도 또한 일 년 반 동안이나 철창 생활을 하게 되었었다.

그것을 치르고 집이라고 나와 보니 그 동안에 자기 모친은 돌아가시고, 늙은 아버지는 집도 없게 되어 자기 딸(성운의 자씨)에게 가서 얹혀 있게 되었다. 마침 그 해에도 이 곳에서 살 수가 없게 되어 서북간도로 떠나가는 이사꾼이 부쩍 늘 판이었다. 그들 부자도 그 이사꾼들 틈에 끼여 멀리 고향을 등지고 떠나가게 되었었다(아까 부르던 그 낙동강 노래란 것도 그 때 성운이가 지어 읊던 것이었다).

서간도로 가 보니, 거기도 또한 편안히 살 수가 없는 곳이었다. 그 나라 관헌의 압박, 호인의 횡포, 마적의 등살은 여간이 아니었다. 그들 부자도

남과 한 가지로 이리저리 떠돌았었다. 떠돌다가, 그야말로 이역 타향에서 늙은 아버지조차 영원히 잃어버리게 되었었다.

 그 뒤에 그는 남북 만주, 노령, 북경, 상하이 등지로 돌아다니며, 시종일관 독립 운동에 노력하였었다. 그러는 동안에 다섯 해의 세월이 갔었다. 모든 운동이 다 침체하고 쇠퇴하여 갈 판이다. 그는 다시 발길을 돌려 고국으로 향하게 되었다. 그가 조선으로 돌아올 무렵에, 그의 사상에는 큰 전환이 생겼다. 그것은 다른 것이 아니라 이때껏 열렬하던 민족주의자가 변하여 사회주의자로 되었다는 말이다.[5]

 그가 갓 서울로 와서 일을 하여 보려 하였으나, 그도 뜻과 같지 못하였다. 그것은 이 땅에 있는 사회운동 단체란 것이 일에는 힘을 아니 쓰고, 아무 주의 주장에 틀림없이 공연히 파벌을 만들어 가지고 동지끼리 다투기만 일삼는 판이다. 그는 자기와 뜻이 같은 사람끼리 얼리어, 양방의 타협 운동도 일으켰으나 아무 효과도 없었고, 여론을 일으켜 보기도 하였으나 파쟁에 눈이 뻘건 사람들의 귀에는 그도 크게 울리지 못하였다. 그는 분연히 떨치고 일어서며, "이 파벌이란 시기가 오면 자연히 궤멸될 때가 있으리라."고 예언같이 말을 하여 던지고서는, 자기 출생지인 경상도로 와서 남조선 일대를 망라하여 사회운동 단체를 만들어서 정당한 운동에만 힘을 쓰게 되었다.

중요 어구

5) **사회주의자 되었다는 말이다** : 과거 행적을 요약적으로 제시하여 독자가 내용을 이해하는 데는 효과적일 수 있으나, 소설적 형상화가 부족하다는 문제가 남는다.
6) **중농** : 중간 정도 규모의 농토를 가지고 사람도 부리면서 자기도 함께 농사일을 하는 농부.
7) **소농** : 한 가족끼리 경작하는 소규모의 농사. 또는 그런 농사를 짓는 농민.

그리고 자기는 자기 고향인 낙동강 하류 연안 지방의 한 부분을 떼어 맡아서 일을 보게 되었다.

그리고 그는 이 땅의 사정을 보아, "브나로드!" 하고 부르짖었다.

그가 처음으로, 자기 살던 옛 마을을 찾아와 볼 때에 그의 심사는 서글프기 가이없었다. 다섯 해 전 떠날 때에는 백여 호 대촌이던 마을이 그 동안에 인가가 엄청나게 줄었다. 그 대신에 예전에는 보지도 못하던 크나큰 함석지붕집이 쓰러져 가는 초가집들을 멸시하고 위압하는 듯이 덩두렷이 가로 길게 놓여 있다. 그것은 묻지 않아도 동척 창고임을 알 수 있다. 예전에 중농(中農)[6]이던 사람은 소농(小農)[7]으로 떨어지고, 소농이던 사람은 소작농(小作農)으로 떨어지고, 예전에 소작농이던 많은 사람들은 거의 다 풍비박산하여 나가게 되고, 어렸을 때부터 정들었던 동무들도 하나도 볼 수 없었다. 그들은 모두 도회로, 서북간도로, 일본으로, 산지 사방 흩어져 갔었다. 대대로 살아오던 자기네 집터에는 옛날의 흔적이라고는 주춧돌 하나 볼 수 없었고(그 터는 지금 창고 앞마당이 되었으므로), 다만 그 시절에 싸리문 앞에 있던 해묵은 느티나무만이 지금도 그저 그 넓은 마당터에 홀로 우뚝 서 있을 뿐이다. 그는 쫓아가서, 어린아이 모양으로 그 나무 밑동을 껴안고 맴을 돌아 보았다, 뺨을 대어 보았다 하며 좋아서 또는 슬퍼서 어찌할 줄을 몰랐다. 그는 나무를 안은 채 눈을 감았다. 지나간 날의 생각이 실마리같이 풀려 나간다. 어렸을 때 지금 하듯이 껴안고 맴돌기, 여름철에는 꼭대기까지 기어올라가 매미 잡다가 대머리 벗어진 할아버지에게 꾸지람당하던 일, 마을의 젊은이들이 그네를 매고 놀 때엔 자기도 그네를 뛰겠다고 성화 바치던 일, 앞집에 살던 순이란 계집아이와 같이 나무 그늘 밑에서 소꿉질하고 놀 제 자기는 신랑이 되고 순이는 색시가 되어 시집 가고 장가 가는 흉내를 내던 일, 그러다가 과연 소년 때에 이르러 그 순이란 처

녀와 서로 사모하게 되던 일, 그 뒤에는 또 그 순이가 팔려서 평양인가 서울로 가게 될 제, 어둔 밤 남모르게 이 나무 뒤에 숨어서 서로 붙들고 울던 일, 이 모든 일이 다 생각에서 떠돌아 지나가자 그는 흐르륵 느껴지는 숨을 길게 한 번 내쉬고는 눈을 딱 떴다.

"내가 이까짓 것을 지금 다 생각할 때가 아니다……. 에잇…… 쩨…….”

하고는 혼자 중얼거리고는 이때껏 하던 생각을 떨어 없애려는 듯이 휙 발길을 돌려 걸어나갔다. 그는 원래 정(情)의 사람이었다. 그러나 근래에 그 감정을 의지로 누르려는 노력이 많은 터이다.

"혁명가는 생무쇠쪽 같은 시퍼런 의지(意志)의 마음씨를 가져야 한다."

이것의 그의 생활의 모토이다. 그러나 그의 감정은 가끔 의지의 굴레를 벗어나서 날뛸 때가 많았다.

그는 먼저 일할 프로그램을 세웠다.[8] 선전, 조직, 투쟁 — 이 세 가지로. 그리하여 그는 먼저 농촌 야학을 실시하여 가지고 농민 교양에 힘을 썼었다. 그네와 감정을 같이할 양으로 벗어 부치고 들이덤비어 그네들 틈에 끼여 생일도 하고, 농사 일터나, 사랑 구석에 모인 좌석에서나, 야학 시간에서나 기회가 있는 대로 교화에 전력을 썼었다.

그 다음에는 소작조합을 만들어 가지고 지주, 더구나 대지주인 동척의 횡포와 착취에 대하여 대항운동을 일으켰었다.

첫해 소작쟁의[9]에는 다소간 희생자도 내었지만 성공이다. 그 다음 해에

중요 어구

8) 그는~세웠다 : 이전 카프 작품들과는 달리 구체적 프로그램에 의한 조직적 운동을 펼치는 모습이 그려진다.
9) 소작쟁의 : 소작권과 소작료 따위의 이해관계를 둘러싸고 소작인과 지주 사이에 벌어지는 투쟁.

는 아주 실패다. 소작조합도 해산 명령을 받았다. 노동 야학도 금지다. 동척과 관영의 횡포, 압박, 이루 말할 수가 없었다. 아무리 열성이 있으나, 아무리 참을성이 있으나, 이 땅에서는 어찌할 수 없었다. 모든 것이 침체되고 말 뿐이었다. 그리하여 작년 가을에 그의 친구 하나는 분연히 떨치고 일어서며,

"내 구마 밖으로 갈란다. 여기에서 무슨 일을 할 수 있는가? 하자면 테러지. 테러밖에는 더 없다."

"아니다. 그래도 여기 있어야 한다. 우리가 우리 계급의 일을 하기 위하여는 중국에 가서 해도 좋고, 인도에 가서 해도 좋고, 세계 어느 나라에 가서 해도 마찬가지다. 하지만 우리 경우에는 여기 있어서 일하는 편이 가장 편리하다. 그리고 우리는 죽어도 이 땅 사람들과 같이 죽어야 할 책임감과 애착을 가지고 있다."

이같이 권유도 하였으나, 필경에 그는 그의 가장 신뢰하던 동무 하나를 떠나보내게 되고 만 일도 있었다.

졸고 있는 이 땅, 아니 옴츠러들고 있는 이 땅, 그는 피칠함이 생기고 말았다. 그것은 다른 것이 아니다. 이 마을 앞 낙동강 기슭에 여러 만 평 되는 갈밭이 하나 있었다. 이 갈밭이란 것도 낙동강이 흐르고 이 마을이 생긴 뒤로부터, 그 갈을 베어 자리를 치고 그 갈을 털어 삿갓을 만들고, 그 갈을 팔아 옷을 구하고 밥을 구하였었다.

기러기 떴다 낙동강 우에
가을 바람 부누나 갈꽃이 나부낀다.

이 노래도 지금은 부를 경황이 없게 되었다. 그 갈밭은 벌써 남의 물건

이 되고 말았다. 그것은 이 촌민의 무지로 말미암아, 십 년 전에 국유지로 편입이 되었다가 일본 사람 가등이란 자에게 국유미간지 처리[拂]라는 명의로 넘어가고 말았다. 이 가을부터는 갈도 벨 수가 없었다. 도 당국에 몇 번이나 사정을 하였으나, 아무 효과가 없었다. 촌민끼리 손가락을 끊어 맹서를 써서 혈서동맹까지 조직하여서 항거하려 하였다. 필경에는 모두가 다 실패뿐이다. 자기네 목숨이나 다름없이 알던 촌민들은 분김에 눈이 뒤집혀 가지고 덮어놓고 갈을 베어 제쳤다. 저편의 수직군하고 시비가 생겼다. 사람까지 상하였다. 그 끝에 성운이가 선동자라는 혐의로 붙들려 가서 가뜩이나 경찰 당국에서 미워하던 끝에 지독한 고문을 당하고 나서 검사국으로 넘어가서 두어 달 동안이나 있다가 병이 급하게 되어 나온 터이다.

그런데 여기에 한 에피소드가 있다. 그것은 이 해 여름 어느 장날이다. 장거리에서 형평사원들과 장꾼, 그 중에도 장거리 사람들과 큰 싸움이 벌어졌다. 싸움 시초는 장거리 사람 하나가 이곳 형평사 지부 앞을 지나면서 모욕하는 말을 한 까닭으로 피차에 말이 오락가락하다가 싸움이 되고 또 떼싸움이 되어서, 난폭한 장거리 사람들이 몽둥이를 들고 형평사원 촌락을 습격한다는 급보를 받고, 성운이가 앞장을 서서 청년회원, 소작인, 조합원, 심지어 여성동맹원까지 총출동을 하여 가지고 형평사원 편을 응원하러 달려갔었다.

싸움이 진정된 후에 '늬도 이놈들, 새 백정이로구나.' 하는 저편의 사람들의 조소와 만매(漫罵)[10]를 무릅쓰고도 그는,

"백정이나 우리나 다 같은 사람이다……. 다만 직업의 구별만 있을 따름이다……. 무릇 무슨 직업이든지, 직업이 다르다고 사람의 귀천이 있는 것

중요 어구

10) 만매 : 만만히 여겨 함부로 꾸짖음.

은 결코 아니다. 그것은 옛날 봉건 시대 사람들이나 하는 말이다……. 더구나 우리 무산계급은 형평사원과 같이 손을 맞붙잡고 일을 하여 나가지 않으면 아니 된다. ……그러므로 형평사원을, 우리 무산계급은 한 형제요, 동무로 알고 나아가야 한다."
하고 여러 사람 앞에서 열렬히 부르짖은 일이 있었다.

그 뒤에, 이 곳 여성동맹원에는 동맹원 하나가 더 늘었다. 그것이 곧 형평사원의 딸인 로사다. 로사가 동맹원이 된 뒤에는 자연히 성운과도 상종이 잦아졌다. 그럴수록 두 사람의 사이는 점점 가까워지고 필경에는 남다른 정이 가슴 속에 깊이 들어 배게까지 되었었다.

로사의 부모는 형평사원으로서, 그도 또한 성운의 부모와 마찬가지로 딸일망정 발전을 시켜 볼 양으로 그리하였던지, 서울에 보내어 여자고등보통학교를 졸업시키고 사범과까지 마친 뒤에 여훈도가 되어 멀리 함경도 땅에 있는 보통학교에 가 있다가 하기 방학에 고향에 왔던 터이다.

그의 부모는 그 딸이 판임관이라는 벼슬을 한 것이 천지개벽 후에 처음 당하는 영광으로 알았있다. 그리히여 그는, '내 딸이 판임관 벼슬을 하였는데, 나도 이 노릇을 더 할 수 있는가?' 하고는, 하여 오던 수육업이라는 직업도 그만두고, 이제 그 딸이 가 있는 곳으로 살러 가서 새 양반 노릇을 좀 하여 볼 뱃심이었다. 이번에 딸이 집에 온 뒤에도 서로 의논하고 작정하여 놓은 노릇이다. 그러나 천만 뜻밖에 그 몹쓸 큰 싸움이 난 뒤부터 그 딸이 무슨 여자청년회동맹이니 하는 데 푸뜩푸뜩 드나들며, 주의자니 무엇이니 하는 사람들 틈바구니에 가서 끼여 놀고 하더니, 그만 가 있던 곳도 아니 가겠다, 다니던 벼슬도 내어 놓겠다 하며 야단이다. 그리하여 이네의 집안에는 제일 큰 걱정거리가 생으로 하나 생겼다. 달래다, 구슬리다, 별별 소리로 다 타일러도 그 딸이 막무가내로 듣지를 않자 필경에는

큰 소리까지 나게 되었다.

"이년의 가시내야! 늬 백정놈의 딸로 벼슬까지 했으면 무던하지, 그보다 무엇이 더 나은 것이 있더노?"

하고 그의 아버지가 야단을 칠 때,

"아배는 몇백 년이나 조상 때부터 그 몹쓸 놈들에게 온갖 학대를 다 받아왔으면서, 그래도 그 몹쓸 놈들의 썩어빠진 생각을 그저 그대로 가지고 있구만. 내사 그까짓 더러운 벼슬이고 무엇이고 싫소구마…… 인자 참사람 노릇을 좀 할란다."[11]

하고 딸이 대거리를 할 것 같으면,

"아따 그년의 가시내, 건방지게…… 늬 뭐락 했노? 뭐락 해?"

그의 어미는 옆에서 남편의 말을 거드느라고,

"야, 늬 생각해 보아라. 우리가 그 노릇을 해 가며 늬 공부시키느라꼬 얼마나 애를 먹었노? 늬 부모를 생각하기로 그럴 수가 있능가? ……자식이라꼬 딸자식 형제에서 늬만 공부를 시킨 것도 다 늬 덕을 보자꼬 한 노릇이 아니가?"

"그러면 어매 아배는 날 사람 노릇 시킬라꼬 공부시킨 것이 아니라, 돼지 키워서 이(利) 보듯이 날 무슨 덕 볼라꼬 키워 논 물건으로 알았는게오?"

"늬 다 그 무슨 소리꼬? 내사 한 마디 몬 알아듣겠다카니……. 아나, 늬 와 이라노? 와?"

"구마, 내 듣기 싫소. ……내 맘대로 할라요."

> 중요 어구

11) 아배~할란다 : 로사는 자신의 삶에 대해 상당히 능동적으로 적극적인 여성으로 그려진다.

할 때에 그 아버지는 화가 버럭 나서,

"에라 이…… 늬 이년의 가시내, 내 눈앞에 뵈지 마라. 내사 딱 보기도 싫다구마."

하고 벌떡 일어나 나가 버린다.

이리하고 난 뒤에 로사는 그 자리에 푹 엎어져서 흑흑 느껴 가며 울기도 하였다. 그것은 그 부친에게 야단을 맞고 나서 분한 생각을 참지 못하여 그리하는 것만도 아니었다. 그의 부모가 아무리 무지해서 그렇게 굴지만, 그 무지함이 밉다가도 도리어 불쌍한 생각이 난 까닭이었다.

이러할 때도, 로사는 으레같이 성운에게로 달려가서 하소연한다. 그럴 것 같으면 성운은,

"당신은 최하층에서 터져 나오는 폭발탄 같아야 합니다. 가정에 대하여, 사회에 대하여, 같은 여성에 대하여, 남성에게 대하여, 모든 것에 대하여 반항하여야 합니다."

하고 격려하는 말도 하여 준다. 그럴 것 같으면 로사는 감격에 떠는 듯이 성운의 무릎 위에 쓰러져 얼굴을 파묻고 운다. 그러면 성운은 또,

"당신은 또 당신 자신에 대하여서도 반항하여야 되오. 당신의 그 눈물…… 약한 것을 일부러 자랑하는 여성들의 그 흔한 눈물도 걷어치워야 되오. ……우리는 다 같이 굳센 사람이 되어야 합니다."

이 같은 로사는 사랑의 힘, 사상의 힘으로 급격히 변화하여 가는 사람이 되었다. 그의 본 성명도 로사가 아니었다. 어느 때 우연히 로사 룩셈부르크의 이야기가 나올 때 성원이가 웃는 말로,

"당신 성도 로가고 하니, 아주 로사라고 지읍시다, 의. 그리고 참말로 로사가 되시오."

하고 난 뒤에, 농이 참 된다고, 성명을 아주 로사로 고쳐 버린 일이 있었

다.

　병든 성운을 둘러싼 일행이 낙동강을 건너 어둠을 뚫고 건넛마을로 향하여 가던 며칠 뒤 낮결이었다. 갈 때보다도 더 몇 배 긴 행렬이 마을 어귀에서부터 강 언덕을 향하고 뻗쳐 나온다. 수많은 깃발이 날린다. 양렬로 늘어선 사람의 손에는 긴 외올 벳자락이 잡혀 있다. 맨 앞에 선 검정테 두른 기폭에는, '고 박성운 동무의 영구'라고 써 있다.
　그 다음에는 가지각색의 기다. 무슨 '동맹', 무슨 '회', 무슨 '조합', 무슨 '사', 각 단체 연합장임을 알 수 있다. 또 그 다음에는 수많은 만장(輓章)[12]이다.
　'용사는 갔다. 그러나 그의 더운 피는 우리의 가슴에서 뛴다.'
　'갔구나, 너는! 날 밝기 전에 너는 갔구나! 밝은 날 해맞이 춤에는 네 손목을 잡아 볼 수 없구나.'
　'······.'
　'······.'
　이루 다 셀 수가 없다. 그 가운데에는 긴 시구(詩句)같이 이렇게 쓴 것도 있었다.

　그대는 평시에 날더러, 너는 최하층에서 터져 나오는 폭발탄이 돼라, 하였나이다. 옳소이다. 나는 폭발탄이 되겠나이다.
　그대는 죽을 때에도 날더러, 나는 참으로 폭발탄이 돼라, 하였나이다.

중요 어구

12) 만장 : 죽은 이를 슬퍼하여 지은 글. 또는 그 글을 비단이나 종이에 적어 기(旗)처럼 만든 것. 주검을 산소로 옮길 때에 상여 뒤에 들고 따라간다.

옳소이다. 나는 폭발탄이 되겠나이다.

이것은 묻지 않아도 로사의 만장임을 알 수 있었다.

이 해의 첫눈이 푸뜩푸뜩 날리는 어느 날 늦은 아침, 구포역(龜浦驛)에서 차가 떠나서 북으로 움직여 나갈 때이다. 기차가 들녘을 다 지나갈 때까지, 객차 안 들창으로 하염없이 바깥을 내다보고 앉은 여성이 하나 있었다. 그는 로사이다. 아마 그는 돌아간 애인이 밟던 길을 자기도 한 번 밟아보려는 뜻인가 보다. 그러나 필경에는 그도머지 않아서 다시 잊지 못할 이 땅으로 돌아올 날이 있겠지.

작품 이해 및 논술 다지기····

작품 이해

핵심 정리

- 갈래 : 단편 소설
- 시점 : 전지적 작가 시점
- 배경 : 시간적 — 1920년대 조선

  공간적 — 낙동강 변
- 구성 : 삽입(가사)적 기법의 역행성 구성
- 문체 : 서사적 화려체
- 주제 : 좌절하지 않고 일어서는 민중의식

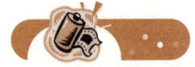

등장 인물의 성격

- 박성운 : 사회주의 운동으로 일경(日警)에 검거되어 모진 고문을 당한

후 사망함.
- **로사** : 백정의 딸이지만 신식 교육을 받은 여성으로 박성운을 도와 농촌 사업에 헌신함. 박성운의 뒤를 이어 혁명가가 되기 위해 고향을 떠남.

 ## 이해와 감상

〈낙동강〉은 1927년 《조선지광》에 발표된 대표적인 경향소설로서, 카프의 제1차 방향 전환에서 논란의 중심이 되었던 작품이다. 카프의 제1차 방향 전환이란 자연 발생적인 개인 차원의 투쟁에서 목적 의식을 가진 조직적 투쟁으로의 방향 전환을 의미하는데, 〈낙동강〉이 바로 후자의 요건을 충족시키는 소설인가가 논란이 된 것이다.

김기진은 '참패하는 인생의 전 자태를 그리면서도…… 절망의 인생이 아닌 열망의 인생을 그렸다.'는 점, '독자의 감정이 최후에 이르러 그것이 어떤 방향으로 향해야 할 것인가를 제시했다.'는 점을 들어 제2기의 선편을 던진 작품으로 평가한 반면, 조중곤은 '자연 생장기의 작품으로는 성공했을지 모르지만, 제2기의 목적의식적 작품에는 미달했다.'고 보았다. 현 단계의 정확한 인식이나 마르크스주의적 목적의식, 정치 투쟁적 내용이 보이지 않는다는 것이다.

이 소설의 주인공인 박성운의 생애는 1920년대 한국 근대사의 궤적과도 일치한다. 3·1 운동에 참여함으로써 정치적 삶을 살기 시작한 성운은, 처음에는 해외에서의 독립 운동에 진력한다. 그러나 자신의 삶이 뿌리내리고 있는 고국으로 돌아올 즈음에는 사회주의자로 전향한다(이 때의 전향은 사실 민족 해방 사상과 사회주의 사상의 결합이다). 전향의 이유나 그 이전의 체험이 밝혀져 있지는 않지만, 그러한 성운의 변모는 한국 사회 운동의 전환 과정과 비슷하다. 독립청원 운동이라 해야 할 일련의 흐름이 3·1 운동의 좌절로 끊기고,

이후에는 해외에 근거를 둔 독립 운동이 전개되기 시작하다가 사회주의 이념이 지배적인 것으로 되는 역사는 곧 성운의 개인사이기도 한 것이다.

귀국한 후 성운은 사회 단체들의 파벌 싸움에 실망하여, 고향으로 돌아가 대중 활동을 벌인다.

이렇게 복잡한 성운의 삶은 압축적인 서술로 제시되고 있다. '그 뒤에 그는 남북 만주, 노령, 북경, 상하이 등지로 돌아다니며, 시종일관하게 독립 운동에 노력하였었다. 그러는 동안에 다섯 해의 세월이 갔었다.' 라든가, '첫해 소작쟁의에는 다소간 희생자도 내었지만 성공이다. 그 다음 해에는 아주 실패다. 소작조합도 해산 명령을 받았다. 노동 야학도 금지다.' 와 같은 서술을 보면 짧은 몇 개의 문장 속에 몇 년의 세월과 성운이 조직한 투쟁의 내용, 또 그 성과나 결과까지 압축되어 있다. 즉 세세한 경과 서술이나 묘사가 없다. 제시되는 것은 '무엇을 했다' 는 것이지, '무엇을 어떻게 했다' 는 것이 아니다.

카프에서 갓 목적의식론이 제기되고 있던 이 시기는, '무엇을' 은 있지만 '어떻게' 는 확실치 않은 시기이기도 했다. 〈낙동강〉에서는 '어떻게' 가 차지해야 할 자리에 낙동강이, 그리고 성운의 애인 로사가 놓인다.

낙동강은 성운의 삶과 긴밀하게 연결되어 있는 장소다. 처음 감옥에서 나와 간도로 갈 때 그는 낙동강을 건너가며 자신이 지은 노래를 불렀고, 두 번째의 감옥 생활에서 병든 몸으로 나올 때도 이 강을 건너왔으며, 죽은 후에는 동료들이 그의 유해를 배에 싣고 낙동강을 건넌다. 작가의 서술에 의하면, 낙동강은 이전에는 자유로운 삶을 꾸려 나가던 터전이었으나 계급이 생기고 착취자가 생긴 이후에, 그리고 일제가 나라를 침탈한 이후에는 빼앗겨 버린 젖줄이다. 그러므로 탄탄한 구조를 갖추지 못한 이 소설을 구조적으로 버텨 주고 있는 것은 반복적으로 등장하는 낙동강이다.

성운이 이러한 낙동강의(낙동강에서 살아온 어부와 농부의) 아들인 것처럼, 성운의 애인 로사 역시 낙동강의 딸이다. 백정의 딸로 인텔리인 로사는, 계급적 출신(노동자·농민 등의 민중)이라는 조건과 지식이라는 조건이 결합될 때, 가장 확실한 실천적 힘이 생길 수 있음을 암시하는 인물이다. 성운이 죽은 후 로사는, '최하층에서 터져 나오는 폭발탄'이 되기 위해 북으로 떠난다. 성운이 받아들이고 일구었던 이념과 운동은 이제 그의 애인을 통해 다시 이어지는 것이다.

 생각 나누기

1. 박성운의 사상적 궤적을 간단히 정리하고, 이를 1920년대 한국의 역사적 상황과 연관시켜 설명해 보자.
2. 박성운은 전향함으로써, 당시 문제적이었던 두 사상을 결합시킨다. 이 둘은 무엇이며, 또 소설에 나타나는 결합에서 우위를 점하고 있는 사상은 무엇인가?
3. 이 소설은 이전에 성행하던 경향파 문학의 맥을 잇고 있는 동시에 그것들과의 차별성을 보인다. 어떤 이유에서인가?

 모범 답안

1. 박성운은 독립 운동에 진력하는 민족주의자에서 계급적 이념을 중시하는 사회주의자로 변모한다. 이는 1920년대 민족주의가 3·1 운동의 좌절로 쇠퇴하면서 사회주의 이념이 세력화된 상황 변화와 맥을 같이하고 있다.
2. 1920년대에는 민족주의와 사회주의가 첨예하게 대립하고 있었다. 3·1 운동을 주도했던 민족주의는 그 운동의 좌절로 쇠퇴해 가고, 1925년 카프 결성 후 사회주의가 독립 운동을 주도하게 된다. 주인공 박성운이 민

237

족주의에서 사회주의로 전향, 고국에 돌아와 활동하다가 체포되는 것으로 보아 사회주의가 우위를 차지하고 있다.

3. 1920년대에 널리 퍼진 경향파 문학은 수탈과 억압에 대한 피지배층의 분노를 직설적으로 드러낸다. 그런 까닭에 강렬한 인상을 주는 작품들이 많이 창작되었지만, 불합리한 현실을 초래한 사회와 구조에 대한 객관적 분석이 결여되고 문제를 해결할 전망의 제시도 미흡했다. 하지만 이 작품에서는 구조적 모순을 해결할 야학이나 소작조합 등의 사회 운동을 구체적 대안으로 제시함으로써 여느 경향파 작품에서 한 걸음 전진한 모습을 보인다.

 **연관 작품 더 읽기**

- 〈흙〉(이광수) : 농촌으로 돌아가자는 귀농 운동을 그린 작품으로, 주인공 허숭의 종교적인 사랑과 용서, 인내와 실천, 봉사 등을 통해 살여울의 낙원화를 지향함.

- 〈농민〉(이무영) : 지주·토호들이 착취를 일삼는 농촌의 실상과 농민들의 울분·항거를 리얼하게 묘사한 농민 소설로, 민족사적인 배경을 바탕으로 농민의 수난사를 생동감 있게 엮어 나감.

 **좀더 알아보기**

- 카프(KAPF) : 조선프롤레타리아예술가동맹(Korea Artista Proleta Federatio)의 약칭. 1925년에 결성되어 1935년에 해체된, 조선 민족의 계급 해방이라는 목적의식과 정치성을 띤 문학 단체. 두드러진 성과는

없으나, 다양한 문학 논쟁을 통해 문학의 본질, 문학과 사회의 관계 등을 규명하려고 했음.

논술 다지기

❖ 제시문은 농촌 계몽 운동을 하는 동혁과 영신의 순결한 애정을 그리고 있는 〈상록수〉의 일부분이다. 〈낙동강〉의 '로사'가 〈상록수〉의 '동혁'에게 위로의 편지를 썼다고 가정한다면, '연인'과 '동지' 중 어느 입장이 더 강조될지 생각해 보고, 그 이유를 논증하시오. (1,200자 내외)

　　동혁은 눈 한 번 꿈벅이지 않고 관을 바라보며 대여섯 간통이나 걸어 들어온다. 관머리까지 와서는 꺼먼 장방형의 나무 궤짝을 뚫어질 듯이 들여다보는 그의 두 눈! 얼굴의 근육은 경련을 일으킨 듯이 실룩거리기 시작한다. 어깨가 떨리고 이어서 온몸이 와들와들 떨리더니 그 눈에서 참고 깨물었던 눈물이 터져 내린다. 무쇠를 녹이는 듯한 뜨거운 눈물이 구곡간장으로부터 끓어오르는 것이다.
　　"여, 여, 영신 씨!"
　　그는 무릎을 금세 꺾어진 것처럼 꿇으며 관머리를 얼싸안는다.
　　그 광경을 보자 식장 안에서는 다시금 흑흑 흐느끼는 소리가

여기저기서 들렸다.

　동혁은 관 모서리에 얼굴을 부비며 연거푸 사랑하는 사람의 이름을 불렀다.

　"영신 씨, 영신 씨! 내가 왔소. 여기 동혁이가 왔소!"

하고 목이 메어 부르나 대답은 있을 리 없는데, 눈물에 어리운 탓일까, 관 뚜껑이 소리 없이 열리며 면사포와 같은 하얀 수의를 입은 영신이가 미소를 띠고 푸시시 일어나 팔을 벌리는 것 같다.

심훈의 〈상록수〉 중에서

 모범 답안

　〈상록수〉는 농촌 계몽 운동에 투신한 젊은 남녀의 사랑을 다룬 작품이다. 동혁과 영신은 몇 차례 만나면서 서로를 사랑하게 된다. 그 사랑이 무르익을수록 두 사람의 농촌 계몽 사업의 수준은 더욱 심화되고 확대된다. 하지만 영신은 부실한 몸으로 헌신적이고 희생적인 봉사를 행하다가 결국 죽음에 이른다.

　제시문은 동혁이 영신의 죽음을 확인하고 슬픔에 빠져 있는 장면이다. 사랑하는 사람이면서 농촌 계몽 운동의 동지이기도 한 영신의 죽음은 동혁에게 커다란 충격으로 다가온다. 결혼하기로 약속까지 했던 연인의 죽음은 동혁을 깊은 슬픔에 빠지게 한다.

　만일 〈낙동강〉의 로사가, 영신의 죽음으로 슬퍼하고 괴로워하는 동혁에게 위로의 편지를 쓰게 된다면 그 내용은 과연 어떠할까?

　〈낙동강〉의 로사 역시 〈상록수〉의 동혁과 마찬가지로 사랑하는 사람을 먼저 보낸 인물이다. 로사의 연인인 성운은 일제의 부당한 토지 정책에 항의하는 봉기의 주모자로 몰려 모진 고문을 받다가 병이 악화되어 죽는다. 로사와 성운은 연인이면서 혁명 동지인 셈이다. 이런 로사는 동혁의 슬픔과 괴로움을 누구보다도 잘 이해하는 인물이다. 두 사람 모두 연인이면서 동지인 사람을 잃었다는 공통점이 있다. 로사는 동혁에게 연인의 죽음을 슬퍼하지 말고 괴로워하지 말라고 당부할 것이다. 또한 로사는 연인의 죽음을 너무 감상적으로만 받아들이지 말라고 충고도 할 것이다. 왜냐하면 로사는 성운의 유지(遺旨)를 계승할 것을 결심했던 인물이기 때문이다. 성운은 죽기 전 로사에게 봉건적 여성관을 떨쳐 버리고 혁명 여성으로서의 길을 갈 것을 고취했다. 사랑하는 연인의 죽음은 실로 충격이겠지만, 로사는 성운의 유언대로 사는 것이 그를 진정으로 사랑하는 길임을 알고 있다.

　로사는, 동혁이 연인의 죽음으로 괴로워하고 슬퍼하다가 감상적으로 빠져 그가 해 오던 농민 운동을 소홀히 할까 봐 걱정할 것이다. 물론 성운처럼 영신이 유지를 남긴 것은 아니지만, 지금까지 농촌 계몽 사업의 동지로서 지내 왔기 때문에 영신의 사업을 이어받아 더욱 발전시키는 것이야말로 영신의 유지라고 할 수 있다. 동혁이 갑작스러운 연인의 죽음으로 방황을 하거나 실의에 빠져 정작 해야 할 일을 제대로 하지 않을 수도 있다. 이러한 점 때문에 로사는 연인의 죽음으로 슬퍼하는 동혁을 위로하겠지만, 영신의 생전의 뜻을 잘 새겨 그의 사업을 계승, 발전시키는 것이야말로 영신을 영원히 사랑하는 길이라는 점을 명확히 전달할 것이다.

확실히 알지 못하는 것은 확실히 알도록 노력해야 한다. 만들어 내기 곤란한 것은 굳센 결심을 가지고 만들어 내지 않으면 안 된다.

-공자(孔子)-

사랑 손님과 어머니

주요섭(1902~1972)

호는 여심(餘心). 평양 출생. 1918년 일본으로 건너가 도쿄 아오야마 학원 중학부에 편입. 이듬해 3·1 운동 후 귀국, 지하 신문을 발간하다 10개월간 옥고. 1920년 중국으로 건너가 상해의 호강대 졸업. 해방 후에는 국제 펜클럽 한국본부 사무국장과 한국 문학번역협회 회장 역임. 1921년 매일신보에 단편 〈깨어진 항아리〉가 입선되면서 등단. 이후 1920년대에는 신경향파 문학이라 평가받은 〈인력거꾼〉, 〈살인〉, 〈개밥〉 등을 발표. 1930년대에 들어서서는 〈사랑 손님과 어머니〉, 〈아네모네의 마담〉 등 애정 심리를 섬세하게 다룬 작품을 썼음. 소설집으로는 《사랑 손님과 어머니》가 있음.

미리 엿보기....

생각해 봅시다

1. '달걀'과 '꽃'이라는 사물이 이 소설에서 하고 있는 역할에 대해 정리해 보자.
2. 이 소설이 쓰여진 1935년 당시의 도덕·윤리적 측면의 사회적 분위기를 염두에 두면서 작품을 읽어 나가도록 하자.

작품의 줄거리

젊은 과부인 어머니와 딸 옥희가 사는 집에, 죽은 아버지의 친구가 하숙인으로 들어온다. 옥희의 눈에는 "아저씨가 아빠면 좋겠다."는 말에 얼굴이 붉어지는 아저씨나, 유치원에서 가져온 꽃을 아저씨가 준 것이라 둘러대자 성을 내면서도 그것을 고이 간직하는 어머니가 모두 이상스러워 보인다. 어느 날, 옥희는 아저씨의 부탁으로 흰 봉투를 어머니에게, 그리고 어머니의 심부름으로 손수건을 아저씨에게 전한다. 손수건 속에서 쪽지가 바스락거리는 듯도 싶었다. 며칠 후 아저씨는 멀리 떠나고 어머니와 옥희는 뒷동산에 올라가 떠나는 기차를 바라본다. 이 날 이후 어머니는 달걀을 사지 않으신다.

나는 금년 여섯 살 난 처녀애입니다.[1] 내 이름은 박옥희이구요. 우리 집 식구라고는 세상에서 제일 이쁜 우리 어머니와 단 두 식구뿐이랍니다. 아차 큰일났군, 외삼촌을 빼놓을 뻔했으니.

지금 중학교에 다니는 외삼촌은 어디를 그렇게 싸돌아다니는지 집에는 끼니때나 외에는 별로 붙어 있지를 않아, 어떤 때는 한 주일씩 가도 외삼촌 코빼기도 못 보는 때가 많으니까요, 깜빡 잊어버리기도 예사지요, 무얼.

우리 어머니는, 그야말로 세상에서 둘도 없이 곱게 생긴 우리 어머니는, 금년 나이 스물네 살인데 과부랍니다. 과부가 무엇인지 나는 잘 몰라도 하

중요 어구

1) 나는~처녀애입니다 : 여기에 직접적으로 제시된 화자가 소설 전체의 분위기를 이끌어 나간다.

여튼 동리 사람들이 날더러 '과부딸'이라고들 부르니까 우리 어머니가 과부인 줄을 알지요. 남들은 다 아버지가 있는데 나만은 아버지가 없지요. 아버지가 없다고 아마 '과부딸'이라나 봐요.

　외할머니 말씀을 들으면 우리 아버지는 내가 이 세상에 나오기 한 달 전에 돌아가셨대요. 우리 어머니하고 결혼한 지는 일 년 만이고요. 우리 아버지의 본집은 어디 멀리 있는데 마침 이 동리 학교에 교사로 오게 되었기 때문에, 결혼 후에도 우리 어머니는 시집으로 가지 않고 여기 이 집을 사고(바로 이 집은 우리 외할머니 댁 옆집이지요) 여기서 살다가 일 년이 못 되어 갑자기 돌아가셨대요. 내가 세상에 나오기도 전에 아버지가 돌아가셨다니까 나는 아버지 얼굴도 못 뵈었지요. 그러기에 아무리 생각해 보아도 아버지 생각은 안 나요. 아버지 사진이라는 사진은 나도 한두 번 보았지요. 참말로 훌륭한 얼굴이야요. 아버지가 살아 계시다면 참말로 이 세상에서 제일 가는 잘난 아버지일 거야요. 그런 아버지를 보지도 못한 것은 참으로 분한 일이야. 그 사진도 본 지가 퍽 오래 되었는데, 이전에는 그 사진을 늘 어머니 책상 위에 놓아 두시더니 외할머니가 오시면 오실 때마다 그 사진을 치우라고 늘 말씀하셨는데, 지금은 그 사진이 어디 있는지 없어졌어요. 언젠가 한 번 어머니가 나 없는 동안에 몰래 장롱 속에서 무엇을 꺼내 보았는데, 그게 아마 아버지 사진인 것 같았어요.
　아버지가 돌아가시기 전에 우리가 먹고 살 것을 남겨 놓고 가셨대요. 작년 여름에, 아니로군, 가을이 다 되어서군요. 하루는 어머니를 따라서 저 여기서 한 십 리나 가서 조그만 산이 있는 데를 가서, 거기서 밤도 따 먹고 또 그 산 밑에 초가집에 가서 닭고깃국을 먹고 왔는데, 거기 있는 땅이 우리 땅이래요. 거기서 나는 추수로 밥이나 굶지 않게 된다고요. 그래도 반찬 사고 과자 사고 할 돈은 없대요. 그래서 어머니가 다른 사람의 바느질을 맡아서 해 주지요. 바느질을 해서 돈을 벌어서 그걸로 청어도 사고 달걀도 사고 내가 먹을 사탕도 사고 한다고요.

그리고 우리 집 정말 식구는 어머니와 나와 단 둘뿐인데 아버님이 계시던 사랑방2이 비어 있으니까, 그 방도 쓸 겸 또 어머니의 잔심부름도 좀 해 줄 겸해서 우리 외삼촌이 사랑방에 와 있게 되었대요.

금년 봄에는 나를 유치원에 보내 준다고 해서 나는 너무나 좋아서 동네 아이들한테 실컷 자랑을 하고 나서 집으로 돌아오노라니까, 사랑에서 큰외삼촌이(우리 집 사랑에 와 있는 외삼촌의 형님 말이야요) 웬 낯선 사람 하나와 앉아서 이야기를 하고 있었습니다. 큰외삼촌이 나를 보더니 '옥희야.' 하고 부르겠지요.

"옥희야, 이리 온. 와서 이 아저씨께 인사드려라."

나는 어쩨 부끄러워서 비슬비슬3하니까 그 낯선 손님이,

"아, 그 애기 참 곱다. 자네 조카딸인가?"

하고 큰외삼촌더러 묻겠지요. 그러니까 큰외삼촌은,

"응, 내 누이의 딸…… 경선 군의 유복녀 외딸일세."

하고 대답합니다.

"옥희야, 이리 온, 응! 그 눈은 꼭 아버지를 닮았네그려."

하고 낯선 손님이 말합니다.

"자, 옥희야, 커단 처녀가 왜 저 모양이야. 어서 와서 이 아저씨께 인사해여. 너이 아버지의 옛날 친구신데 오늘부터 이 사랑에 계실 텐데 인사

중요 어구

2) **사랑방** : 집의 안채와 떨어져 있는, 바깥주인이 거처하며 손님을 접대하는 곳.
3) **비슬비슬** : 힘없이 자꾸 비틀거리는 모양.

여쭙고 친해 두어야지."

　나는 이 낯선 손님이 사랑방에 계시게 된다는 말을 듣고 갑자기 즐거워졌습니다. 그래서 그 아저씨 앞에 가서 사븟이 절을 하고는 그만 안마당으로 뛰어들어왔지요. 그 낯선 아저씨와 큰외삼촌은 소리를 내서 크게 웃더군요.

　나는 안방으로 들어오는 나름으로 어머니를 붙들고,

　"엄마, 사랑방에 큰삼촌이 아저씨를 하나 데리구 왔는데에, 그 아저씨가 아, 이제 사랑에 있는대."

하고 법석을 하니까,

　"응, 그래."

하고 어머니는 벌써 안다는 듯이 대수롭잖게 대답을 하더군요.

　그래서 나는,

　"언제부터 와 있나?"

하고 물으니까,

　"오늘부텀."

　"에구 좋아."

하고 내가 손뼉을 치니까 어머니는 내 손을 꼭 붙잡으면서,

　"왜 이리 수선이야."

　"그럼 작은외삼촌은 어디루 가나?"

　"외삼촌도 사랑에 계시지."

　"그럼 둘이 있나?"

　"응."

　"한 방에 둘이 있어?"

　"왜 장지문 닫구 외삼촌은 아랫방에 계시구 그 아저씨는 윗방에 계시구,

그러지."

나는 그 아저씨가 어떠한 사람인지는 몰랐으나 첫날부터 내게는 퍽 고맙게 굴고 나도 그 아저씨가 꼭 마음에 들었어요. 어른들이 저희끼리 말하는 것을 들으니까 그 아저씨는 돌아가신 우리 아버지와 어렸을 적 친구라고요. 어디 먼 데 가서 공부를 하다가 요새 돌아왔는데, 우리 동리 학교 교사로 오게 되었대요. 또 우리 큰외삼촌과도 동무인데, 이 동리에는 하숙도 별로 깨끗한 곳이 없고 해서 윗사랑으로 와 계시게 되었다고요. 또 우리도 그 아저씨한테서 밥값을 받으면 살림에 보탬도 좀 되고 한다고요.

그 아저씨는 그림책들을 얼마든지 가지고 있어요. 내가 사랑방으로 나가면 그 아저씨는 나를 무릎에 앉히고 그림책들을 보여 줍니다. 또 가끔 과자도 주고요.

어느 날은 점심을 먹고 이내 살그머니 사랑에 나가 보니까 아저씨는 그때에야 점심을 잡수셔요. 그래 가만히 앉아서 점심 잡숫는 걸 구경하고 있노라니까 아저씨가,

"옥희는 어떤 반찬을 제일 좋아하누?"

하고 묻겠지요. 그래, 삶은 달걀을 좋아한다고 했더니 마침 상에 놓인 삶은 달걀을 한 알 집어 주면서 나더러 먹으라고 합니다. 나는 그 달걀을 벗겨 먹으면서,

"아저씨는 무슨 반찬이 제일 맛나우?"

하고 물으니까, 그는 한참이나 빙그레 웃고 있더니,

"나두 삶은 달걀."

하겠지요. 나는 좋아서 손뼉을 짤깍짤깍 치고,

"아, 나와 같네. 그럼, 가서 어머니한테 알려야지."

하면서 일어서니까, 아저씨가 꼭 붙들면서,

"그러지 말어."

그러시겠지요. 그래도 나는 한 번 맘을 먹은 다음엔 꼭 그대로 하고야 마는 성미지요. 그래 안마당으로 뛰쳐들어가면서,

"엄마, 엄마, 사랑 아저씨두 나처럼 삶은 달걀을 제일 좋아한대."
하고 소리를 질렀지요.

"떠들지 말어."
하고, 어머니는 눈을 흘기십니다.

그러나 사랑 아저씨가 달걀을 좋아하는 것이 내게는 썩 좋게 되었어요. 그것은 그 다음부터는 어머니가 달걀을 많이씩 사게 되었으니까요. 달걀 장수 노파가 오면 한꺼번에 열 알도 사고 스무 알도 사고, 그래선 두고두고 삶아서 아저씨 상에도 놓고 또 으레 나도 한 알씩 주고 그래요. 그뿐만 아니라 아저씨한테 놀러 나가면 가끔 아저씨가 책상 서랍 속에서 달걀을 한두 알 꺼내서 먹으라고 주지요. 그래 그 담부터는 나는 아주 실컷 달걀을 많이 먹었어요.

나는 아저씨가 매우 좋았어요. 작은 외삼촌은 가끔 툴툴하는 때가 있었어요. 아마 아저씨가 마음에 안 드나 봐요. 아니, 그것보다도 아저씨 상 심부름을 꼭 외삼촌이 하게 되니까 그것이 싫어서 그러나 봐요. 한 번은 어머니와 외삼촌이 말다툼하는 것까지 내가 들었어요. 어머니가,

"야, 또 어디 나가지 말구 사랑에 있다가 선생님 들어오시거든 상 내가야지."
하고 말씀하시니까 외삼촌은 얼굴을 찡그리면서,

"제길, 남 어디 좀 볼일이 있는 날은 으레 끼니 때에 안 들어오고 늦어지니……."

하고 툴툴하겠지요. 그러니까 어머니는,

"그러니 어짜갔니? 너밖에 사랑 출입할 사람이 어디 있니?"

"누님이 좀 상 들구 나가구려. 요새 세상에 내외[4]합니까!"

어머니는 갑자기 얼굴이 발개지시고 아무 대답도 없이 그냥 외삼촌을 향하여 눈을 흘기셨습니다. 그러니까 외삼촌은 흥흥 웃으면서 사랑으로 나갔지요.

나는 유치원에 가서 창가도 배우고, 댄스도 배우고 하였습니다. 유치원 여자 선생님이 풍금을 아주 썩 잘 타요. 그런데 우리 유치원에 있는 풍금은 우리 예배당에 있는 풍금과는 아주 다른데, 퍽 조그마한 것이지마는 소리는 썩 좋아요. 그런데 우리 집 윗간에도 유치원 풍금과 꼭 같이 생긴 것이 놓여 있는 것이 갑자기 생각이 났어요. 그래 그 날 나는 집으로 오는 길로 어머니를 끌고 윗간으로 가서,

"엄마, 이거 풍금 아니유?"

하고 물으니까 어머니는 빙그레 웃으시면서,

"그렇단다. 그건 어찌 알았니?"

"우리 유치원에 있는 풍금이 이것과 꼭 같은데 무얼. 그럼 엄마두 풍금 탈 줄 아우?"

하고 나는 다시 물었습니다. 그것은 내가 이때껏 한 번도 어머니가 이 풍금 앞에 앉은 것을 본 일이 없기 때문입니다.

어머니는 아무 대답도 아니하십니다.

중요 어구

4) 내외 : 남자와 여자, 또는 그 차이로 인해 외간 남녀간에 서로 얼굴을 마주 대하지 않고 피하는 일.

"엄마, 이 풍금 좀 타 봐!"

하고 재촉하니까, 어머니 얼굴은 약간 흐려지면서,

"그 풍금은 너의 아버지가 날 위해 사다 주신 거란다[5]. 너의 아버지 돌아가신 후에는 그 풍금은 이때까지 뚜껑도 한 번 안 열어 보았다……."

이렇게 말씀하시는 어머니 얼굴을 보니까 금방 또 울음보가 터질 것만 같이 보여서 나는 그만,

"엄마, 나 사탕 주어."

하면서 아랫방으로 끌고 내려왔습니다.[6]

아저씨가 사랑방에 와 계신 지 벌써 여러 밤을 잔 뒤입니다. 아마 한 달이나 되었지요. 나는 거의 매일 아저씨 방에 놀러 갔습니다. 어머니는 나더러 그렇게 가서 귀찮게 굴면 못 쓴다고 가끔 꾸지람을 하시지만 정말인즉 나는 조금도 아저씨를 귀찮게 굴지는 않았습니다. 도리어 아저씨가 나를 귀찮게 굴었지요.

"옥희 눈은 아버지를 닮았다. 그 고운 코는 아마 어머니를 닮았지, 그 입하고! 응, 그러냐, 안 그러냐? 어머니도 옥희처럼 곱지, 응?……."

이렇게 여러 가지로 물은 적도 있었습니다. 그래서 나는,

"아저씨 입때 우리 엄마 못 봤수?"

하고 물었더니 아저씨는 잠잠합니다. 그래 나는,

"우리 엄마 보러 들어갈까?"

중요 어구

5) 풍금은~거란다 : 풍금은 어머니에게 있어서 남편을 떠올리게 하는 물건이자 혼란스러운 마음을 표현하는 도구이다.
6) 엄마,~끌고 내려왔습니다 : 제법 어머니의 마음을 헤아릴 줄 아는 화자의 어른스러움이 엿보인다.

하면서 아저씨 소매를 잡아당겼더니, 아저씨는 펄쩍 뛰면서,

"아니, 아니, 안 돼. 난 지금 분주해서."

하면서 나를 잡아끌었습니다. 그러나 정말로는 무슨 그리 분주하지도 않은 모양이었어요. 그러기에 나더러 가란 말도 않고 그냥 나를 붙들고 앉아서 머리도 쓰다듬어 주고 뺨에 입도 맞추고 하면서,

"요 저구리 누가 해 주지? ……밤에 엄마하고 한자리에서 자니?"

하는 등 쓸데없는 말을 자꾸만 물었지요!

그러나 웬일인지 나를 그렇게도 귀애해 주던 아저씨도 아랫방에 외삼촌이 들어오면 갑자기 태도가 달라지지요. 이것저것 묻지도 않고 나를 꼭 껴안지도 않고 점잖게 앉아서 그림책이나 보여 주고 그러지요. 아마 아저씨가 우리 외삼촌을 무서워하나 봐요.

하여튼 어머니는 나더러 너무 아저씨를 귀찮게 한다고 어떤 때는 저녁 먹고 나서 나를 방 안에 가두어 두고 못 나가게 하는 때도 더러 있었습니다. 그러나 조금 있다가 어머니가 바느질에 정신이 팔리어서 골몰하고 있을 때 몰래 가만히 일어나서 나오지요. 그런 때에는 어머니는 내가 문 여는 소리를 듣고서야 퍼뜩 정신을 차려서 쫓아와 나를 붙들지요. 그러나 그런 때는 어머니는 골은 아니 내시고,

"이리 온, 이리 와서 머리 빗고……."

하고 끌어다가 머리를 다시 곱게 땋아 주시지요.

"머리를 곱게 땋고 가야지. 그렇게 되는 대루 하구 가문 아저씨가 숭보시지 않니?"

하시면서. 또 어떤 때에는 머리를 다 땋아 주시고는,

"응, 저구리가 이게 무어냐?"

하시면서 새 저고리를 내어 주시는 때도 있었습니다.

어떤 토요일 오후였습니다. 아저씨는 나더러 뒷동산에 올라가자고 하셨습니다. 내가 너무나 좋아서 가자고 그러니까 아저씨가,

"들어가서 어머니께 허락 맡고 온."

하십니다. 참 그렇습니다. 나는 뛰쳐들어가서 어머니께 허락을 맡았습니다. 어머니는 내 얼굴을 다시 세수시켜 주고 머리도 다시 땋고 그리고 나서는 나를 아스러지도록 한 번 몹시 껴안았다가 놓아 주었습니다.

"너무 오래 있지 말고, 응."

하고 어머니는 크게 소리치셨습니다. 아마 사랑 아저씨도 그 소리를 들었을 거야요.

뒷동산에 올라가서는 정거장을 한참 내려다보았으나 기차는 안 지나갔습니다. 나는 풀잎을 쭉쭉 뽑아 보기도 하고 땅에 누운 아저씨의 다리를 꼬집어 보기도 하면서 놀았습니다. 한참 후에 아저씨의 손목을 잡고 내려오는데 유치원 동무들을 만났습니다.

"옥희가 아빠하구 어디 갔다 온다, 응."

하고 한 동무가 말하였습니다. 그 아이는 우리 아버지가 돌아가신 줄을 모르는 아이였습니다. 나는 얼굴이 빨개졌습니다. 그 때 나는 얼마나 이 아저씨가 정말 우리 아버지였더라면 하고 생각했는지 모릅니다. 나는 정말로 한 번만이라도, '아빠!' 하고 불러 보고 싶었습니다. 그리고 그 날 그렇게 아저씨하고 손목을 잡고 골목골목을 지나오는 것이 어찌도 재미가 좋았는지요.

나는 대문까지 와서,

"난 아저씨가 우리 아빠래문 좋겠다."

하고 불쑥 말해 버렸습니다. 그랬더니 아저씨는 얼굴이 홍당무처럼 빨개져서 나를 몹시 흔들면서,

"그런 소리하문 못 써."

하고 말하는데 그 목소리가 몹시도 떨렸습니다. 나는 아저씨가 몹시 성이 난 것처럼 보여서 아무 말도 못하고 안으로 뛰어들어갔습니다. 어머니가,

"어디까지 갔던?"

하고 나와 안으며 묻는데, 나는 대답도 못하고 그만 훌쩍훌쩍 울었습니다. 어머니는 놀라서,

"옥희야, 왜 그러니? 응?"

하고 자꾸만 물었으나 나는 아무 대답도 못하고 울기만 했습니다.

이튿날은 일요일인 고로 나는 어머니와 함께 예배당에를 가려고 차리고 나서 어머니가 옷을 갈아입는 동안 잠깐 사랑에를 나가 보았습니다. '아저씨가 아직두 성이 났나?' 하고 가만히 방 안을 들여다보았더니 책상에 앉아서 무엇을 쓰고 있던 아저씨가 내다보면서 빙그레 웃었습니다. 그 웃음을 보고 나는 마음을 놓았습니다. 아저씨가 지금은 성이 풀린 것이 확실하니까요. 아저씨는 나를 이리 보고 저리 보고 훑어보더니,

"옥희 오늘 어디 가노? 이렇게 곱게 채리구."

하고 물었습니다.

"엄마하구 예배당에 가."

"예배당에?"

하고 나서 아저씨는 잠시 나를 멍하니 바라다보더니 물었습니다.

"어느 예배당에?"

하고 물었습니다.

"요 앞에 예배당에 가지 뭐."

"응? 요 앞이라니?"

이 때 안에서.

"옥희야."

하고 부드럽게 부르는 어머니 목소리가 들리었습니다. 내가 얼른 안으로 뛰어들어오면서 돌아다보니까, 아저씨는 또 얼굴이 빨갛게 성이 났겠지요. 내 원, 참으로 무슨 일로 요새는 아저씨가 그렇게 성을 잘 내는지 알 수 없었습니다.

예배당에 가서 찬미하고 기도하다가 기도하는 중간에 갑자기 나는, '혹시 아저씨두 예배당에 오지 않았나?' 하는 생각이 나서 눈을 뜨고 고개를 들어 남자석을 바라다보았습니다. 그랬더니 하, 바로 거기에 아저씨가 와 앉아 있겠지요. 그런데 아저씨는 어른이면서도 눈 감고 기도하지 않고 우리 아이들처럼 눈을 번히 뜨고 여기저기 두리번두리번 바라봅니다. 나는 얼른 아저씨를 알아보았는데 아저씨는 나를 못 알아보았는지 내가 방그레 웃어 보여도 웃지도 않고 멀거니 보고만 있겠지요. 그래 나는 손을 흔들었지요. 그러니까 아저씨는 얼른 고개를 숙이고 말더군요. 그 때에 어머니가 내가 팔 흔드는 것을 깨닫고 두 손으로 나를 붙들고 끌어당기더군요. 나는 어머니 귀에다 입을 대고,

"저기 아저씨두 왔어."

하고 속삭이니까 어머니는 흠칫하면서 내 입을 손으로 막고 막 끌어 잡아다가 앞에 앉히고 고개를 누르더군요. 어머니도 얼굴이 홍당무처럼 빨개졌더군요.

그 날 예배는 아주 젬병[7]이었어요. 웬일인지 예배 다 끝날 때까지 어머니는 성이 나서 강대만 향하여 앞으로 바라보고 앉았고, 이전 모양으로 가

중요 어구

7) 젬병 : 형편없는 것을 속되게 이르는 말.

끔은 나를 내려다보고 웃는 일이 없었어요. 그리고 아저씨를 보려고 남자석을 바라다보아도 아저씨도 한 번도 바라다보아 주지도 않고 성이 나서 앉아 있고, 어머니는 나를 보지도 않고 공연히 꽉꽉 잡아당기지요. 왜 모두들 그리 성이 났는지……. 나는 그만 으아 하고 한 번 울고 싶었어요. 그러나 바로 멀지 않은 곳에 우리 유치원 선생님이 앉아 있는 고로 울고 싶은 것을 아주 억지로 참았답니다.

내가 유치원에 입학한 후 처음 얼마 동안은 유치원에 갈 때나 올 때나 외삼촌이 바래다 주었습니다. 그러나 여러 밤을 자고 난 뒤에는 나 혼자서도 넉넉히 다니게 되었어요. 그러나 언제나 내가 유치원에서 돌아오는 때면 어머니가 옆 대문(우리 집에는 대문이 사랑 대문과 옆 대문 둘이 있어서 어머니는 늘 이 옆 대문으로만 출입하시는 것이었습니다) 밖에 기다리고 섰다가 내가 달음질쳐 가면, 안고 집으로 들어가곤 하는 것이었습니다.

그런데 하루는 어쩐 일인지 어머니가 대문간에 보이지를 않겠지요. 어떻게도 화가 나던지요. 물론 머릿속으로는 '아마 외할머니 댁에 가셨나 부다.' 하고 생각했지마는 하여튼 내가 돌아왔는데 문간에서 기다리지 않고 집을 떠났다는 것이 몹시 나쁘게 생각되더군요. 그래서 속으로 '오늘 엄마를 좀 굶겨야겠다.' 하고 생각하고 있는데, 옆 대문 밖에서,

"아이고, 얘가 원 벌써 왔나?"

하는 어머니 목소리가 들리더군요. 그 순간 나는 얼른 신을 벗어 들고 안방으로 뛰어들어가서 벽장 문을 열고 그 속에 들어가서 숨어 버렸습니다.

"옥희야, 옥희 너, 여태 안 왔니?"

하는 어머니 목소리가 바로 뜰에서 나더니,

"여태 안 왔군."

하면서 밖으로 나가는 모양이었습니다. 나는 재미가 나서 혼자 흐흥흐흥 웃었습니다.

한참을 있더니 집에서는 온통 야단이 났습니다. 어머니 목소리도 들리고, 외할머니 목소리도 들리고, 외삼촌 목소리도 들리고…….

"글쎄, 하루 종일 집이라곤 안 떠났다가 옥희 유치원 파하고 오문 멕일 과자가 없기에 어머님 댁에 잠깐 갔다 왔는데 그 동안에 이런 변이 생긴 걸……."

하는 것이 어머니 목소리.

"글쎄 유치원에서는 벌써 이십 분 전에 떠났다는데 원 중간에서……."

하는 것이 외할머니 목소리.

"하여튼 내 나가서 돌아댕겨 볼웨다. 원 고것이 어딜 갔담?"

하는 것은 외삼촌의 목소리.

이윽고 어머니의 울음소리가 가늘게 들렸습니다. 외할머니는 무어라고 중얼중얼 이야기하는 모양이었습니다. '이젠 그만하고 나갈까?' 하고 생각했으나, '지난 주일날 예배당에서 성냈던 앙갚음을 해야지.' 하는 생각이 나서 나는 그냥 벽장 안에 누워 있었습니다. 그래서 이윽고 부지중에 나는 슬며시 잠이 들고 말았습니다.

얼마 동안이나 잤는지요? 이윽고 잠을 깨어 보니 아까 내가 벽장 안으로 들어왔던 것은 잊어버리고 참 이상스러운 데에 내가 누워 있거든요. 어두컴컴하고 좁고 덥고…… 나는 갑자기 무서운 생각이 나서 엉엉 울기 시작했지요. 그러자 갑자기 어디 가까운 데서 어머니의 외마디 소리가 나더니 벽장 문이 벌컥 열리고 어머니가 달려들어서 나를 안아 내렸습니다.

"요 망할 것아."

하면서 어머니는 내 엉덩이를 댓 번 때렸습니다. 나는 더욱더 소리를 내서 울었습니다. 그 때에는 어머니는 나를 끌어안고 어머니도 따라 울었습니다.

"옥희야, 옥희야, 응, 인젠 괜찮다. 엄마 여기 있지 않니. 응, 울지 마라. 옥희야. 엄마는 옥희 하나문 그뿐이다. 옥희 하나만 바라구 산다. 난 너 하나문 그뿐이야. 세상 다 일이 없다. 옥희만 있으문 바라고 산다. 옥희야, 울지 마라. 응, 울지 마라."

이렇게 어머니는 나더러 자꾸 울지 말라고 하면서도 어머니는 그치지 않고 그냥 자꾸자꾸 울었습니다. 외할머니는,

"원 고것이 도깨비가 들렸단 말일까, 벽장 속엔 왜 숨는담."

하고 앉아 있고, 외삼촌은,

"에, 재수, 메유다."

하면서 밖으로 나갔습니다.

이튿날 유치원을 파하고 집으로 오게 된 때, 나는 갑자기 어제 벽장 속에 숨있다가 어머니를 몹시 울게 했던 생각이 나서 집으로 돌아가기가 어쩐지 부끄러워졌습니다. '오늘은 어머니를 좀 기쁘게 해 드려야 될 텐데…… 무엇을 갖다 드리문 기뻐할까?' 하고 생각하였습니다. 그러자 문득 유치원 안에 선생님 책상 위에 놓여 있던 꽃병 생각이 났습니다. 그 꽃병에는 나는 이름도 모르나 곱고 빨간 꽃이 꽂히어 있었습니다. 그 꽃은 개나리도 아니고 진달래도 아니었습니다. 그런 꽃은 나도 잘 알고 또 그런 꽃은 벌써 피었다가 져 버린 후였습니다. 무슨 서양 꽃이려니 하고 나는 생각하였습니다. 나는 우리 어머니가 꽃을 사랑하는 줄을 잘 압니다. 그래서 그 꽃을 갖다가 드리면 어머니가 몹시 기뻐하려니 하고 생각하였습니다.

그래서 나는 도로 유치원 방 안으로 들어갔습니다. 마침 방 안에 아무도 없었습니다. 선생님도 잠깐 어디를 가셨는지 보이지 않았습니다. 그래 나는 그 꽃을 두어 개 얼른 빼 들고 달음질쳐 나왔지요.

집에 오니 어머니는 문간에서 기다리고 있다가 나를 안고 들어왔습니다.

"그 꽃은 어디서 났니? 퍽 곱구나."

하고 어머니가 말씀하셨습니다. 그러나 나는 갑자기 말문이 막혔습니다. '이걸 엄마 드릴라구 유치원서 가져왔어.' 하고 말하기가 어째 몹시 부끄러운 생각이 들었습니다. 그래 잠깐 망설이다가,

"응, 이 꽃! 저, 사랑 아저씨가 엄마 갖다 주라구 줘."

하고 불쑥 말했습니다. 그런 거짓말이 어디서 그렇게 툭 튀어나왔는지 나도 모르지요.

꽃을 들고 냄새를 맡고 있던 어머니는 내 말이 끝나기가 무섭게 무엇에 몹시 놀란 사람처럼 화닥닥하였습니다. 그리고는 금시에 어머니 얼굴이 그 꽃보다 더 빨갛게 되었습니다. 그 꽃을 든 어머니 손가락이 파르르 떠는 것을 나는 보았습니다. 어머니는 무슨 무서운 것을 생각하는 듯이 방 안을 휘 한 번 둘러보시더니,

"옥희야, 그런 걸 받아 오문 안 돼."

하고 말하는데 그 목소리는 몹시 떨렸습니다. 꽃을 그렇게도 좋아하는 어머니가 이 꽃을 받고 그처럼 성을 낼 줄은 참으로 뜻밖이었습니다. 어머니가 그렇게도 성을 내는 것을 보니까 그 꽃을 내가 가져왔다고 그러지 않고

중요 어구

8) 응, 이 꽃!~줘 : 붉은색으로 표상되는 사랑의 상승 국면이 소설에 있어서 절정 부분이 된다. 여기서 꽃은 아저씨의 마음을 어머니에게 전달하는 매개체이다.

아저씨가 주더라고 거짓말을 한 것이 참 잘 되었다고 나는 속으로 생각했습니다. 어머니가 성을 내는 까닭을 나는 모르지만 하여튼 성을 낼 바에는 내게 내는 것보다 아저씨에게 내는 것이 내게는 나았기 때문입니다. 한참 있더니 어머니는 나를 방 안으로 데리고 들어와서,

"옥희야, 너 이 꽃 얘기 아무 보구두 하지 말아라, 응."
하고 타일러 주었습니다. 나는,

"응."
하고 대답하면서 고개를 여러 번 까닥까닥했습니다.

어머니가 그 꽃을 곧 내버릴 줄로 나는 생각했습니다마는 내버리지 않고 꽃병에 꽂아서 풍금 위에 놓아 두었습니다. 아마 퍽 여러 밤 자도록 그 꽃은 거기 놓여 있다가 마지막에는 시들었습니다. 꽃이 다 시들자 어머니는 가위로 그 대는 잘라 내버리고 꽃만은 찬송가 갈피에 곱게 끼워 두었습니다.

내가 어머니께 꽃을 갖다 주던 날 밤에, 나는 또 사랑에 놀러 나가서 아저씨 무릎에 앉아서 그림책을 보고 있었습니다. 갑자기 아저씨 몸이 흠칫 하였습니다. 그리고는 귀를 기울입니다. 나도 귀를 기울였습니다.

풍금 소리!

그 풍금 소리는 분명 안방에서 흘러나오는 것이었습니다.

"엄마가 풍금 타나 부다."
하고 나는 벌떡 일어나서 안으로 뛰어들어갔습니다. 안방에는 불을 켜지 않았었습니다. 그러나 그 때는 음력으로 보름께나 되어서 달이 낮같이 밝은데 은빛 같은 흰 달빛이 방 안 절반 가득히 차 있었습니다. 나는 흰 옷을 입은 어머니가 풍금 앞에 앉아서 고요히 풍금을 타는 것을 보았습니다.

나는 나이 지금 여섯 살밖에 안 되었지마는 하여튼 어머니가 풍금을 타

시는 것을 보는 것은 오늘이 처음이었습니다. 어머니는 우리 유치원 선생님보다도 풍금을 더 잘 타시는 것이었습니다. 나는 어머니 곁으로 갔습니다마는 어머니는 내가 곁에 온 것도 깨닫지 못하는지 그냥 까딱 아니하고 풍금을 탔습니다. 조금 있더니 어머니는 풍금 곡조에 맞추어서 노래를 부르기 시작하였습니다. 어머니의 목소리가 그렇게도 아름다운 것도 나는 이 때까지 모르고 있었습니다. 어머니는 참으로 우리 유치원 선생님보다도 목소리가 훨씬 더 곱고 또 노래도 훨씬 더 잘 부르시는 것이었습니다. 나는 가만히 서서 어머니 노래를 들었습니다. 그 노래는 마치도 은실을 타고 별나라에서 내려오는 노래처럼 아름다웠습니다. 그러나 얼마 오래지 않아 목소리는 약간 떨리기 시작하였습니다. 가늘게 떨리는 노랫소리, 그에 따라 풍금의 가는 소리도 바르르 떠는 듯했습니다. 노랫소리는 차차 가늘어지더니 마지막에는 사르르 없어져 버렸습니다. 풍금 소리도 사르르 없어졌습니다. 어머니는 고요히 일어나시더니 옆에 섰는 내 머리를 쓰다듬었습니다. 그 다음 순간 어머니는 나를 안고 마루로 나오셨습니다. 어머니는 아무 말씀도 없이 그냥 꼭꼭 껴안는 것이었습니다. 달빛을 함빡 받는 내 어머니 얼굴은 몹시도 새하얗다고 생각하였습니다.

우리 어머니의 새하얀 두 뺨 위로 쉴새없이 두 줄기 눈물이 줄줄 흘러내리고 있는 것을 나는 보았습니다. 그것을 보니 나도 갑자기 울고 싶어졌습니다.

"어머니, 왜 울어?"

하고 나도 훌쩍거리면서 물었습니다.

"옥희야."

"응?"

한참 동안 어머니는 아무 말씀도 없었습니다. 그러나 한참 후에,

"옥희야, 너 하나문 그뿐이다."

"엄마."

어머니는 다시 대답이 없으셨습니다.

하루는 밤에 아저씨 방에서 놀다가 졸려서 안방으로 들어오려고 일어서니까 아저씨가 하얀 봉투9)를 서랍에서 꺼내어 내게 주었습니다.

"옥희. 이거 갖다가 엄마 드리고 지나간 달 밥값이라구, 응."

나는 그 봉투를 갖다가 어머니에게 드렸습니다. 어머니는 그 봉투를 받아들자 갑자기 얼굴이 파룣게 질렸습니다. 그 전날 달밤에 마루에 앉았을 때보다도 더 새하얗다고 생각되었습니다. 어머니는 그 봉투를 들고 어쩔 줄을 모르는 듯이 초조한 빛이 되었습니다. 나는,

"그거 지나간 달 밥값이래."

하고 말을 하니까 어머니는 갑자기 잠자다 깨는 사람처럼 '응?' 하고 놀라더니 또 금시에 백짓장같이 새하얗던 얼굴이 발갛게 물들었습니다. 봉투 속으로 들어샀던 어머니의 파들파들 떨리는 손가락이 지전을 몇 장 끌고 나왔습니다. 어머니는 입술에 약간 웃음을 띠면서 후 하고 한숨을 내쉬었습니다. 그러나 그것도 잠깐, 다시 어머니는 무엇에 놀랐는지 흠칫하더니 금시에 얼굴이 다시 새하얘지고 입술이 바르르 떨렸습니다. 어머니의 손을 바라다보니 거기에는 지전 몇 장 외에 네모로 접은 하얀 종이가 한 장 잡혀 있는 것이었습니다.

어머니는 한참을 망설이는 모양이었습니다. 그러더니 무슨 결심을 한 듯이 입술을 악물고 그 종이를 차근차근 펴 들고 그 안에 쓰인 글을 읽었

중요 어구

9) 하얀 봉투 : 아저씨의 마음이 보다 직접적으로 어머니에게 전달되는 계기.

습니다. 나는 그 안에 무슨 글이 씌어 있는지 알 도리가 없었으나 어머니는 그 글을 읽으면서 금시에 얼굴이 파랬다 발갰다 하더니 그 종이를 든 손은 이제는 바들바들이 아니라 와들와들 떨리어서 그 종이가 부석부석 소리를 내게 되었습니다.

한참 후에 어머니는 그 종이를 아까 모양으로 네모지게 접어서 돈과 함께 봉투에 도로 넣어 반짇그릇에 던졌습니다. 그리고는 정신 나간 사람처럼 멀거니 앉아서 전등만 쳐다보는데, 어머니 가슴이 불룩불룩합니다. 나는 어머니가 혹시 병이나 나지 않았나 하고 염려가 되어서 얼른 가서 무릎에 안기면서,

"엄마 잘까?"

하고 말했습니다.

엄마는 내 뺨에 입을 맞추어 주었습니다. 그런데 어머니의 입술이 어쩌면 그리도 뜨거운지요. 마치 불에 달군 돌이 볼에 와 닿는 것 같았습니다.

한참을 자고 나서 잠이 채 깨지는 않았으나 어렴풋한 정신으로 옆을 쓸어 보니 어머니가 없었습니다. 가끔 가다가 나는 그런 버릇이 있어요. 어렴풋한 정신으로 옆을 쓸면 어머니의 보드라운 살이 만져지지요. 그러면 다시 나는 잠이 들어 버리곤 하는 것이었습니다.

어머니가 자리에 없다는 것을 알게 되자 나는 갑자기 무서워졌습니다. 그래서 잠은 다 달아나고 눈을 번쩍 뜨고 고개를 돌려 살펴보았습니다. 방 안에는 불을 안 켰지만 어슴푸레하게 밝습니다. 뜰로 하나 가득한 달빛이 방 안에까지 희미한 밝음을 던져 주는 것이었습니다. 윗목을 보니, 아버지의 옷을 넣어 두고 가끔 어머니가 꺼내서 쓸어 보시는 그 장롱문이 열려 있고, 그 아래 방바닥에는 흰 옷이 한 무더기 널려 있습니다. 그리고 그 옆에는 장롱에 반쯤 기대고 자리옷만 입은 어머니가 주춤하고 앉아서 고개

를 위로 쳐들고 눈을 감고 무엇이라고 입술로 소곤소곤 외고 있는 것이 보였습니다. 아마 기도를 하나 보다 하고 나는 생각했습니다. 나는 자리에서 일어나 기어가서 어머니 무릎을 뼈개고 기어 들어갔습니다.

"엄마, 무얼 해?"

어머니는 소곤거리기를 그치고 눈을 떠서 나를 한참이나 물끄러미 들여다보십니다.

"옥희야."

"응?"

"가서 자자."

"엄마두 같이 자."

"응, 그래 엄마두 같이 자."

그 목소리가 어쩨 싸늘하다고 내게 생각되었습니다.

어머니는 돌아가신 아버지의 옷들을 한 가지씩 들고는 가만히 손바닥으로 쓸어 보고는 장롱 안에 넣었습니다. 하나씩 하나씩 쓸어 보고는 장롱에 넣곤 하여, 그 옷을 다 넣은 때 장롱문을 닫고 쇠를 채우고 그러고 나서 나를 안고 자리로 돌아왔습니다.

"엄마, 우리 기도하고 자?"

하고 나는 물었습니다. 어머니는 나를 밤마다 재워 줄 때마다 반드시 기도를 하는 것이었습니다. 내가 할 줄 아는 기도는 주기도문뿐이었습니다. 그 뜻은 하나도 모르지만 어머니를 따라서 자꾸자꾸 해 보아서 지금에는 나도 주기도문을 잘 외웁니다. 그런데 웬일인지 어젯밤 잘 때에는 어머니가 기도하는 것을 잊어버리고 그냥 잤던 것이 지금 생각이 났기 때문에 나는 그렇게 물었던 것입니다. 어젯밤 자리에 들 때, 내가,

"기도할까?"

하고 말하고 싶었으나 어머니가 너무도 슬픈 빛을 띠고 있는 고로 그만 나도 가만히 아무 소리 없이 잠이 들고 말았던 것입니다.

"응, 기도하자."

하고 어머니가 고요히 기도했습니다.

"어머니가 기도해."

하고 나는 갑자기 어머니의 기도하는 보드라운 음성이 듣고 싶어져서 말했습니다.

"하늘에 계신 우리 아버지시여."

어머니는 고요히 기도를 시작하였습니다.

"이름을 거룩하게 하옵시며 나라에 임하옵시며 뜻이 하늘에서 이루어진 것처럼 땅에서도 이루어지이다. 오늘날 우리에게 일용할 양식을 주옵시고 우리가 우리에게 죄지은 자를 용서하여 준 것처럼 우리 죄를 사하여 주옵시고, 우리를 시험에 들지 말게 하옵시고…… 우리를 시험에 들지 말게 하옵시고…… 시험에 들지 말게…… 시험에 들지 말게……."

이렇게 어머니는 자꾸 되풀이하였습니다. 나도 지금은 막히지 않고 줄줄 외는 주기도문을 글쎄 어머니가 막히다니 참으로 우스운 일이었습니다.

"시험에 들지 말게…… 시험에 들지 말게……."[10]

하고 자꾸만 되풀이하는 것을 나는 참다 못해서,

"엄마, 내 마저 할게."

중요 어구

10) 시험에~말게 : 어른들의 마음 속 생각들을 어린아이다운 관찰력과 직관으로 선명하게 포착해내고 있다. 이런 서술들이 독자로 하여금 어머니와 아저씨의 사랑을 더욱 애틋하게 여기도록한다.

하고,

"다만 악에서 구하옵소서. 대개 나라와 권세와 영광이 아버지께 영원히 있사옵니다."

하고 내가 끝을 마쳤습니다. 어머니는 한참이나 가만있다가 오랜 후에야 겨우,

"아멘."

하고 속삭이었습니다.

요새 와서 어머니의 하는 일이란 참으로 알 수가 없는 노릇입니다. 어떤 때는 어머니도 퍽 유쾌하셨습니다. 밤에 때로는 풍금도 타고 또 때로는 찬송가도 부르고 그러실 때에는 나는 너무도 좋아서 가만히 어머니 옆에 앉아서 듣습니다.

그러나 가끔가끔 그 독창은 소리 없는 울음으로 끝맺는 때가 많은데 그럴 때면 나도 따라서 울었습니다. 그런데 어머니는 나를 안고 내 얼굴에 돌아가면서 무수히 입을 맞추어 주면서,

"엄마는 옥희 하나문 그뿐이야. 응, 그렇지······."

하시면서 언제까지나 언제까지나 우시는 것이었습니다.

어떤 일요일날, 그렇지요, 그것은 유치원 방학하고 난 그 이튿날이었어요. 그 날 어머니는 갑자기 머리가 아프시다고 예배당에를 그만두었습니다. 사랑에서는 아저씨도 어디 나가고 외삼촌도 나가고 집에는 어머니와 나와 단둘이 있었는데, 머리가 아프다고 누워 계시던 어머니가 갑자기 나를 부르시더니,

"옥희야, 너 아빠가 보고 싶니?"

하고 물으십니다.

"응, 우리두 아빠 하나 있으문."

나는 혀를 까불고 어리광을 좀 부려 가면서 대답을 했습니다. 한참 동안을 어머니는 아무 말씀도 아니하시고 천장만 바라다보시더니,

"옥희야, 옥희 아버지는 옥희가 세상에 나오기도 전에 돌아가셨단다. 옥희두 아빠가 없는 건 아니지. 그저 일찍 돌아가셨지. 옥희가 이제 아버지를 새로 또 가지면 세상이 욕을 한단다. 옥희는 아직 철이 없어서 모르지만 세상이 욕을 한단다. 사람들이 욕을 해. 옥희 어머니는 화냥년이다, 이러구 세상이 욕을 해. 옥희 아버지는 죽었는데 옥희는 아버지가 또 하나 생겼대, 참 망측두 하지, 이러구 세상이 욕을 한단다. 그리 되문 옥희는 언제나 손가락질받구. 옥희는 커두 시집두 훌륭한 데 못 가구. 옥희가 공부를 해서 훌륭하게 돼두 어 그까짓 화냥년의 딸, 이러구 남들이 욕을 한단다."11)

이렇게 어머니는 혼잣말하시듯 드문드문 말씀하였습니다. 그리고는 한참 있더니,

"옥희야."

하고 또 부르십니다.

"응?"

"옥희는 언제나, 언제나, 내 곁을 안 떠나지. 옥희는 언제나, 언제나, 엄마하고 같이 살지. 옥희는 엄마가 늙어서 꼬부랑 할미가 되어두 그래두 옥희는 엄마하구 같이 살지. 옥희가 유치원 졸업하구, 또 소학교 졸업하구, 또 중학교 졸업하구, 또 대학교 졸업하고, 옥희가 조선서 제일 훌륭한 사

중요 어구

11) 이러구~한단다 : 어머니는 사랑 손님에게 애틋한 마음을 갖지만 사회적 관습과 타인의 이목 때문에 자신이 원하는 바를 이루지 못하는 인물이다.

람이 돼두 그래두 옥희는 엄마하고 같이 살지. 응! 옥희는 엄마를 얼만큼 사랑하나?"

"이만큼."

하고 나는 두 팔을 짝 벌리어 보였습니다.

"응? 얼만큼? 응! 그만큼! 언제나, 언제나, 옥희는 엄마만 사랑하지. 그리고 공부두 잘하구, 그리구 훌륭한 사람이 되구……."

나는 어머니의 목소리가 떨리는 것으로 보아 어머니가 또 울까 봐 겁이 나서,

"엄마, 이만큼, 이만큼."

하면서 두 팔을 짝짝 벌리었습니다.

어머니는 울지 않으셨습니다.

"응, 그래, 옥희 엄마는 옥희 하나문 그뿐이야. 세상 다른 건 다 소용 없어. 우리 옥희 하나문 그만이야. 그렇지, 옥희야?"

"응!"

어머니는 나를 당기어서 꼭 껴안고 내 가슴이 막혀 들어올 때까지 자꾸만 껴안아 주었습니다.

그 날 밤 저녁밥 먹고 나니까 어머니는 나를 불러 앉히고 머리를 새로 빗겨 주었습니다. 댕기도 새 댕기를 드려 주고, 바지, 저고리, 치마 모두 새것을 꺼내 입혀 주었습니다.

"엄마, 어디 가?"

하고 물으니까.

"아니."

하고 웃음을 띄면서 대답합니다. 그러더니 풍금 옆에서 새로 다린 하얀 손수건을 내리어 내 손에 쥐어 주면서,

"이 손수건 저 사랑 아저씨 손수건인데, 이것 아저씨 갖다 드리구 와, 응. 오래 있지 말구 손수건만 갖다 드리구 이내 와, 응."
하고 말씀하셨습니다.

손수건[12]을 들고 사랑으로 나가면서 나는 접어진 손수건 속에 무슨 발각발각 하는 종이가 들어 있는 것처럼 생각되었습니다마는 그것을 펴 보지 않고 그냥 갖다가 아저씨에게 주었습니다.

아저씨는 방에 누워 있다가 벌떡 일어나서 손수건을 받는데, 웬일인지 아저씨는 이전처럼 나보고 빙그레 웃지도 않고 얼굴이 몹시 파래졌습니다. 그리고는 입술을 질근질근 깨물면서 말 한 마디 아니하고 그 수건을 받더군요.

나는 어째 이상한 기분이 들어서 아저씨 방에 들어가 앉지도 못하고 그냥 되돌아서 안방으로 도로 왔지요. 어머니는 풍금 앞에 앉아서 무엇을 그리 생각하는지 가만히 있더군요. 나는 풍금 옆으로 가서 가만히 그 옆에 앉아 있었습니다. 이윽고 어머니는 조용조용히 풍금을 타십니다. 무슨 곡조인지는 몰라도 어째 구슬프고 고즈넉한 곡조야요.

밤이 늦도록 어머니는 풍금을 타셨습니다. 그 구슬프고 고즈넉한 곡조를 계속하고 또 계속하면서.

여러 밤을 자고 난 어떤 날 오후에 나는 오래간만에 아저씨 방엘 나가 보았더니 아저씨가 짐을 싸노라고 분주하겠지요. 내가 아저씨에게 손수건을 갖다 드린 다음부터는 웬일인지 아저씨가 나를 보아도 언제나 퍽 슬픈

중요 어구

12) **손수건** : 손수건 역시 편지봉투와 함께 사랑 손님과 어머니의 사랑을 매개한다. 하지만 헤어짐을 암시한다는 점에서 편지봉투가 갖는 의미와는 차이가 있다.

사람, 무슨 근심이 있는 사람처럼 아무 말도 없이 나를 물끄러미 바라다만 보고 있는 고로 나도 그리 자주 놀러 나오지 않았던 것입니다. 그랬었는데 이렇게 갑자기 짐을 꾸리는 것을 보고 나는 놀랐습니다.

"아저씨, 어디 가우?"

"응, 멀리루 간다."

"언제?"

"오늘."

"기차 타구?"

"응, 기차 타구."

"갔다가 언제 또 오우?"

아저씨는 아무 대답도 없이 서랍에서 이쁜 인형을 하나 꺼내서 내게 주었습니다.

"옥희, 이것 가져, 응. 옥희는 아저씨 가구 나문 아저씨 이내 잊어버리구 말겠지!"

나는 갑자기 슬퍼졌습니다. 그래서,

"아니."

하고 얼른 대답하고 인형을 안고 안으로 들어왔습니다.

"엄마, 이것 봐. 아저씨가 이것 나 줬다우. 아저씨가 오늘 기차 타구 먼 데루 간대."

하고 내가 말했으나, 어머니는 대답이 없으십니다.

"엄마, 아저씨 왜 가우?"

"학교 방학했으니깐 가지."

"어디루 가우?"

"아저씨 집으루 가지, 어디루 가."

"갔다가 또 오우?"

어머니는 대답이 없으십니다.

"난 아저씨 가는 거 나쁘다."

하고 입을 쫑긋했으나, 어머니는 그 말은 대답 않고,

"옥희야, 벽장에 가서 달걀 몇 알 남았나 보아라."

하고 말씀하셨습니다.

나는 깡충깡충 방 안으로 들어갔습니다. 달걀은 여섯 알이었습니다.

"여스 알."

하고 나는 소리쳤습니다.

"응, 다 가지고 이리 나오너라."

어머니는 그 달걀 여섯 알을 다 삶았습니다. 그 삶은 달걀 여섯 알을 손수건에 싸 놓고 또 반지에 소금을 조금 싸서 한 귀퉁이에 넣었습니다.

"옥희야, 너 이것 갖다 아저씨 드리구, 가시다가 찻간에서 잡수시랜다구, 응."

그 날 오후에 아저씨가 떠나간 다음 나는 방에서 아저씨가 준 인형을 업고 자장자장 잠을 재우고 있었습니다. 어머니가 부엌에서 들어오시더니,

"옥희야, 우리 뒷동산에 바람이나 쐬러 올라갈까?"

하십니다.

"응, 가, 가."

하면서 나는 좋아 덤비었습니다.

잠깐 다녀올 터이니 집을 보고 있으라고 외삼촌에게 이르고 어머니는 내 손목을 잡고 나섰습니다.

"엄마, 나, 아저씨가 준 인형 가지고 가?"

"그러렴."

나는 인형을 안고 어머니 손목을 잡고 뒷동산으로 올라갔습니다. 뒷동산을 올라가면 정거장이 빤히 내려다보입니다.

"엄마, 저 정거장 봐. 기차는 없군."

어머니는 아무 말씀도 없이 가만히 서 계십니다. 사르르 바람이 와서 어머니 모시 치맛자락을 산들산들 흔들어 주었습니다. 그렇게 산 위에 가만히 서 있는 어머니는 다른 때보다도 더 한층 이쁘게 보였습니다.

저편 산모퉁이에서 기차가 나타났습니다.

"아, 저기 기차 온다."

하고 나는 좋아서 소리쳤습니다.

기차는 정거장에 잠시 머물더니 금시에 뻑 하고 소리를 지르면서 움직였습니다.

"기차 떠난다."

하면서 나는 손뼉을 쳤습니다. 기차가 저편 산모퉁이 뒤로 사라질 때까지, 그리고 그 굴뚝에서 나는 연기가 하늘 위로 모두 흩어져 없어질 때까지, 어머니는 가만히 서서 그것을 바라다보았습니다.

뒷동산에서 내려오자 어머니는 방으로 들어가시더니 이때까지 뚜껑을 늘 열어 두었던 풍금 뚜껑을 닫으십니다. 그리고는 거기 쇠를 채우고 그 위에다가 이전 모양으로 반짇그릇[13]을 얹어 놓으십니다. 그리고는 그 옆에 있는 찬송가를 맥없이 들고 뒤적뒤적하시더니 빼빼 마른 꽃송이를 그 갈피에서 집어 내시더니,

"옥희야, 이것 내다 버려라."

하고 그 마른 꽃을 내게 주었습니다. 그 꽃은 내가 유치원에서 갖다가 어

중요 어구

13) 반짇그릇 : '반짇고리'의 북한어.

머니께 드렸던 그 꽃입니다. 그러자 옆 대문이 삐걱하더니,

"달걀 사소."

하고 매일 오는 달걀 장수 노파가 달걀 광주리를 이고 들어왔습니다.

"인젠 우리 달걀 안 사요. 달걀 먹는 이가 없어요."

하시는 어머니의 이 말씀에 놀라서 떼를 좀 써 보려 했으나 석양에 빤히 비치는 어머니 얼굴을 볼 때 그 용기가 없어지고 말았습니다. 그래서 아저씨가 주신 인형 귀에다가 내 입을 갖다 대고 가만히 속삭이었습니다.

"애, 우리 엄마가 거짓부리 썩 잘하누나. 내가 달걀 좋아하는 줄 잘 알문성 생 먹을 사람이 없대누나. 떼를 좀 쓰고 싶다만 저 우리 엄마 얼굴을 좀 봐라. 어쩌문 저리두 새파래졌을까? 아마 어데가 아픈가 보다."

라고요.

작품 이해 및 논술 다지기...

 작품 이해

 **핵심 정리**

- 갈래 : 단편 소설
- 시점 : 1인칭 관찰자 시점
- 배경 : 시간적 — 1930년대
  　　　　공간적 — 시골의 작은 읍
- 구성 : 종말 강조가 있는 순행법
- 문체 : 우유체
- 주제 : 소녀의 눈에 비친 사랑 손님과 어머니 사이의 애틋한 사랑

 **등장 인물의 성격**

- 어머니 : 사랑 손님을 사랑하지만 당대의 풍습과 세인의 이목 때문에 끝

내 자신의 사랑을 이루지 못하는 여인.
- 나(옥희) : 세상의 때가 묻지 않은 순수한 관찰자.
- 아저씨 : 교사, 옥희네 사랑에 하숙을 하면서 옥희 어머니에게 연정을 갖지만 얼마 후 집을 떠남.

 **이해와 감상**

〈사랑 손님과 어머니〉는 1935년 《조광》에 발표된 작품이다. 1인칭 관찰자 시점으로 쓰여진 이 소설의 화자는 여섯 살 난 어린아이이다. 화자인 옥희는 어린아이다운 감성과 이해력의 한계를 가지고 있고, 그 한계를 전제하고 있는 데서 〈사랑 손님과 어머니〉의 독특한 분위기가 형성되고 있다.

여기에는 격렬한 감정 변화도 없고, 구체적인 사건도 거의 없다. 드러나고 있는 것은 가까이하지 못하는, 맺어질 수도 없는 상대에게 안타까운 연정을 느끼는 남녀의 섬세한 감정의 결이 있을 뿐이다. 그리고 〈사랑 손님과 어머니〉에서 쓰이고 있는, 이 미세한 감정의 결을 드러내기 위한 장치가 '어린아이의 시점'이라는 것이다.

화자인 옥희는 어머니와 사랑방에 기거하는 아저씨의 감정을 보여 주는 징표들을 모두 관찰하지만, 해석하지는 못한다. 주인공인 남녀의 사랑이 (관찰자에 의해) 이해되고 있지 못하기 때문에, 이 소설을 읽는 사람이 느끼는 안타까움은 한층 고조된다. 두 사람이 각기 상대에게 품고 있는, 그러나 아직 고백하지는 않은 은밀한 사랑이 이해되지 못하므로, 더욱 억눌리고 숨겨진다는 느낌을 독자가 받게 되기 때문이다. 그러나 다른 한편으로, 이 남녀 사이의 감정은 옥희를 통해서만 교류된다. 마지막에 편지를 전해 주는 것도 옥희이고, 달걀이나 꽃을 두 사람이 느끼는 감정의 매개체로 만든 사람도 옥희이다. 두 사람은 상대를 직접 보지 못하는 대신 옥희에게 상대에 대해 묻고 감정의 전달자인 옥희에게 애정을 쏟는다. 서술자인 옥희는 두 사람의 감정을 매개하는 매개자이며 관찰자이지만, 해석자는 아니다. 사회적 통념 때문에 짓눌리고 있고 따라서 미세한 결로만 나타나는 '사랑 손님과 어머니'의 감정은, 소설 안에서 해석되지 못함에 의해 더욱 섬세함을 띠게 된다.

 생각 나누기

1. 어린아이의 시점을 택함으로써 이 소설이 얻고 있는 효과에 대해 약술하라.
2. 이 소설을 어른의 시각으로 재구성하여 줄거리를 써 보자.
3. 작품에 나타나는 어린아이 즉, '신빙성 없는 화자'를 등장시킴으로써 얻는 효과를 설명하고, 이와 같은 화자를 사용하고 있는 다른 소설의 예를 들어 보자.

 모범 답안

1. 이 작품의 화자는 여섯 살 난 여자 아이이다. 그러므로 화자인 옥희는 어머니와 사랑 손님의 감정을 보여 주는 징표들을 모두 관찰하지만, 해석하지는 못한다. 즉, 어머니와 아저씨 사이의 감정이 관찰자에 의해 해석되지 않은 채 독자에게 전달됨으로써, 두 사람의 사랑을 감싸고 있는 안타까운 분위기를 한층 고조시킨다.
2. 스물네 살 된 과부가 딸을 데리고 살고 있는 집에, 죽은 남편의 친구가 하숙인으로 들어온다. 젊은 두 남녀는 막상 가까이 대할 기회를 갖지는 못하면서도 연정을 키워 나가고, 남자는 용기를 내어 사랑을 고백하기에

이른다. 그러나 아이 딸린 과부의 개가를 허용하기에는 사회적 통념의 벽이 너무도 완고하다. 여인은 헛된 연정을 끊어야겠다고 생각하고 남자에게 떠나 주기를 청하고, 남자는 떠난다.

3. 보통 순진한 사람이나 어린아이가 화자로 설정되곤 하는 '신빙성 없는 화자'가 서술하는 일은 그 해석과 평가가 자신의 미성숙이나 무지로 인해 정확하지 못하다. 이런 화자를 통해 서술되는 내용과 독자가 파악하는 세계와의 차이는 〈사랑 손님과 어머니〉의 경우처럼 주제를 효과적으로 드러내는 데 기여하기도 한다.

'신빙성 없는 화자'를 사용하고 있는 소설의 다른 예로는 채만식의 〈치숙〉이 있다. 이 소설에서 역시 믿을만한 인물이 못 되는 '소년'을 화자로 등장시킴으로써 비판해야 할 대상이 일제 치하 지식인인 아저씨가 아니라 소년 자신임을 반어적으로 나타낸다.

 **연관 작품 더 읽기**

- 〈실비명〉(김이석) : 의사가 되기를 바라는 아버지의 욕망과 기생이 되려는 딸 사이의 갈등이 빚어 내는 삶의 비애와 부정(父情)을 그린 소설.
- 〈젊은 느티나무〉(강신재) : 부모님에 의한 의남매(義男妹)라는 숙명 때문에, 사랑을 성취하지 못하고 그 갈등에 고민하고 절규하는 젊은 남녀의 순수한 사랑을 형상화한 작품.

 **좀더 알아보기**

- 멜로드라마(melodrama) : 연애를 주제로 하며, 우연에 따른 변화와

호사스러움이 있고, 그 내용이 감상적이고 통속적인 흥미 중심의 대중 극.

- 클라이맥스(climax) : 전개 부분이 확대 또는 상승되는 부분. 정점(頂點). 소설에서의 갈등이 가장 심화되는 부분을 말함.

논술 다지기

❖ '옥희 어머니'와 '사랑 손님'의 행동을 전통적 윤리 의식과 현대의 가치관으로 비교해 보고, 이들의 행동을 오늘날의 시각에서 비판해 보시오. (1,600자 내외)

모범 답안

〈사랑 손님과 어머니〉는 어머니와 사랑 손님의 이루어질 수 없는 애틋한 사랑을 그린 작품이다. 남편을 일찍 여의고 어린 딸을 키우며 살아가던 어머니에게 사랑 손님이 다가온다. 이제 어머니는 결정을 내려야 한다. 사랑 손님의 사랑을 받아들일 것인가? 아니면 사랑 손님을 떠나보낼 것인가? 젊은 과부인 어머니에게 사랑 손님의 등장은 분명 이성에의 관심을 불러일으킨다. 교양 있고 정숙한 어머니는 새롭게 생성되는 애정에 갈등하며 흔들림을 경험하지만, 결국 본연의 자세로 돌아간다. 그래서 우리는 〈사랑 손님과 어머니〉를 애욕의 감정보다는 도덕감 내지는 자식에 대한 사랑이 아름답게 드러난 작품이라고 평가를 하곤 한다. 하지만 그 결과 어머니와 사랑 손님은 사랑을 이루지 못하

고 애틋하게 이별을 맞이한다.

　전통적인 윤리관에서 보면 두 사람의 사랑은 절대로 이루어질 수 없다. 유교적 윤리관은 여자들이 일부종사(一夫從事) 하는 것을 철칙으로 여겼기 때문이다. 더욱이 어린 딸까지 있던 어머니로서는 '옥희'의 장래를 신경 쓰지 않을 수 없었다. 옥희가 자라면서 사람들에게 멸시와 천대를 받는 것은 어머니가 바라는 바가 아니다. 당시는 전통적 유교 윤리관이 보편적인 가치관이었다는 것을 염두에 둔다면 어머니의 재혼은 뭇사람들에게 비난을 받을 일이며, 그의 딸 옥희도 멸시를 받을 것이 분명하기 때문이다. 따라서 어머니는 사랑 손님의 사랑을 힘들게 거절한다. 아마 어느 누구도 그 시기에 전통적 윤리관에 당당히 맞서서 자신의 사랑을 성취하기는 힘들었을 것이다. 결국 어머니와 사랑 손님의 사랑을 이루지 못하게 만든 것은 인습과 기성 윤리였다.

　이러한 인습과 기성 윤리의 반대편에는 개인의 자유를 강조하는 가치관이 존재한다. 남녀 간의 사랑은 두 사람의 자율적인 의지에 의해 이루어지는 것이지 전통적인 윤리관에 의해 얽매일 필요는 없다는 가치관이다. 모든 인간은 사랑하는 사람을 만나서 행복하게 살 권리가 있다. 따라서 과거의 잘못된 인습이 이 원칙에 어긋난다면 그것은 과감하게 부정되어야 한다. 특히 오늘날에는 전통적 윤리관에 의해 사랑을 하고 이별을 하는 남녀는 드물다. 자신의 감정을 솔직하게 말하고, 그 감정에 의해 자율적으로 행동하는 것을 긍정적인 것으로 본다. 이러한 관점에서 보자면 어머니와 사랑 손님은 남의 눈치를 보면서 전통적인 가치관에만 순응하는 인물이다. 즉 사랑이라는 감정에 충실해 자율적으로 행동하는 인물과는 거리가 멀다. 두 사람이 진실로 서로 사랑한다면 다른 사람의 눈치를 본다든지 인습에 얽매이는 등의 행동은 과감히 버려야 한다. 또한 어린 딸 때문에 자신이 사랑하는 사람을 그냥 보내는 것도 잘못되었다. 두 사람의 사랑이 이루어진다면 사랑 손님은 어머니의 남편인 동시에 어린 옥희의 아버지이기도 하다. 소설 속에서도 옥희는 사랑 손님에게 아버지의 정을 느끼고 있다. 두 사람이 서로 사랑하고, 옥희도 사랑 손님을 아버지처럼 대하는데, 단지 전통적인 윤리관 때문에 두 사람이 헤어진다는 것은 바람직한 것이 아니라고 판단된다.

  요컨대 이 작품은 과부인 어머니와 사랑 손님의 사랑을 순수하고도 격조 높은 것으로 드러내려고 했지만, 현대적 가치관에서 보자면 두 사람이 전통적인 인습에 얽매이지 말고, 자율적인 의지대로 서로 사랑하고, 또한 그 사랑의 결실을 맺는 것이 더욱 바람직한 것이다.

손으로 만져 보아 느낄 수 있는 것만이 실재(實在)하고 있는 것이라고 생각하는 사람들은 참으로 무지하다.

-플라톤(Platon)-

치숙

채만식(1902~1950)

전북 옥구 출생. 호는 백릉(白菱)·채옹(采翁). 일본 와세다 대학 영문과 중퇴. 동아일보, 조선일보, 개벽사 기자 역임. 그는 1924년 《조선문단》에 단편 〈세길로〉를 발표하면서 문단에 등단. 카프에 가담하지는 않았지만 〈레디메이드 인생〉, 〈인텔리와 빈대떡〉 등 동반자적인 성향을 드러내는 작품을 발표함. 이후 그는 전형적인 가족사 소설로서 몰락해 가는 윤 직원 영감의 생리를 풍자한 중편 〈태평천하〉와 군산이라는 지방 도시를 배경으로 1930년대의 소도시의 생활을 제시하면서 초봉이라는 기구한 여인의 일생을 그린 〈탁류〉를 발표함. 식민지 시대의 그의 작품의 특징은 식민지 교육의 모순과 식민지 궁핍화 현상에 대해서 예리한 풍자를 보여 주고 있다는 점임. 그리고 그 풍자를 잘 보여 주고 있는 작품 중의 하나가 〈치숙〉임.

미리 엿보기....

생각해 봅시다

1. 이 작품이 일제 강점기에 쓰여진 작품임을 염두에 두고 풍자되는 대상은 누구이며, 풍자되고 있는 내용은 무엇인가를 생각해 보자.
2. 작가는 이 소설의 아저씨에 대해서 어떠한 태도를 가지고 있는지 생각해 보자.

작품의 줄거리

아저씨는 일본에서 대학도 다녔고 나이도 서른 셋이나 되었는데 아직도 정신을 차리지 못하고 있다. 착한 아주머니를 쫓아내고 여학생이랑 살고, 사회주의 운동을 하다가 감옥살이를 하고 폐병 환자가 되어서 풀려난 아저씨. 아주머니는 식모살이로 돈을 모아서 아저씨의 병구완을 하는데, 아저씨는 병이 나으면 또 사회주의 운동을 할 궁리만 한다. '나'는 이 곳에서 열심히 일해서 내지 여인과 결혼하여 성명을 내지 성명으로 바꾸고 생활 방식도 내지인처럼 해서 살아가는 것이 꿈이다. 아저씨는 이런 내 꿈 이야기를 듣고 나를 딱하게 여긴다. 나는 아주머니가 고생하는 것에 대해서 미안함도 느끼지 않는 아저씨가 밉살스럽고 사회주의 운동을 할 궁리만 하고 있는 아저씨의 모습이 한심하기만 하다.

    우리 아저씨 말이지요? 아따 저 거시기, 한참 당년[1]에 무엇이냐 그놈의 것 뭐, 사회주의라더냐, 막걸리라더냐, 그걸 하다가 징역 살고 나와서 폐병으로 시방 앓아 누웠는 우리 오촌 고모부(姑母夫) 그 양반…….

    머 말도 마시오. 대체 사람이 어쩌면 글쎄……. 내 원! 신세 간데없지요.

    자, 십 년 적공(十年積功) 대학교까지 공부한 것 풀어 먹지도 못했지요, 좋은 청춘 어영부영 다 보냈지요, 신분(身分)에는 전과자(前科者)란 붉은 도장 찍혔지요, 몸에는 몹쓸 병까지 들었지요. 이 신세를 해 가지굴랑은 굴속 같은 오두막집 단칸 셋방 구석에서 사시장철 밤이나 낮이나 눈 따악

중요 어구

1) 당년 : 일이 있는 바로 그 해.

감고 드러누웠군요.

　재산이 어데 집 터전인들 있을 턱이 있나요. 서발막대 내 저어야 짚 검불 하나 걸리는 것 없는 철빈(鐵貧)인데.

　우리 아주머니가, 그래도 그 아주머니가 어질고 얌전해서 알량한 남편 양반 받드느라 삯바느질이야, 남의 집 품빨래야, 화장품 장사야, 그 칙살스런 벌이를 해다가 겨우겨우 목구멍에 풀칠을 하지요.

　어디로 대나 그 양반은 죽는 게 두루 좋은 일인데 죽지도 아니 해요. 우리 아주머니가 불쌍해요. 진작 한 나이라도 젊어서 팔자를 고치는 게 아니라, 무슨 놈의 우난 후분(後分)²을 바라고 있다가 그 고생을 하는지.

　근 이십 년 소박을 당했지요. 이십 년을 서러운 청춘 한숨으로 보내고서 다 늦게야 송장 여대치게 생긴 양반을 그래도 남편이라고 모셔다가는 병시중 들랴 먹고살랴, 애자진하고 다니는 걸 보면 참말 가엾어요.

　그게 무슨 죄다짐이람? 팔자 팔자 하지만 왜 팔자를 고치지를 못하고 그래요. 우리 죄선 구식 부인네들은 다 문명을 못 하고 깨지를 못 해서 그러지. 그 양반이 한시바삐 죽기나 했으면 우리 아주머니는 차라리 신세 편하리다. 심덕 좋겠다, 솜씨 얌전하겠다 하니, 어디 가선들 자기 일신 몸 가누고 편안히 못 지내요?

　가만있자, 열여섯 살에 아저씨네 집으로 시집을 갔다니깐 그게 내가 세 살 적이니 꼬박 열여덟 해로군. 열여덟 해면 이십 년 아니오.

　그 때 우리 아저씨 양반은 나이 어리기도 했지만 공부를 한답시고 서울로, 동경으로 십여 년이나 돌아다녔고, 조금 자라서 색시 재미를 알 만하

중요 어구

2) 후분 : 늙은 뒤의 운수나 처지.
3) 권면 : 알아듣도록 권하고 격려하여 힘쓰게 함.

니까는 누가 예쁘달까 봐, 이혼하자고 아주머니를 친정으로 쫓고는 도무지 불고(不顧)를 하고…….

 공부를 다 마치고 오더니만 그 담에는 그놈의 짓에 들입다 발광해 다니면서 명색 학생 출신이라는 딴 여편네 얻어 살았지요. 그 여편네는 나도 몇 번 보았지만 상판대기라고 별반 출 수도 없이 생겼습디다. 그 인물로 남의 첩이야? 일색 소박은 있어도 박색 소박은 없다더니, 소실 소박맞은 우리 아주머니가 그 여편네께다 대면 월등 예뻤다우.

 그래 그 뒤에 그 양반은 필경 붙들려 가서 오 년이나 전중이를 살았지요. 그 동안에 아주머니는 시집이고 친정이고 모두 폭 망해서 의지가지없이 됐지요.

 그러니 어떻게 해요? 자칫하면 굶어 죽을 판인데.

 할 수 없이 얻어먹고 살기도 해야 하려니와, 또 아저씨 나오는 것도 기다려야 한다고 나를 반연 삼아 서울로 올라왔더군요. 그게 그러니까 아저씨가 나오든 전 해로군.

 그 때 내가 나이는 어려도 두루 날뛴 보람이 있어서 이내 구라다상네 식모로 들어갔지요.

 그 무렵에 참 내가 아주머니더러 여러 번 권면(勸勉)³을 했지요. 그러지 말고 개가(改嫁)를 가라고. 글쎄 어린 소견에도 보기에 퍽 딱하고 민망합디다. 계제에 마침 또 좋은 자리가 있었고요. 미네상이라고 미쓰꼬시 앞에서 바나나 다다기우리를 하는 인데 사람이 퍽 좋아요. 우리 집 다이쇼(주인)도 잘 알고 하는데 그이가 늘 날더러, 죠센 오깜(아내)상하고 살았으면 좋겠다고 중매 서 달라고 그래 쌌어요.

 돈은 모아 둔 게 없어도 다 벌어먹고 살 만하니까 그런 사람 만나서 살면 아주머니도 신세 편할 게 아니라구요.

287

그런 걸 글쎄 몇 번 말해야 숭헌 소리 말라고 듣덜 않는 걸 어떡하나요.

아무튼 그런 것말고라도 참, 흰말[4]이 아니라 이 날 이 때까지 내가 그 아주머니 뒤도 많이 보아주었다우. 또 나도 그럴 만한 은공이 없잖아 있구요.

내가 일곱 살에 부모를 잃었지요. 그러고 나서 의탁할 곳이 없이 됐는데 그 때 마침 소박을 맞고 친정살이를 하는 그 아주머니가 나를 데려다가 길러 주었지요.

그 때만 해도 그 집이 그다지 군색하게 지내진 않았으니까요. 아주머니도 아주머니지만 종조할머니며 할아버지도 슬하에 딴 자손이 없어서 나를 퍽 귀애하셨지요. 열두 살까지 그 집에서 자랐군요. 사 년이나마 보통학교도 다녔고.

아마 모르면 몰라도 그 집안이 그렇게 치패(致敗)하지만 않았으면 나도 그냥 붙어 있어서 시방쯤은 전문학교까지는 다녔으리라. 이런 은공이 있으니까 나도 그걸 저버리지 않고 그래서 내 깜냥에는 갚을 만치 갚노라고 갚은 셈이지요.

하기야 요새도 간혹 아주머니가 찾아와서 양식 없다는 사정을 더러 하곤 하는데, 실토정 말이지 좀 성가시기는 해요.

그러는 족족 그 수응을 하자면 내 일을 못하겠는걸. 그래 대개 잘라 떼기는 하지요.

그렇지만 그 밖에 가령 양명절 때면 고기 근이라도 사 보낸다든지, 또

중요 어구

4) **흰말** : 터무니없이 자랑으로 떠벌리거나 거드럭거리며 허풍을 떠는 말.
5) **존존히** : '자잘하다'의 제주 방언.
6) **달포** : 한 달이 조금 넘는 기간.

오며 가며 들러서 이야기 낱이라도 한다든지 그런 건 결단코 범연히 하진 않으니까요.

아무튼 그래서 아주머니는 꼬박 일 년 동안 구라다상네 집 식모로 있으면서 월급 오 원씩 받는 걸 그대로 고스란히 저금을 하고, 또 틈틈이 삯바느질을 맡아다가 조금씩 벌어 보태고, 또 나올 무렵에 구라다상네 양주가 퍽 기특하다고 돈 칠 원을 상급(賞給)으로 주고, 그런 게 이럭저럭 돈 백 원이나 존존히[5] 됐지요.

그놈으로 방 한 칸 얻어 살림 나부랭이도 조금 장만하고 그래 놓고서 마침 그 알량꼴량한 서방님이 뇌어 나오니까 그리로 모셔들였지요.

뇌어 나는 날 나도 가서 보았지만 감옥 문 앞에 막 나서자 아주머니가 기다리고 있으니까 그래도 눈물이 핑 돌던데요.

전에 그렇게도 죽을 둥 살 둥 모르고 좋아하던 첩년은 꼴도 안 뵈구요. 남의 첩년들이란 건 다 그런 거지요, 뭐.

우리 아저씨 양반은 혹시 그 여편네가 오지 않았나 하고 사방을 휘휘 둘러보던데요. 속이 그렇게 없다니까. 여편네는커녕 아주머니하고 나하고 그 외는 어리친 개새끼 한 마리 없드라.

그래 막 자동차에 올라타려다가 피를 토했지요. 나중에 들었지만 감옥소 안에서 달포[6] 전부터 토혈을 했다나 봐요. 그래 다 죽어 가는 반송장을 업어 오다시피 해다가 뉘어 놓고, 그 날부터 아주머니가 불철주야로 할 짓 못할 짓 다 해 가면서 부스대고 날뛴 덕에 병도 차차로 차도가 있고, 그러더니 인제는 완구히 살아는 났지요. 뭐 참 시방은 용 꼴인걸요, 용 꼴.

부인네 정성이 무서운 겝디다! 꼬박 삼 년이군. 나 같으면 돌아가신 부모가 살아오신대도 그 짓 못해요. 자, 그러니 말이지요. 우리 아저씨라는 양반이 작히나 양심이 있고 다 그럴 양이면, 어어허, 내가 어서 바삐 몸이

289

충실해져서, 어서 바삐 돈을 벌어다가 저 아내를 편안히 거느리고 이 은공과 전날의 죄를 갚아야 하겠구나……, 이런 맘을 먹어야 할 게 아닌가요? 아주머니의 은공을 갚자면 발에 흙이 묻을세라 업고 다녀도 참 못 다 갚지요.

그러고저러고 간에 자기도 인제는 속 차려야지요. 하기야 속을 차려서 무얼 하재도 전과자니까 관리나, 회사 같은 데는 들어가지 못하겠지만. 그야 자기가 저지른 일인 걸 누구를 원망할 일도 아니고 그러니 막 벗어부치고 노동이라도 해야지요. 대학교 출신이 막벌이 노동이란 게 꼴 가관이지만 그래도 할 수 없지, 뭐.

그런 걸 보고 가만히 나를 생각하면, 만약 우리 종조할아버지네 집이 그렇게 치패[7]를 안 해서 나도 전문학교나 대학교를 졸업을 했으면 혹시 우리 아저씨 모양이 됐을지도 모를 테니, 차라리 공부 많이 않고서 이 길로 들어선 게 다행이다……, 이런 생각이 들어요.

사실 우리 아저씨 양반 대학교까지 졸업하고도 인제는 기껏 해 먹을 거란 막벌이 노동밖에 없는데, 보통학교 사 년 겨우 다니고서도 시방 앞길이 환히 트인 내게다 대면 고쓰까이(소사)만도 못지요.

아, 그런데 글쎄 막벌이 노동을 하고 어쩌고 하기는커녕, 조금 바스스 살아날 만하니까 이 주책꾸러기 양반이 무슨 맘보를 먹는고 하니, 내 참 기가 막혀!

아아니, 그놈의 것하고는 무슨 대천지원수가 졌단 말인지, 어쨌다고 그

중요 어구

7) 치패 : 살림이 아주 결딴남.
8) 저어~해 줍디다 : 전체적으로 대화체를 활용함으로써 독자가 보다 흥미롭게 소설 읽기에 참여하도록 돕는다.
9) 분지복 : 분복. 각자 타고난 복.

걸 끝끝내 하지 못해서 그 발광인고? 그나마 그게 밥이 생기는 노릇이란 말이지. 명예를 얻는 노릇이란 말이지? 필경은 붙잡혀가서 징역 사는 놀음?

아마 그놈의 것이 아편하고 딱 같은가 봐요. 그렇길래 한 번 맛을 들이면 끊지를 못하지요.

그렇지만 실상 알고 보면은 그게 그다지 재미가 난다거나, 맛이 있다거나, 그런 것도 아니더군 그래요. 불한당 패던데요. 하릴없이 불한당 패들입디다.

저어 서양 어디선가, 일하기 싫어하는 게으름뱅이 몇 놈이 양지쪽에 모여 앉아서 놀고먹을 궁리를 했더라나요. 우리 집 다이쇼가 다 자상하게 이야기를 해 줍디다.[8]

게, 그 녀석들이 서로 구론을 하기를, 자 이 세상에는 부자가 있고 가난한 사람이 있고 하니 그건 도무지 공평한 일이 아니다. 사람이란 건 이목구비하며 사지육신을 꼭 같이 타고 났는데 누구는 부자로 잘살고 누구는 가난하다니 그게 될 말이냐, 그러니 부자가 가진 것을 우리 가난한 사람들하고 다 같이 고르게 나눠 먹어야 경우가 옳다.

야, 그거 옳은 말이다. 야, 그 말 좋다. 자, 나눠 먹자.

아, 이렇게 설도를 해 가지고 우 하니 들고 일어났다는군요.

아니, 그러니 그게 생 날불한당 놈의 짓이 아니고 무어요?

사람이란 것은 제가끔 분지복[9]이 있어서 기수(氣數)를 잘 타고 나든지 부지런하면 부자가 되는 법이요, 복록을 못 타고 나든지 게으른 놈은 가난하게 사는 법이요, 다 이렇게 마련인데, 그거야말로 공평한 천리(天理)인 것을, 도리어 불공평하다니 될 말이오? 그러고서 억지로 남의 것을 뺏어 먹자고 들다니 그놈들이 불한당이지 무어요.

291

짓이 불한당 짓일 뿐만 아니라, 또 만약에 그러기로 들면 게으른 놈은 점점 더 게으름만 부리고 쫓아다니면서 부자 사람네가 가진 것만 뺏어 먹을 테니 이 세상은 통으로 도적놈의 판이 될 게 아니오? 그나마 부자 사람네가 모아 둔 걸 다 뺏기고 더는 못 먹여 내는 날이면 그 때는 이 세상 망하는 날이 아니오?

저마다 남이 농사지어 놓으면 그걸 뺏어 먹으려고 일 않고 번둥번둥 놀 것이고, 남이 옷감 짜 놓으면 그걸 뺏어다가 입으려고 번둥번둥 놀 것이고, 그럴 테니 대체 곡식이며 옷감이며 그런 것이 다 어디서 나올 데가 있어야지요. 세상 망할밖에!

글쎄 그놈의 짓이 그렇게 세상 망쳐 놀 장본인인 줄은 모르고서 가난한 놈들, 그 중에도 일하기 싫은 게으름뱅이들이 위선 당장 부자 사람네 것을 뺏어 먹는다니까 거기 혹해 가지굴랑 너도 나도 와 하니 참섭을 했다는구려.

바로 저 아라사가 그랬대요.

그래서 아니나 다를까 농군들이 곡식을 안 만들기 때문에 사람이 수만 명씩 굶어 죽는다는구려. 빤한 이치지 뭐.

위선 먹기는 곶감이 달다고 그 지랄들을 했다고 잘코사니야.

아, 그런데 그 못된 놈의 풍습이 삽시간에 동서양 각국 안 간 데 없이 퍼져 가지굴랑 한동안 내지(內地)에도 마구 굉장히 드세게 돌아다녔고, 내지

중요 어구

10) 그놈의 것~무엇이 됐을지 : 화자의 입을 통해 사회주의를 비판하는 내용을 살펴보면 일면 타당하기도 하지만 그렇지 않은 면도 보인다. 이치에 맞지 않은 말을 하는 부분은 나의 신빙성 없음을 비판하는 것이고, 정당한 내용은 사회주의에 대한 비판이라고 보아야 한다.

11) 그러거들랑~아니라구요? : 일본인에게 영합해서 출세하고자 하는 의존적인 화자의 성격을 드러낸다.

가 그러니까 멋도 모르는 죠선 영감상들도 덩달아서 그 숭내를 냈다나요.

그렇지만 시방은 그새 나라에서 엄하게 밝히고 금하고 한 덕에 많이 너끔해졌고 그런 마음먹는 사람은 별반 없다나 봐요.

그럴 게지, 글쎄. 아, 해서 좋을 양이면야 나라에선들 왜 금하며 무슨 원수가 졌다고 붙잡아다가 징역을 살리나요.

좋고 유익한 것이면 나라에서 도리어 장려하고 잘할라치면 상급도 주고 그러잖아요.

활동 사진이며 스모며 만자이며 또 왓쇼이왓쇼이(일본 전통 축제)랄지 세이레이낭아시(우란분 행상의 하나)랄지 라디오 체조랄지 이런 건 다 유익한 일이니까 나라에서 설도도 하고 그러잖아요.

나라라는 게 무언데? 그런 것 다 잘 분간해서 이럴 건 이러고 저럴 건 저러라고 지시하고, 그 덕에 백성들이 제각기 제 분수대로 편안히 살도록 애써 주는 게 나라 아니오?

그놈의 것 사회주의만 하더라도 나라에서 금하질 않고 저이가 하는 대로 두어 두었어 보아? 시방쯤 세상이 무엇이 됐을지…….[10]

다른 사람들도 낭패 본 사람이 많았겠지만 위선 나만 하더라도 글쎄 어쩔 뻔했어! 아무 일도 다 틀리고 뒤죽박죽이지.

내 희망과 계획은 이렇거든요.

우리 집 다이쇼가 나를 각별히 귀여워하고 신용을 하니깐 인제 한 십 년만 더 있으면 한밑천 들여서 따로 장사를 시켜 줄 그런 눈치거든요.

그러거들랑 그것을 언덕 삼아 가지고 나는 삼십 년 동안, 예순 살 환갑까지만 장사를 해서 꼭 십만 원을 모을 작정이지요. 십만 원이면 죠선 부자로 쳐도 천석꾼이니, 머 떵떵거리고 살 게 아니라고요?[11]

그리고 우리 다이쇼도 한 말이 있고 하니까 나는 내지인 규수한테로 장가를 들래요. 다이쇼가 다 알아서 얌전한 자리를 골라 중매까지 서 준다고 그랬어요. 내지 여자가 참 좋지요.[12]

나는 죄선 여자는 거저 주어도 싫어요.

구식 여자는 얌전은 해도 무식해서 내지인하고 교제하는 데 안 되고, 신식 여자는 식자가 들었다는 게 건방져서 못 쓰고, 도무지 그래서 죄선 여자는 신식이고 구식이고 다 제바리여요.

내지 여자가 참 좋지 뭐. 인물이 개개 일자로 예쁘겠다, 얌전하겠다, 상냥하겠다, 지식이 있어도 건방지지 않겠다, 좀이나 좋아!

그리고 내지 여자한테 장가만 드는 게 아니라 성명도 내지인 성명으로 갈고, 집도 내지인 집에서 살고, 옷도 내지 옷을 입고, 밥도 내지식으로 먹고, 아이들도 내지 이름을 지어서 내지인 학교에 보내고……

내지인 학교래야지 죄선 학교는 너절해서 아이들 버려 놓기 꼭 알맞지요.

그리고 말도 죄선말은 싹 걷어치우고 내지어만 쓰고요.

이렇게 다 생활 법식부터도 내지인처럼 해야만 돈도 내지인처럼 잘 모으게 되거든요.

내 희망이며 계획은 이래서 그 십만 원짜리 큰 부자가 바로 내다뵈고 그리로 난 길이 환하게 트이고 해서 나는 시방 열심으로 길을 가고 있는데, 글쎄 그 미쳐 살미 든 놈들이 세상 망쳐 버릴 사회주의를 하려 드니 내야 소름이 끼칠 게 아니라구요? 말만 들어도 끔찍하지!

중요 어구

12) 그리고~참 좋지요 : 화자의 주체적인 판단이라고 볼 수 없으며 타당한 근거 없이 조선 여자를 폄하하고 있다.
13) 유만부동 : 비슷한 것이 많지만 같지는 않음.

세상이 망해서 뒤집히면 그래 나는 어쩌란 말인고? 아무것도 다 허사가 될 테니 그런 억울할 데가 있더람?
　머 참, 우리 집 다이쇼 말이 일일이 지당해요.
　여느 절도나 강도나 사기나 그런 죄는, 도적이면 도적을 해 가는 그 당장, 그 돈만 축을 내니까 오히려 죄가 가볍지만, 그놈의 것 사회주의인지 지랄인지는 온 세상을 뒤죽박죽을 만들어 놓고 나라를 통째로 소란하게 하니까 도저히 용서할 수가 없대요.
　용서라니! 나 같으면 그런 놈들은 모조리 쓸어다가 마구 그저 그냥……
　그런 일을 생각하면, 털어놓고 말이지 우리 아저씬지 그 양반도 여간 불측스러 뵈들 않아요. 사실 아주머니만 아니면 내가 무슨 천주학이라고, 나쁜 병까지 앓는 그 양반을 찾아다니나요. 죽는대도 코도 안 풀어 붙일걸.
　그러나마 전자의 죄상을 다 회개를 하고 못된 마음을 씻어 버렸을 새 말이지, 머헌 개꼬리 삼 년이라더냐, 종시 그 모양일걸요.
　그러니깐 그게 밉살머리스러워서 더러 들렀다가 혹시 마주 앉아도 위정 뼈끝 저린 소리나 내쏘아 주고 말을 따잡아 가지굴랑 꼼짝 못하게시리 몰아세워 주곤 하지요.
　전번에도 한 번 혼을 단단히 내주었지요. 아, 그랬더니 아주머니더러 한다는 소리가, 그 녀석 사람 버렸더라고, 아무짝에도 못 쓰게 길이 들었더라고 그러더라나요!
　내 원, 그 소리를 듣고 하도 어처구니가 없어서!
　대체 사람도 유만부동[13]이지, 그 아저씨가 날더러 사람 버렸느니 아무짝에도 못 쓰게 길이 들었느니 하더라니, 원 입이 몇 개나 되면 그런 소리가 나오는 구멍도 있누?
　죄선 벙어리가 다 말을 해도 나 같으면 할 말 없겠더구만서도 하면 다

말인 줄 아나 봐?

이를테면 그게 명색 훈계 비슷한 거렷다? 내게다가 맞대 놓고 그런 소리를 하다가는 되잡혀서 혼이 날 테니까 슬며시 아주머니더러 이르란 요량이던 게지?

기가 막혀서…… 하느님이 사람 콧구멍을 두 개로 마련하기 참 다행이야.

글쎄 아무려면 내가 자기처럼 다 공부는 못하고 남의 집 고조 노릇으로, 반또 노릇으로 이렇게 굴러먹을 값에, 이래 보여도 표창을 두 번이나 받은 모범 점원이요, 남들이 똑똑하고 재주 있고 얌전하다고 칭찬이 놀랍고 앞길이 환히 트인 유망한 청년인데, 그래 자기 눈에는 내가 버린 놈이고 아무짝에도 못 쓰게 길이 든 놈으로 보였단 말이지?

하하 오옳지! 거참 그렇겠군. 자기는 자기 하는 짓이 옳으니까, 남이 하는 짓은 다 글렀단 말이렷다.

그러니까 나도 자기처럼 그놈의 것 사회주의인지 급살 맞을 것인지나 하다가 징역이나 살고 전과자가 되고 폐병이나 앓고 다 그랬더라면 사람 버리지도 않고 아무짝에도 못 쓰게 길든 놈도 아니고 그럴 뻔했군그래!

흥! 참…….

제 밑 구린 줄 모르고서 남더러 어쩌고저쩌고 한다는 게 꼭 우리 아저씨 그 양반을 두고 이른 말인가 봐.

그 날도 실상 이랬더라우. 혼을 내 주었더니, 아주머니더러 그런 소리를 하더란 그 날 말이오.

> **중요 어구**
>
> 14) 아주머니는~드러누웠어요 : 아저씨의 사상의 정당성은 차치하고라도 생활면에서 지극히 무능한 모습을 보인다.

그 날이 마침 내가 쉬는 날이기에 아주머니더러 할 이야기도 있고 해서 아침결에 좀 들렀더니, 아주머니는 남의 혼인집으로 바느질을 해 주러 갔다고 없고, 아저씨 양반만 여전히 아랫목에 가 드러누웠어요.[14]

그런데 보니깐, 어디서 모두 뒤져 냈는지, 머리맡에다가 헌 언문 잡지를 수북이 쌓아 놓고는 그걸 뒤져요.

그래 나도 심심 삼아 한 권 집어 들고 떠들어 보았더니, 머 읽을 맛이 나야지요.

대체 죄선 사람들은 잡지 하나를 해도 어째 모두 그 꼬락서니로 해 놓는지.

사진도 없지요, 망가(만화)도 없지요.

그러고는 맨판 까다로운 한문 글자로다가 처박아 놓으니 그걸 누구더러 보란 말인고?

더구나 우리 같은 놈은 언문도 그런 대로 뜯어보기는 보아도 읽기에 여간만 폐롭지가 않아요.

그러니 어려운 언문하고 까다로운 한문하고를 섞어서 쓴 글을 뜻을 몰라 못 보지요. 언문으로만 쓴 것은 소설 나부랭인데, 읽기가 힘이 들 뿐 아니라 또 죄선 사람이 쓴 소설이란 건 재미가 있어야지요. 그래서 나는 죄선 신문이나 죄선 잡지하고는 담쌓고 남 된 지 오랜걸요.

잡지야 머 《킨구》나 《쇼넹쿠라부》덮어 먹을 잡지가 있나요. 참 좋아요.

한문 글자마다 가나를 달아 놓았으니 어떤 대문을 척 펴들어도 술술 내려 읽고 뜻을 훵하니 알 수가 있지요.

그리고 어떤 대문을 읽어도 유익한 교훈이나 재미나는 소설이지요.

소설 참 재미있어요. 그 중에도 기쿠치캉 소설……! 어쩌면 그렇게도 아기자기하고도 달콤하고도 재미가 있는지. 그리고 요시가와 에이지, 그의 소설은 진찐바라바라 하는 지다이모노인데 마구 어깻바람이 나고요.

소설이 모두 재미가 있지요. 망가가 많지요, 사진이 많지요, 그러고도 값은 좀 헐하나요. 십오 전이면 바로 그 전달치를 사 볼 수 있고 보고 나서는 오 전에 도로 파는데요.

잡지도 기왕 하려거든 그렇게 해야지, 죄선 사람들은 젠장 큰소리는 곧잘 하더구만서도 잡지 하나 반반한 거 못 만들어 내니!

그 날도 글쎄 잡지가 그 꼴이라 아예 글은 볼 맛도 없고 해서 혹시 망가나 사진이라도 있을까 하고 책장을 후루루 넘기노라니까 마침 아저씨 이름이 있겠지요! 하도 신통해서 쓰윽 펴 들고 보았더니, 제목이 첫 줄은 경제, 사회…… 무엇 어쩌고 쇠눈깔만씩 한 글자로 박아 놓고, 그 옆에다가 사회…… 무엇 어쩌고 잔주를 달아 놨겠지요.

그것만 보아도 벌써 그럴듯해요. 경제는 아저씨가 대학교에서 경제를 배웠다니까 경제 속은 잘 알 것이고, 또 사회는 그것 역시 사회주의를 했으니까 그 속도 잘 알 것이고, 그러니까 경제하고 사회주의하고 어떻게 서로 관계가 되는 것이며 어느 편이 옳다는 것이며 그런 소리를 썼을 게 분명해요.

뭐, 보나 안 보나 속이야 빤하지요. 대학교까지 가설랑 경제를 배우고도 돈 모을 생각 않고서 사회주의만 하고 다닌 양반이라 경제가 그르고 사회주의가 옳다고 우겨 댔을 거니까요.

아무튼 아저씨가 쓴 글이라는 게 신기해서 좀 보아 볼 양으로 쓰윽 훑어봤지요. 그러나 웬걸 읽어 먹을 재주가 있나요.

글자는 아주 어려운 자만 아니면 대강 알기는 알겠는데, 붙여 보아야 대체 무슨 뜻인지를 알 수가 있어야지요.

속이 상하길래 읽어 보자던 건 작파하고서 아저씨를 좀 따잡고 몰아셀

양으로 그 대목을 차악 펴 놨지요.

"아저씨?"

"왜 그러니?"

"아저씨가 여기다가 경제 무어라고 쓰고, 또 사회 무어라고 썼는데, 그러면 그게 경제를 하란 뜻이오? 사회주의를 하란 뜻이오?"

"뭐?"

못 알아듣고 뚜렛뚜렛해요. 자기가 쓰고도 오래 돼서 다 잊어버렸거나, 혹시 내가 말을 너무 까다롭게 내기 때문에 섬뻑 대답이 안 나왔거나 그랬겠지요. 그래 다시 조곤조곤 따졌지요.

"아저씨! 경제란 것은 돈 모아서 부자 되라는 거 아니오? 그런데 사회주의란 것은 모아 둔 부자 사람의 돈을 뺏어 쓰는 거 아니오?"

"이 애가 시방!"

"아니, 들어 보세요."

"너, 그런 경제학, 그런 사회주의 어디서 배웠니?"

"배우나마나, 경세란 건 돈 많이 벌이서 이껴 쓰고 나머지 모아 두는 게 경제 아니오?"

"그건 보통 경제한다는 뜻으로 쓰는 경제고, 경제학이니 경제적이니 하는 건 또 다르다."

"다른 게 무어요? 경제는 돈 모으는 것이고, 그러니까 경제학이면 돈 모으는 학문이지요."

"아니다. 혹시 이재학(理財學)이라면 돈 모으는 학문이라고 해도 근리(根理)할지 모르지만 경제학은 그런 게 아니란다."

"아니 그렇다면 아저씨 대학교 잘못 다녔소. 경제 못 하는 경제학 공부를 오 년이나 육 년이나 했으니 그게 무어란 말이요? 아저씨가 대학교까지 다니면서 경제 공부를 하고도 왜 돈을 못 모으나 했더니, 인제 보니깐 공부를 잘못해서 그랬군요!"

"공부를 잘못했다? 허허, 그랬을는지도 모르겠다. 옳다, 네 말이 옳아!"

이거 봐요 글쎄. 담박 꼼짝 못 하잖아. 암만 대학교를 다니고, 속에는 육조를 배포했어도 그렇다니깐 글쎄…….

"아저씨?"

"왜 그러니?"

"그러면 아저씨는 대학교를 다니면서 돈 모아 부자 되는 경제 공부를 한 게 아니라 모아 둔 부자 사람네 돈 뺏어 쓰는 사회주의 공부를 했으니 말이지요……."

"너는 사회주의를 무얼로 알고서 그러니?"

"내가 그까짓 걸 몰라요?"

한바탕 주욱 설명을 했지요.

내 얼굴만 물끄러미 올려다보고 누웠더니 피씩 한 번 웃어요. 그러고는 그 양반이 하는 소리가요,

"그게 사회주의냐? 불한당이지."

"아아니, 그럼 아저씨도 사회주의가 불한당인 줄은 아시는구려?"

"내가 어째 사회주의가 불한당이랬니?"

"방금 그러잖었어요?"

"글쎄, 그건 사회주의가 아니라 불한당이란 그 말이다."

"거 보시우! 사회주의란 것은 그렇게 날불한당이어요. 아저씨도 그렇다고 하면서 아니시래요?"

"이 애가 시방 입심 겨룸을 하재나!"

이거 봐요. 또 꼼짝 못 하지요? 다 이래요 글쎄…….

"아저씨?"

"왜 그러니?"

"아저씨도 맘 달리 잡수시오."

"건 어떻게 하는 말이야?"

"걱정 안 되시우?"

"나 같은 사람이 걱정이 무슨 걱정이냐? 나는 네가 걱정이더라."

"나는 뭐 버젓하게 요량이 있는걸요."

"어떻게?"

"이만저만한가요!"

또 한바탕 주욱 설명을 했지요. 이 얘기를 다 듣더니 그 양반 한다는 소리 좀 보아요.

"너도 딱한 사람이다!"

"왜요?"

"……"

"아아니, 이쩨서 딱하다고 그러시우?"

"……"

"네? 아저씨."

"……"

"아저씨?"

"왜 그래?"

"내가 딱하다고 그러셨지요."

"아니다. 나 혼자 한 말이다."

"그래도……"

"이 애."

"네?"

"사람이란 것은 누구를 물론허구 말이다, 아첨하는 것같이 더러운 게 없느니라."

"아첨이요?"

"저…… 위로는 제왕, 밑으로는 걸인, 그 모든 사람이 위선 시방 이 제도의 이 세상에서 말이다, 제가끔 제 분수대로 살아가는 데 있어서 말이다. 제 개성을 속여 가면서까정 생활에다가 아첨하는 것같이 더러운 것이 없고, 그런 사람같이 가련한 사람은 없느니라. 사람이란 건 밥 두 그릇이 하필(何必) 밥 한 그릇보다 더 배가 부른 건 아니니까."

"그건 무슨 뜻인데요?"

"네가 일본인 여자와 결혼을 해서 성명까지 갈고 모든 생활 법도를 일본화하겠다는 것이 말이다."

"네 그게 좋잖아요?"

"그것이 말이다. 진실로 깊은 교양이나 어진 지혜의 판단에서 우러나온 것이라면 그도 모를 노릇이겠지. 그렇지만 나는 네가 그런다는 것은 다른 뜻으로 그러는 것 같다."

"다른 뜻이라니요?"

"네 주인의 비위를 맞추고 이웃의 비위를 맞추고 하자고……."

"그야 물론이지요! 다이쇼 신용을 받아야 하고, 이웃 내지인들하고도 좋게 지내야지요. 그래야 할 게 아니겠어요?"

"……."

"아저씨는 아직도 세상 물정을 모르시오. 나이는 나보담 많고 대학교 공부까지 했어도 일찍감치 고생살이를 한 나만큼 세상 물정은 모릅니다. 시방은 어느 세상인데 그러시우?"

"이 애!"

"네?"

"네가 방금 세상 물정이랬지?"

"네."

"앞길이 환하니 틔었다고 그랬지?"

"네."

"환갑까지 십만 원 모은다고 그랬지?"

"네."

"네가 말하는 세상 물정하구 내가 말하려는 세상 물정하구 내용이 다르기도 하지만, 세상 물정이란 건 그야말로 그리 만만한 게 아니다."

"네?"

"사람이란 건 제 아무리 날고 뛰어도 이 세상에 형적 없이, 그러나 세차게 주욱 흘러가는 힘 — 그게 말하자면 세상 물정이겠는데 — 결국 그놈의 지배하에서 그놈을 따라가지, 별수가 없는 거다."

"네?"

"쉽게 말하면 계획이나 기회를 아무리 억지로 만들어 놓아도 결과가 뜻대로는 안 된단 말이다."

"체? 아저씨두……. 아 요전 《킨구》라는 잡지에도 보니깐 나폴레옹이라는 서양 영웅이 그랬답디다. 기회는 제가 만든다구. 그리고 불가능이란 말은 바보의 사전에서나 찾을 글자라고요. 아 자꾸자꾸 계획하고 기회를 만들고 해서 분투노력해 나가면 이 세상일 안 되는 일이 어디 있나요? 한 번 실패하거든 갑절 용기를 내 가지고 다시 일어서지요. 칠전팔기 모르시오?"

"나폴레옹도 세상 물정에 순응할 때는 성공했어도 그것에 거슬리다가 실패를 했더란다. 너는 칠전팔기해서 성공한 몇 사람만 보았지, 여덟 번 일어섰다가 아홉 번째 가서 영영 쓰러지고는 다시 일지 못한 숱한 사람이 있는 건 모르는구나?"

"그래도 인제 두고 보시우. 나는 천하 없어도 성공하고 말 테니……. 아 저씨는 그래서 더구나 못써요. 일해 보기도 전에 안 될 줄로 낙심 먼저 하고……."

"하늘은 꼭 올라가 보구래야만 높은 줄 아니?"[15]

원 마지막에 가서는 할 소리가 없으니깐 동에도 닿지 않는 비유를 갖다가 둘러대는 걸 보아요. 그게 어디 당한 말인고? 안 올라가 보면 뭐 하늘 높은 줄 모를 천하 멍텅구리도 있을까?

그만해 두려다가 심심하기에 또 말을 시켰지요.

"아저씨?"

"왜 그래?"

"아저씨는 인제 몸 다 충실해지면 어떡허실려우?"

"무얼?"

"장차……."

"장차?"

"어떡허실 작정이세요?"

"작정이 새삼스럽게 무슨 작정이냐?"

"그럼 아저씨는 아무 작정 없이 살아가시우?"

"없기는?"

> **중요 어구**
>
> 15) 하늘은 꼭~아니 : 아저씨와 화자의 직접 대화를 통해 '믿을 수 없는 화자'임이 드러나고 있다.

"있어요?"

"있잖구?"

"무언데요?"

"그새 지내 오든 대로……."

"그러면 저 거시기, 무엇이냐, 도로 또 그걸?"

"그렇겠지."

"아저씨?"

"……."

"아저씨?"

"왜 그래?"

"인젠 그만두시우."

"그만두라고?"

"네."

"누가 심심소일로 그런 줄 아느냐?"

"그렇잖고요?"

"……."

"아저씨?"

"……."

"아저씨?"

"왜 그래?"

"아저씨 올에 몇이지요?"

"서른셋."

"그러니 인제는 그만큼 해 두고 맘 잡어서 집안일 할 나이도 아니오?"

"집안일은 해서 무얼 하나?"

"그렇기로 들면 그 짓은 해서 또 무얼 하나요?"

"무얼 하려고 하는 게 아니란다."

"그럼, 아무 희망이나 목적이 없으면서 그래요?"

"목적? 희망?"

"네, 네."

"개인의 목적이나 희망은 문제가 다르니까……. 문제가 안 되니까……."

"원 그런 법도 있나요?"

"법?"

"그럼요!"

"법이라……."

"아저씨?"

"……."

"아저씨?"

"왜 그래?"

"아주머니가 고맙잖습디까?"

"고맙지."

"불쌍하지요?"

"불쌍? 그렇지. 불쌍하다면 불쌍한 사람이지!"

"그런 줄은 아시누만?"

"알지."

"알면서 그러시우?"

"고생을 낙으로, 그놈 쓰라린 맛을 씹고 씹고 하면서 그놈에서 단맛을 알아 내는 사람도 있느니라. 사람도 있는 게 아니라, 사람마다 무슨 일에

고 진정과 정신을 꼬박 거기다가만 쓰면 그렇게 되는 법이니라. 그러니까 그쯤 되면 그 때는 고생이 낙이지. 너의 아주머니만 두고 보더래도 고생이 고생이면서도 고생이 아니고 고생하는 게 낙이란다."

"그렇다고 아저씨는 그걸 다행히만 여기시우?"

"아—니."

"그렇거들랑 아저씨도 아주머니한테 그 은공을 더러는 갚아야 옳을 게 아니오?"

"글쎄, 은공을 모르는 건 아니지만……."

"그러니 인제 병 확실히 다 나신 뒤엘라컨……."

"바빠서 원……."

글쎄 이 한다는 소리 좀 보지요? 시치미 뚝 떼고 누워서 바쁘다는군요!

사람 속차릴 여망 없어요. 그저 어디로 대나 손톱만치도 쓸모는 없고 남한테 사폐만 끼치고, 세상에 해독만 끼칠 사람이니, 뭐 하루바삐 죽어야 해요. 죽어야 하고 또 죽어서 마땅해요. 그런데 글쎄 죽지를 않고 꼼지락꼼시락, 도로 살아나니 성화라구는, 내…….

작품 이해

핵심 정리

- **갈래** : 단편 소설, 풍자 소설
- **시점** : 1인칭 관찰자 시점
- **배경** : 시간적 — 1920~1930년대, 공간적 — 서울
- **구성** : 순행적 단순 구성
- **문체** : 독백체
- **주제** : 사회주의 사상을 가진 아저씨를 비판하는, 일제의 정책에 순응하려는 '나'에 대한 풍자

등장 인물의 성격

- **나** : 일본인 밑에서 사환으로 있는 소년으로 철저하게 일제에 동화되

가겠다는 인물.
- **아저씨** : 사회주의 운동을 하다가 감옥살이를 하고, 이제는 병이 들어 무력감에 빠져 있는 지식인.

 **이해와 감상**

 이 작품은 작중 화자 '나'가 사회주의 운동을 하다 옥살이를 한 지식인 아저씨를 어리석다고 비난하는 내용으로 되어 있지만 기실 풍자 대상은 바로 '나'의 모습이다. '나'의 삶의 방식은 일제가 당시에 취한 우민화 정책과 동화 정책에서 내세우고 있는 바 그대로이며, '나'에 대한 풍자는 당시의 일제 정책에 대한 풍자이기도 하다. 가장 그럴듯해 보이는 '나'의 모습이 사실은 속물 근성에 불과한 것이다. 이에 반해서 아저씨는 '나'와 대조적인 삶을 살아가는 지식인으로 나타나지만 그의 개혁 의지의 긍정성에도 불구하고 삶에 대한 그의 무기력하고 무책임한 모습에 대해서는 비판적이다.
 물론 '나'에 대해서만큼 적극적으로 풍자하고 있지는 않지만, 생활을 꾸려가기 위하여 안간힘을 쓰는 아주머니에 대해서 그가 아무런 고마움도 미안함도 가지지 않는 듯한 태도를 보이는 부분에 대해서는 비판적인 시각을 나타낸다. '나'가 아저씨에게 아주머니의 은공을 좀 갚아야 하지 않느냐고 하자 그는 '바빠서 원······.'이라고 대답한다. 이 부분은 작가의 시선이, 아저씨가 지식인으로서 사회주의 운동에 참여하고 옥살이를 하게 된 일들을 인정하면서도, 생활에 대해서 무기력하고 무책임한 모습을 보이는 점에 대해서는 비판적임을 나타낸다. 이 점은 이 소설의 작가 채만식이 동반자적인 시각을 가지고 있었다는 점과 관련이 있다. 동반자적인 시각은 사회주의자에 대해서 일방적 동조가 아니라 비판적인 동조를 통해서 확보되는 것이기 때문이다.

 생각 나누기

1. 이 소설에서 풍자하고 있는 인물은 누구이며, 작가는 그 인물을 통해서 무엇을 풍자하고자 하는가?
2. 아저씨의 삶의 모습에 대해서 간단히 비판해 보라.
3. 이 작품은 객관적인 서사적 플롯을 구성하고 있다기보다 '나'의 수다를 아무렇게나 풀어놓고 있는 듯하다. 이런 인물을 주인공으로 내세움으로써 얻을 수 있는 효과는 무엇일까?

 모범 답안

1. 이 소설에서 풍자되고 있는 인물은 화자인 '나'이다. '나'의 삶의 방식은 노예 근성에 뿌리를 둔 것으로 일제의 우민화 정책과 동화 정책에 순응하는 것이다. 작가는 '나'에 대한 풍자를 통해서 일제의 정책까지를 아울러 풍자하고 있다.
2. 아저씨가 동경 유학까지 하고서 조선의 개혁을 위하여 투쟁하고 옥살이를 한 것까지는 인정할 수 있지만, 생활의 책임을 방기하고 아내의 헌신을 당연시하는 것은 용납할 수 없다. 아저씨는 생활에 대해서 무기력하고 무책임하다.
3. 〈치숙〉은 풍자와 이야기 구술 방식이라는 독특한 기법의 결합을 통해 풍자 소설의 탁월한 경지를 보여 준다. 작품 속에 드러나지 않는 청중에게 일상적인 이야기 투로 신나게 말하면서 느슨한 이야기의 흐름을 따라간다. 독자가 신뢰할 수 없는 부정적인 인물의 시점을 통해 이야기가 서술됨으로써 화자에 대한 독자들의 자동화된 감정이입을 방해한다. 이 소설의 긴장을 작중 화자가 아저씨의 생활을 객관적으로 보고하지 않고 주관

적으로 왜곡하여 설명하는 데서 발생하므로 여기서는 두 인물을 성격 대립보다는 나에 의해 말해진 사태의 진상과 작품 속에 숨겨진 진상 사이의 어긋남이 중심이 된다.

 **연관 작품 더 읽기**

• 〈태평천하〉(채만식) : 식민지 시대를 태평천하라고 생각하고 사는 고리대금업자 윤 직원 영감 일가의 삶과 몰락을 판소리 사설에서와 같이 반어, 자기 폭로, 비유, 과장, 희화화 등의 방법을 사용함으로써 풍자한 작품.

 **좀더 알아보기**

• 풍자 : 직접적으로 말하지 않고 빙 돌려서 사회, 인물의 결함, 죄악 같은 것을 조소적으로 꼬집는 수법.

• 동반자 문학(同伴者文學) : 1921년경 소비에트 문학이 발생한 때로부터 1927년 신경제 정책이 끝나기까지의 사이에 문단의 주류(主流)를 이룬 당원(黨員) 아닌 인텔리겐차의 문학. 프롤레타리아 혁명의 필연성에 공명하나 직접 참가하지 아니하고 그에 동조하던 작가들의 문학. 동반자 작가로 유진오 · 이효석 · 엄흥섭 · 채만식 · 박화성 · 한인택 등이 있음.

논술 다지기

❖ 〈치숙〉의 '아저씨'는 대학을 나온 뒤 사회주의 운동을 하다가 감옥 살이를 하고, 이제는 병이 들어서 폐인이 되다시피 한 지식인이다. 〈치숙〉의 '나'의 입장이 아닌 제시문의 입장에서 '아저씨'의 삶의 방식에 대해 비판해 보시오. (1,200자 내외)

> 칸트는 〈계몽이란 무엇인가〉라는 글의 첫머리에서 계몽은 남의 지시가 없이 자기의 이성의 힘을 행사하는 것이라고 갈파하였다. 그러므로 칸트가 내세운 계몽의 표어는 "그대 자신의 이성을 사용할 용기를 가지라."는 것이었다. 용기란 여러 가지 압력에도 굴하지 않는 일관성 있는 태도를 가리킨다. 지식인들은 자조적 태도를 버리고 상호 격려하면서 꾸준히 자기의 주장을 지켜 나가는 용기가 있어야 할 것이다. 그리하여 칸트가 말하는 바와 같이 모든 진정한 지식인의 의무는 지식을 보다 더 공공적 목적을 위해서 활용해야 하는 것이다. 칸트는 계몽이 달성되기 위해서는 이성의 공적 사용의 자유가 필요하다고 주장하였다.
>
> 차하순, 〈지식인의 역할〉 중에서

 모범 답안

참된 지식인은 어떤 모습인가? 지식인들이 지적 활동의 자유를 저해받게 될 때 그들은 어떻게 행동해야 하는가? 지식인들이 자기의 사명을 다하지 못하고 불의와 야합함으로써 지탄을 받은 경우도 볼 수 있고, 상아탑을 빙자해 도피한 경우도 볼 수 있다. 이러한 지식인은 진정한 지식인의 모습이라고 볼 수 없다. 지식인이라면 사회가 지향해야 할 방향을 제시하고, 일반 민중들에게 삶의 방향을 깨우쳐 줌으로써 사회를 정의롭고 건전한 방향으로 이끌어 갈 책임과 의무를 가지고 있는 것이다. 부정한 현실에 과감히 저항하지 않고 자신의 안위만을 위해 비굴한 삶을 산다면, 그는 지식인으로서의 책무를 다하지 못하는 것이라 할 수 있다.

　지식인은 '사회의 소금'과 같은 존재다. 따라서 지식인이 그 역할을 다하지 않으면 사회는 온전하게 유지될 수 없다. 그렇다면 지식인의 역할은 무엇인가? 제시문은 칸트의 논의를 근거로 참된 지식인상에 대해 설명하고 있다. 이에 따르면 지식인은 어떤 회유와 압력에도 굴하지 않고 자신의 주장을 지켜 나가는 용기가 있는 사람이다. 지식인은 아무리 삶이 힘들고 이겨 내기 힘든 고난의 연속으로 느껴지더라도, 경솔히 자기 능력을 과소 평가하거나 자포자기해서는 안 된다. 자기 성찰을 통해 자기 확신을 가져야 하며, 자신이 사회에 해야 할 일을 정확하게 이해하고 행동해야 한다. 〈치숙〉의 아저씨도 일제 식민지 치하에서 치열하게 살았던 지식인이었다. 그런데 아저씨는 지금 거의 폐인이 되다시피 했다. 이런 아저씨를 어떻게 평가할 수 있을까?

　〈치숙〉의 '나'는 경제학을 공부하고 사회주의 운동을 하는 아저씨를 비판하고 있다. 물론 '나'는 자신의 안일과 행복만을 추구하는 철저히 개인주의적 인물로서 작가에 의해 부정적으로 그려진 인물이다. 이러한 '나'가 아저씨를 비판하는 모습에서 독자는 '나'의 생활 방식이 바람직하지 못하다고 생각한다. 더불어 '나'의 비판 대상이 되는 아저씨를 측은하게 여길 수도 있다. 하지만 제시문의 입장에서 아저씨를 바라보면, 그에 대해 긍정적인 평가를 내릴 수가 없다. 한때는 열정적으로 사회주의 운동을 했던 아저씨이지만, 지금은 무기력하게 살아가고 있다. 아무리 생활이 고통스럽다고 할지라도 아저씨는

삶을 쉽게 포기해서는 안 된다. 자조적인 태도를 버리고 자신의 의지를 행동으로 옮기는 것이 필요하다. 그것이야말로 당대 현실을 변혁시키고 발전할 수 있는 원동력이기 때문이다.

사하촌

김정한(1908~1996)

아호는 요산(樂山). 경남 동래 출생. 동래고보 졸업. 울산 대현 보통학교 교원으로 있다가 조선인교원연맹조직계획사건으로 일경에 피검. 와세다대학 부속 제1고등학원 문과수업. 해방 후 부산대 문리대 교수 역임. 1936년 조선일보 신춘문예에 〈사하촌〉이 당선되어 문단에 등단함. 그는 치열한 농촌사회에 현실을 깊이 투시하고 있는 작가. 그러나 김유정처럼 해학적인 인물들에 의해서 현실을 굴절시키는 것이 아니라 현실의 모순에 대해서 집요한 분석적 태도를 취하거나 결연한 분노를 드러내곤 함. 그는 〈사하촌〉, 〈옥심이〉를 통해서 지주화된 사원이 농민에게 자행하는 횡포와 그로 인하여 궁핍과 고통 속에서 살고 있는 농민의 모습을 그려 내고 있음. 한편 그의 대표작 중의 하나인 〈추산당과 곁사람들〉은 돈에 대한 인간의 탐욕과 갈등의 생태를 적나라하게 제시한 작품. 해방 이후 작품을 발표하지 않았던 그는 1966년 〈모래톱 이야기〉를 발표하면서 다시 작품 활동을 시작하여 〈수라도〉, 〈인간단지〉 등을 발표. 이 작품들도 낙동강 주변의 가난한 농민들의 삶을 통하여 민족적 현실의 모습을 파헤치고 농민들의 삶 속에 살아 있는 건강한 생명성을 추구한 작품들임.

미리 엿보기....

생각해 봅시다

1. 농촌 현실을 그리는 작가의 태도가 어떠한가, 즉 풍자적인가, 해학적인가, 아니면 비판적인가를 생각해 보자.
2. 이 작품에서는 사찰이 어떠한 모습으로 나타나고 있는지를 알아보자.

작품의 줄거리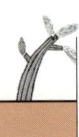

일제하, 가뭄이 계속되는 어느 날, 보광사라는 사찰의 논을 소작하는 농민들은 논에 물을 대기 위해서 곤욕을 치른다. 저수지의 물을 터 놓고, 중들이 소유한 논들의 물꼬를 터 놓았다가 주재소에 잡혀가기도 하고 기우제니 불공이니를 드린다고 야단을 피우지만 비는 오지 않는다. 가을이 되자 나무하러 간 소년이 절의 산을 지키는 산지기에게 몰려 절벽에 떨어져 죽고 중들은 논도 안 보고 소작료를 물린다. 농민들은 가뭄으로 인해서 농사를 망쳤음에도 불구하고 높은 소작료가 매겨진 것에 분노하여 보광사로 몰려간다.

1

 타작마당 돌가루 바닥같이 딱딱하게 말라붙은 뜰 한가운데, 어디서 기어들었는지 난데없는 지렁이가 한 마리, 만신에 흙고물칠을 해 가지고 바동바동 굴고 있다. 새까만 개미 떼가 물어 뗄 때마다 지렁이는 한층 더 모질게 발버둥질을 한다. 또 어디선지 죽다 남은 듯한 쥐 한 마리가 튀어나오더니 종종걸음으로 마당 복판을 질러서 돌담 구멍으로 쏙 들어가 버린다.
 군데군데 좀구멍이 나서 썩어 가는 기둥이 비뚤어지고 중풍 든 사람의 입처럼 문조차 돌아가서 — 북쪽으로 사정없이 넘어가는 오막살이 앞에는, 다행히 키가 낮아도 해묵은 감나무가 한 주 서 있다. 그러나 그거라야 모를 낸 이후, 비 같은 비 한 방울 구경 못한 무서운 가물에 시달려, 그렇지 않아도 쪼그라졌던 고목 잎이 볼 모양 없이 배배 틀려서 잘못하면 돌배

나무로 알려질 판이다. 그래도 그것이 구십 도가 넘게 쪄 내리는 팔월의 태양[1]을 가리어, 누더기 같으나마 밑둥치에는 제법 넓은 그늘을 지었다. 그걸 다행으로, 깔아 둔 낡은 삿자리 위에는 발가벗은 어린애가 파리똥 앉은 얼굴에 땟물을 조르르 흘리며 울어 댄다. 언제부터 울었는지 벌써 기진맥진해서 울음소리조차 잘 안 나왔다. 그 곁에 퍼뜨리고 앉은 치삼 노인은, 신경통으로 퉁퉁 부어오른 두 정강이 사이에 깨어진 뚝배기를 끼우고 중얼거려 댄다.

"요게 왜 이렇게 안 죽을까? 요리 조리 매끈거리기만 하고…… 예끼!"

그는 식칼 자루로써 뚝배기 밑바닥을 탁 내려 찧었다. 빽! 하고 미꾸라지는 또 가장자리로 튀어 내뺀다. 신경통에 찧어 바르면 좋다고서 딸애 덕아가 아침 일찍부터 나가서 잡아 온 미꾸라지다. 그것이 남의 정성도 모르고!

"요 망할 놈의 짐승!"

치삼 노인은 다시 식칼로 겨누었으나, 갑작스레 새우처럼 몸을 꼽치고는 기침만 연거푸 콩콩 한다. 그럴 때마다 부어오른 다리의 관절이 쥐어뜯는 듯이 아프며, 명줄이 한 치씩이나 줄어드는 것 같았다. 그예, 그의 허연 수염 사이에서 커다란 핏덩어리가 하나 툭 튀어나왔다.

"에구 가슴이야…… 귀신도 왜 이다지 잡아가지 않을꼬?"

노인은 물 부른 콩껍질같이 쪼그라진 눈에 고인 눈물을 뼉다귀 손으로 썩 씻었다.

중요 어구

1) 구십 도가~팔월의 태양 : 소설 전체의 배경이자 갈등을 유발하는 원인이며, 당시의 강박한 현실을 반영하는 설정이다.
2) 봇물 : 보(논에 물을 대기 위한 수리시설)에 괸 물. 또는 거기서 흘러내린 물.

곁에 누운 손자놈은 땀국에 쪽 젖어 있다. 노인은 손자놈의 입이며, 눈이며, 콧구멍에 벌 떼처럼 모여드는 파리 떼를 쫓아 버리면서 달라붙은 고추를 어루만진다.

"응, 그래 그래, 울지 마라, 자장자장 우리 애기…… 네 에미는 왜 여태 오잖을까? 입 안이 이렇게 아주 바싹 말랐고나. 그놈의 집에서는 무슨 일을 끼니때도 모르고 시킬꼬! 에헴, 에헴……."

노인은 억지 힘을 내 가지고, 어린 걸 움켜 안고는 개다리처럼 엉거주춤 번디디고 일어섰다.

그럴 때 마침, 아들이 볕살에 얼굴을 벌겋게 구어 가지고 들어왔다. 들어서면서부터 퉁명스럽게,

"다들 어딜 갔어요?"

"일 나갔지."

"무슨 일요?"

"진수네 무명밭 매러 간다고 했지 아마."

들깨는 잠자코 웃통을 훨쩍 벗어서 감나무 가지에 걸쳐 놓고는 늙은 아버지로부터 어린것을 받아 안았다. 치삼 노인은 뽕나무 잎이 반이나 넘게 섞인 담배를 장죽에 한 대 피워 물면서 아들을 위로하듯이, 그러나 대답을 두려워하며 물었다.

"논은 어떻게 돼 가니?"

"어떻게라니요, 인젠 다 틀렸어요. 풀래야 풀 물도 없고, 병아리 오줌만 한 봇물[2]도 중들이 죄다 가로막아 놓고 제에기……."

"꼭 기사년 모양 나겠군 그래."

"기사년에는 그래도 냇물은 조금 안 있었나요?"

"그랬지. 지금은 그놈의 수도 바람에……."

"그것도 원래 약속을 할 때는, 농사 철에는 냇물은 아니 막아 가기로 했다는데, 제에기, 면장녀석은 색주가 갈보 놀릴 줄이나 알았지, 어디 백성 죽는 건 알아야죠."

들깨는 열을 바짝 더 냈다.

"할 수 없이 이곳엔 인제 사람 못살 거야."

"참 아니꼽지요. 더군다나 전과 달라 중놈들까지 덤비는 꼴을 보면……."

아들의 불퉁스러운 어조에는 거칠 대로 거칠어진 농민의 성미가 뚜렷이 엿보였다. 가물은 그들의 신경을 더욱 날카롭게 하였던 것이다.

치삼 노인은 중놈이란 바람에 가슴 선뜩하였다─그것은 자기들이 부치고 있는 절논 중에서 제일 물길 좋은 두 마지기를, 자기가 젊었을 때 자손 대대로 복 많이 받고 또 극락 가리라는 중의 꾐에 속아서 그만 불전에, 아니 보광사(普光寺)에 시주한 것이기 때문이다. 멀쩡한 자기 논을 괜히 중에게 주어 놓고 꿍꿍 소작을 하게 되고 보니, 싱겁기도 짝이 없거니와 딱한 살림에 아들 보기에 여간 미안스러운 일이 아니었다.

"뭘 허구 인제 와! 소 같은 년!"

들깨는 화살을 방금 돌아오는 아내에게로 돌렸다. 그리고 이 꼴 보라는 듯이 물에서 막 건져 낸 듯한, 그러나 울어울어 입 안이 바짝 마른 어린것을 아내의 젖가슴에 내던지듯 했다. 아내는 잠자코 그것을 받아 안기가 바쁘게 부엌으로 들어가더니, 머리에 쓴 수건을 벗어 물에 축여 가지고 어린 것의 얼굴을 닦으면서 일변 젖을 물렸다.

"소 같은 년, 어서 밥 안 가져와?"

남편의 벼락 같은 소리다. 아내는 부지중 눈물이 핑 돌았다. 들깨는 아내의 귀퉁이라도 한 번 올려붙일 듯이 더펄더펄 부엌으로 들어갔으나, 한 팔로 애기를 부둥켜안고 허둥대는 아내의 울상에 그만 외면하고는 미처 다 차리지도 않은 밥상을 얼른 들고 나왔다. 그러나 다른 때 같으면 곧잘 넘어가는 보리밥도 그 날은 첫술부터 목에 탁 걸렸다.

2

우르르르, 쐐―.

이글이글 달아 있는 폭양 아래 난데없는 홍수 소리다.[3] 물벌레, 고기새끼가 죄다 말라져 죽고, 땅거미가 줄을 치고, 개미 떼들이 장을 벌였던 봇도랑에 둔덕이 넘게 벌건 황톳물이 우렁차게 쏟아져 내린다. 빨갛게 타서 죽은 곡식이야 인제 와서 물인들 알랴마는, 그래도 타다 남은 벼와, 시들은 두렁콩들은 물소리만 들어도 생기를 얻은 듯이 우줄우줄 춤을 추는 것 같다. 한길 양 옆으로 흘러가는 봇도랑가에는 흰 옷, 누런 옷, 혹은 검정 치마가 미친 듯이 부산하게 떠들며 오르내린다.

수도 저수지(貯水池)의 물을 터 놓은 것이다. 성동리 농민들이 밤낮없이 떼를 지어 몰려가서 애원에, 탄원에 두 손발이 닳도록 빌기도 하고, 불평도 하고, 나중에는 밤중에 수원지 울 안에까지 들어가서 물을 달리 돌려내려고 했기 때문에, T시 수도 출장소에서도 작년처럼 또 폭동이나 일어날까 두려워서, 저수지 소제도 할 겸 제2저수지의 물을 터 놓게 된 것이었다.

> **중요 어구**
>
> 3) 이글이글~홍수 소리다 : 사하촌 사람들과 중들이 소설 속에서 대립하게 되는 첫 번째 계기이다.

그러나 그까짓 봇물로써 들을 구한다는 건 되지도 않는 말이고 ― 물을 보게 된 것이 차라리 없을 때보다 더 한층 시끄럽고 싸움만 벌어질 판이다.

들깨는 논이 봇꼬리에 달렸기 때문에 몇 번이나 저수지 물구멍까지 올라가지 않으면 아니 되었다. 그러나 그렇게 봇머리까지 가서 물을 조금 달아 가지고 오면 도중에서 이리저리 다 떼이고 자기 논까지는 잘 오지도 않았다.

이렇게 수삼 차 오르내리고 보니, 꾹 눌러 오던 화가 그만 불끈 치밀었다.

"여보, 노장님!"

들깨는 오던 걸음을 되돌려서, 소리를 치며 비탈길을 더우 잡았다.

"제에기, 논을 떼였으면 떼였지 인젠 할 수 없다!"

그는 급기야 이를 악물었다. 어느 앞이라구, 만약 한 번이라도 점잖은 중에게 섣불리 반항을 했다가는 두말 없이 절논이라고는 뚝딱 떼이고 마는 것이다.

노승은 들은 체 만 체, 들깨가 가까이 가도 양산을 받은 그대로 물을 가로막고 있었다.

"여보, 이게 무슨 짓이요. 밑에 사람은 굶어 죽어도 좋단 말이요?"

들깨는 커다란 '샤벨'로써 노승의 장난감 같은 삽가래를 뗏장과 함께 찍어당겼다.

물이 다시 쐐―하고 밑으로 흘러내린다.

중요 어구

4) 시뻐하다 : 마음에 차지 아니하여 시들게 생각하다.
5) 더펄머리 : 더펄더펄 날리는 더부룩한 머리털.

"이 사람이 버릇없이 왜 이럴까?"

노승은 짐짓 점잖은 체하고 나무라면서도 눈에는 시뻐하는[4] 빛과 독기가 얼씬거린다.

"살고 봐야 버릇도 있겠지요."

"아하, 이 사람이 아주 환장을 했군, 아서라 그렇게 하는 법이 아니다."

노승은 다시 물을 막으려고 들었다.

"천만에요! 우리도 살아야겠어요. 물을 좀 가릅세다. 노장님까지 이래서야……."

들깨는 제 손으로 갈랐다. 그리고 몇 걸음 못 가서 또 어떤 논 귀퉁이에서 조그마한 애새끼 한 놈이 쏙 나오더니, 물을 가로막고는 언덕 밑으로 숨어 버린다.

"예끼, 쥐새끼 같은 놈!"

들깨는 골 안이 울리도록 고함을 내지르며 쫓아가서 그놈의 물꼬에다 아름이 넘는 돌을 하나 밀어다 붙이었다.

길 저편에서도 싸움이 벌어졌다 — 갈갈이 낡아 미어진 헌 옷에, 허리짬만 남은 — 남방 토인들의 나무껍데기 치마 같은 몽당치마를 걸친 가동 헐멈이 봇도랑 한복판에 펑퍼져 앉아서 목을 놓고 울어 댄다.

"에구, 날 죽여 놓고 물 다 가져가오. 내 논에도 물 좀 주고 가오."

"이 망할 놈의 늙은이, 남이 일껏 끌고 온 물만 대고 앉았네. 어디 아가리만 벌리고 앉았지 말구 너도 한 번 물이나 끌고 와 봐!"

경찰관 주재소의 고자쟁이로 알려져 있는 이시봉이란 젊은 놈의 괭이는, 더펄머리[5]를 풀어헤치고 악을 쓰는 늙은 과부 할멈의 허벅살에 시퍼런 멍을 남겨 놓고 간다.

들깨는 보릿대 모자를 부채 삼아 내흔들면서 쥐꼬리만한 물을 달고 내려가다가, 철한이란 놈하고 봉구란 놈이 아주 논 가운데서 곰처럼 별로 말도 없이 이리 밀치락 저리 밀치락 싸움을 하고 있는 것을 보았으나 말려 볼 생각도 않고 제 논으로만 갔다.

그의 논으로 뚫린 물꼬는 으레 꽉 봉해져 있었다.

"어느 놈이 이렇게 지독허게……."

막힌 물꼬를 냉큼 터 놓고서 막 논두덕 위에 올라서자니까 자기 논 아래로 슬그머니 피해 가는 오촌 아저씨가 보인다. 아저씨도 환장이 되었구나 싶었다. 새벽부터 나돌며 날뛰어도 반 마지기도 채 적시지 못한 것을 돌아보고는, 들깨는 그만 낙심이 되어서 논두덕 위에 털썩 주저앉았으나, 그 쥐꼬리만한 물줄기가 끊어지자 그는 다시금 그 곳을 떠났다.

철한이와 봉구란 놈은 아직도 싸우고 있었다.

"이, 이, 이놈의 자식이 사람을 아주 낮보고서."

봉구란 놈이 벋니를 내물고서 악을 쓴다.

"글쎄, 정말 이걸 못 놓겠니?"

철한이란 놈이 아무리 제비손을 넣으려고 애를 써도 워낙 떡심 센 놈이 돼서, 봉구는 달싹도 않고 되려 철한이란 놈의 턱밑을 졸라 쥐고 자꾸 밀기만 했다.

그러던 놈들이, 들깨가 한 번 소리를 치자 서로 잡았던 손을 흐지부지 놓고서 논두덕 위로 올라왔다.

"예끼 싱거운 녀석들! 물도 없애 놓고 무슨 물싸움들이야? 분풀이할 곳이 그렇게도 없던가 온!"

들깨의 이 말에 그들은 쥐꼬리만한 봇물조차 끊어지고 만 빈 도랑만 내려다볼 뿐이었다.

이윽고 세 사람은 봇목을 향해서 나란히 발을 떼어 놓았다. 대사봉(大師峰) 위로 해가 뉘엿뉘엿 기울고, 네 시를 아뢰는 보광사의 큰 종소리가 꽝꽝 울려왔다. 절에 있는 사람들은 제각기 저녁밥 쌀을 낼 때다. 그러나 절 밑 마을 — 성동리 앞 들판에 나도는 농민들은 해가 기울수록 마음이 더욱 달떴다. 게다가 모처럼 터 놓은 저수지의 물조차 거의 끊어질 무렵이 아닌가!

봇목에 논을 가지고서도 '유아독존' 식으로 날뛰는 절 사람들의 세도에 눌려서, 흘러오는 봇물조차 맘대로 못 대인 곰보 고 서방은, 마침내 딴은 큰맘을 먹고 논 물꼬를 조금 터 놓았다. 그러나 그걸 본 한 양반이 빽 소리를 내지르며 쫓아왔다. 오더니 다짜고짜로,

"왜 또 손을 대요?"

"인제 물도 다 돼 가고 하니 나도 좀 대야지요."

하다가 고 서방은 자기 말이 너무 비겁한 것 같아 한 마디 더 보태었다.

"그리고 당신 논에는 물이 벌써 철철 넘고 있지 않소."

"뭐? 넘어? 어디 넘어? 이 양반이 눈이 있나 없나?"

하며, 그는 곰보 논 물꼬를 봉하려고 들었다.

"안 돼요!"

곰보는 물꼬를 아까보다 더 크게 열면서,

"위에 있는 논은 한 번 적시지도 못하게 하고 아랫논만 두렁이 넘게 물을 실으려는 건 너무 심하잖소?"

"무어—?"

"그렇게 노려보면 어쩔 테요?"

"야, 이 친구가 밥줄이 제법 톡톡한 모양이로군."

그는 비쭉 냉소를 쳤다.

"이 친구? 네 집에는 그래 애비도 삼촌도 없니? 누굴 보고 이 친구 저 친구 해?"

"뭐가 어째? 야, 이 녀석이 제법 꼴값을 하는군, 어디 상판대에 '빵구'를 좀더 내 줄까?"

"이놈, 개 같은 놈! 아무리 세상이 뒤바뀌어졌기로서니……."

"야, 이 녀석 좀 봐. 세상이 뒤바뀌어졌다고? 하 하 하……."

그는 다른 사람도 다 들으라는 듯이 소리를 높이더니,

"예끼 건방진 녀석!"

그리고 저보다 몸피가 훨씬 큰 곰보의 뺨을 한 대 갈겼다.

"이게 뭘 믿고서……."

곰보가 하도 어처구니가 없어서 그자의 멱살을 불끈 졸라 쥐니까, 그 근방에 있던 같은 패들이 벌 떼처럼 우우 몰려왔다. 그러자 아까 가동 늙은이를 상해 놓던 고자쟁이 이시봉이가 풋볼 차던 형식으로 곰보의 아랫배의 짬을 확 질렀다. 곰보는 악! 하며 그 자리에 쓰러졌다. 쓰러진 놈을 여러 놈들이 밟고 차고…… 그러다가 나중에는 뻗어져 누운 놈을 끌고 주재소에까지 가자고 야단이다. 곰보는 그 말이 무엇보다도 무서워서 잘못했다고 빌지 않을 수가 없었다.

들깨가 곁에 가도, 곰보는 넋 잃은 사람처럼 논두렁에 멍하니 앉아 있었다. 왼편 눈 밑이 퍼렇게 부어올랐다.

저수지의 물은 그예 끊어졌다. 물 끊어진 수문을 우두커니 들여다보는 농민들은 하도 억울해서 말도 욕도 안 나오고 그만 그 곳에 주저앉았다. 그와 동시에 온종일 수캐처럼 쫓아다닌 피로까지 엄습해서 일어날 생각이 없었다.

그러나 한편 물을 흐뭇이 대인 보광리 사람들은, 제 논물이 행여 아래

논으로 넘어 흐를세라, 돋우어 둔 물꼬와 논두렁 낮은 짬을 한층 더 단단히 단속하느라고 몹시 바빴다.

고 서방은 분도 분이지만, 그보다 내년 봄엔 영락없이 그 절논 두 마지기가 떨어지고 말 것을 생각하며, 앞으로 살아 나갈 일이 꿈같이 암담하였다. 아무런 흠이 없어도 물길 좋은 봇목 논을 살림하는 중들에게 모조리 떼이는 이즈음에, 아무리 독농가로 신임을 받아 오던 고 서방일지라도 오늘 저지른 일로 보아서, 논은 으레 빼앗긴 논이라고 실망하지 않을 수 없었다.

그는 문득 지난 봄의 허 서방이 생각났다 — 부쳐 오던 절논을 무고히 떼이고 살길이 막혀서, 동네 뒤 소나무 가지에 목을 매어 시퍼런 혀를 한 자나 빼물고 늘어져 죽은 허 서방이 별안간 눈에 선하였다. 곰보는 몸서리를 으쓱 쳤다. 이왕 못살 판이면 제에기 처자야 어떻게 되든지 자기도 그만 그렇게 죽어 버릴까…… 자기가 앉은 논두렁이 몇 천 길이나 땅 속으로 쾅 꺼졌으면 싶었다.⁶

이튿날 아침 들깨와 철한이는 오랜만에 논에 물을 한 번 실어 놓고는, 허출한 속에 식은 보리밥이나마 맘놓고 퍼 넣었다. 그 때까지도 저수지 밑 봇목 들녘과 내 건너 보광리 ─ 최근에 생긴 중마을 ─ 에는, 빌어서 얻은 계집이라도 잃어버린 듯이, 중들의 아우성 소리가 끊이지 않았다. 그도 그럴 것이, 지난 하룻밤 동안에 논두렁을 몇 토막이나 내고 물도둑을 맞은 사람이 많았기 때문이다. 고 서방은 중들의 발악 소리를 속 시원하게 들으

중요 어구

6) 이왕~싶었다 : 극심한 가뭄으로 인한 농민들의 피폐한 삶이 죽음보다 못함을 드러낸다.

면서, 군데군데 커다란 콩낱이 박힌 보리밥, 아니 보릿겨 밥을 맛나게 먹었다.

"누가 간 크게 그랬을까요……?"

아내는 숭늉을 떠 오며 짜장이 통쾌한 듯이 물었다.

"그야 알 놈이 있겠다구, 사람이 하두 많은데."

고 서방은 궁둥이를 툭툭 털면서 일어나섰다. 담배 한 대 재어 물 여가도 없이 고동 바[7]로 허리춤을 졸라매고 이 주사 댁 논을 매러 막 집을 나서려고 할 즈음에, 뜻밖에도 주재소 순사 하나가 게딱지만한 뜰 안에 썩 들어섰다.

"당신이 고 서방이오?"

눈치가 수상하다.

"예, 그렇소."

"잠깐 주재소까지 좀 갑시다."

"무슨 일입니까?"

고 서방은 금방 상이 노래진다.

"가면 알 테지."

말이 차차 험해졌다.

"난 주재소 불려 갈 일은 없습니다. 죄 지은 일이 없습니다."

고 서방이 뒤로 물러서니깐,

"이놈이 무슨 잔소리냐? 가자면 암말 말고 가지 그저."

순사는 고 서방의 어깻죽지를 한 대 갈기더니 어느 새 포승을 꺼내 가지고 묶는다.

> 중요 어구

7) 고동 바 : 헌 구리쇠로 만든 허리띠.

"아이구 이게 무슨 일유? 나리 제발 그러지 마세요. 이 분은 지은 일이 없습네다. 나구서 개구리 한 마리도 죽인 일 없다는데 지난 밤에는 새두룩 이 마당에서 같이 잤는데…… 아이구 이게 무슨 일유?"

학질에 시난고난하면서도 미친 듯이 매달리는 고 서방네를 몰강스럽게 떠밀어 버리며 순사는 기어이 고 서방을 끌고 갔다.

3

한 포기가 열에 벌여,
— 에이여허 상사뒤야.
한 자국에 열 말씩만,
— 에이여허 상사뒤야.

앞 노래에 응해 가며 성동리 농군들은 보광리 앞 들에서 쇠다리 주사 댁 논을 매고 있다.

백 도가 넘게 끓는 폭양 밑! 암모니아 거름을 얼마나 많이 넣었는지 사람이 아니 보이게 자란 볏속! 논바닥에서는 불길 같은 더운 김이 확확 솟아오르고 게다가 썩어 가는 밑거름 냄새까지 물컥물컥 치미는 바람에는, 두말없이 그저 질색이다. 그래도 숨이 안 막힌다면 그놈은 항우(項羽)다. 몽둥이에 맞아 죽다 남은 개새끼처럼 혀를 빼물고 하—하—하는 놈, 벼 잎사귀에 찔려 한쪽 눈을 못 쓰고 꽈악 감은 놈 — 그들은 마치 기계와 같다. 다른 점이 있다면 앞잡이의 노래에 맞춰서 '에이여허 상사뒤야.'를 속이 시원해지는 듯이 가슴이 벌어지게 내뽑는 것쯤일까.

한 놈이 슬쩍 봉구의 머리에다 궁둥이를 돌려 대더니, 아기 낳은 산모 모양으로 힘을 쭉 준다.

"예, 예끼, 추―추한 자식?"

봉구는 그 놈의 종아리를 썩 긁어 버린다.

"아따, 이놈아, 약값이나 내놔!"

그놈이 되려 봉구를 놀리려고 드니까, 곁에 있던 철한이란 놈이 얼른 그 말을 받는다.

"약값, 야 이놈아, 참 네가 약값을 내놔야겠다. 생무 먹은 놈의 트림 냄새도 분수가 있지 온……."

"아닌 게 아니라 냄새가 좀 이상한걸. 이 사람, 자네 똥구멍 썩잖았나?"

또 한 놈이 욱대긴다.

"여―역놈의 대밭에 마, 말다리 썩는 냄새도 부, 부, 부, 분수가 있지!"

봉구란 놈이 제법 큰 소리를 친다. 그러면서도 자기는 입은 그대로 제 옷에 오줌을 질질 싸고 있다.

"하―하―, 끙―끙……!"

"어이구 이놈 죽는다!"

철한이란 놈이 속이 답답해서 앞으로 몇 걸음 쑥 빠져 나간다.

"쉿! 쇠다리 온다."[8]

쇠다리 주사가 뒤에서 논두렁을 타고 왔다. 한 손에는 양산, 한 손에는 부채를 흔들면서. 쇠다리 주사가 뭐냐고? 그렇다, 옳게 부르자면 이 주사

> **중요 어구**
>
> 8) 쉿!~온다 : 쇠다리라는 별명으로 불리는 이 주사는 악덕 지주로서 사하촌 사람들을 농락하는 인물로 등장한다.
> 9) 논배미 : 논두렁으로 둘러싸인 논의 하나하나의 구역.

다. 그러나 속에 똥만 든 그가 돈냥 있던 덕분으로 이조 말년 그 고을 원님에게 쇠다리 하나 올리고서 얻은 '주사'란 것이, 오늘날 와서는 세상이 달라진 만큼 그만 탄로가 나고 말았기 때문에 모두들 그를 그렇게 불렀다. 물론 안 듣는 데에서만이지만.

어느 새 쇠다리가 뒤에 와 선다.

"그런데 조금 늦더라도 이 논배미[9]는 마저 매고 참을 먹어야겠군. 자, 바짝— 팔대에 힘을 넣어서. 저런, 봉구 뒤에는 벼가 더러 부러졌군, 아뿔싸!"

쇠다리는 혀를 쯧쯧 차며 부채를 방정맞게 흔들어 댔다.

일꾼들은 잠자코 풀 죽은 팔에 억지 힘을 모았다. 거칠은 벼 줄기에 스친 팔뚝에는 금방 핏방울이 배어 나올 듯했다. 그러나 그들은 눈을 질끈 감고, 대고동을 해긴 갈퀴 같은 손으로 어지러운 벼포기 사이를 썩썩 긁어 댔다.

흐—흐—끙—끙……!

얼굴마다 콩낟 같은 땀방울이 뚝뚝 떨어지고, 놀란 메뚜기 떼들이 파드닥 파드닥 줄도망질을 친다. 노래는 간곳없고! 나머지 열 자국! — 그들은 아주 숨쉴 새도 없이 서둘렀다.

"요놈의 짐승!"

제일 먼저 철한이란 놈이, 뒤쫓겨 나온 뱀 한 마리를 냉큼 잡아 올려 가지고는 핑핑 서너 번 내두르더니 훌쩍 저편으로 날려 버린다.

고대하던 쉴 참이 왔다. 농부들은 어서 목을 좀 축여 보겠다고, 포플러 나무 그늘에 갖다 둔 막걸리통 곁으로 모여 갔다.

우선 쇠다리 주사부터 한 잔 했다.

"어어, 그 술맛 좋—군!"

쇠다리 주사는 잔을 일꾼들에게 돌려주고 구레나룻을 휘휘 틀어 올리더니,

"그런데 참 술이 한 잔씩밖에 안 돌아갈는지 모르겠군. 그저, 점심때 쌀밥(쌀이 사분지 일은 될까?) 먹은 생각하구 좀 참지. 그놈의 건 잘못 먹으면 일 못하기보다 괜히 사람 축나거든. 더군다나 오늘같이 더운 날에는……"

그러나 농부들은 사발 바닥이 마르도록 빨아 넘기고는 고추장이 벌겋게 묻은 시래기 덩어리를 넙죽넙죽 집어 넣는다. 목도 말랐거니와 배도 허출했다.

그럴 때 마침 뿡— 하고 자동차 한 대가 그들이 쉬는 데까지 먼지를 뒤집어씌우고 달아나더니 보광리 앞에서 덜컥 머물렀다. 거기서 내린 것은— 해수욕을 갔다가 오는 보광리 젊은 사람들이었다. 일본으로, 서울로 유학을 하고 있는 팔자 좋은 젊은이들이었다. 물론 계집애들도 섞여 있었다. 성동리 농부들은 한참 동안 그들을 바라보았다. 그들 가운데 섞여 있던 고자쟁이 이시봉은 웬일인지 차에서 내리자 바른쪽으로 주재소로 들어갔다.

술을 잘 못하기 때문에 식은 밥만 두어 술 뜨고 난 들깨는 눈이 주재소 문에 가 박혔다. 얼마 뒤에 시봉이가 나왔다.

"고 서방은 어찌 됐을까?"

부지중에 중얼거린 들깨, 묵묵히 이마에 석삼 자를 깊게 지우는 철한이— 우리 때문에 무고한 고 서방이……! 그들은 그대로 가만히 있는 자기들이 그지없이 부끄럽고 맘이 괴로웠다.

세상을 모르는 봉구란 놈은 제 발바닥의 상처만 풀어헤쳐 놓고 그 속에 들어간 뻴을 꺼내고 있다. 다른 농군들은 행려(行旅)의 시체처럼 거무테테

한 뱃가죽을 내놓고 길바닥 위로 잔디 위로, 그늘을 찾아서 여기저기 나자빠졌다. 어떤 친구는 어느 새 제법 코까지 쿨쿨 골고, 어떤 친구는 불개미한테 거기라도 물렸는지 지렁이처럼 자던 몸을 꿈틀꿈틀한다. 매미란 놈들이, 잎사귀 하나 까딱 아니하는 높다란 포플러나무에서, 그 밑에 누워 있는 농군들을 비웃는 듯 구성지게 매암매암매— 한다.

모기 속에서 저녁을 치르고 나면 마을 사람들은 게딱지 같은 집을 떠나서 모두 냇가로 나온다. 아무리 가물이라도, 바위 틈에서 새어 나오는 물이 군데군데 제법 웅덩이를 만들었다. 냇가의 달밤은 시원하였다.

먼동이 트면 곧 죽고 싶은 마음
저녁밥 먹고 나니 천 년이나 살고 싶네.[10]

어느 새 벌써 달려나와서 반석 위에 번듯 누워 하늘을 쳐다보며 읊조리는, 쇠다리 주사 댁 머슴 강 도령의 노래다.
반달같이 생긴 다리 아랫편 백사장에는, 애새끼들이 송사리 떼처럼 모여서 노래로, 장난으로 혹은 반딧불 쫓기로 부산하게 떠들고 뛴다. 비를 기다리는 하늘에는 구름 한 점 없이 달만 밝고, 달빛 속에 묻힌 성동리 집집에서는 구름인 듯 다투어 모기 연기만 피워 산으로 기어오르고 들로 내려 깔려, 연긴가 달빛인가 알 수도 없다.
남자들의 뒤를 이어 여자들도 떼를 지어 다리를 건너왔다.

중요 어구

10) 먼동이~살고 싶네 : 노동의 고단함과 그럼에도 불구하고 찾아오는 조그만 행복을 진솔하게 노래한다.

다리 웃편이 남자들의 자리다. 그들은 나오는 대로 멱을 감고는 여기저기 반석을 찾아가기가 바쁘다. 가는 곳이 그들의 그 날 밤 잠자리다. 그리도 못하는 놈은 행인지 불행인지 아직도 제 논에 풀물이 있어서 봇목으로 물 푸러 가는 놈! 그러나 물푸개를 석유통 옆에 둔 채 어느 새 지쳐 한잠이 든 봉구는, 밤중이 넘어서 공동묘지 어귀까지 물 푸러 갈 것인지 코만 골아 댄다.

그래도 남은 놈들은 이야기에 꽃이 핀다.

"들깨, 자네 누이동생은 어쩔 텐가?"

"어쩌긴 뭘 어째?"

"키 보니 넉넉히 시집 갈 때가 됐던걸."

"키는 그래도 나인 인제 겨우 열일곱이야. 열일곱에 혼사 못할 건 없지만 어디 알맞은 자리가 쉬 있어야지."

"앗따, 이 사람 염려 말라구. 그만한 인물이면야 정승의 집 며느리라도 버젓하겠네. 자리가 왜 없을라구!"

"이 사람 왜 또…… 괜히 얼굴만 믿고 지나친 데 보냈다가 사흘도 못 돼서 쫓겨오게! 천한 사람이면 그저 천한 사람끼리 맞춰야지……."

"암 그렇구말구!"

가만히 듣고만 있던 철한이란 놈이 뜻밖에 한 마디 보태었다.

그럴 때 마침 다리 아랫목에서, 멱을 감고 있던 동네 여자들이 킥킥거리며, 또는 욕설을 하면서 남자들이 노는 웃편으로 자리를 옮겨 간다. 그걸 본 강 도령,

"위에 가면 안 되오. 왜 밑에서 허잖구—?"

"보광리 새끼들 때문에 밑에선 못 하겠다우."

아낙네들의 대답이다. 남자들의 신경이 일제히 다리 아랫편으로 쏠렸

다. 하늘 높게 백양목이 줄지어 선 곳.

　사랑으로 여위었느니 어쨌느니 하는 레코드 맞춰서 반벙어리 축문 읽는 듯한 노랫소리가 들려왔다.

　"유성기는 또 누구를 호릴려고 가지고 다닐까. 저것들은 곧잘 여자들이 감는 곳만 찾아다닌단 말야."

　강 도령이 욕지거리를 내놓는다.

　"예끼 더런 자식들! 듣기 싫다. 집어치우고 가거라, 가!"

　동네 젊은 녀석들은 모두 바위에서 일어나서 욕을 한바탕씩 해 주고는, 얼른 논두렁으로 올라가서 진흙을 가득가득 움켜 냇물 속에 핑핑 내던졌다.

　보광리 만무방[11]들이 돌아간 뒤, 농부들은 머리에서 수건을 풀어 제각기 얼굴을 가리기가 바쁘게 너럭바위 위에 휘뚝휘뚝 쓰러졌다. 쓰러지자 곧 쿨쿨.

　적막한 농촌의 밤이다. 다만 어디선가 놋그릇을 땅땅 두드리며 '남의 집 며느리, 낮에는 잠자고 밤에는 일하네' 하고 학질 주문(呪文)을 외고 다니는 소리만 그쳤다 이었다 할 뿐. 길쌈하는 아낙네들의 노란 등잔불도 꺼지기가 바쁘다.

4

　가물은 오래오래 계속되었다. 아침 저녁으로 제법 거무스름한 구름장이

> 중요 어구

　11) 만무방 : 염치가 없이 막된 사람.

모여들다가도, 해만 지면 그만 어디로 사라져 버렸다. 꼭 거짓말같이. 보광사 절골을 살며시 넘어다보는 그놈도 알고 보면 얄미운 가물 구름.

뒷 산성 용구렁에 안개가 자욱해도 헛일. 아침 놀, 물 밑 갈바람은 더군다나 말도 안 되고. 어쨌든 농부들은 수백 년래 전해 오고 믿어 오던 골짜기 천기조차 온통 짐작을 못할 만큼 되었다. 날마다 불볕만 쨍쨍 ― 그들의 속을 태웠다. 콧물만한 물이라도 있는 곳에는 아직도 환장한 사람들이 와글거리고, 풀 물도 없어진 곳에는 강아지 새끼도 한 마리 안 보였다. 물 좋던 성동 들도 삼 년전, 소위 수도 수원지(水源池)가 생기고는 해마다 이 모양 ― 여기저기 탱고리 수염 같은 벼포기가 벌써 빨갛게 모깃불감이 되고, 마을 앞 정자나무 밑에는 떡심 풀린 농부들의 보람 없는 걱정만이 늘어갈 뿐이었다.

걱정 끝에 하룻밤에는, 작년에도 속은 그놈의 기우제(祈雨祭)[12]를 또다시 벌였다. 앞산 봉우리에다 장작불을 피워 놓고, 성동리 사람들은 목욕 재계를 하고 어떤 위인은 낡은 두루마기, 또 어떤 위인은 제법 몽당 도포까지를 걸치고 죽 늘어섰다. 구장, 들깨, 갓이 비뚤어진 봉구…… 옛날 훈장 노릇을 하던 노인이 쥐꼬리보다 작은 상투를 숙이고서 제문을 읽자, 농민들은 일제히 하늘을 우러러보고 절을 하며 비를 빌었다.

"만 인간을 지켜 주시는 옥황상제 님이시여……."

그들은 몇 번이나 코가 땅에 닿도록 절을 하였다. 이글이글 타오르는 불

중요 어구

12) **기우제** : 여름 가뭄의 심각성과 비가 오기를 바라는 사하촌 사람들의 간절한 염원이 담긴 기우제이지만, 실제적인 효과는 보지 못한다.
13) **기우 불공** : 비가 내리기를 기원하기 위해 절에서 드리는 불공이라고는 하지만 실제적으로는 절의 이익을 챙기기 위한 행사에 불과하다. 절의 위선적인 면을 드러낸다.

길을 따라 그들의 축원도 천상에 통하는 듯하였다.

기우제는 끝났다.

"깽무깽깽 쿵덕쿵덕, 깽무깽깽 쿵덕쿵덕……."

농부들은 풍물을 울리면서 산을 내려왔다.

동네 앞 타작마당에서 그들은 짐짓 태평성대를 맞이한 듯 소고를 내두르며 한바탕 멋지게 놀았다. 조그만 아이놈들도 호박꽃에 반딧불을 넣어 들고서 어른들을 따라 우쭐거렸다.

"구, 구, 구장 어른, 저저 구─름 좀 봐요!"

봉구란 놈이 무슨 엄청난 발견이라도 한 듯이 엉덩춤을 추면서 외쳤다. 아닌 게 아니라 거무스름한 구름장 하나가 달을 향해서 둥실둥실 떠왔다.

"얼씨구 좋다! 쿵덕쿵덕!"

농부들은 마치 벌써 비나 떨어진 듯이 껑청껑청 뛰어댔다. 그러나 그것은 모두 헛일 ─ 하루, 이틀 비는커녕 안개도 내리지 않고 되려 마음만 더욱 졸였다. 불안은 각각으로 커져만 갔다.

그러한 하룻날, 보광사 농사조합에서 성동리의 유력자 쇠다리 주사와, 면서기며 농사조합 평의원인 진수를 청해 갔다. 그래서 그들이 저쪽의 의논에 응하고 가져온 소식 ─ 그것은 오는 백중날 보광사에서 기우 불공[13]을 아주 크게 올릴 예정이니까. 성동리에서는 한 집 한 사람씩 참례를 하는 것이 좋겠다고, 기우 불공이라니 고마운 일이다.

"하지만 우리 같은 것 그리 많이 모아서 뭘 한담? 불공은 중들이 할 텐데……"

농민들은 무슨 영문인지 잘 몰랐다. 그러나 안 갔으면 가만히 안 갔지, 보광사의 논을 부쳐 먹고 사는 그들이라 싫더라도 반대는 할 수 없는 처지였다. 이왕이면 괘불(掛佛)까지 내걸어 달라고 마을 사람 측에서도 한 가

지 청했다. 괘불을 내어 달면 아무리 어려운 일이라도 소원 성취가 된다는 말을 어릴 때부터 종종 들어온 그들이었다. 하지만 절 측에서는 경비가 너무 많이 든다고 처음에는 뚝 잡아떼었다. 고까짓 일에 무슨 경비가 그리 날 겐가. 어디, 과연 영험이 있나 없나 보자! — 마을 사람들은 꽤 큰 호기심을 품고서 간곡히 청했다. 구장이 두어 번 헛걸음을 한 뒤, 쇠다리 주사가 나가서 겨우 승락을 얻었다. 그래서 칠월 백중날! 보광사에서는 새벽부터 큰 종이 꽝꽝 울렸다.

성동리 사람들은 — 농사조합 평의원인 진수와 구장과 그 다음 몇 사람을 빼놓고는, 대개 중년이 넘은 아낙네들과 쓸데없는 아이놈들뿐이었지만 — 장군같이 떼를 지어 절로 절로 올라갔다.

천여 년의 역사를 가지고 무려 백여 명의 노소승(老少僧)이 우글거리는, 선찰 대본산 보광사에는 벌써 백중 불공차 이곳 저곳에서 모여드는 여인들이 들끓었다.

오색 단청이 찬란한 대웅전을 비롯하여 풍경 소리 그윽한 명부전, 팔상전, 오백 나한전…… 부처 모신 방마다 웬만한 따위는 발도 잘 못 들여놓을 만큼 사람들이 꽉꽉 들어찼다. 그들은 엉덩이 혹은 옆구리를 서로 맞대고 비비대기를 치며, 두 손을 높이 들어 머리 위에서부터 합장을 하고 나붓이 중절을 하였다. 아들딸 복 많이 달라는 둥, 허리 아픈 것 어서 낫게 해 달라는 둥…… 제각기 소원들을 은근히 빌면서, 잠자리 날개보다 더 엷은 커다란 희사함(喜捨函)에 아낌없이 돈들을 척척 넣고 가는 그들! 얼핏 보면 죄다 만석꾼의 부인, 알고 보면 태반은 빚내어 온 이들.[14]

> **중요 어구**
>
> 14) 커다란 희사함(喜捨函)에~이들 : 사하촌 사람들이 절에 의지하려는 마음과 그와 대조되는 어려운 생활 형편을 보여 준다.

성동리 아낙네들은 명부전 뒤, 으슥한 구석에서 잠깐 땀을 거두고서 대웅전 앞으로 슬슬 나왔다. 자기들 딴에는 기껏 차려 봤겠지만, 앉으려는 겐지 섰는 겐지 분간을 못할 만큼 풀이 뻣뻣한 삼베 치마 따위로선 그런 자리에 어울릴 리가 만무하였다. 다른 분들과 엄청나게 차가 있는 자기들의 몸차림을 못내 부끄러워하는 듯 어름어름 차례를 기다리고 섰다.

그러자 며칠 전부터 와 있던 진수 어머니가 어디서 봤는지 쫓아왔다. 아주 반가운 듯한 얼굴을 하고,

"여태 어디들 처박혀 있었어? 아까부터 아무리 찾아두 온……. 다들 부처님 참배는 했나?"

자기는 벌써 보살님이나 된 셈 치는 어투였다.

"아직 못 봤우. 웬걸 돈이 있어야지!"

이 얼마나 천부당 만부당한 대답일까!

"그럼, 시주 돈도 없이 절에는 뭘 하러들 왔우?"

진수 어머니는 입을 비쭉하더니,

'이것들 곁에 있다가는 괜히 큰 망신하겠군!'

할 듯한 표정을 하고는 어디론지 핑 가 버린다.

베 치마 패들은 잠깐 주저주저하다가 '돈 적으면 복 적게 받지 뭐' 하고는, 남편이나 아들들이 끼니를 굶어 가며 나뭇짐이나 팔아서 마련한 돈들을, 빚의 끝 돈도 못 갚게 알뜰살뜰히도 부처님 앞에 바치고 나온다. 더러는 내고 보니 꽤 아까운 듯이 돌아다보기도 했다.

법당 뒤 조그만 칠성각 안에는, 아기 배려고 백일기도 한다는 젊은 아낙네. 지루하지도 않은지 밤낮으로 바깥 난리는 본체만체하고, 곁에 선 중의 목탁 소리에 맞춰 무릎이 닿도록 절만 하고 있다. 자기 말만 잘 들으면 틀림없다는 그 중의 말이 영험할진대 하마나 아기도 배었을 것이다.

339

꽝! 뗑뗑, 둥둥둥, 뚝뚝, 촤르르!

종각의 큰 종, 큰 북소리를 따라 각전 각방의 종, 북, 바라며 목탁들이 한꺼번에 모조리 발광을 하자, 허 주지의 지휘를 쫓아 이 빠진 노화상(老和尙)의 독경 소리와 함께 엄숙하게 불문이 삑삑삑 열리고 새빨간 가사의 서른두 젊은 중의 어깨에 고대턴 괘불이 메여 나와 대웅전 앞 넓은 뜰 한가운데 의젓이 세워졌다. 삼십여 장의 비단에 그려진 커다란 석가 불상!

장삼 가사를 펄럭이는 중들은 말할 것도 없고, 모여든 구경꾼들까지 상감님 잔치에라도 참례한 듯이 놀라울 만큼 엄숙해졌다.

공양 상이 나오자, 주지를 비롯하여 각방 노승들이 참배를 드리고, 다음에는 젊은 중, 강당 학인(學人), 그 밖에 애기 중들, 그리고 중 마누라와 보살계에 든 여인들, 맨 나중이 일반 손님들의 차례였다. 중들을 빼놓고는 모두 앞을 다투어 돈들을 내걸고 절을 하며 소원 성취를 빌었다.

"어서 물러나와요, 다른 사람도 좀 보게."

진수 어머니는 다 같은 보살계원을 밀어내고 들어서더니, 자기는 돈을 얼마나 냈는지 절을 열 번도 더 했다.[15] 주지 부인을 보고 어머니 어머니 하고 섰던 진수도, 남 먼저 쫓아 나가서 대가리를 땅에 처박았다.

성동리 아낙네들은 이미 주머니가 빈지라, 부러운 듯이 곁에서 남이 하는 구경만 하고 있었다.

이러한 거추장스런 일이 다 끝난 뒤에야 겨우 기우 불공이 시작되었다. 괘불 앞에는 큰 북이 나오고, 바라가 나오고, 목탁이 나오고…… 성동리 구장이 동네서 긁어 온 돈을 내걸자 기도는 비로소 시작되었다.

> **중요 어구**
>
> 15) 진수 어머니는~더 했다 : 종교가 금전적인 문제와 결탁되어 그 진정한 역할을 다하지 못하고 있음을 알 수 있다.

"딱딱, 딱딱 나무아미타불, 관세음보살. 꽝, 둥, 촬 딱다글!"

목탁 소리와 함께 독경 소리가 높아지고 경문의 구절마다 꽹과리, 북, 바라, 큰 목탁이 언제나 꼭 같은 장단을 짚는다.

성동리 사람들은 중들의 기도를 따라서 자기들도 절을 하였다. 중들의 궁둥이를 향해서. 어떤 중은 이리저리 돌아다니면서 무지막지한 촌뜨기들의 가지각색의 절들을 통일시키며 합장 절을 가르쳤다. 이번에는 물론 삼베 치마들도 한 몫 들었다. 그러나 그들의 절이란 어울리기는커녕 우습기가 한량없었다.

기도가 한 토막이 끝나려 할 즈음 자진 고개를 넘은 경문, 신이 나서 어깨를 우쭐거리는 장단꾼, 청천백일 아래서 이마를 땅에 대고 제발 덕분에 비 오기를 비는 농부들과 그들의 어머니며 아내들…….

기도의 쉴 참에 성동리 사람들은 어마어마한 강당 안을 버릇없이 들여다보았다.

아마 여든도 벌써 넘었을 듯한 수염까지 허연 법사(法師)가 높다란 법탑 위에 평좌를 하고 앉아서, 옹이가 툭툭 불거진 법장(法杖)을 울리면서 방 안에 빽빽하게 들어앉은, 한다 한 보살계원들을 앞에 두고 방금 설법의 삼매경(三昧境)에 빠진 모양이었다.

"보광산하 십자로, 무설노고 호손귀."

라고, 맑은 목청으로 외우더니 가만히 눈을 감는다. 눈썹 하나 까딱 안 하는 모습이 산부처 같았다. 뒷벽에는 '합장의 생활'이라고 어마어마하게 쓴 설교 제목이 걸려 있었다. 방 안은 죽은 듯이 조용하다.

"꽝!"

법사는 마침내 법장을 들어 법탁을 여무지게 울리면서 다시 눈을 번쩍 뜨더니, 청중을 한 번 휘둘러보고는 설법을 계속한다.

"……보광산 밑 네 갈랫길에 혀 없는 늙은 할머니가 손자를 부르며 돌아간다 — 는 말씀입니다. 혀 없는 할머니가 어떻게 손자를 부를까요?…… 얼핏 생각하면 말도 아닌 것 같지만 여기에 정작 우리 불교의 깊은 진리가 숨어 있거든요. 알고 보면 무궁무진한 뜻이 있지요!……."

 청중은 무슨 소린지 알 수 없어 그저 장바닥에 갖다 둔 촌닭처럼 눈만 끔벅끔벅할 뿐이었다. 하기야 진수 어머니처럼 몰라도 아는 체하는 여걸이 없는 바는 아니지만 그러나 그건 보통 사람이 못할 짓, 어떤 이는 벌써 방앗공이 마냥 끄덕끄덕 졸고만 있다.

 다시 바깥 기도가 시작되었다. 기도 중들은 장삼 가사가 담뿍 젖도록 땀을 흘려 가며 경문을 외고, 목탁 꽹과리를 때려 치며, 북, 바라를 요란스럽게 울려 댔다. 괘불과 불경 영험이 있어야 할 테니까. 그래서 — 기도는 꽤 장시간, 경문이 늦은 고개, 잦은 고개를 오르내린 다음에 마침내 엄숙한 긴장 속으로 들어갔다. '나무아미타불'의 느린 합장 소리에 대웅전 앞 넓은 뜰은 모래알까지 소르르 떨리는 듯싶었다.

5

 최후로 믿었던 괘불조차 영험이 없고, 가물은 끝끝내 계속됐다. 들판에는 반 이상 모가 뽑히고 메밀 등속의 댓곡식[16]이 뿌려졌으나, 끓는 폭양 아래서는 싹도 잘 아니 날 뿐더러 설령 났더라도 말라지기가 바쁠 지경이었

> **중요 어구**
>
> 16) 댓곡식 : 대로 자라는 곡식.

다.

빨리 쌀밥 맛 좀 보자고 싶었던 올벼도 말라져 버리고, 남은 놈이라야 필 염도 안 먹고, 새벽마다 성동리 골목 골목에는 보리 능기는 절구질 소리만 힘없이 들렸다. 학교라도 갔던 놈들은 수업료를 못 내서 떼를 지어 쫓겨왔다. 쫓겨오지 않고 끌려오기로서니, 없는 돈이 나오랴! 부모들의 짜증이 무서워서 오다가 되돌아서는 놈은, 만일 탄로만 나고 보면 — 거짓말은 도둑놈 될 장본인이라고 여린 뺨이 터지도록 얻어맞곤 하였다.

"없는 놈의 자식이 먹는 것도 장하지, 학교는 무슨 학교야?"

이 집에서도 퇴학, 저 집에서도 퇴학이다. 이런 처지에는 추석도 도리어 원수다. 해마다 보광리 새 장터에서 열리는, 소위 면민 대운동회에 출장은 커녕 쇠다리 주사 댁이나 진수네 집 사람, 그 밖에는 간에 바람 든 계집애나 나팔에 미친 불강아지 같은 애새끼들밖에는 성동리에서는 구경도 잘 아니 나갔다. 그러나 그래도 명절이라서 사내들은 낡은 두루마기를 꺼내 입고서 이집 저집 늙은이들을 뵈러 다니면서 오래간만에 시금텁텁한 밀주(密酒)산이나 얻어 마시고는 아무 데나 툭툭 니지빠저 잤다.

쇠다리 주사 댁 안뜰에는 제법 널뛰기까지 벌어졌으나 아낙네들은 별로 보이지 않고 거의 다 마을의 젊은 처녀들이었다. 들깨의 누이동생 덕아도 저녁에는 한바탕 뛰었다. 그러나 그들은 마치 무슨 의논이나 한 듯이 죄다 곧 흐지부지 흩어졌다. 중추 명월이야 옛날과 조금도 다를 바 없고, 네 활개를 활짝 펴고 높이 솟아 보는 아찔한 재미야 잊었을 리 만무하되, 원수의 가난과 흉년은 이 동네로부터 청춘의 기쁨과 풍속의 아름다움마저 뺏아 가고 말았다.

싱거운 추석이 지난 뒤, 성동리 사람들은 모두 올라가기 시작했다. 남자는 지게를 지고, 여자들은 바구니를 들고서.

그러한 어느 날, 성동리 여자들은 보광사의 대사봉 중턱에서 버섯을 따고 있었다. 가동 늙은이를 비롯하여 화젯댁, 곰보네, 들깨 마누라, 덕아―그 중 제일 익숙한 분은 역시 가동 댁이었다. 그는 어릴 적부터 까투리처럼 그 산을 싸다닌 만큼 어디는 어떻고 어디는 무슨 버섯이 난다는 것을 환히 알기 때문에, 언제든지 남의 앞장을 서 다니면서 값나가는 송이라든가, 참나무 버섯 따위부터 쏙쏙 곧잘 뽑아 담았다. 다른 여자들은 부러운 듯이 그의 뒤를 따라다니며, 한 광주리 가득 채워 이고 이십 리나 넘어 걸어야 겨우 한 이십 전 받을 둥 말 둥한 소케버섯, 싸리버섯 등속을 딸 뿐이었다.

하늘을 가린 소나무와 늙은 잡목 그늘은 음침하고도 축축하였다. 지나간 이백 십일풍에 부러진 느티나무 가지는 위태롭게 머리 위에 달려 있고, 이따금 솔잎에서는 차디찬 물방울이 뚝뚝 떨어졌다. 억새랑 인동덩굴이 우거진 짬은 발 한 번 잘못 들여놓다간 고놈의 독사 바람에 또 순남네처럼 억울하게 물려 죽을 판. 하지만 가동 늙은이의 말이 옳지, 가뭄 탓으로 그 해는 버섯조차 귀했다.

덕아와 같은 젊은 계집애들은 악착스럽게 무서운 절벽 끝에 붙어 있었다. 아찔아찔 내둘려서 밑일랑 내려다보지도 못하고 놀란 참새처럼 가슴만 볼록거렸다. 석양 받은 단풍잎에 비쳐 얼굴은 한층 더 붉어 오나, 밉도록 부지런히 썩어빠진 버섯만 보살피고 있는 것이었다. 재 너머 나무터에서는 초군들의 긴 노래가 구슬프게 들려왔다.

지리산천 가리 갈까마귀야,

> 중요 어구

17) 지리산천~알꼬!: 노래의 삽입을 통해 농민들의 고단한 삶을 나타낸다.

이내 속 그 뉘 알꼬!……[17]

낫을 들면 으레 나오는 노래다.

그러자 얼마 지나지 않아서 여자들이 싸대던 비탈 위에서 갑자기 사람소리가 나고 조그마한 애새끼놈들이 까치집만큼씩한 삭정이를 해서 지고는 선불 맞은 산돼지 새끼처럼 혼을 잃고 쫓겨왔다.

맨 처음에 선 놈이 차돌이, 그 다음은 개똥이…… 제일 꽁무니 처져서 밑빠진 고무신을 벗어 들고 허둥대는 놈은, 그 해 가을에 퇴학을 당한 상한이란 놈이다.

"예끼 요놈의 새끼들! 가면 몇 발이나 갈 줄 아니?"

악치듯한 소리와 함께 보광사 산지기 수염쟁이가 뒤따라 나타났다.

"아이구머니!"

여자들도 겁을 먹고 도망질이다. 잡히면 버섯을 빼앗기고 혼이 날 판, 그루터기에 걸려서 넘어지는 이, 솔가지에 치마폭을 째이는 이, 그러나 바구니만은 버리지 않고 내달린다.

화젯댁은 제 도망질보다 쫓겨 나온 아이들 뒤를 따르느라고 몇 번이나 바구니를 내던질 뻔하면서 곤두박질을 쳤다.

"아이구 차돌아, 그만 잡히려무!"

그래도 아이들은 돌아보지도 않고 달아만 난다. 자갈비탈에서 지게를 진 채 자빠지는 놈, 엎어지는 놈, 그러다가 갑자기 움츠리고 앉은 놈은 응당 날카로운 그루터기에 발바닥을 찔렸을 것이다.

산지기는 그 애의 나뭇짐을 공 차듯이 차서 굴려 버리고 다시 벗나무 몽둥이를 내두르며 앞에 놈을 쫓는다. 그러자 의상대사의 공부터라는 바위 밑으로 쫓겨가던 아이들은 갑자기 무춤하고 발을 멈췄다 ─ 동무 하나가

헛디디어 헌 누더기 날리듯 낭떠러지 아래로 떨어졌기 때문이다.

아이들이 놀라고 선 영문을 알게 된 산지기는, 부릅떴던 눈을 별안간 가늘게 웃으며,

"예끼 이놈들, 왜 있으라니까 듣지 않고 자꾸만 달아나더니 결국 이런 변을 일으키지 않나?"

마치 그들이 동무를 밀어 떨어뜨리기나 한 듯이 나무랐다.

화젯댁이 미친 듯이 날아왔다. 다행히 차돌이가 있는 것을 보고 다소 마음이 놓이는 모양이었다.

"어머니, 상한이가 떨어졌어요!"

화젯댁은 대답도 않고서 번개같이 비탈 아래로 미끄러지듯이 내려갔다. 모두들 뒤를 따랐다.

상한이가 망태기를 진 양으로 험한 바위 틈에 내려박혀 있었다. 화젯댁은 바구니를 내던지고서 상한이를 안아 내었다. 숨은 — 벌써 그쳐 있었다.[18] 얼굴은 알아보지 못하게 부서져서 피투성이가 된 위에 한쪽 광대뼈가 불쑥 튀어나와 있었다. 그리고 그가 죽은 자리에는, 이상하게도 그 때까지 지니고 있었던 밑 빠진 고무신이 한짝 엎어져 있었다. 화젯댁은 한동안 넋을 잃었다. 그러나 우두커니 서 있는 산지기의 얼굴을 노려본 그녀의 눈에는 점점 살기가 떠올랐다.

"당신은 자식 없오?"

칼로 찌르듯 뼈물었다.

"있든 없든 무슨 상관이야. 흐! 참! 없다면 하나 나 줄 건가?"

산지기는 뻔뻔스럽게 털에 싸인 입만 삐죽할 뿐이었다.

중요 어구

18) 숨은~있었다 : 사하촌에서의 비극적 삶이 더욱 부각되는 사건.

"뭐라구요? 액 여보, 절에 있다구 너무 하오. 아무리 산이 중하기로서니 남의 자식의 목숨을 그렇게 한단 말유?"

화젯댁은 거만스런 그자의 상판대기에 똥이라도 집어 씌우고 싶었다.

"야, 이 여편네 좀 봐! 아주 누굴 막 살인죄로 몰려구 드는군. 건방진 년 같으니, 천지를 모르고서 괜—히. 왜 이 따위 새끼 도둑놈을 빠뜨렸느냐 말야? 이년이 저부터 요런 도둑질을 함부로 하면서 뻔뻔스럽게—."

산지기는 화젯댁의 버섯 바구니를 힘대로 걸어찼다. 그리고는 어디론지 핑 가 버렸다. 초동들의 죄는, 결코 그 산지기의 핑계 말과 같이 돈 주고 사지 않은 구역에서 땔나무를 한 것이 아니었다. 그들은 그 까치집만큼씩 한 삭정이 한 꾸러미를 목표로, 식은 밥 한 덩어리씩을 싸들고는 어른들을 따라 이십 리도 더 되는, 동네에서 사 놓은 나무터까지 정말 갔던 것이다. 구태여 트집을 잡는다면 돌아오던 길에 철부지한 마음으로 떨어진 밤을 주우려고, 길가 잡목 숲 속에 잠깐 발을 들여놓은 것뿐이었다.

얼마 뒤에 죽은 아이의 할머니가 파랗게 되어 달려왔다. 가동 할머니다. 그녀는 곁에 사람은 본체만체 바보처럼 우두커니 서서, 늘어진 손자만을 눈이 빠지도록 노려보더니, 그만 하하 웃어 댔다.

"정말 죽었구나! 너가 정말 죽었구나! 죽인 중놈은 어딜 갔니……?"

가동 늙은이는 완전히 실신을 하였다. 물 건너로 품팔이 간 아들은 죽었는지 살았는지 십 년이 가깝도록 이렇단 소식도 없고, 며느리조차 달아난 뒤로는, 그 손자 하나만을 천금같이 믿고 살아온 것이었다.

이윽고 산지기는 보광사 파출소에서 순사 한 사람을 데리고 왔다.

가동 할멈은 한참 동안 산지기를 노려보더니,

"예끼 모진 놈!"

하고, 이를 덜덜 갈며 발악을 시작했다.

"고라 고라! 안 대겠소. 나무 산에 도돗지리 보낸 단신 자리 몬 했소. 이 얀반 사라미 아니 주깃소!"

순사는 와락 덤벼드는 가동 할멈을 우악스럽게 물리쳤다. 그러나 밀리면서도,

"아이구 이 모진 놈아, 천벌을 맞을 놈아! 내 자식 살려 내라 살려 내ㅡ."

"고론 말이 하믄 안 대겠소!"

순사는 눈을 잔뜩 부릅뜨고 노파를 막아섰다.

"여보, 나리까지도 그러시우ㅡ?"

가동 할멈은 장승같이 눈을 흘기더니 갑자기 또 하하하! 미친 듯이 웃음을 친다.

"아이구 상한아! 상한아! 귀신도 모르게 죽은 내 새끼야ㅡ."

하고 할머니는 마치 노래나 하는 듯이,

"어허야 상사뒤여, 지리산 갈까마귀를 따라 너 갔느냐? 잘 죽었다, 내 손자야, 명산 대지에서 너 잘 죽었구나. 하하하……."

이렇게 가동 늙은이는 그만 영영 미쳐 버리고 말았다.

6

은하수가 남북으로 돌아쳐도 성동 들은 가을답지 않았다. 전 같으면 들이 차게 익어 가는 누런 곡식에, 농부들의 입에서도 저절로 너털웃음이 흘러나오고, 아낙네들도 가끔 햅쌀 되나 마련해서 장 출입도 더러 할 것으로되, 그 해는 거친 들을 싱겁게 지키는 허수아비처럼 모두들 맥없이 말라빠

졌다. 보광사로부터 산 땔나무터에도 인제는 더 할 것이 없고, 또 기한이 지나자 사내들은 별반 할 일이 없었다. 간혹 도둑 나무를 다니는 사람이 있지만 붙잡히면 혼이 나곤 하였다.

첫여름에 무단히 경찰서로 끌려간 고 서방은, 남의 논두렁을 잘랐다는 얼토당토 않은 죄로 몰려 괜히 몇 달 간 헛고생을 하다가 추석 지난 뒤에 겨우 놓여 나왔으나, 분풀이는커녕 타고난 천성이라 도둑 나무도 못해 오고, 꼬박꼬박 사방 공사 품팔이나 다녔다. 길이 워낙 멀고 보니 그나마 닭 울자 집을 나서야 되고, 삯이라곤 또 온종일 허둥 대야 겨우 삼십 전 될락말락. 그러나 이렇게 다니는 것은 물론 고 서방만이 아니었다.

아낙네들은 버섯 철이 지나자 인젠 멧도라지나 캐고 그렇지 않으면 콩잎 따기가 일이었다. 그것도 자기 산 없고, 자기 밭 적은 그들에게는 욕 얻어먹기가 일쑤였다.

마침내 군청에서 주사 나리까지 출장을 나와서 소위 가물로 인한 피해 상태의 실지 조사를 하고 가더니 달포가 지나도 아무런 소식은 없고, 동네 안에는 다만 주림과 불안만이 떠돌 뿐이었다. 그래도 보광사에서는 갑자기 간평(看坪)[19]을 나왔다. 고자쟁이 이시봉과 본사 법무원(法務院)에서 셋 — 도합 네 사람이 나왔다.

간평! 소작료! 농민들에게는 이 말이 무엇보다도 무섭고 또 분했다. 그러나 그 날 절논 소작인으로서는 물론 하나도 출타를 않고 기다렸다. 농사 조합의 평의원이 되어 있는 진수도 그 날은 면소 일을 제쳐놓고 중들을 맞이하였다.

그래서 진수의 집 사랑에서는 일찍부터 술상이 벌어졌다. 미리 마련해

중요 어구

19) 간평 : 농작물을 수확하기 전에 미리 작황을 조사하여 소작료율을 결정하던 일.

두었던 밀주와 술안주가 이내 모자랐던지, 머슴놈이 보광사 상점으로 종종걸음을 치고, 쇠고기 굽는 내음새가 흐뭇이 새어 나오는 통에, 대문 밖에 죄인처럼 쭈그러뜨리고 앉은 소작인들은 괜히 헛침만 꿀떡꿀떡 삼켰다. 작인들은 간평원들의 미움이나 받을까 저어했음인지 차례로 안으로 들어가서는, 오시느라고 수고했다고 공손히 수인사를 하고 나왔다. 고 서방은 지난 여름 당한 일을 생각하면 이가 절로 갈렸지만 그래도 시봉이 앞에 무릎을 꿇지 않을 수가 없었다.

"에헴, 에헴, 에―헴!"

치삼 노인도 듣는 사람의 가슴까지 결릴 기침 소리를 연거푸 뽑으면서, 길다란 지팡이를 끌고 대문 앞으로 들어갔다. 그리고 자식 같은 사람들 앞에 절을 하고서는, 그러지 말라던 아들의 말을 듣지 않고서, 그예 자기 집 농사 사정을 여쭈어 보려고 했다.

"여보 노인, 그런 소리는 할 필요 없소. 메밀을 갈았으면 메밀 간 세만 내면 되지 않겠소?"

이시봉은 거만스런 반말로써 사정 없이 쏘았다.

치삼 노인은 다시 말해 볼 여지가 없었다.

"여보, 그런 말은 이런 데서 하는 법이 아니오. 괜히 남 술맛 떨어지게!"

곁에 앉은 중 하나가 뒤를 따라 핀잔을 하는 바람에 화가 더 치밀었으나, 진수의 권하는 말에 치삼 노인은 다행히(!) 무사하게 밖으로 나왔다. 그러나,

"허 참, 복받겠다고 멀쩡한 자기 논 시주해 놓고 저런 설움을 받다니 온!"

하는, 젊은 사람들의 말도 들은 체 만 체, 뼈만 남아 왈왈 떨리는 다리를 끌고 자기 집으로 돌아갔다.

다른 사람들은 그래도 진수네 집 대문 밖에 노 우거지상을 하고 앉아서어서 술이 끝나기를 기다렸다. 그러다가 더러는 투덜거리며 돌아가고, 잡담이나 하고 고누나 두던 늙은 친구들도 나중에는 불평이 나왔다.

"제에기, 간평을 나온 겐가, 술을 먹으러 나온 겐가? 아무 작정을 모르겠군."

머리끝이 희끗희끗한 친구가 이렇게 불퉁하니까 곁에 있던 까만딱지가,

"글쎄 말야, 이것들이 또 논을랑 둘러보지도 않고, 앉아서만 소작료를 정할 것이 아닌가?"

"제에기, 우, 우리 논에는 또 안―가겠군. 자, 작년에도 앉아서 세만 자―자 잔뜩 매더니……."

봉구란 놈도 한 마디 보태었다.

"설마 자기들도 사람인 이상 금년만은 무슨 생각이 있을 테지!"

한 시절 보천교에 미쳐서 정감록이 어떠니 하고 다니던 최 서방의 말이다. 삼십이 겨우 지난 놈이 아직도 상투를 달고, 거짓말 싱거운 소리라면 '소진장의(蘇秦張儀)'라도 못 따를 것이고, 한동안 보천교에 반했을 때는 '육조판서'가 곧 된다고 허풍을 치던 위인이다.

"이 사람 판서, 설마가 사람 죽이는 걸세. 생각은 무슨 생각! 자네 판서나 마찬가지지 뭐."

툭 쏘는 놈은 일본서 탄광 밥 먹다 온 까만딱지 또쭐이였다.

이윽고 술이 끝났다. 모가지 짬까지 벌겋도록 취해서 나서는 간평원들! 금테 안경을 쓴 진수 아내가 사립 밖까지 나와서 배웅을 하자, 그들은 인도하는 진수의 뒤를 따라서 단장과 함께 비틀거렸다. 그러한 그들의 뒤에는 얼굴이 노랗고 여윈 소작인들이 마치 유형수(流刑囚)처럼 묵묵히 따랐다.

술 취한 양반들에게 옳은 간평이 될 리 없었다.— 그저 작인들의 말은 마이동풍 격으로, 논두렁에도 바특이 들어서 보는 법도 없이 다만 진수하고만 알아듣지도 못할 왜말을 주절거리면서, 그야말로 처삼촌 산소 벌초하듯이 흐지부지 지나갈 뿐이었다. 그러면서도 짐짓 성실한 듯이 이따금 단장을 쳐들어 여기저기를 가리키기도 하고, 혹은 수첩에 무엇인가를 적어 넣으면서.

그렇게 허수아비처럼 흐느적거리며 들깨의 논 곁을 지날 때였다.

"왜 메밀을 갈았소?"

시봉은 들깨의 수인사 대답으로 이렇게 물었다.

"헐 수 있어야죠. 마른 모포기 기다렸댔자 열음 않을 게고……."

들깨는 한 손에는 콩대, 한 손에는 낫을 든 채 열적게 대답했다.

"메밀은 잘 됐구먼."

"뭘요, 이것도 늦게 뿌려서……."

들깨는 시봉의 다음 말을 두려워하는 태도였다.

다른 사람들은 슬금슬금 앞 두렁으로 걸어갔다. 거기서는 아기를 등에 업은 들깨의 아내와 누이동생이 바쁘게 두렁콩을 베고 있었다. 덕아는 열일곱의 처녀로서는 놀랄 만큼 어깻죽지가 벌어지고 돌아앉은 뒷모습이 한결 탐스러웠다. 자기 뒤에 가까이 낯설은 사내들이 와 선 것을 깨닫자, 푹 눌러 쓴 수건 밑으로 엿보이는 두 볼이 저으기 붉어진 듯은 하나, 낫을 든 손은 여전히 쉴 새가 없었다.

"오빠! 왜 암 말도 못 했소?"

간평군들이 물러서자, 덕아는 시무룩해 가지고 돌아오는 들깨를 안타까운 듯이 쳐다보았다.

"말은 무슨 말을 해?"

"세 좀 매지 말라구……."

"그놈들 제멋대로 매는 걸 어떻게."

"그럼 오빠는 이까짓 메밀 간 세도 바치려네?"

덕아는 자못 서글퍼 하는 말씨였다.

"글쎄, 먹고 남으면 바치지!"

들깨는 픽 웃었다. 그는 최근에 와서 갑자기 무던히 배짱이 커졌다.

덕아는 오빠의 말에 확실히 일종의 미더움을 느꼈다. 그러나 허리에 낫을 여전히 꽂은 채, 담배만 빡빡 피우고 앉은 오빠의 마음 속은 결코 그리 후련한 것은 아니었다. 그렇다고 해서 메밀 밭 위를 바삐 나르는 고추잠자리처럼 조급하지도 않았지만.

이튿날 저녁, 동네 사람들은 진수의 집 사랑에 불려 가서 진수의 입으로부터 제각기 소작료를 들어 알았다. 그리고 그 무서운 결정에 다들 놀랐다.

그러나 가장 현대적 마름인 소위 평의원 앞에서, 버릇없이 덤뻑 불평을 늘어놓았다가는 이느 수작에 어떻게 될지 모르는 형편이라 작인들은 내남없이,

"허참! 톡톡 다 떨어 봐두 그렇게 될 둥 말 둥한데……."

따위의 떡심 풀린 걱정 말이나 중얼거릴 뿐 모두 맥없이 돌아왔다.

들깨와 철한이들 — 이 동네 교풍 회장인 쇠다리 주사의 말을 빌리면, 동네에서 제일 콧등이 세고 어긋난 놈들은 벌써 버릇이 되어서 미리 의논이라도 한 듯이, 그 날 밤에도 진수의 집에서 나오자 슬슬 야학당으로 모여들었다. 어느 새 왔는지 곰보 고 서방도 작은 방 한쪽 구석에 다른 때보다 한풀 더 힘없이 쭈그리고 앉아 있었다. 이윽고 불강아지 같은 야학생들을 죄 돌려보내고는, 까만딱지 또쭐이가 큰 방으로부터 돌아왔다. 더펄더

펄 자란 머리털 위에 분필가루를 허옇게 쓰고 — 서른세 살로서는 엄청나게 늙어 보이는 얼굴이었다.

이렇게 소위 콧등이 센 놈들은 저녁마다 야학당에 모여서 그날 그날의 피로를 잊어 가며 잡담도 하고 농담들도 하다가는, 또쭐이로부터 일본의 탄광 이야기를 듣고 또 이곳 저곳에서 일어나는 소작쟁의의 얘기도 들었다. 더구나 소작쟁의에 관한 이야기는 마치 자기들의 일같이, 눈을 끔벅거리며, 혹은 입을 다물고 들었다.

그 날 밤에도 그들은 이슥토록 거기 모여서 놀았다. 그러다가 마침내, 나올 곳 없는 그 해 소작료를 어떻게 할까 하는 말이 누구의 입에선지 나오게 되었다.

7

쇠다리 주사 댁 감나무에 알감이 주렁주렁 달리고, 여물어진 박들이 희뜩희뜩 드러난 잿빛 지붕들에 고추가 빨갛게 널리자, 가을은 깊을 대로 깊었다.

그러나 농민들의 생활은 서리 맞은 나뭇잎같이 점점 오그라져서 밤이면 야학당에 모여드는 친구가 부쩍 늘어갔다. 하룻밤에는 몇 사람이 쇠다리 주사 댁 감을 따왔다.

"빨리들 먹게!"

또쭐이는 뒷일이 떠름했지만, 다른 친구는 오히려 고소한 듯한 표정을 하였다.

"아따, 개똥이 저놈, 나무 재주는 아주 썩 잘해! 그저 이 가지 저 가지 휘뚝휘뚝 타고 다니는 것이 꼭 귀신 같데."

철한이는 먹기보다 감 따던 이야기를 더 재미있게 했다.

"먹고 싶어 먹었다. 체하지는 말아라!"

한 놈이 벌써부터 두 가슴을 두드린다. 그러면서도 또 한 개를 골라 든다. 사실 퍼런 콩잎이랑, 고춧잎 따위에 물린 그들의 입에 감은 확실히 일종의 별미였다.

"제에기, 또 연설 마디나 있겠지?"

또쭐이가 담배를 피워 물며 두덜대니깐, 바로 곁에 있던 고 서방이,

"연설 아니라, 무릎을 꿇고 빌어도 하는 수 없지!"

자칫하면 동네 집회소—이 야학당이나 사람들을 모아 놓고 소위 사상 선도의 연설이 있곤 하였다. 그러나 연설만으로써 어떻게 될 리는 만무하였다. 더구나 속이 빤히 들여다보이는 교풍 회장 쇠다리 주사나, 진흥 회장 진수 따위가 시부렁대는 설교에는, 인제 속을 사람이 없었다.

지금은 누가 뭐라고 하더라도 농민은 결국 자기들대로 하는 수밖에 없었다. 소작료도, 빚도, 이젠 전과 같이는 두렵지가 않았다. 그저 제가 지은 곡식이면 모조리 떨어다 먹었다. 뿐만 아니라 가다가는 남의 것에도 손이 갔다. 그러할수록 동네의 소위 유산자인 쇠다리 주사와 진수의 신경은 극도로 날카로워졌다.

이튿날 아침, 철한이는 안골 논에서 콧노래를 흥얼거리면서 바쁘게 낫을 휘둘렀다. 찬물내기가 되어서 거기만은 겨우 가물을 덜 타고, 제법 벼 이삭이 고개를 숙였다. 그는 잇달아 흥타령을 부르면서, 지난 밤 어머니에게서 처음 들은 자기의 혼삿말을 문득 생각하였다. 상대자는 성동리에서 제일 얌전하다는 덕아였다. 한동안 치삼 노인이 쇠다리 주사의 꿀떡 같은 말에 꾀였을 때는, 쇠다리의 첩으로 가게 되느니 어쩌느니 하는 소문이 퍼

져서 울고불고하던 덕아가, 결국 자기에게 오련다는 것이었다. 물론 그 이면에는 오빠 들깨의 숨은 힘이 크리라는 것을 생각하면, 한없이도 들깨가 고마웠다. 철한이의 머릿속에는 자꾸만 덕아가 떠올랐다. 한동네에 살면서도 자기와 마주치면 곧잘 귀밑을 붉히며 지나가던 덕아! 또렷한 콧잔등에 무엇을 노상 생각하는 듯한 두 눈! 그리고! 그렇다. 지난 봄, 덕아는 바로 그 논에 모내기를 왔을 때 본 그 희고 건강한 팔다리! ― 예까지 생각하다가 철한이는 혼자서 픽 웃으며 머리를 절절 흔들어 공상을 흩어버리고는, 베어 둔 볏단을 주섬주섬 안아서 지게에 얹었다.

그걸 해 지고, 총총히 자기 집 돌담을 돌아올 때, 그는 갑자기 발을 무춤 멈추었다.

안에서 뜻밖에 아버지의 고함 소리가 새어 나왔기 때문이다.

"미친 소리 말어! 이런 엉쇠판에 뭐 자식 장가?"[20]

철한이는 그 말에 일껏 가졌던 희망이 덜컥 무너지는 것 같았다. 그리고 그 자리에 서 있는 것이 행여 누가 볼까 부끄럽기도 했지만 잠깐 더 어름댔다.

"자식을 두었으면 으레 장가를 들여야지, 그럼 살기 딱하다고 언제까지나……."

어머니의 눈물겨운 대꾸가 들렸다.

"그래도 곧 잘했다는 게로군. 앙큼한 년 같으니!"

"어디 종년으로 아시우? 늙어 가며 툭하면 이년 저년 하게."

> **중요 어구**
>
> 20) 미친 소리~자식 장가? : 삶에서 기본적으로 누려야 할 것들까지 빼앗기고 만 현실을 반영한다.
> 21) 식겁 : 뜻밖에 놀라 겁을 먹음.

"저런 죽일 년 좀 봐!"

"죽이려든 죽여 줘요. 나는 임자에게 와서 스무 해가 넘도록 종노릇도 무던히 해 주고 자식도 장가들 나인데, 인젠 이년 저년 하는 소린 더 듣기 싫어요."

"저년이 누구 앞에서 곧장 대꾸를 종종거리는 거야! 예끼 미친 년 죽어라 죽어!"

아버지의 벼락 같은 호통과 함께 질그릇 부서지는 소리가 나더니, 이내 어머니의 외마디 소리까지 들렸다.

철한이는 부리나케 집으로 들어갔다. 아버지는 어느 새 어머니의 머리채를 쥐고 있었다.

"제발, 이것 좀 놔요, 잘못했소, 내 잘못했소."

어머니는 머리를 얼싸 쥐고 빌었다.

"아버지! 이것 노세요. 아무리 짜증이 나시더라도 이게 무슨 꼴이에요. 이웃 사람 웃으리다."

아들이 뒤에서 안고 말리니까, 아버지는 못 이기는 듯이 떨어졌다. 하나 분을 못 참고서,

"이 죽일 년아, 나는 여태 누구 종노릇을 해 왔기에? 너희들이 들어서 내 뼉다귀까지 깎아 먹지 않았나? 응, 이 소견머리 없는 년아!"

그러면서 부들부들 떨었다.

싸움 바람에 식겁[21]을 한 막내 아들놈은 아침밥도 얻어먹지 못하고서 눈물만 그렁그렁 해 가지고 학교로 떠났다.

어머니는 한참 동안 넋 잃은 사람처럼 되어서 뒤꼍 치자나무 앞에 앉아 있었다. 외양간 앞으로 돌아가 혼자 울가망하게 서서 횟담배만 피워대는 아버지의 손아귀에는, 바칠 기한이 지난 세금 고지서와 함께 농사조합에

서 빌려 쓴 비료 대금 독촉장이 구겨져 들어 있었다. 그는 문득 외양간 안으로 쑥 들어가더니, 순순히 서 있는 소 등을 슬쩍 쓰다듬어 본다. 그것이 마치 악착한 생활에 함께 부대낀 자기의 아내나 되는 듯이 ─ 긴 눈썹 속으로 움푹 들어간 그의─ 눈에는 어느 새 웬 눈물까지 고여 있었다.

  철한이의 결혼은, 그리고 약 한 달 뒤에 행례가 있었다.

8

  "아이고, 어느 도둑놈이 그 벼를 베어 갔을까? 생벼락을 맞아 죽을 놈! 그 벼를 먹고 제가 살 줄 알아? 창자가 터질꺼여 터져!"
하며, 봉구 어머니가 몽당치마 바람으로 이 골목 저 골목 외고 다니고 호세 징수를 나온 면서기가 그녀를 찾아다니던 날, 성동리에서는 구장 이외 고 서방, 들깨, 또쫄이들 사오 인이 대표가 되어 보광사 농사조합으로 나갔다. 소작인들은 해마다 소작료와 또 소작료 매석에 대해서 너 되씩이나 되는 조합비와, 비료 대금과 그것에 따른 이자를 바쳐야만 되었다. 그리고 비료 대금은 갚는 기한이 해마다 호세와 같았다.

  의젓하게 교의에 기댄 채 인사도 받는 양 마는 양 하는 이사(理事)님은, 빌듯이 늘어놓은 구장의 말일랑 귀 밖으로, 한참 '시끼시마' 껍데기에 낙서하고 있더니 문득 정색을 하고는,

  "그런 귀찮은 논은 부치지 않는 게 어때요?"
해 던졌다.

  "……."

  "해마다 이게 무슨 짓들이오? 나두 인젠 그런 우는 소리는 듣기만이라

도 귀찮소. 호세만 내고 버티겠거든 어디 한 번 버티어들 보시구려!"

"누가 어디 조합 돈을 안 내겠답니까. 조금만 연기를 해 달라는 거지요."

이번에는 또쭐이가 말을 받았다.

"내든 안 내든 당신들 입맛대로 해 보시오. 난 이 이상 더 당신들과는 이야기 않겠소."

이사님은 살결 좋은 얼굴에 적이 노기를 띠더니 그들 틈에 끼어 있는 곰보를 흘끗 보고서는,

"고 서방, 당신은 또 뭘 하러 왔소? 작년 것도 못 다 내고서 또 무슨 낯으로 여기 오우?"

매섭게 꼬집었다. 그리고 그는 다시 장부를 뒤적거리면서 하던 일을 계속했다. 일행은 헛탕을 치고 밖으로 나왔다.

그리고 며칠 뒤, 저수지 밑 고 서방의 논을 비롯하여 여기저기에, 그예 입도 차압의 팻말이 붙기 시작했다.

농민들은 알아보지도 못하는 그 차압 팻말을 몇 번이나 들여다보고 또 들여다보았다. — 피땀을 흘려 가면서 지은 곡식에 손도 못 대다니?[22] 그들은 억울하고 분하다기보다 꼼짝없이 이젠 목숨을 빼앗긴다는 생각이 앞섰다.

고 서방은 드디어 야간 도주를 하고 말았다.

"이렇게 비가 오는데 그 어린것들을 데리고 어디로 갔을까?"

이튿날 아침, 동네 사람들은 애터지는 말로써 그들의 뒤를 염려했다.

무심한 가을 비는 진종일 고 서방이 지어 두고 간 벼이삭과 차압을 휘두들겼다.

> 중요 어구
>
> 22) 피땀을~못 대다니? : 농민들의 울분이 행동으로 표출되는 직접적인 계기.

무슨 불길한 징조인지 새벽마다 당산 등에서 여우가 울어 대고, 외상 술도 먹을 곳이 없어진 농민들은 저녁마다 야학당이 터지게 모여들었다.

그리하여 하루 아침, 깨어진 징 소리와 함께 성동리 농민들은 일제히 야학당 뜰로 모였다. 그들의 손에는 열음 못한 빈 짚단이며, 콩대, 메밀대가 잡혀 있었다.

이윽고 그들은 긴 줄을 지어 가지고 차압 취소와 소작료 면제를 탄원해 보려고 묵묵히 마을을 떠났다. 아낙네들은 전장에나 보내는 듯이 돌담 너머로 고개를 내 가지고 남정들을 보냈다. 만약 보광사에서 들어주지 않는다면…… 하고 뒷일을 염려했다.

그러나 또쭐이, 들깨, 철한이, 봉구 — 이들 장정을 선두로 빈 짚단을 든 무리들은 어느 새 벌써 동네 산길을 더우잡았다. 철없는 아이들도 행렬의 꽁무니에 붙어서 절 태우러 간다고 부산하게 떠들어댔다.

작품 이해 및 논술 다지기

작품 이해

 핵심 정리

- 갈래 : 단편 소설, 사실적 농민 소설
- 시점 : 3인칭 작가 관찰자 시점
- 배경 : 시간적 — 일제 강점기의 어느 가을
  공간적 — 성동리
- 구성 : 대립적 인물군의 제시
- 문체 : 간결체
- 주제 : 착취당하는 농촌의 부조리한 현실과 이에 저항하는 농민들의 의지

 등장 인물의 성격

- 치삼 노인, 들깨, 봉구, 고 서방 등 : 절 땅을 소작하는 농민들.

- 보광사 중, 순사, 군청 주사, 농사 조합 평의원 : 농민을 학대·착취하는 계층.

 **이해와 감상**

　〈사하촌〉은 1936년《조선일보》에 발표한 작품으로서 보광사라는 사찰 근처에 사는 농민들의 피폐한 삶과 농촌 현실의 모순성을 그리고 있는 작품이다. 특별한 주인공이 있다기보다는 성동리 주민들 모두가 묘사의 대상이 되고 있다. 서술의 초점이 고정되어 있지 않고 자유롭게 이동하고 있으며 여러 가지의 에피소드가 연결되어 있다. 각각의 에피소드들은 보광사 밑의 소작촌 농민들이 자연 재해인 가뭄과 보광사의 횡포로 인하여 고통받는 모습을 나타내고 있다. 작가는 각각의 사건을 아주 세심하게 묘사하면서도 서술자의 목소리를 제한하여 농촌 현실의 모순을 있는 그대로 보여 주려는 태도를 취하고 있다. 그러나 각각의 인물들의 성격과 심리 모두를 알고 있는 것으로 나타나고 있어서 이 소설의 시점은 전지적 작가 시점에 가깝다.

　이 소설은 농촌 현실의 모순과 그에 저항하게 되는 농민들의 삶을 그리고 있다. 농촌 현실을 그리는 작가의 태도를 보면, 김유정의 문학에서 나타나듯이 해학적이지도 않고 심훈이나 이광수의 소설에서 나타나듯이 계몽주의적이지도 않다. 이 작품에서 드러난 작가의 태도는 당시의 농촌 현실의 모순을 담담하게 드러내면서도, 순진하고 힘없고 무지한 농민들이지만 그들을 통해서만 이 모순은 극복될 수 있음을 암시하고 있다. 그러나 카프의 농민 소설들에서와 같이 영웅적인 인물이나 문제적인 인물이 나타나 그를 중심으로 해서 소설이 이끌어지고 있지는 않다. 가난한 농민들 모두가 이 소설의 주인공이며, 그들 모두가 보광사에 의해서 저질러지는 수탈과 횡포에 분노하고 저항하는 것이다. 그리고 그 저항은 바로 절박한 생존의 문제인 것이다. 작가는 이 소설을 통해서 이 점을 고발하고 있다.

이 작품에서 특징적인 것은 농민들을 수탈하는 주체가 보광사라는 사찰이라는 점이다. 이 소설에서 치삼 노인은 자손 대대로 복을 받고 극락에 갈 것이라는 중의 꾐에 빠져서 절에 논을 기부하고 자신이 기부한 논을 소작하는 농민이다. 절은, 비가 오기를 비는 불공을 통해서 많은 돈을 거두어 들이고 소작민들의 고통은 아랑곳없이 무거운 소작료를 부과한다. 결국 이 소설에서 보광사는 종교적인 허울을 뒤집어쓰고 자신의 사리 사욕을 채우기에 혈안이 되어 있는 중들의 집단이며, 그들은 악덕 지주와 조금도 다를 바가 없다. 이 소설에서 악덕 지주 대신에 보광사라는 절이 등장하고 있는 것은 농촌 현실의 근본적인 모순이 지주와 소작인 간의 모순이라는 점뿐만이 아니라 종교적인 것, 극락 왕생을 비는 것 따위가 농촌 현실의 모순을 해결해 주기는커녕 다른 방식으로 심화시킬 뿐이라는 점을 암시하고 있는 것이다.

 생각 나누기

1. 이 소설에서 농촌 현실을 그리고 있는 작가의 태도가 어떠한가를 쓰라.
2. 이 소설이 특별한 주인공의 삶을 그리기보다는 보광리 사람들 전체의 모습을 보어 주는 데 치중하고 있는 이유는 무엇인가? 이 소설의 주제와 관련해서 간단히 쓰라.
3. 이 소설에서 주된 갈등의 원인은 무엇인가?

 모범 답안

1. 이 작품은 일제 식민지 당시 모순된 농촌 현실 속에서 고통을 겪으면서 살아가는 농민들이 스스로 연대 의식의 필요성을 깨달아 가는 과정을 사실적으로 그리고 있다. 수탈당하는 농민들이 자발적으로 모순에 대결하는 모습을 드러내고 있으며, 억압받는 농민들의 끈질긴 삶을 통해 이 땅의 민중에 대한 애정을 보여 주고 있다.
2. 작가가 농촌 현실의 모순은, 몇몇의 영웅적인 인간들에 의해서가 아니라 그 모순으로 인하여 고통받는 전체에 의해서 해결될 수 있다고 보기 때문이다.
3. 얼핏 보면 사하촌 사람들과 보광사의 갈등도, 마을 사람들끼리의 갈등도 모두 가뭄이라는 자연 재해에서 기인한 것처럼 보인다. 하지만 이는 표면적인 이유일 뿐이며 궁극적인 이유는 구조적 불평등이다. 가뭄에 속수무책으로 당하게 된 것은 관에서 저수지의 물길을 막았기 때문이었다. 저수지의 물을 가장 절실히 필요로 하는 농민들에게 소용된 것이 아니라 도시민과 절 사람들을 위한 것으로 나타나는 이 소설은 구조적 불평등(보광사와 사하촌, 농촌과 도시)이 주된 갈등의 원인이라 할 수 있다.

 **연관 작품 더 읽기**

- **〈모래톱 이야기〉(김정한)** : '조마이 섬'을 배경으로 하여, 잘못되고 비뚤어진 시대에 항거하는 농민의 처절한 투쟁을 그리고 있다. 자신의 땅을 부당하게 빼앗고 섬을 송두리째 집어삼키려는 유력자(有力者)에게 저항하는 '갈밭새 영감'으로 대표되는 농민의 처절한 투쟁을 통하여 비참한 농촌 현실을 증언하고 있다.
- **〈수라도〉(김정한)** : '오봉 선생'의 대쪽 같은 기상과 '가야 부인'의 인고의 미덕과 효성, 불심 등 현실에 마주 선 인간의 초월적 풍모를 통해

허 진사 댁의 가족들이 일본 제국주의 치하에서 겪는 수난사를 그리고 있다. '수라도(修羅道)'는 불교의 지옥을 말하는데, 여기서는 아귀다툼이 그치지 않는 고해의 바다와 같은 이 세상을 상징적으로 표현하고 있는 것이다.

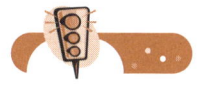 **좀더 알아보기**

- 농민 소설 : 농민과 농촌의 문제를 소재로 하여 씌어진 소설. 그러나 농민 소설은 전원적이고 향토적인 공간으로서의 농촌을 배경으로 하거나 단순히 농민을 주인공으로 설정한 농촌 소설과는 달리, 당대의 농촌이 안고 있는 구조적인 모순이나 농민 의식의 성장 등을 다룬다는 점에서 그 특성이 두드러짐.

논술 다지기

❖ 제시문을 읽고 〈사하촌〉에 나타난 농촌 현실의 문제점을 지적하고, 그러한 문제점이 오늘날의 사회에서는 어떤 방향으로 나타나고 있는지 논하시오. (1,200자 내외)

지금 우리 나라의 논밭은 대략 8십만 결(結)이고, 백성들의 수는 대략 8백만 명이다. 열 명을 한 호(戶)로 잡아 본다면, 한 호

마다 일 결의 토지를 가지게 된다. 그렇게 되어야만 재산이 고르게 된다. 그런데 지금 문무(文武)의 높은 신하들과 민간의 부자들 가운데는 한 호에서 수천 석씩 거두어들이는 자들이 매우 많다. 그런 집들의 논밭을 헤아려 보면 한 호마다 1백 결 이하로 내려가지는 않을 것이다. 이는 곧 9백9십 명의 목숨을 희생시켜서 한 호를 살찌게 하는 꼴이다. 우리 나라의 부자 가운데 영남의 최 씨나 호남의 왕 씨처럼 한 해에 1만 섬이나 곡식을 거두어들이는 사람도 있는데, 그들의 논밭을 헤아려 보면 4백 결 이하로 내려가지는 않을 것이다. 이는 곧 3천9백9십 명의 목숨을 희생시켜서 한 호를 살찌게 하는 꼴이다. 그러나 조정의 윗자리에 있으면서 부지런히 애쓰고 끊임없이 힘써서 부자의 재산을 덜어 내어 가난한 사람에게 보태어 줌으로써 백성들의 재산을 고르게 하는 일을 힘쓰지 않는 자는 임금과 목민관의 도리로써 자기 임금을 섬기는 자가 아니다.

정약용, 〈전론〉 중에서

 모범 답안

　제시문에서 정약용은 지배 계층과 피지배 계층의 관계에서 나타나는 문제점을 지적하면서 토지의 공평한 분배를 강조하고 있다. 즉 민생 문제의 가장 핵심적인 것을 토지 제도로 바라보면서 그 개혁을 주장한다. 실제로 농사를 짓는 사람만이 토지를 소유해야 하며, 권력층들이 토지를 점유하는 것을 강하게 비판하고 있다. 이러한 관점에서 〈사하촌〉에 나타난 농촌 현실의 문제점을 지적하고, 이러한 구도가 현대 사회에서는 어떻게 드러나고 있는지 살펴보기로 한다.

〈사하촌〉은 일제 수탈의 앞잡이인 순사, 군청 주사, 농사 조합 평의원, 보광사 중들로 이루어진 지주 계층의 횡포에 시달리던 소작인 농민들이 생존을 위해 저항하는 모습을 형상화하고 있다. 이러한 현상이 발생하게 된 근본적인 이유는 정약용이 지적했듯이 토지의 불평등한 분배에서 기인한다. 일부 권력층과 부유층들이 토지를 점유함으로써, 농민들은 자신의 땅에 농사를 짓지 못하고, 소작인으로서 지주에게 세금을 내고 농사를 지어야 한다. 만일 자신의 토지에 농사를 지었더라면 굳이 비싼 소작료를 낼 필요도 없지만, 〈사하촌〉의 농민들은 흉년이 들어도 이전과 동일한 소작료를 내야 한다. 이러한 모든 문제는 실제로 농사를 담당하는 농민들이 토지를 소유하지 못했다는 데서 발생한 것이다.

〈사하촌〉의 농촌 현실의 문제점은 오늘날에도 그대로 적용된다. 비록 〈사하촌〉처럼 지주와 소작인의 관계는 사라졌다고 하더라도, 소득의 불평등은 더욱 심화되고 있는 것이 현실의 문제점이다. 부의 분배가 공평하게 이루어지지 못하고 일부 권력층과 부유층만이 부를 누리며 살고 있다. 따라서 현대 사회를 돈이 돈을 버는 세상이라고 비판적으로 말하곤 한다. 이런 현상이 지속되면 부익부 빈익빈 현상이 나타날 수밖에 없다. IMF 이후 우리는 빈부의 격차가 더욱 심해진 것을 몸소 느낄 수 있다. 따라서 이러한 빈부 격차를 해소하기 위해서 정부는, 부가 공평하게 모두에게 돌아가도록 다양한 정책을 펼쳐야 한다. 누진세를 확대 적용한다든지, 실질적인 최저 생활 보장 제도를 시행하는 등의 다양한 정책을 모색하여 빈부 격차를 줄여야 한다. 또한 기업은 사회로부터 얻은 부를 사회로 환원하는 등의 노력을 기울여야 한다. 이러한 정책이 적극적으로 실시된다면 빈부의 격차는 많이 줄어들 것이다.

사람은 슬기롭게 될수록, 선량하게 될수록, 더욱더 남의 선행을 인정할 줄 알게 되는 것이다.

―파스칼(Blaise Pascal)―

황혼

박완서(1931~)

소설가. 경기도 개풍 출생. 서울대 문리대 국문학과에 재학 중 6·25로 학업 중단. 1970년 《여성동아》 장편 소설 공모에 〈나목〉이 당선되어 등단. 특히 6·25와 관련한 전쟁과 분단의 문제에 대해 지속적인 관심을 가지면서 왕성한 창작 활동을 하고 있음. 또한 작가 특유의 신랄한 시선으로 인간의 내밀한 갈등의 기미를 포착하여 삶의 진상을 드러내는 작품 세계를 구축해 오고 있음. 1981년 〈엄마의 말뚝〉으로 이상문학상을 수상했으며, 1994년 〈나의 가장 나종 지니인 것〉으로 동인문학상을 수상. 또한 1998년 문화관광부로부터 보관문화훈장을 받음. 주요 작품으로는 〈미망〉, 〈너무도 쓸쓸한 당신〉, 〈그 해 겨울은 따뜻했네〉 등이 있음.

미리 엿보기...

생각해 봅시다

1. 이 소설에서 고부간의 감정 대립을 통해 그려 내고자 하는 것은 무엇인가 알아보자.
2. 며느리에게 오해를 받으며 살아가는 노인의 모습에서 작가가 드러내고자 하는 '황혼' 의식이 무엇인지 알아보자.

작품의 줄거리

  강변 아파트에는 늙은 여자와 젊은 여자와 젊은 여자의 남편과 두 아이가 살고 있었다. 늙은 여자와 젊은 여자는 고부간이었다. 젊은 여자는 시집 온 지 며칠이 지나도록 늙은 여자를 어머니라고 부르지 않고 노인이라 불렀다. 늙은 여자는 자신에게 가슴앓이 병이 있다며 며느리와 아들에게 명치 부분을 문질러 달라고 청하지만 아들과 며느리는 이를 거절한다. 병원에 가서 진찰을 받아도 뚜렷한 증세가 나타나지 않는다. 늙은 여자는 더 이상 병원에 가기 싫다. 병원에 가면 없던 병도 얻어올 것만 같다.
  어느 날 시끄러운 전화벨 소리에 잠에서 깬 늙은 여자는 얼떨결에 전화를 받게 되었는데, '여보세요' 하기 전에 이미 통화는 시작되어 있었다. 며느리와 그의 친구가 대화하고 있었다. 늙은 여자는 젊은 여자들이 얘기하는 것을 들으면서 차츰 생기가 나기 시작했다. 젊은 여자들의 대화를 듣는 것은 오랜만의 일이기 때문이다. 늙은 여자가 몰래 엿듣는 전화였으므로 숨죽여야 했고, 아무리 우스워도 소리 죽여 웃어야 했다. 그러다가 친구는 홀시어머니가 지금 성적인 욕구 불만이 있어서 자꾸 명치 끝을 문질러 달라고 하는 것 같다고 말한다. 이 전화 내용을 우연히 엿듣게 된 시어머니는 심한 모욕감을 느껴 분개한다. 시어머니는 기쁨과 슬픔을 나눌 대상이 그리워 명치 부분을 문질러 달라고 한 것인데 이를 오해하는 며느리와 아들이 미웠다. 늙은 여자는, 자기가 비록 혼자 살지는 않지만 자기 뜻대로 아무것도 할 수 없는 무가치한 존재라고 생각한다.

　　강변 아파트 칠 동 십팔 층 삼 호에는 늙은 여자와 젊은 여자와 젊은 여자의 남편과 두 아이가 살고 있었다. 늙은 여자와 젊은 여자는 고부간[1]이었다. 고부간의 의는 좋지도 나쁘지도 않았다.

　젊은 여자는 좋은 가정 교육과 학교 교육을 받은 똑똑한 여자로서 매사에 완전한 걸 좋아했다. 비뚤어지거나 모자라거나 흠나거나 더럽거나 넘치는 걸 참지 못했다. 그러나 사람의 행복이라는 데 대해서만은 대단히 융통성 있는 생각을 갖고 있었다. 아무리 행복한 사람에게도 한 가지 근심이 있게 마련이라는 게 그것이었다. 늙은 여자는 젊은 여자의 바로 이 한 가

중요 어구

1) 고부간 : 시어머니와 며느리를 아울러 이르는 말.
2) 젊은 여자는~부르지 않았다 : 며느리와 시어머니가 한 가족의 구성원임에도 불구하고 서로 소통이 단절되어 있음을 단적으로 알 수 있는 예.

지 근심이었다. 젊은 여자는 늙은 여자를 한 가지 근심으로서밖에 인정하지 않았다.

늙은 여자는 실상 늙은 여자가 아니었다. 아직 환갑도 안 되었고 소녀처럼 혈색 좋은 볼과 검고 결 좋은 머리와 맑은 눈을 가지고 있었다. 젊은 여자를 며느리로 맞을 때는 더 젊었었다. 하객들은 동서간처럼 보이는 고부간이라고 수군댔었다.

시집 온 지 며칠이 지나도록 젊은 여자는 늙은 여자를 결코 어머니라고 부르지 않았다.[2] 꼭 불러야 할 기회는 젊은 여자 쪽에서 교묘하게 피했기 때문에 늙은 여자는 그걸 별로 부자연스럽게 여기지 않았다. 그러던 어느 날 젊은 여자는 친구를 초대했다. 친구들은 오이소박이 맛을 특히 칭찬하면서 누가 어떻게 담갔는가를 알고 싶어했다. 그것은 늙은 여자의 솜씨였다. 늙은 여자는 젊은 여자가 우리 어머님이 담그셨다고 그래 주길 가슴 두근대며 기다렸다. 그러나 젊은 여자는 간결하게 말했다.

"우리 집 노인네 솜씨야."

늙은 여자는 그 말이 섭섭해 며칠 동안 입맛을 잃었다.

그러나 그것은 다만 시작에 불과했다. 감기 기운만 있어 봬도 노인네가 옷을 얇게 입으시니까 그렇죠. 화장실만 자주 들락거려도 노인네가 과식을 하시니까 그렇죠. 질긴 거나 단단한 걸 먹으려 해도 노인네가 그걸 어떻게 잡수실려고 그래요. 이런 식으로 그 여자는 모든 자연스러운 행동을 하나하나 간섭받으면서 늙은 여자로 만들어졌다.

그러다가 젊은 여자는 아이를 낳았다. 늙은 여자에게 손자가 생긴 것이다. 그 때부터 젊은 여자는 늙은 여자를 할머니라고 불렀다. 늙은 여자의 아들까지 덩달아서 할머니라고 불렀다. 마땅히 어머니라고 불러야 할 사람들이 할머니라고 부르기 위해 대화의 방법까지 간접적인 것으로 고쳐

나갔다.

할머니 진지 잡수시라고 해라. 할머니 그만 주무시라고 해라. 할머니 전화 받으시라고 해라. 이런 식이었다.

오늘 아침에도 늙은 여자는 깨어서 누워 있었다. 늙은 여자의 방은 이 아파트의 방 중 바깥으로 창이 나지 않은 단 하나의 방이었기 때문에 밖이 어느만큼 밝았나를 알 수 없었다. 문은 부엌으로 나 있었다. 그 방은 방이 아니라 골방이었다.

늙은 여자는 눈 감고 창밖의 어둠이 군청색으로, 남빛으로, 엷어지면서 창호지의 모공을 통해 청량한 샘물 같은 새벽 바람이 일제히 스며들던 옛 집의 새벽을 회상했다. 그 여자의 회상은 회상치곤 아주 사실적이었다. 아파트촌의 새벽이 그 여자의 회상을 따라 밝아 왔다.

부엌에서 그릇 부딪는 소리가 들리고 이어서 할머니 일어나시라고 해라 하는 젊은 여자의 차가운 목소리가 들렸다. 아이들은 아직 자고 있었기 때문에 그것은 늙은 여자 들으라고 하는 소리였다.

늙은 여자는 못 들은 척하고 반듯이 누워서 명치[3]께를 쏙쏙 쓸어도 보고 꼭꼭 주물러도 보았다. 그것은 요즈음 늙은 여자의 버릇이었다. 늙은 여자는 요새 건강이 좋지 않았다. 입맛이 없고, 신트림이 나고 가슴이 답답했다. 입맛이 없어 끼니를 거르고 누워서 명치를 짚어 보면 속에 응어리 같은 게 어떤 때는 확실하게 어떤 때는 희미하게 만져졌다. 늙은 여자는 환갑 전에 가슴앓이로 죽을지도 모른다는 막연한 두려움을 갖고 있었다.

중요 어구

3) **명치** : 사람의 가슴뼈 아래 한가운데의 오목하게 들어간 곳.
4) **괴로워하고~있었다** : 소외받고 있는 외로움과 인간의 정을 그리워하는 늙은 여자의 모습.

늙은 여자의 시어머니도 환갑 전에 가슴앓이로 죽었다. 사변 중 피난지 역촌에서였다. 돈도 없었고 약도 없고 병원도 없었다. 그 대신 사람들의 뱃속은 아무리 거친 음식도 눈 녹이듯이 삭였고, 헐벗고 한데 잠을 자도 고뿔 한 번 안 걸렸다.

그러나 그 여자의 시어머니는 죽을 먹고도 냉수를 마시고도 신트림을 하였고 명치를 쥐어뜯었다. 하루하루 수척해졌지만 속수무책이었다. 시어머니는 누워서 자기 명치를 쓸면서 안에 꼭 바나나만한 게 가로 걸렸으니 먹은 게 내려갈 재간이 있나 하면서 한숨을 쉬었다. 그럴 때마다 그 여자는 시어머니의 명치의 가로 걸린 바나나만한 걸 어떡하던 달래서 풀어지게 해 볼 양으로 정성껏 명치를 쓸어 드렸다. 해 드릴 수 있는 건 오로지 약 치료밖에 없었다. 두메 사람들이 일러 준 민간요법을 따라 화로의 불돌이 뜨끈뜨끈할 때 누더기에 싸서 명치에 얹어 드리기도 했다. 손으로 쓸어 드릴 때도 불돌을 얹어 드릴 때도 시어머니는 화사하게 웃으며 아이고 시원해, 아이고 시원해, 그놈의 게 스르르 풀어지고 이제 다 나은 것 같다고 하셨다. 아무리 고통이 심할 때도 며느리의 손만 가면 화사하게 웃으셨다. 그러다가 바나나만한 건 약손 힘으로 풀어지기는커녕 살찐 애호박만하게 자랐고 병자는 눈 뜨고 바로 보기 민망하도록 피골이 상접해지더니 어느 날 숨을 거두었다. 지금 늙은 여자는 그 때 병자의 명치에서 바나나만한 게 정말로 만져졌는지 생각나지 않는다. 다만 며느리의 손길이 닿을 때마다 억지로 웃던 웃음만은 지금도 고스란히 떠올릴 수가 있었다. 그리고 고통 속에서도 그 웃음이 그토록 화사했던 까닭을 알 듯도 했다.

늙은 여자는 지금 그 때의 시어머니와 비슷한 증세로 괴로워하고 있는 곳을 어루만져 주기를 바라고 있었다.[4]

그러나 젊은 여자는 노인네가 과식을 하셔서 그렇죠, 하면서 소화제를 한 봉지 주고 끝냈다. 하긴 요새 세상에 누가 약손 따위를 믿을까마는 그래도 늙은 여자는 그게 아쉬웠다. 소화가 잘 되고 안 되고가 문제가 아니었다. 자기의 손에 만져지는 게 확실한가 아닌가 남의 손으로 확인하고 싶었다. 그래서 늙은 여자는 아들과 며느리한테 조르고 애걸했다.

"얘들아, 명치 속에 이게 뭔가 한 번만 만져 줘 다오."

어느 날인가 젊은 여자가 가까이 있길래 늙은 여자는 느닷없이 치마끈을 풀면서 젊은 여자의 손을 끌어다가 명치를 만져 보게 하려고 했다. 젊은 여자는 질겁을 하며 손을 뿌리쳤다. 그리고 늙은 여자가 충격을 받을 만큼 적나라하게 불쾌한 얼굴을 했다. 늙은 여자는 얼른 그 자리를 피하는 수밖에 없었다. 젊은 여자가 명치 끝에 닿았던 손을 마음껏 흐르는 수돗물에 씻어 낼 수 있도록.

그 일은 사소한 일이었지만 늙은 여자뿐 아니라 젊은 여자에게도 충격이 됐던 것 같다. 다시 그런 일을 당할까 봐 꽤나 겁이 났던지 당장 늙은 여자를 병원으로 데리고 갔다. 늙은 여자는 병원 갈 만큼 큰 병은 아니라고 극구 사양했건만 소용이 없었다. 늙은 여자는 진찰받으면서 내내 명치의 이물감에 대해서만 이야기했다. 젊고 냉철해 뵈는 의사는 듣기만 하고 대답은 하지 않았다. 옷을 벗으라든가, 돌아앉으라든가, 누우라든가 하는 말도 간호원을 통해 간접적으로 말했다.

"선생님, 제 병은 아무리 생각해도 보통 병은 아녜요. 유전일 거예요. 유전은 고치기 힘들죠? 시어머님이 저처럼 이렇게 가슴앓이로 고생을 하다가 돌아가셨거든요. 그때 시절론 좋다는 건 다 해 봤지만 소용이 없더군요."

"고부간에 무슨 유전입니까?"

의사는 경멸하는 것처럼 말했다. 경멸이나마 다음 환자를 위해 순식간에 지나가 버리고 말았다. 그것이 늙은 여자가 지껄인 여러 말에 대한 의사의 단 한 마디의 대답이었고 말로 표현된 관심의 전부였다.

그 날 저녁을 굶고, 다음 날 아침 먹기 전에 와서 엑스레이를 찍으란 소리도 간호원이 했다.

저녁을 굶고 나서 그런지 명치가 푹 꺼지고 아무것도 만져지지 않았다. 이래 가지고서야 세상 없는 엑스레이로도 명치 속에 아무것도 없다는 것을 증명할 수밖에 없을 것 같았다.

늙은 여자는 병원에서 큰 병이 걸렸다고 할까 봐도 겁이 났지만 아무것도 없다고 할까 봐 더 겁이 났다. 큰 돈 들이고, 수선은 수선대로 떨고 나서 아무 병도 없다는 게 탄로가 나면 무슨 낯으로 식구를 대할까 싶었다.

부엌에서 구수한 토장국 냄새가 훌훌 코끝으로 끼쳐 오자 늙은 여자는 느닷없이 맹렬한 식욕을 느꼈다. 한 끼 굶은 것으로 명치에서 오르락내리락하던 건 간데없고 다만 허기증만이 선명했다. 늙은 여자는 부끄럽고 당황했다. 어제 병원에서 주사를 한 대 놓아 주던지, 약이라도 몇 봉지 주었더라면 그 핑세를 내고 다 나았다고 하련만 그럴 수도 없었다.

늙은 여자는 병원에 가기 싫었다. 처음부터 늙은 여자가 바란 건 엑스레이나 주사나 약이 아니었다.

"할머니 일어나시라고 해라. 병원 가실 시간 늦으시겠다."

젊은 여자가 재차 간접적으로 여자를 깨우는 소리가 났다.

손자들은 아직 안 일어나고 식탁에선 아들이 혼자서 신문을 읽고 있었다.

늙은 여자는 아들을, 며느리보다 가깝게 느끼면서 자기가 병원에 안 가는 데 아들이 도움이 돼 주길 바랐다.

"애비야, 나 잠깐 보자."

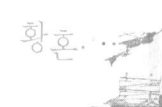

늙은 여자는 아들에게 은밀하게 손짓과 눈짓을 함께 했다.

아들이 곧장 오지 못하고 두리번두리번 한눈팔며 비실비실 늙은 여자 곁으로 왔다.

"나 말이지 병원에 안 갈란다. 다 나았어. 정말이야, 여기서 뭐가 오르락 내리락 도무지 밥을 먹을 수가 없더니 글쎄 밤새 고놈의 게 깜쪽같이 없어졌지 뭐냐. 정말이지 너 그런 얼굴 하지 말고 어디 한 번 만져 볼래?"

늙은 여자는 무심히 아들의 손을 끌어당겼다. 아들이 털벌레를 털어 내듯이 방정맞게 늙은 여자의 손을 뿌리쳤다.

"노인네도 참……."

그러면서 일어섰다. 어느 틈에 젊은 여자가 따라 들어와 그 광경을 지켜보고 있었다.

"빨리 준비하세요. 여덟 시까지는 가셔야 하니까요."

젊은 여자는 아이들을 아침밥 먹여 학교에 보내야 하기 때문에 오늘은 모시고 갈 수 없다면서 엘리베이터까지 배웅을 해 주었다.

외래 환자의 진찰은 아직 시작되기 전인 이른 아침에 지하 일 층에 있는 각종 검사실과 방사선실 앞은 많은 환자들로 붐비고 있었다. 벽도 희고 불빛도 희어서 그 곳에서 차례를 기다리는 환자들까지 알맞게 탈색되어 보였다. 환자들도 미리 지쳐 있으면서 긴장하고 있었다. 그래서 더욱 환자다워 보였다.

늙은 여자는 생각보다 일찍 호명되어 입술이 붉은 간호원으로부터 걸직하게 갠 횟가루가 든 컵을 받았다. 늙은 여자는 그것을 어떻게 해야 하는지 알지 못했다. 간호원이 말했다.

"마시세요, 쭉."

늙은 여자는 처음 보는 음식이었기 때문에 우선 냄새를 맡기 위해 코를 들이댔다. 아무 냄새도 안 났다. 먹는 것에서 아무 냄새도 안 난다는 게 도리어 비위에 거슬렸다[5]. 먹고 싶지 않았다.

"쭉 들이마시라니까요, 빨리."

사무적인 목소리에 짜증이 가미되자 늙은 여자는 얼른 그걸 들이마셨다. 아무 맛도 없는 고약한 이물질이 명치를 뿌듯이 채웠다.

엑스레이 촬영이 끝나자 늙은 여자는 화장실로 달려가 곧 그것을 토해 내려고 했지만 되지 않았다. 집에 가서 소금이라도 한 움큼 집어먹고 토할 수밖에 없을 것 같았다.

아이들이 학교에 가고, 시간제 파출부는 집안 청소를 하고, 젊은 여자는 다리를 꼬고 앉아 커피를 마시고 있었다. 늙은 여자는 너무 일찍 돌아온 게 아닌가 싶어 쭈뼛쭈뼛했다.

그러나 젊은 여자는 깍듯이 예의 바랐다. 흠잡을 데라곤 없었다.

"이제 뭘 좀 잡수셔야죠. 미음을 끓이도록 할까요?"

"아무 생각 없다. 병원에서 병을 고치기는커녕 얻어 왔나 보다."

늙은 여자는 명치를 쓸면서 말했다.

"왜 그러세요 또. 오늘은 엑스레이만 찍었을 텐데요."

"내가 엑스광선을 처음 찍는 줄 아냐. 예전에도 몇 번 찍어 봤어. 그렇지만 그렇게 고약한 걸 먹이고 찍는 병원은 처음 봤다. 세상에 딴 병원도 아니고 체증에 그런 고약한 걸 먹여 놨으니 덧날 수밖에. 아유 비위 뒤집혀."

"그건 조금도 고약한 게 아녜요. 맛도 냄새도 없는 거예요."

"그럼 너도 그걸 먹어 봤단 말이냐?"

"제가 그걸 왜 먹어 봐요?"

> **중요 어구**
>
> 5) 비위에 거슬렸다 : 마음에 언짢다.

"그럼 그 맛을 어떻게 알아?"

"소화기 촬영을 할 때 그런 걸 미리 먹고 해야 한다는 것쯤은 상식이에요. 물을 먹고도 비위가 뒤집히는 사람만 아니면 누구나 다 먹을 수 있는 거예요."

젊은 여자는 옳은 말을 하고 있기 때문에 사뭇 당당하고 늙은 여자는 기가 꺾였다. 젊은 여자는 언제나 이치에 맞는 말만 했다. 아는 것도 많았다. 늙은 여자가 병원에서 얻어먹은 걸 맛보지 않고도 그 맛을 정확하게 안다. 그러나 먹는 것에 냄새도 맛도 없다는 게, 먹기에 얼마나 고약한 것인가는 모르고 있다.

먹는 것이라면 쓴 맛이라도 맛이 있어야 하고 썩는 내라도 냄새가 나야 한다. 그러니까 무미무취한 것은 먹는 게 아니다. 세상에서 가장 고약한 맛은 먹는 게 아닌 걸 먹는 맛이다. 늙은 여자는 그렇게 생각했지만 이치에 닿지 않는 것 같아 말로 하진 않았다.

늙은 여자가 아무것도 안 먹을 것처럼 말했는데도, 젊은 여자는 파출부에게 미음과 죽을 쑬 것을 일렀다.

파출부는 미음을 쑤면서 거침없이 지껄였다.

"저는요, 사모님. 이래 봬도 서울 장안에서 행세깨나 하고 사시는 댁 안방과 부엌을 내 집 드나들 듯하면서 삽니다요. 그러다 보니 눈치만 발달해서 사람 사는 켯속[6]이라면 저 밑바닥까지 환합니다요. 사모님도 워낙 교양이 있으신 분이라 말씀은 안 하셔도 사모님 속상하시는 거 저 다 압니다요. 노인네가 속 좀 썩이죠? 그렇죠? 아드님 돈벌이하기 힘든 생각은 눈곱만큼도 안 하고 노인네가 구미 좀 떨어진 걸 가지고 병원 출입하는 것

중요 어구

6) **켯속** : 일이 되어가는 속사정.

보면 몰라요. 속 썩이는 노인네도 가지가지라구요. 놀이 좋아하는 노인네, 보약 좋아하는 노인네, 교회나 절 좋아하는 노인네, 병원 좋아하는 노인네, 일 좋아하는 노인네……. 그래도 사모님은 참 효부셔. 싫은 내색 한 번 안 하시고 그 치다꺼리를 다 해내시니."

늙은 여자도 이런 소리가 귀에 안 들어온 건 아니었지만 그 소리보다는 다용도실에서 나는 세탁기 소리가 더 견디기 어려웠다. 엉뚱한 것으로 채워진 시장기 때문에 늙은 여자는 손끝 하나 까딱할 수 없을 만큼 무력해져 있었다. 괘씸한 딴으론 한바탕 나무래 주고도 싶었지만 더욱 간절한 소망은 잠을 자는 일이었다. 세탁기 소리가 멎자 늙은 여자는 방바닥 속으로 곧장 침몰하듯이 깊은 잠에 빠져들었다.

얼마나 잤을까. 시끄러운 전화벨 소리에 깨어났다. 얼떨결에 늙은 여자는 자기가 병자라는 걸 잊어버리고 있었기 때문에 민첩하게 수화기를 들었다. 늙은 여자 방은 작았지만 전화기도 따로 있고 텔레비전도 따로 있었다. 그래서 젊은 여자는 외출할 때 마음놓고 안방을 잠글 수가 있었다.

수화기를 들고 여보세요 하기 전에 통화는 이미 시작되어 있었다. 젊은 여자는 외출하지 않고 있었던 것이다. 그런 일은 얼마든지 있을 수 있는 일이었다. 그런 일 아니더라도 늙은 여자는 심심할 때 곧잘 젊은 여자의 전화를 엿들었다. 그러지 않고서는 늙은 여자가 젊은 여자들이 얘기하는 데 참여할 기회란 좀처럼 없었기 때문이다. 젊은 여자의 친구들이 떼를 지어 놀러 올 때도 있었지만 늙은 여자에겐 간단한 인사를 하는 적도, 그나마 생략하는 적도 있었고, 한 번도 끼워 준 적은 없었다.

전화를 엿들으면서 늙은 여자는 차츰 생기가 나기 시작했다. 젊은 여자들은 늙은 여자가 들어서 언짢은 얘기는 결코 하지 않았다. 젊은 여자는 교양이 있는 여자였다. 집 밖에서 일어나는 여러 가지 문제에 깊은 관심을

가지고 있었고, 제 나름의 의견도 가지고 있었다. 노인네를 화제에 올릴 만큼 화제에 궁하지 않았다.

젊은 여자들은 공립 학교와 사립 학교의 장단점에 대해 토론했고, 아이들의 특기 교육과 소질에 대한 의견을 교환했고, 남편의 승진과 아내의 능력과의 상관관계에 대한 논쟁에선 과열해져서 언성이 높아졌다가, 명동 어느 가게에 기막히게 세련된 수직 실크가 나와 있더란 새로운 정보에서 다시 화기애애해졌다.

늙은 여자가 몰래 엿듣는 전화였으므로 숨죽여야 했고, 아무리 우스워도 소리 죽여 웃어야 했다. 그래서 더욱 늙은 여자의 표정은 판토마임처럼 과장되어 변해 갔다. 늙은 여자는 통화에 끼어들진 못했지만 젊은 여자들이 하는 말에 늘 흥미진진했다. 젊은 여자들은 한 번도 늙은 여자의 귀에 거슬리거나 못 알아들을 말을 한 적이 없었다. 젊은 여자들이 재미있어하는 얘기는 늙은 여자도 재미있었고, 젊은 여자들이 분개하는 문제에 대해선 늙은 여자도 분개했다. 젊은 여자들의 기쁨이나 슬픔, 바람을 늙은 여자는 특별히 노력하거나 가장하지 않고도 따라할 수 있었던 것이다.[7]

전화로 젊은 여자들의 이야기에 숨어서 참여할 때마다 늙은 여자는 자기가 왜 늙은 여자여야 하는지 이상하게 생각했다. 고립되어 특별히 취급되어야 할 아무런 이유도 그 자신에겐 없었다.

전화의 화제가 비약했다.

"참 수다 떠느라 정작 용건을 잊어 먹을 뻔했구나. 내일 좀 모여야겠다. 인애 시어머님이 돌아가셨어. 그냥 있을 수 있니? 부조금 좀 걷어 가지고

중요 어구

7) 젊은 여자들의~것이다 : 늙은 여자와 젊은 여자가 세대를 초월해 소통할 수 있는 가능성을 제시하는 부분.

문상을 가 봐야지."

"그래? 언제 돌아가셨어?"

"어제. 너 왜 그렇게 긴 한숨을 쉬니?"

"그냥."

"너 혹시 부러운 거 아냐?"

"아무렇게나 좋을 대로 생각해."

"그 분 아직도 새파라시지?"

"새파라시기만 하면 좋게."

"왜 무슨 트러블 있어?"

"아니."

"그럼 왜 그래?"

"더 새파래지시지 못해 병원에 다니신단다, 요새."

"그래도 어디가 편찮으시다는 핑계는 있을 거 아냐?"

"뭐 구미가 없으시다나."

"느네가 너무 효사 효부라서 그래. 구미가 떨어지셨다면 무해무익한 비타민제나 한 병 사다 드렸으면 됐지. 병원이 어디 한두 푼 드는 데니?"

"우리 식구 모두 건강해서 여지껏 의료보험 혜택 한 번도 못 받았잖아. 그러니까 그냥 보내 드리는 거지 뭐."

"애 모르는 소리 좀 작작해. 병 없이 엄살부리는 사람 병원비를 아무리 의료보험 덕 봐도 무시 못한다. 두구 봐라. 갖은 검사를 다 시킬 테니. 생각해 봐. 감춘 보물 찾기보다는 안 감춘 보물 찾기가 더 골빠지는 건 정한 이치고, 병원에서 왜 거저 골이 빠지니? 터무니없이 돈 들걸."

"그것쯤 누가 모르니? 그렇지만 이번 일은 정말 참을 수가 없었어."

"왜 무슨 일인데. 요것아 빨리 실토를 해 봐."

"글쎄 허구한 날 명치에 뭐가 있다고 그러면서, 이 사람 저 사람 아무나 보고 거길 주물러 달라는 거야. 노인네가 왜 그렇게 자기 살 만지는 걸 받치는지 딴 건 다 참을 수 있어도 그것만은 정말 못 참겠더라."

"드디어 왔구나. 예외도 있나 싶더니."

"뭐가?"

"느네 노인네 말야. 외아들의 홀시어머니인데 그 동안 어째 너무 구순하다[8] 싶더니. 그게 바로 억압된 성적인 욕구 불만의 표현일 거야."[9]

"성적인 욕구 불만? 그럼 성욕 비슷한 건가?"

"비슷한 말이 아니라 준말이지. 요새 애들이 그런 거 잘하지. 왜 홍도야 우지 마라의 준말은 홍도야 뚝, 가방을 든 여자의 준말은 빽 든 년 하는 식으로 말야. 늙고 젊고 사람 하는 짓은 성욕으로 설명 안 되는 게 없거든."

"너니까 그렇지. 너는 애가 아무튼 불순해. 꼭 그 방면으로 뭔 일이던지 꽈다붙이더라."

"얘, 뭔 일이던지 그 방면으로 꽈다붙인 게 나래? 무식하게스리, 그건 프로이트야."

"프로이트?"

"그래 프로이트. 너도 대학교 때 들은 강의 그 정도는 기억하고 있다가 써먹을 줄도 좀 알거라."

"억압된 성적인 욕구의 표현이라? 그러고 보니 나에게도 이것 저것 짚이는 게 있어."

중요 어구

8) 구순하다 : 서로 사귀거나 지내는 데 사이가 좋아 화목하다.
9) 그게 바로~표현일 거야 : 인간의 내면을 바라보지 못하고 성적 문제로 쉽게 환원해 버리는 저급한 상상력을 보여 준다.

"프로이트 선생을 꽈다붙이니까 금세 내 말에 권위가 붙는구나 얼씨구."
"까불지 말아. 남은 속상해 죽겠는데."
"뭐가 또 속상해? 내가 해석을 잘해 줬는데."
"네 해석을 듣고 보니 얼마나 징그러우냐 말야."
"얘는 성욕이 뭐가 징그럽니? 그야말로 인류 영원의 문젠데. 그 문제가 사라지는 날은 인류가 멸종하는 날일 텐데."
"듣기 싫어. 노인네 안 모신다고 남 너무 약올리지 마."

늙은 여자는 통화 중에 슬그머니 수화기를 놓았다. 손에서 힘이 빠져 더 이상 수화기를 감당할 수가 없었다. 늙은 여자는 프로이트를 못 알아들었지만 성욕은 알아듣기 때문에 심한 모욕감을 느꼈다. 세상에 다 죽게 된 늙은이에게 무슨 누명을 못 씌워 그런 더러운 누명을 씌울 게 뭐란 말인가. 늙은 여자는 텅 빈 오장이 와들와들 떨리게 분했다.

프로이트가 뭔지는 그게 외래어라는 것밖에 알 수가 없었다. 늙은 여자는 젊은 여자들이 즐겨 쓰는 외래어를 거의 못 알아듣는 게 없었다. 액세서리니 에티켓이니 노이로세니 프리미엄이니 덤핑이니 섹스니 히는 외래어의 뜻을 누가 가르쳐 주지 않았는데도 뜻을 정확하게 파악해서 알아들을 수 있을 뿐더러 써먹기도 했다. 그러나 프로이트만은 생각할수록 오리무중이었다. 설사 그 뜻을 짐작할 수 있다손치더라도 성욕에서 받은 모욕감을 덜 수 있을 것 같지 않았다.

늙은 여자의 눈엔 눈물이 고였다.

아이들이 학교에서 돌아오는 소리가 났다. 아이들은 늙은 여자에게 친절했다. 안방에서 텔레비전을 보다가 쫓겨나면 저희들 방으로 가는 척하다가 할머니 방으로 숨어 들어와 이불 속으로 파고들어 텔레비전을 켜 달라고 조를 때도 있었다. 그럴 때 늙은 여자는 처음엔 안 된다고 하다가도 곧 아이들 하자는 대로 했다. 아이들의 엄마 아빠가 해롭다고 생각하는 것은 늙은 여자도 아이들에게 해롭다고 생각했지만 아이들을 양 옆구리에 끼고 어리고 싱싱한 체온과 숨결에 접한다는 건 늙은 여자가 도저히 거역할 수 없는 기쁨이었다.

오늘따라 아이들은 할머니 방에 들어오지 않았다. 아이들은 들어올 때도 안 들어올 때도 있었지만 늙은 여자는 젊은 여자가 일부러 아이들을 안 들여보내는 것처럼 느꼈다.

젊은 여자가 아래 윗물이 지게 멀겋게 끓인 미음을 들고 들어와서 머리맡에 놓으며 말했다.

"구미가 안 당기시더라도 좀 마시세요."

늙은 여자는 대답하지 않았다. 젊은 여자는 대답을 기다리지 않고 나갔다. 늙은 여자는 미지근한 미음을 마셨다.

아이들이 아빠 아빠 하고 반기는 소리가 났다. 부엌에서 환풍기 돌아가는 소리가 시끄럽게 났다. 늘 듣던 소린데도 톱니바퀴가 뇌수에 파고드는 것처럼 그 소리는 여자를 괴롭혔다. 늙은 여자는 엎드려서 귀를 틀어막았다. 그 소리가 멎자 식당에서 밥 먹는 소리가 났다. 식구가 모두 늙은 여자를 약올리기로 약속이나 한 듯이 즐겁게 웃고 소리나게 씹으며 식사를 했다. 향긋한 김 냄새 구뜰한 토장국 냄새도 끼쳐 왔다. 아침에도 같은 냄새를 맡은 것으로 봐서 환각인지도 몰랐다.

텔레비전 소리가 났다. 연속극에서 늙은 여자가 악 쓰는 소리가 났다. 늙은 여자의 방에도 텔레비전은 있었지만 보지 않았다. 연속극에 나오는 늙은이들은 젊은이한테 무조건 아첨하지 않으면 사사건건 대립했다. 늙은 여자는 그렇게 사는 늙은이가 마음에 안 들었다.

연속극 속의 식구들 소리 때문에 정작 식구들의 말소리는 들리지 않았다. 늙은 여자는 기다렸다.[10] 식구들이 연속극에 정신이 팔린 사이 아들이 살금살금 발소리를 죽여 가며 문병 와 주길. 몇 번인가 문 밖에 숨죽인 아들의 발자국 소리를 들었다. 그러나 실제로 문이 열리진 않았다. 늙은 여자는 안절부절 아들이 문병 들어와 주길 기다리다 지쳐서 다시 쓰러졌다. 뱃속에서 쪼르륵 소리가 나면서 명치 속이 까진 살갗처럼 싱싱하게 쓰려 왔다. 그 여자는 반듯이 누워서 명치를 쓸어 봤다. 아무것도 만져지지 않았다. 아마 엑스레이는 더 정확하게 그 속에 아무것도 없다는 걸 증명해 줄 것이다. 그 속에 아무것도 없다는 게 마치 몰래 길들인 친구를 잃은 것처럼 허전했다. 그거야말로 늙은 여자의 마지막 친구였었거늘.

 늙은 여자는 응어리를 되찾기 위해 미친 듯이 명치를 쓸고 주무르고 더듬었다. 그러면서 이게 성욕이라니 천부당 만부당하다고 생각했다. 늙은 여자는 성욕이라는 말에 게울 것처럼 추잡한 느낌밖에 들지 않았다. 늙은 여자는 지금은 과부지만 쉰 살 가까이까지 부부생활을 했고 불감증은 아니었지만 먼저 성욕을 느낀 일은 없었다. 남편이 죽자 궂은 일에도 남편 생각, 좋은 일에도 남편 생각 굽이굽이 남편 생각이었지만, 기쁨이나 슬픔을 같이 나눌 대상으로서 그리워했지 성욕의 대상으로 그리워해 본 적은 절대로 없었노라고 늙은 여자는 자신 있게 장담할 수 있었다.

 그럴수록 전화로 들은 젊은 여자의 말은 괘씸하고 치가 떨렸다. 늙은 여자에게 성욕이란 음란과 같은 의미밖에 못 지녔다. 젊어서 서방질을 했다는 누명을 썼어도 이보다는 덜 분할 것 같았다.

중요 어구

10) **늙은 여자는 기다렸다** : 젊은 여자와 마찬가지로 늙은 여자 역시 자신의 생각과 욕구를 이해시키려는 노력을 하기 보다는 이해받지 못하는 현실에 머물고 있음을 보여 준다.

연속극이 끝났다. 그리고 가수의 노래가 들렸다. 아이들이 따라 부르는 소리가 났다. 부부가 같이 웃는 소리가 났다. 다시 연속극 소리가 났다. 연속극이 끝났다. 텔레비전을 끄고 식구들이 웃고 떠드는 소리가 났다.

아들이 문병 오긴 틀린 일이라고 늙은 여자는 생각했다. 아들의 문병을 단념한 늙은 여자는 마침내 아들에게 악담을 하기 시작했다.

너도 자식 기르는 놈이 그러는 게 아냐, 너도 곧 당할 거다. 암 당하고 말고 더도 말고 덜도 말고 내가 너한테 당한 것만큼만 너도 네 자식에게 당하거라. 고려장 얘기가 옛말이 아니야. 늙은이를 산 채로 내다 버리고 온 지게를 자식이 훗날 자기를 내다 버리기 위해 거두어 두더란 옛말은 재미는 없었지만 기분 나쁘고 겁나는 얘기였다. 그래서 자식 보는 앞에서 더욱 부모에게 효도를 극진히 했었다. 고려장 이야기는 곧 그 시대의 늙은이들을 위한 사회 보장 제도 같은 거였다.

늙은 여자도 자식 보는 데서건 안 보는 데서건 부모에게 불효한 바 없었다. 그래도 자식 보는 앞에서 좀더 효도를 극진히 했다면 그것은 자식이 훗날 본받게 하고자 함이었을 게다.

그러나 자식은 지금 그것을 본받고 있지 않다. 아마 훗날 그의 자식 역시 그를 본받지 않으리라는 걸 알고 있기 때문일 것이다. 어쩌면 아예 그런 것에 의지할 필요가 없는 새로운 삶의 모습이 생겨났는지도 모르고. 그렇다면 고려장을 건 저주가 무슨 소용일까. 늙은 여자는 그 유구하고도 진부한 사회 보장 제도가 자기 대에 와서 단절됐음을 느꼈다.

그렇담 저 막심한 불효는 영영 갚아질 길이 없는 것일까. 늙은 여자는 아직도 아들의 불효에 대한 앙갚음을 단념 못 한다.

어느 틈에 밖의 일가 단란의 소리가 멎고 늙은 여자의 방문이 소리 없이 열렸다. 기다리던 아들이 아니라 젊은 여자였다.

그 때까지 늙은 여자의 손은 명치 속에서 응어리를 찾는 일에 열중하고 있었기 때문에 마치 자위를 하다가 들킨 것처럼 화들짝 놀랐다. 젊은 여자 역시 자위의 현장을 목격한 것처럼 고개 먼저 돌리고 야릇한 미소를 짓더니 말없이 나가 버렸다.

  늙은 여자는 죄 지은 것 없이 가슴이 울렁대면서 낮에 들은 전화의 목소리를 생각했다. 성욕은 인류 영원의 문제라고 했겠다. 거북한 명치를 쓸어 줄 타인의 손을 그리워하는 것도 성욕이라고 했겠다. 그렇담 너희들도 늙어 죽는 날까지 성욕에서 놓여나지 못하겠구나. 고려장의 저주로부터는 놓여났어도 성욕의 저주로부터는 못 놓여나겠구나.

  늙은 여자를 그렇게 심하게 망신 주던 성욕이 도리어 늙은 여자를 구원한다. 늙은 여자는 고려장으로 못 푼 앙갚음의 꿈을 성욕을 통해 풀려 든다. 비로소 기분이 좀 나아진다.

  늙은 여자는 웃으면서 일어나 앉아 거울을 본다. 거울 속의 여자는 울고 있었다. 엉엉 울고 있었다. 아무리 웃길려도 말을 듣지 않았다. 그래도 거울 속의 여자쯤은 자기 마음대로 될 수 있으려니 했는데 그게 아니었다.

  늙은 여자는 과부되고 외아들 기르면서 늙게 혼자 살게 될까 봐 그걸 항상 두려워하며 살았었다. 지금 늙은 여자는 혼자 살지 않는다.

  그러나 늙은 여자는 지금 정말 불쌍한 건 혼자 사는 여자가 아니라 자기 뜻대로 아무것도 할 수 없는 여자임을 깨닫는다.[11]

> **중요 어구**
>
> 11) 그러나~깨닫는다 : 한 가족 안에서도 서로 소통하지 못하고 단절된 채 살아가는 모습을 보여 줌으로써 현대 사회에서의 가족적 유대감과 인간성의 상실을 나타낸다.

작품 이해 및 논술 다지기

작품 이해

핵심 정리

- 갈래 : 단편 소설
- 시점 : 작가 전지적 시점
- 배경 : 시간적 — 현대
    공간적 — 서울의 강남 아파트
- 구성 : 순행적 구성
- 문체 : 간결체
- 주제 : 고부간의 심리적 갈등에서 오는 시어머니의 허탈감과 소외감

등장 인물의 성격

- 늙은 여자(시어머니) : 외로움을 느끼며 살아가는 노인.

- **젊은 여자(며느리)** : 주관이 뚜렷하지만 노인을 공경할 줄 모르는 냉정한 인간.
- **젊은 여자의 남편** : 어머니의 외로움을 이해하지 못하는 인물.

 **이해와 감상**

박완서의 〈황혼〉은 1979년 《뿌리 깊은 나무》에 발표된 단편 소설로 산업화와 도시화가 되면서 소외 계층으로 밀려난 노인 세대의 황혼 의식을 그린 작품이다. 전통 사회의 대가족 제도는 어른을 공경하고 연장자를 존경하는 분위기를 자연스럽게 형성했지만, 산업 사회의 핵가족 제도는 어른과 연장자에 대해 소홀히 하는 분위기를 낳게 되었다. 또한 산업 사회는 기술의 발전 속도가 빠르기 때문에, 연륜을 중요시하던 전통 사회에서 존경받던 노인 세대들은 이제 설 자리를 잃어버리게 되었다. 전통 사회에서는 나이 어린 손자들이 할아버지와 할머니의 이야기를 듣고 자라지만, 산업 정보화 사회의 어린 세대들은 인터넷 등의 매체의 영향을 받고 자라나고 있다. 노인 세대들은 더 이상 젊은 세대들과 어울리지 못하는 시대가 되어 버린 것이다. 〈황혼〉은 이러한 노인 세대들과 젊은 세대들의 단절에서 나타나는 문제점을 사실적으로 그려 내고 있다.

〈황혼〉의 가족은 시어머니와 아들 부부, 그리고 손자들로 구성되어 있다. 이 작품은 이들 중 시어머니와 아들 부부의 관계에 초점을 두고 있다. 특히 시어머니와 며느리의 관계가 특이하다. 며느리는 시어머니를 '어머니'라고 부르지 않고 '노인'이니 '할머니'라는 말을 쓰고 있다. 정상적인 고부 관계가 아니다. 가장 어렵고 존경해야 할 대상임에도 불구하고, 며느리는 상당히 사무적으로 시어머니를 대한다. 시어머니는 며느리와 대화도 하면서 더 가깝게 지내고 싶지만, 며느리는 선을 분명히 그어 놓고 지낸다. 고부간의 대화가 완전히 단절된 상태이다. 오죽하면 시어머니가 가슴앓이 병이 걸렸겠는가? 아들도 어머니에게 시큰둥하고 며느리도 어머니와 거리를 두고 지내기 때문에, 시어머니는 외로움을 느낀다. 외로움으로 빚어진 가슴앓이는 가족간의 대화와 사랑으로 나을 수 있는 병이다. 하지만 시어머니의 심정을 몰라주고 아들과 며느리는 시어머니를 병원에만 데리고 다닌다. 또한 시어머니는 가슴앓이 병이 있다고 하면서 며느리와 아들에게 명치 부분을 문질러 달라고 청하지만 아들과 며느리는 무시한다. 오히려 며느리는 친구와 대화하면서 시어머니의 그러한 행동이 억압된 성적 욕구의 표현이라고 생각한다. 우연히 며느리와 그 친구와의 대화를 엿듣게 된 시어머니는 모멸감을 느낀다.

　이렇듯 〈황혼〉은 대도시의 핵가족 제도의 문제점과 더불어 윤리 의식의 붕괴까지 짚어 내고 있다. 며느리에게 오해를 받으며 살아야 하는 노인 세대의 심리적 부담감, 가족에게 짐만 될 뿐이라는 소외감 등 비애에 찬 노인의 내면 풍경을 통해 현대 사회에서 세대 간의 갈등의 한 모습을 절묘하게 보여 준다.

 생각 나누기

1. '늙은 여자'가 명치 부분이 아프다고 호소하는 것은 그녀의 어떤 심리 상태를 반영하는가?
2. '늙은 여자'와 '젊은 여자'의 관계를 바탕으로 현대 가족의 문제점에 대해 설명하시오.
3. 이 작품에서는 세대 간의 갈등 문제를 주로 다루고 있지만, 그 갈등을 해소할 수 있는 실마리도 제공하고 있다. 어떤 부분에서 찾을 수 있는가?

모범 답안

1. 어느 날부터인가 '늙은 여자'는 명치께가 아프다며 자식과 며느리에게 만져 줄 것을 호소한다. 하지만 아들과 며느리는 그것을 성적 욕구로 곡해하여 기겁을 하며 '늙은 여자'의 부탁을 거절한다. 하지만 명치를 문질러 달라는 것은 '늙은 여자'가 오랫동안 과부로 살아오면서 느낀 외로움의 표현이자 단절된 가족 관계에서 기인한 쓸쓸함을 위로 받고 싶은 지극히 인간적인 욕구의 표현이다.

2. 현대 사회에서의 가족은 과거와는 달리 핵가족화 됨으로써 세대 간의 단절 문제가 심화되고 있다. 사고 방식과 감정의 교류 방식이 다름을 서로 이해하지 못한 채 서로 소외시키고 소외당하는 것이다. 이 소설에서 '젊은 여자'와 '늙은 여자'의 보이지 않는 갈등 역시 소통 방식의 차이와 서로에 대한 배려의 부족에서 기인했다고 볼 수 있다.

3. 늙은 여자와 젊은 여자는 자유롭게 소통하지 못한 탓에 서로를 이해하는 일에 어려움을 겪는다. 하지만 늙은 여자가 젊은 여자의 통화 내용을 엿듣는 장면에서 "젊은 여자들의 기쁨이나 슬픔, 바람을 늙은 여자는 특별히 노력하거나 가장하지 않고도 따라할 수 있었던 것이다"라고 서술함으로써 두 세대가 소통할 수 있는 가능성을 열어 두고 있다.

 **연관 작품 더 읽기**

- 〈미망〉(김원일) : 서로 성격과 삶을 살아가는 방식이 다른 '나'의 할머니와 어머니의 모습을 통해 분단의 비극을 보여 주는 작품. 이 작품은 고부간의 갈등을 통해 전쟁과 분단이라는 역사의 틈바구니 속에서 힘겹게 살아가는 사람들의 모습을 형상화하고 있음.

- 〈나목〉(박완서) : 6·25 전쟁이라는 시대적 아픔을 예술로 승화시킨 옥희도의 삶을 그린 작품. 전쟁의 삭막함 속에서는 고목으로 보이던 그림이 세월이 흐른 뒤 다시 볼 때는 나목으로 보임. 평범한 일상인의 눈을 통해 시대의 아픔을 통찰한 예술가의 혜안이 잘 드러남.

 좀더 알아보기

- 공간(Space) : 일반적으로 소설 속에서 어떤 사건이 일어나거나 정황이 진술될 때에는 구체적인 시간과 물리적인 공간이 필요하게 마련이다. 이러한 구체적, 물리적 시공성을 보통은 배경이라고 한다. 따라서 시간과 공간은 소설의 배경을 이루는 주요한 요소가 된다. 물론 이때의 배경은 심리적 측면의 것을 배제한 것이다. 공간성의 개념 속에는 물리적 배경으로서의 구체적이고 명시적인 장소의 뜻뿐만 아니라 이야기 자체의 공간, 심리적 공간 등 의식이 지속되고 있는 필드〔場〕의 뜻이 포함되어 있음.

논술 다지기

❖ 우리 나라의 인구 고령화 현상은 빠르게 진행되고 있다. 오는 2026년이면 노인이 전체 인구의 20퍼센트 이상을 차지해 초고령 사회에 들어설 전망이다. 이제 노인 문제는 우리 사회의 중요한 문제로 대두되고 있다. 〈황혼〉에 나타난 노인 문제의 원인을 찾아보고 그 해결 방안

을 현대 사회의 관점에서 논하시오. (1,600자 내외)

 모범 답안

　동방예의지국이라 불리는 우리 나라는 옛부터 노인을 공경하는 생활이 보편화되어 있었다. 대가족 제도와 조상 숭배, 경로 사상에 의해 우리 나라의 노인들은 비교적 노후의 생활이 안정되어 있었다. 하지만 현대는 소가족 중심의 사회이고, 평균 수명이 늘어나면서 노인 인구의 양적 증대를 가져왔다. 보호가 필요한 노인들의 수도 증가했으며, 질병과 정신적인 외로움 등 여러 가지 노인 문제가 발생하고 있다. 이제 노인 문제는 현대 사회의 가장 큰 이슈가 되었고, 이를 해결하기 위한 여러 정책들이 나오고 있는 실정이다. 〈황혼〉에 나타난 노인 문제의 성격을 살펴보고, 바람직한 해결 방안을 찾아보자.

　〈황혼〉은 고부간의 심리적 갈등을 보여 주면서 며느리로 대표되는 젊은 세대의 비윤리성과 노인 세대의 소외감을 보여 준다. 외로움 때문에 명치 부분을 문질러 달라는 '늙은 여자'의 부탁을, 며느리는 성적(性的)인 욕구 불만 때문이라고 오해한다. 이 며느리는 시어머니에게 어머니란 칭호를 쓰지 않고 노인, 할머니라고 부르기까지 한다. 즉 며느리는 시어머니에 대한 존경심이 없으며, 심지어는 시어머니를 가족의 일원으로 생각하지 않고 있다. 시어머니의 외로움이 무엇인지에 대해 관심을 표하기는커녕 시어미니에게 모욕감을 느끼게 한다. 물론 소설의 이야기가 어느 정도 허구성을 띠고 있는 것은 사실이지만, 문제는 노인 세대들의 소외감과 외로움 등을 젊은 세대들이 이해하려고 노력하지 않는다는 사실이다. 젊은 세대들은 노인 세대를 그들과는 전혀 관계가 없는 대상으로 취급하고 있는 것이다. 노인을 공경하지는 못해도 그들을 무시하는 '며느리'와 같은 젊은 세대들이 존재한다는 것을 어떻게 설명할 수 있을까?

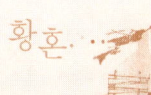

노인 문제는 산업 구조의 변화로 인해 발생하기 시작했다. 대가족 사회에서는 모든 가족 구성원이 함께 생활하지만, 산업화가 되면서 일자리를 찾기 위해 젊은 세대들이 도시로 이동하면서 노인들은 혼자 지내게 되었다. 산업화 시대에 취업을 하기 위해서는 새로운 기술을 습득해야 하는데, 노인들이 이러한 기술을 익히는 데 상당한 시간이 걸리는 문제 때문에 노인들은 저임금 직종을 선택할 수밖에 없다. 또한 고학력화된 사회는 노인들에게 자식들을 위해 이전보다 많은 교육비를 투자하도록 만들었으며, 이로 인해 자식들의 독립 시기도 점점 늦추어질 수밖에 없었다. 이는 자식들의 노인들에 대한 부양 능력을 감퇴시키는 원인이기도 하다. 이 밖에도 노인들의 수입 감소, 핵가족화 현상 등 많은 요인들이 노인 문제를 발생시키는 원인이 되고 있다.

이러한 노인 문제는 세대 간의 갈등을 유발하기도 한다. 물질 만능주의가 팽배하면서 경제력이 없는 노인들은 제대로 대접을 받지도 못한다. 젊은 세대들에게 이들은 '짐'처럼 느껴질 뿐이다. 노인들은 점점 더 나약해지면서 소외되고 있고, 〈황혼〉의 며느리와 같은 젊은 세대들이 양산될 수밖에 없는 것이다. 젊은 세대들의 가치관으로만 노인들을 바라보기 때문에 그들은 노인 세대들을 이해하려고 노력하지도 않으며, 그들과 대화하려고 하지도 않는다. 노인 문제를 해결할 수 있는 방법은 없는 것인가?

먼저 젊은 세대들의 가치관의 변화가 필요하다. 노인을 무시하고 푸대접하기보다는 그들의 연륜과 능력을 존중하고, 그것을 사회를 위해 활용할 수 있는 기회를 제공해야 한다. 이를 위해 학교 교육에서 경로 사상에 대한 교육을 심화시킬 필요가 있다. 또한 노인들이 그들의 능력과 연륜을 발휘할 수 있는 사회적 토대가 마련되어야 한다. 노인들에게 일자리를 제공해 줌으로써 그들이 소외감을 느끼지 않도록 해야 하며, 경제력을 가질 수 있도록 해야 한다. 무엇보다도 중요한 것은 노인들을 바라보는 우리들의 시선이다. 젊은 세대들은 노인을 늘 존경하고 공경하는 마음을 지니는 것이 필요하다.

김 강사와 T교수

유진오(1907~1987)

호는 현민(玄民). 서울 출생. 경성제국 대학 법문학부를 졸업하고 보성전문 교수 역임. 해방 후에는 대한민국 헌법 기초위원으로 일했고, 고려대학교 총장을 지냄. 1927년, 단편 소설 〈스리〉를 《조선지광》에 발표하면서 문단에 등단. 계급문학에도 관심을 기울여 이효석과 함께 '동반 작가'로서 주목 받음. 〈오월의 구직자〉, 〈여직공〉 등의 작품을 통해 가난에 허덕이는 하층민의 분노와 좌절을 그렸고, 그의 대표작인 〈김 강사와 T교수〉는 일제 치하 지식인의 분노와 좌절, 이상과 현실 사이의 갈등 문제를 제기함. 소설집으로는 《유진오 단편집(1939)》, 《봄(1940)》, 《화상보(1941)》등이 있음.

미리 엿보기...

생각해 봅시다

1. 이 소설은 대표적인 지식인 소설로 평가된다. 그 이유가 무엇인지 생각해 보자.
2. 이 소설은 주인공의 현실과 이상이 대립 구도를 이룬다. 이 때 현실과 이상에 부합된 내용은 무엇인지 생각해 보자.

작품의 줄거리

　사상 운동의 전력을 가진 김만필은, H과장이라는 유력 인사의 소개로 S 전문학교에 독어 강사로 취직한다. 유일한 조선인 강사로 오랜 실직 끝에 일자리를 구한 그는, 사상 운동의 전력을 숨기고 학교에 적응하고자 한다. 그런 그에게 T교수가 접근하는데, T는 김만필의 전력이나 생활을 소상히 알고 있으면서, 유력 인사에게 잘 보이기 위한 처세술을 충고하기도 하고 학교 안의 진보적 조류에 관여하지 않도록 획책하기도 한다. 김만필은 T의 충고대로 생활하려고 노력하나, 비굴해지는 자신에게서 자괴감을 느껴 점차 움츠러든다. 그러던 어느 날, 오랜만에 H과장에게 인사를 간 그는 사상 운동의 전력을 숨겼다고 질책당하고 "조선 사람은 별 수 없어."라는 소리를 듣는다. 그리고 자신의 행적을 고자질한 사람이 T임을 깨닫는다.

1

문학사 김만필(金萬弼)은 동경제국대학 독일문학과를 우수한 성적으로 졸업한 수재이며, 학생시대에는 한때 문화비판회의 한 멤버로 적지 않은 단련의 경력을 가졌으며, 또 학교를 졸업한 후에는 일년 반 동안이나 실업자의 쓰라린 고통을 맛보아 왔지만 아직도 '도련님' 또는 '책상물림'의 티가 뚝뚝 듣는 그러한 지식 청년이었다.

S전문학교 교문을 들어선 택시가 기운차게 큰 커브를 그려 육중한 본청 현관 앞에 우뚝 섰을 때에는 벌써 김만필의 가슴은 두근거리기 시작하였다.

오늘이 이학기 개학하는 날이라 학생들이 둘씩 셋씩 떼를 지어 웃고 떠들고 하면서 희희낙락하게 교문을 들어가고 있었다. 저 학생들—저 다 큰 학생들을 앞에 놓고 내일부터 강의를 하는 것이로구나 하고 생각하니 몹시 기쁘기도 하나 일변 겁이 나서 가슴이 두근거리는 것이었다. 김만필은 세내 입은 모닝[1]의 옷깃을 가다듬고 넥타이를 바로 잡아 위의를 갖춘 후에 자동차를 내렸다. 그윽한 나프탈렌 냄새가 초가을 아침의 신선한 공기와 함께 새삼스레 코를 찔렀다. 그는 천천히 일 원짜리를 한 장 꺼내 주고 거스를 필요는 없다는 의미로 손짓을 하고 무거운 정문을 열고 들어갔다.

오늘은 김만필의 그의 울울턴[2] 일년 반 동안의 룸펜 생활을 청산하는 날이며, 새로이 이 전문학교의 선생으로(시간 강사로나마) 취임하는 날이며 또 이도 또한 이번에 새로 임명된 이 학교 교련 선생과 함께 취임식의 단위에 오르는 날이었다. 그러므로 그가 기쁨에 가슴을 두근거리며 이 학교 교문을 들어선 것은 이상해할 일이 아닌 것이다.

현관을 들어서서 한참 어리둥절하다가 그는 겨우 수부(受付)에 가서 교장실이 어디냐고 물었다. 누구냐고 되묻는 것을 명함을 내주며 자기는 이번에 이 학교 독일어 선생으로 새로 임명된 사람이라고 대답하니 그제야 사무원은 몸을 납신하고 "아, 그러셔요." 하면서 이 복도를 오른쪽으로 꺾어 바로 둘째 방이 교장실이라고 일러주었다.

교장실은 넓고 화려하였다. 교장은 그 넓은 방 한복판에 커다란 테이블을 앞에 놓고 두툼한 회전의자 위에 버티고 앉아 있었다. 마치 김만필이가 들어오기를 기다리고 있었던 것이다시피, 이왕에 김만필은 교장을 그의 사택으로 찾아간 일이 사오 차례나 있었지만 그 때에는 김에게 대한 태도

중요 어구

1) 모닝 : 모닝코트(morning coat). 남자가 낮 동안 입는 서양식 예복.
2) 울울턴 : 울울(鬱鬱)하던. 마음이 상쾌하지 않고 매우 답답하던.

가 몹시 친절한데다가 교장의 생김생김이 쭈그렁 밤송이 같았으므로 마치 시골집 행랑아범이나 대하듯이 몹시 만만했는데, 이날 아침 교장실에 와서 그는 교장이요, 자기는 일개 시간 강사로서 마주 대하니 고개가 저절로 숙여지는 것을 어쩔 수 없었다. 거기다가 교장의 태도는 전과는 아주 딴판으로 독난 뱀 모가지같이 고개를 반짝 뒤로 젖히고 있어서 속으로는 꼴같지 않기 짝이 없었으나 큼직하게 유덕스레 생긴 사람보다도 도리어 더 무서웠다.

"어! 잘 오셨소. 자, 이리 와 앉으시오."

교장은 목소리를 지어가며 테이블 앞에 놓인 의자를 가리켰다. 말할 때에 그는 두 볼의 주름살 한 줄기 움직이지 아니하였다. 김만필은 몸이 오그라지는 것을 느끼며 황송해 의자에 앉았다.

"우리 학교에 이왕에 오신 일이 있던가요. 아마 처음이죠?"

"네, 처음입니다."

"어때요. 누추한 곳이라서……."

"천만에요. 정말 훌륭합니다."

김만필은 교장실 창에 반쯤 걷어놓은 호화스런 커튼으로 눈을 옮기며 대답하였다. 커튼은 정말 훌륭하였다.

교장은 테이블 위에 놓인 종을 서너 번 울렸다. 급사가 들어오나 했더니 옆방으로 통하는 몸이 열리며 뚱뚱한 모닝을 입은 친구가 허리를 굽실굽실하며 들어왔다.

"여보게, 그것 가져오게."

"핫."

뚱뚱한 친구는 교장의 말이 끝나기도 전에 허리를 굽실하고 도로 나갔다.

잠깐 있다가 그는 무슨 종이 조각을 들고 들어와 교장에게 전했다. 교장은 김만필에게,

"김만필 씨, 이것이 당신 사령서입니다. 자, 이리 오시오."

김만필은 공손히 걸어가 사령서[3]를 받아 들고 허리를 굽혔다.

"인제 자네도……."

김만필이 허리를 채 펴기 전에 교장은 그의 머리 위에 대고 말을 퍼부었다.

"우리 학교의 한 직원이니까 우리 학교를 위해 전력을 다해 주게. 더구나 우리 학교에서 조선 사람을 교원으로 쓰는 것은 자네가 처음이니까 한층 더 주의하고 노력하도록 하게."

"핫."

김만필은 아까 그 뚱뚱한 친구가 하던 그대로 거의 반사적으로 허리를 굽히지 않을 수 없었다.

"에…… 그리고 김 군. T군을 소개하지. 우리 학교의 교무일을……."

교장이 말도 맺기 전에,

"내가 T올시다."

하며 뚱뚱한 친구는 몹시 친절하게 허리를 굽혔다. 김만필은 아까는 그를 경멸의 눈으로 보았지만[4], 지금 그가 이 학교 교무를 보는 이인줄을 알고 더구나 이렇게 공손하게 자기한테 하는 것을 보니 도리어 황송해서 그보다도 한층 더 허리를 굽혔다.

중요 어구

3) 사령서 : 사령장. 임명, 해임 따위의 인사에 관한 명령을 적어 본인에게 주는 문서.
4) 그를 경멸의 눈으로 보았지만 : 굽실거리는 태도에 대해 경멸을 느끼는 것에서 주인공의 성격을 엿볼 수 있다.
5) 김만필은~차릴 수 없었다 : 처음 접하는 현실에 적응하지 못하는 모습을 보여 주고 있다.

"자, 저 방으로 가서 기다립시다. 곧 식이 시작될 테니까. 이번에 새로 오게 된 교련 선생 A소좌도 벌써 와 계십니다."

T교수는 앞서서 김만필을 그 옆방 교무실로 안내하였다. 교무실에는 A소좌가 긴 칼을 짚고 만들어 놓은 사람같이 단정하게 앉아 있었다. 모든 것이 김만필에게는 어째 꿈나라에나 온 것 같았다.

김만필과 A소좌의 취임식은 개학식 끝에 간단하게 거행되었다. 위엄을 차리느라고 한층 더 눈에 살기를 띤 교장이 먼저 단 위에 올라가, 김만필을 동경제국대학 출신의 보기 드문 수재라고 소개하고 이어 이번에 새로 교련을 맡아 보아주게 된 A소좌는 그의 경력과 인물에 대해 자기로서 감히 어떻게 말할 생각도 없으며, 다만 이번에 특히 그의 분주한 사무의 틈을 타 우리 학교 일을 보게 된 데 대하여 감사의 말을 드릴 뿐이라는 인사를 한 후에 김만필과 A소좌는 동시에 단 위로 올라갔다. 얼굴이 창백하고 몸이 가는 김만필이 앞서서 나프탈렌 냄새를 피우며 층대를 올라가고 바로 그 뒤에 검붉은 햇볕에 탄 얼굴과 강철 같은 체격에 나이도 김만필의 존장 뻘이나 됨직한 A소좌가 가슴에 훈장을 빛내며 유유히 따랐다. 강당 안에 가득 찬 학생들은 이 진기한 행진에 거의 무의식적으로 웃음을 터뜨릴 뻔하였으나 "기오쓰겟." 하는 체조 선생의 일갈로 겨우 참았다. 김만필과 A소좌가 나란히 단 위에 서자 체조 교수는 다시 "게이레잇!" 하고 외쳤다. 동시에 수백 명 검은 머리가 일제히 아래로 숙였다.

생각하면 S전문학교의 신임 교원 취임식이 이렇게 장엄할 줄이야 미리부터 모를 바 아니었지만 막상 눈앞에 대하고 보니, 김만필은 기가 막혀 정신을 차릴 수 없었다.[5] 자기는 무엇으로 수백 명 학생의 경례를 받을 가치가 있는가. 김만필은 예를 받고 섰는 그 짧은 동안에 착잡된 모순의 감정으로 그의 과거와 현재를 생각하였다. 대학시대에 문화비판회의 한 멤

버이었던 일, 졸업하자 '취직'을 위해 일상 속에서 멸시하던 N교수를 찾아갔던 일, N교수로부터 경성의 어떤 유력한 방면으로 소개장을 받던 일, 그리고 서울로 돌아온 후 수차 조선일보, 동아일보 등에 독일의 좌익 문학 운동을 소개하던 일, 그리고 H과장의 소개로 작년 가을에 이 S전문학교 교장을 찾던 일, 이 모든 기억은 하나로 모순의 감정 없이 생각할 수 없는 것이었다. 인생의 모순의 축도를 자기 자신의 몸소 보이고 있는 것같이 생각되었다. 지식계급이란 것은 이 사회에서는 이중, 삼중, 사중, 아니 칠중, 팔중, 구중의 중첩된 인격을 갖도록 강제되는 것이다. 어떤 자는 그 수많은 인격 중에서 자기의 정말 인격을 명확하게 쥐고 있다. 그러나 어떤 자는 자기 자신의 그 수많은 인격에 현황해 끝끝내는 어떤 것이 정말 자기의 인격인지도 모르게 되는 것이다. 그러면 지금 자기는 이 두 가지 중의 어느 것인가?[6]

  이 모든 생각이 김만필의 머리를 번개같이 지났다. 그는 학생들이 경례하고 있는 그 짧은 시간이 지긋지긋하고 지리하게 생각되었다. 어째 눈이 핑핑 도는 것 같고 다리가 떨리는 것 같았다.

  식이 끝나고 강당을 나올 때 T교수는 친절히 김만필—아니 김 강사의 옆으로 오며,

"긴상, 몹시 약하시구면. 얼굴빛이 대단히 좋지 않은데요. 어디 괴로우십니까?"

하고 물었다.

중요 어구

  6) **그러면 지금~어느 것인가** : 지식인이 갖는 이상과 현실 생활의 문제 때문에 이중인격을 지닐 수밖에 없다고 자위하고 있다.
  7) **신마이** : 신출내기, 신참을 가리키는 일본어. 新前.

"아뇨, 별로 몸에 고장은 없습니다만……."

김 강사는 등에 식은땀이 흐른 것을 느끼며 대답하였다.

2

김만필은 생전 처음 서는 교단이라 실수를 하지 않으려고 그 날 밤은 늦도록 공부하였다. 학생들의 독일어는 거의 '아아, 베에, 체에' 부터 가르치는 것이나 다름없는 것이었지만, 그래도 실수가 있을까 봐 '아아 베에 체에' 하고 발음 연습까지 해 보았다.

아침의 교원실은 요란스럽기 짝이 없었다. 선생님들은 기운찬 소리로 의미 없는 회화를 껄껄거리며 끝없이 계속하였다. 김 강사는 원래가 말이 적은데다가 '신마이'고 보니 어디 가 말 한 마디 붙여볼 용기가 없었다. 교원실의 그 소동을 피해 신문실로 들어가 새로 온 독일의 그림 신문을 펴 들고 있노라니, 문이 열리며 T교수의 벙글하는 친절한 얼굴이 나타났다.

"어어, 여기 와 계셨습니까. 신진 학자는 다르시군."

김 강사는 의미 없이 얼굴을 붉히며,

"어떠십니까. 오늘은 매우 산들산들합니다."

하고 인사에 응했다.

T교수는 신문실로 들어와 김 강사 옆에 와 앉으며,

"바로 이번 첫째 시간이 당신 시간이지요?"

"네."

"허…… 무어, 어련허실 거 아니지만 그래두 당신은 교단에 서시는 것이 처음이 되니까. 더구나 우리 학교로 말하면 조선 학생이 섞여 있으니까 한층 더 해 나가기 어렵습니다. 그리고 학생들의 버릇이란 처음 오는 선생, 더군다나 당신같이 젊은 선생에게는 쓸데없는 질문을 자꾸 해 괴롭게 굽니다. 나도 역시 그전에 당한 일입니다만, 말하자면 학생이 선생을 시험하는 게랄까요. 이 시험에 급제를 해야만 학생들을 다스려나가지, 만일 떨어지는 날이면 몹시 괴롭습니다. 허……어허…….”

T교수는 말을 끝내고 호걸 같은 웃음을 폭발시켰다. 그러나 김 강사는 T교수의 친절을 감사하지 않을 수 없었다. 그런 일쯤이야 자기도 미리 짐작하고 있었던 바이지만 아무도 자기한테 좋은 말을 해 주는 사람이 없는 이때에 일부러 자기를 찾아와 이런 귀띔을 해 주는 것이 몹시 고마웠다.

T교수는 몇 마디 잡담을 더 하고 곧 일어나 나갔다. 뚱뚱한 몸을 흔들흔들하며 나가는 뒷모양이 김 강사에게는 몹시 믿음직해 보였다. 사실을 말하면 김 강사는 과거에 문화비판회원이었던 것이 선생으로서는 '정강이의 흠집'인데다가 이 학교를 오게 된 것도 초빙을 받아서 온 것이 아니라, 이 학교 교장이 H과장 밑에서 꼼짝을 못 하는 관계로, 또 H과장은 보통 사제 이상으로 무슨 특별한 관계가 있는 동경제대 N교수에 대한 의리로, 이렇게 어쩔 수 없이 김만필에게 일 주일에 네 시간의 강사의 자리가 차례로 온 것이었으므로 김만필은 이 학교 안에 우선 교장을 필두로 자기를 환영치 않는 공기가 있을 것을 예기[8]하고 있었다. 교장은 정말로 김 강사가 싫어서 그러는 것인지, 또는 그의 오종종한 성미 때문에 그렇게 보이는 것인지는 알 수 없으나 어쨌든 그를 별로 환영하지 않는 듯하지만 그것이 도리어 당연한 일이요, T교수같이 친절하게 구는 것은 예기치 못하였던 바이

중요 어구

8) 예기 : 앞으로 닥쳐올 일에 대하여 미리 생각하고 기다림.
9) 그의 눈은~타고 있었다 : 강자에게는 비굴하고 약자에게는 엄격한 전형적인 성격을 지니고 있음을 알 수 있다.

다.

　학생들은 예상보다 얌전들 하였다. 김 강사는 교수의 말도 있고 해서 몹시 경계하였으나 아무 일도 없었다. 질문이 있을 때마다 김 강사는 "이키, 인제 왔구나." 하며 원수나 만난 듯이 준비를 차렸지만 일부러 선생을 골탕 먹이기 위한 질문은 하나도 없었다. 도리어 새로 온 젊은 선생에 대한 호기심으로부터 오는 동정의 빛이 보였다. 시간을 끝내고 교원실로 돌아오자 T교수는 친절하게도 또 찾아와서 처음 서는 교단의 감상이 어떠냐고 물었다.

　"감상이 무어 별거 있습니까. 학생들은 생각던 것보다 얌전하더구먼요."
　김 강사는 학생들이 처음 온 선생에 대해 으레 해 본다는 그 시험에 자기가 합격이나 한 듯이 약간 득의의 웃음을 띠며 대답하였다.
　"그렇지만 긴상, 얌전한 것은 표면뿐입니다. 별별 고약한 놈이 다 있으니까요. 미리 주의해드립니다마는……."
하면서 T교수는 학교 수첩 ─ 학생들이 엠마쪼라 부르는 것 ─ 을 꺼내 김 강사 앞에 놓고 연필 끝으로 죽 훑어 내려가다가,
　"우선 이 스스끼란 놈만 해도 웬 고약한 놈입니다. 학교는 결석만 하고 모처럼 출석하면 선생한테 시비나 걸어 덤비고 교실에서는 장난이나 치고, 그리구 게다가 품행이 좋지 못해 여학생한테 편지질하기가 일쑤입니다. 스스끼뿐입니까. 옳지, 이놈 이 야마다란 놈도 그보다 더함 더했지 덜하진 않는 놈. 또 이 김홍규란 놈도. 옳지, 또 이 가도란 놈도. 도대체 이 반은 급장부터 맘에 안 듭니다. 학교 성적은 좋지만 성질이 못되어서……."
　김만필은 T교수의 의외의 열변에 기가 막혀 가만히 그의 얼굴을 치어다 보았다. 그의 눈은 충심으로부터의 미움에 타고 있었다.[9] 신참자인 김 강

사에게 들려주는 친절한 조언(助言)으로서는 좀 정도가 지나치리라고 생각되리만큼.

"허지만……."

하고 김 강사는 T교수의 얼굴빛을 보아가며 가만히 자기의 의견을 끼웠다.

"우리는 학생을 대할 때 좀더 허심탄회한 마음으로 대하여야 할 것이 아닌가요."

"허……."

하고 T교수는 조금 체면이 안 된 듯,

"그야 물론 그렇지요. 허지만 학생들이 선생들의 그 친절을 받아 주지 않는 데야 어떡하오. 당신도 이제 좀 치어나 보시면 차차 내 생각에 가까워지십니다. 두고 보시오."

T교수는 마침 급사가 찾아왔으므로 그대로 교무계로 가 버렸다. 그러나 김 강사는 몹시 우울하였다. T교수가 인격상 결점이 있는 것인가? 또는 자기가 아직 책상물림에 지나지 않는 것인가? 그러나 어쨌든 김 강사에게는 T교수에게 몹시 탈을 잡히던 스스끼라는 학생이 도리어 흥미가 되었다.

3

며칠 지난 후, 토요일 밤이었다. 김만필은 오래 찾아보지도 못한 H과장에게 치하의 인사를 하러 찾아갔다. H과장이 교장에게 억지로 떼를 쓴 것이 아니었다면 김만필은 도저히 S전문학교에 자리를 얻을 수 없었을 것이다. H과장은 조선에 와 있는 관리로서는 퍽이나 평민적인 친절한 신사였다.

H과장의 집은 북악산 밑 관사촌의 북쪽 끝으로 있었다. 저녁후의 고요한 관사촌은 김만필의 발소리에 놀란 세퍼드인지 무서운 개들의 짖는 소리로 몹시 요란스러웠다. 김만필이 H과장 집으로 들어가는 골목을 돌려는 순간 등 뒤에서 다른 사람의 발소리가 들렸다. 고개를 획 돌리자 등 뒤에까지 온 그 사람의 얼굴과 거의 마주칠 뻔하였다.

"어!"

"어, 어거 누구시오."

두 사람은 거의 동시에 입을 열었다. 뒤에 온 것은 무슨 보통이를 낀 T교수였다.

"얏데루나(할 짓은 다 하는구먼)."

T교수는 김만필의 어깨를 툭 치며 비밀을 서로 통한 사람들끼리만이 서로 주고 받는 그러한 미소를 띠었다. 그 미소의 의미는 김만필도 단번에 알 수 있었다.

"베쓰니 얏데루 와께데모 아리마셍가(별로 무슨 짓을 하는 것도 아닙니다)."

"흥, 나는 당신도 책상물림으로만 알았더니 상당하구먼."

T교수는 여전히 그 미소를 띠고 있었다.

"하긴 당신 아시겠지만 나는 H과장의 힘으로 이번에 취직이 된 것이니까요. H과장은 나의 은인이니까요."

"그야 물론 그렇지. 그렇구말구. 나는 H과장하고 고향이 한곳이라오."

"네, 그러세요."

김만필은 더 할 말이 없었다.

T교수는 잠깐 무슨 생각을 하더니 별안간 H과장 집 부엌으로 들어가는 문을 열며 김만필을 보고,

"잠깐만 거기서 기다려 주시오. 우리 같이 들어갑시다."

"뭐요?"

"허…… 이거 왜 이러슈. 세상이란 다 이런 게 아니우?"

하며 T교수는 손에 들었던 물건을 한 번 번쩍 쳐들어보이고 부엌문으로 사라졌다. 김만필은 T교수가 가지고 들어간 것이 무엇인지를 깨달았다. 이 꼴을 한 번 학생들에게 보여 주었으면― 하고 생각하니 김만필의 마음은 몹시 우울하였다.

부엌 속에서 하녀하고 무엇인지 쏘곤쏘곤하는 소리가 들리더니 곧 T교수는 도로 나왔다. 이번에는 들어갈 때와는 달리 몹시 위엄 있는 태도를 회복하고 있었다.[10]

"기다리셨지요."

그는 김만필에게 간단히 말하고는 잠자코 앞서가서 정말 현간의 초인종을 눌렀다.

그 날 밤 H과장 집에서 나온 후 T교수는 자꾸 어디든지 잠깐 차라도 마시러 같이 가자고 졸랐다. 김만필은 그것을 감사하게는 여길망정 거절할 이유는 없었으므로 그를 따라갔다.

두 사람은 세르팡이라는 찻집으로 들어갔다. 이 집은 김만필도 몇 번 간 일이 있었으나 T교수는 매우 친히 아는 것 같았다. 카운터에 앉은 매몰스

중요 어구

10) **이번에는~회복하고 있었다** : T교수의 이중적인 모습을 나타내고 있다.
11) **아라 센세~오히사시부리네** : 아, 선생, 어서 오세요. 참 오랜만이네요.
12) **후림대** : 후림의 잘못. 남을 꾀어 후리는 일. 또는 그런 솜씨나 수단.

럽게 된 여자가 T교수가 문을 들어서자 마자,

"아라 셴세(先生), 이랏샤이마세, 스이붕 오히사시부리네."**11**

하고 정떨어지게 외쳤다. 무슨 의미인지 T교수는 입에다 손가락을 대고 쉬이쉬 하면서, 그러나 벙글벙글 웃으면서 구석 테이블을 차지하였다.

"홍차 둘. 위스키를 타 다구."

T교수는 보이에게 주문을 하고 김만필을 보며,

"긴상, 어떠슈. 술을 잘 하신다지요?"

"천만에요. 조금만 먹으면 빨갛게 올라서……."

"이거 왜 이러슈 소문 다 듣고 앉았는데, 허…… 어허……."

T교수는 의미 모를 너털웃음을 크게 웃고 나서,

"긴상, 긴상 일은 내 다 잘 알고 있지요. 벌써 작년에 H과장께 당신 말씀을 들었어요. 사실은…… 이거 무어 내가 공치사 하는 게 아니라 당신을 교장에게 추천한 것도 사실은 내가 한 것이지요. 허……어……."

김만필은 T교수의 후림대**12**와 너털웃음에 몹시 야비한 느낌을 받았으나 하여간 고개를 숙여 그에게 감사의 표정을 아니할 수 없었다. T교수가 무엇 때문에 자기를 추천한 것인지는 알 수 없었으나 적어도 H과장의 명령을 교장에게 전하는 일만은 하였음직한 일이었다.

T교수는 차를 한숨에 마시고 이번에는 알짜 위스키를 청하며,

"당신은 나를 모르셨겠지만, 나는 당신을 이왕부터 잘 알고 있었습니다. 사실은 작년부터 조선말을 공부하느라고요."

김만필은 T교수가 하는 말을 알아들을 수가 없었다. T교수가 배우는 조선말과 김만필과의 사이에 무슨 연락이 있단 말인가? T교수가 이 말을 하는 것은 김만필에게 친밀의 감정을 표시하기 위한 것 같았으나 김만필은 무슨 말이 또 나올는지 몰라 슬그머니 겁이 나는 것이었다.

"……조선말을 배우느라고 신문에 나는 소설과 논문을 학생더러 통역해 달래며 읽었는데 우연히 당신이 쓰신 '독일 신흥 작가 군상(群像)'이란 논문을 읽었어요. 정말 경복하였습니다. 독일 문학에 대해 당신만침 연구와 이해가 깊은 이는 온 일본 안에도 적을 것입니다. 그래서 나는 H과장 집에서 당신 이야기가 났을 때, 그런 분을 우리 학교에 맞았으면 얼마나 좋을 것인가 하고 속으로 대단 바랐던 것입니다. 허허허, 좋은 일입니다. 앞으로도 많이 써 주십시오."

김만필은 상처나 다친 듯이 속이 뜨끔하였다.[13] 도대체 이런 말을 하는 T교수의 내심을 알 수 없었던 것이다. 작년 겨울에 조선 일보에 연재하였던 '독일 신흥 작가 군상'이란 논문은 몇 푼 안 되는 원고료를 목표로 총총히 쓴 것에 지나지 않으며, 더구나 그 논문의 내용은 독일 좌익 작가의 활동을 소개한 것이므로 지금 그런 종류의 일은, 그의 S전문학교에서의 지위를 위해서는 절대로 비밀에 붙여야 할 것이었다. 그러므로 이러한 비밀을 T교수가 일부러 쳐들어 칭찬하는 것은 칭찬이라기보다는 도리어 위협으로 들렸다. 도대체 T교수는 무슨 까닭으로 김만필에게 친절을 억지로 보이려는 것일까, 모를 일이었다.

세르팡으로 나왔을 때에는 둘이 다 얼근히 취하고 시간도 열한 시가 지났었다. 그러나 T교수는 어디든 한 군데 더 다녀가자고 놓지 않았다. T교수는 몹시 명랑한 태도로 앞장을 서서 바하트암 라인을 콧노래로 부르며,

> **중요 어구**
>
> 13) 김만필은~속이 뜨끔하였다 : 구직을 하기 위해 주인공은 과거의 사상문제를 비밀로 숨겨왔다.
> 14) 동소문 : 서울 성북구 혜화동에 위치한 혜화문. 서울 4소문 중의 하나로 태조 5년에 건립되었으나 1939년 일제에 의해 허물어져 현재는 그 형태도 찾을 수 없다.

아사히마찌(욱정) 어느 뒷골목 깨끗하게 차린 오뎅집 노렝을 젖히고 안으로 들어갔다. 여기에도 그는 가끔 오는 눈치인 것이, 삼십이 넘을락말락한 게이샤(기생) 퇴물인 듯싶은 여자가 아까 세르팡의 마담이 외치던 것과 똑같은 소리로 외치는 것으로 알 수 있었다. 다만 '센세'를 '센세이'라고 발음하는 것만이 달랐다.

김만필과 T교수가 그 오뎅집을 나왔을 때에는 둘이 다 비틀걸음을 쳤다. 삼월 백화점 앞에 와서 T교수는 단장을 들어 지나가는 택시를 불렀다. 걸어가겠으니 택시는 일없다고 김만필이 사양하니까 전차도 끊어졌는데 여기서 동소문[14] 안까지 어떻게 걸어가느냐, 당신 집이 우리 집에서 가깝지 않으냐, 라고 T교수는 말했다.

"아니 우리 집은 어떻게 아십니까?"

김만필은 너무나 의외여서 물었다.

"아다마다요. 더러 댁 문앞으로 지나다니는걸요. 긴상 문패가 붙었기에 그저 그런가 했지요. 우리 집은 긴상 댁에서 바로 거깁니다. 그 저 C씨의 커다란 문화주택이 있지 않습니까. 바로 그 밑입니다. 인제 자주 놀러오세요."

"네, 놀러가지요."

하고 김만필은 대답했으나 속심으로는 결단코 T교수를 찾아가지 아니하리라고 생각하였다. 어째서 그는 탐정견같이 모든 것을 다 알고 있는 것일까? 그와 교제를 계속하면 할수록 자기는 손해만 볼 것같이 생각되었다.

자동차가 박석고개를 전속력으로 넘어갈 때 T교수는 김만필의 귀에다 대고,

"인제 차차 아시겠지만 우리 학교 안에도 여러 가지 세력이 있어 대단 시끄럽습니다. 긴상도 주의하시오. 그리고 C군에게도 주의하시오."

하고 수수께끼 같은 말을 속삭였다. C라는 사람은 지난 봄부터 S전문학교의 독일어 강사로 있는 사람이었다. 인물이 심술궂게 된데다가 김만필과 같은 독일어 선생이므로, 어찌 생각하면 경쟁자의 입장에 있는 듯도 하나 C의 우월한 지위는 도저히 김만필의 대적이 아니었으며 또 김만필은 일 주일에 네 시간이든 한 시간이든 시간을 얻은 것만 고마웠지 그것을 오래 하리라 또는 좀더 얻어보리라는 욕심도 없었던 것이다.

김만필이 무슨 영문을 모르고 대답을 못 하고 있노라니까 T교수는 별안간 껄껄 웃으며,

"아니 무어 별로 마음에 새겨들을 것은 없습니다. 그저 그렇단 말이지요."

"그렇습니까."

김만필은 고개를 끄덕이며 동떨어진 대답을 하였다. 무슨 무서운 악몽에 붙들린 것 같아서 일각이라도 빨리 T교수의 옆을 떠나고 싶었다.

4

S전문학교에 김만필은 일 주일에 이틀밖에 출근하지 않았다. 그러나 그 이틀이 김 강사에게는 여간 큰 부담이 아니었다. 첫째로 그 쭈그렁 밤송이 — 외양도 맘씨도 쭈그렁 밤송이 같은 교장을 생각하면 당초에 정이 뚝 떨어졌다. 교무계에를 가면 T교수가 너털웃음을 치며 친절스레 말을 거는 것이 무서웠고, 교원실에를 가면 모두가 제 잘났다고 김 강사 같은 것은 외쪽 눈으로 거들떠도 안 보는데다가, 언젠가 T교수가 주의하라고 말하던 C강사의 그 심술궂게 생긴 낯짝도 보기가 싫었다. 하루 이틀 지나가는 동

안에 김 강사는 학교에 나가도, 교장실에도 교무게에도 들르지 않고 교원실에 모자를 벗어 걸고는 바로 신문실로 들어가 독일서 온 신문, 잡지를 펴들고 종칠 때를 기다리는 것이 습관이 되었다.

교실에서는 언젠가 T교수가 귀띔해 주던 스스끼라는 학생에게 특별히 주의를 했으나 별로 시비를 걸려는 눈치도 안 보이고 평범하게 착실히 공부하는 모양이었다. 가끔 역독[15](譯讀)을 시켜보아도 번번이 예습을 해 온 것이었다.

시월 하순의 어느 일요일, 아침 후 김만필이 자기 집에서 새로 도착한 룬드 샤우를 펴들고 있노라니까 마당에서 긴센세이를 찾는 소리가 들렸다. 문을 열고 보니 그것은 의외에도 무슨 책을 옆에 낀 스스끼였다. T교수의 말이 생각났으나 도리어 반가운 생각이 나서 거든 방으로 청해 들였다.

스스끼란 학생은 광대뼈가 약간 내밀고 아래턱이 크게 생긴 것이 조선 사람의 얼굴 비슷한데다가 고집이 좀 있어 보였다. 그 얼굴의 인상이 T교수를 불쾌케 하는 것인가 싶었다. 그러나 말하는 품은 그의 생김생김과는 달리 상냥하고도 조리가 있어 두뇌가 명석함을 보였다. 그는 독일어를 배우기 시작한 지 아직 일 년도 안 되었건만 독일문학에 대해 많은 지식을 갖고 있었다. 어떤 것은 김 강사도 모르는 것을 알고 있었다. 더구나 그해 봄에 히틀러가 독일의 정권을 잡은 뒤의 일은, 김만필이 취직에 쪼들려 자세히 알아볼 여유가 없었던 만큼 스스끼가 도리어 더 자세하였다.

"에르스트 톨러, 게오르그 카이서, 렌 레마르크, 심지어 토마스 만 형제까지 예술원을 쫓겨났다지요?"

> 중요 어구

15) 역독 : 해석하여 읽음.

"그랬지요."

김만필은 어디까지든지 스스끼를 경계하면서 대답하였다. 그러나 이야기는 문학자 박해로부터 파시즘 자체의 공격으로 들어갔다. 스스끼는 열을 띠어가며 히틀러를 공격하였다. 처음 찾아온 김만필을 어째서 그리 신용하는지 스스끼는 할말 아니 할말 섞어 떠들었다. 그 이야기하는 폼이 몹시 단순하였다. 만일 스스끼가 김만필 이외의 선생을 찾아가, 이를테면 T교수 같은 이를 찾아가 그런 말을 떠들어 댄다면 미움을 받을 것은 정한 이치였다.

이야기는 파시즘으로부터 다시 일본으로 돌아왔다. 스스끼는 S전문학교 학생들이 대부분은 아무 생각 없이 그시그시[16]의 생활에 도취되어 있는 것을 몹시 공격하고 그것도 다 시세의 변천, 학교 당국의 가혹한 탄압 때문이라고 불평을 말했다.

"선생님이 동경제대서 문화비판회원으로 활동하실 때만 해도 그렇지는 않았지요?"

스스끼는 김만필의 얼굴을 쳐다보며 물었다.

"문화비판회요? 내가?"

스스끼의 질문은 김 강사에게는 청천의 벽력까지는 안 가더라도 너무나 의외였다. 김만필은 취직운동을 시작한 후로는 그가 일찍이 문화비판회원이었던 것은 아무에게도 말한 일이 없고, 그것이 혹시나 알려질까 봐 몹시 주의해 왔던 것이다.

"문화비판회라니요?"

"선생님이 그 회원으로 굉장하게 활동하신 것은 학생들이 모두들 아니

중요 어구

16) 그시그시 : 그때그때.

다."

스스끼는 빙글빙글 웃으며 대답하였다.

"아아뇨. 그건 무슨 잘못이겠죠. 나는 그런 회는 잘 모르는데."

김만필은 모처럼 얻은 그의 지위와 자기의 양심과를 저울에 달아 가면서 고개를 좌우로 흔들었다.

"그러세요?"

스스끼는 몹시 의외라는 표정을 하면서,

"아, 그 회가 해산할 때 선생님이 일장 연설까지 하셨는데요?"

그것은 사실이었다. 또 그 사실은 지금의 김 강사로서 결코 후회하는 사실은 아니다. 그러나 대체 자기의 현재 지위에 불리한 이러한 소문은 어디로부터 나는 것일까? 김 강사는 자기가 가르치는 학생 중의 이 사람 저 사람을 생각해 보았으나 자기의 과거를 암직한 사람은 생각나지 않았다.

"그런 소문은 대체 어디서 들었소?"

"요전 다까하시라는 학생이 T교수한테 놀러갔더니 T선생님이 그러시더래요."

"T선생님이 무어라구?"

"김 선생님은 그만침 수재시라구요."

스스끼는 김 강사의 질문에 고만 겸연쩍어 얼굴이 붉어지며 웃는 얼굴을 지었다. T교수는 또 어떻게 해서 그런 사실을 알았으며, 알았기로 무엇 때문에 그런 말을 학생들에게 펴놓는 것일까? 필연코 그것은 무슨 계교를 쓰는 것에 틀림없다고 생각되었다. 이것은 정녕코 김 강사를 먹으려는 것이다. 그렇게 생각하고 보니 김만필에게는 오늘 자기를 찾아와 독일 문학으로부터 히틀러와 파시즘과 현 사회정세의 공격까지를 탁 터놓고 이야기하던 스스끼의 본심까지도 의심되기 시작하였다. 의심을 시작하고 보면 다음다음 끝이 없었다. 대체 개학식 다음 날 왜 T교수는 유난스럽게도 스스끼의 험담을 자기에게 들려주었을까? H과장 집에서 만나던 밤에 왜 T교수는 자기에게 한턱을 써 가며 친절을 보여 주면서 슬그머니 자기의 비밀을 아는 것을 암시하였을까? 그리고 이 스스끼란 학생이 사실은 T교수와 한통이어서 오늘 김만필의 본심을 한번 떠보러 온 것이나 아닐까?……
이렇게 생각하고 보니 김만필은 공연히 모든 것이 무서워지며 앞에 앉아 있는 스스끼의 얼굴이 새삼스레 치어다보이는 것이었다. 그러나 스스끼는 김만필의 표정이 별안간 심각해지는 것을 보고 도리어 의외라는 듯이 김만필의 얼굴을 치어다보고 있었다. 김만필은 '이놈이 이렇게 순진한 체하고 있어도 실상은 T교수의 스파이이기가 쉽다.' 하고 생각하니 스스끼의 그 놀란 듯한 표정이 도리어 가증스럽고도 무서웠다.

스스끼는 흥이 깨진 듯이 한참 앉았다가 모자를 들고 일어선다. 그의 얼굴에는 무엇을 생각하는지 미처 결단을 못 해 곤각[17](困却)하는 표정이 떴다. 일어선 채 잠깐 머뭇거리더니 그는 결심한 듯이 소리를 낮추어,

"사실은 선생님께 청이 있어 왔는데요."

하고 김만필의 얼굴을 잠깐 쳐다보고,

"우리 반 안에 조금 생각있는 동무 몇이 모여 독일 문학 연구의 그룹을 만들었는데 선생님 좀 참가해 주시지 못할까요?"

스스끼의 목소리는 몹시 진실하였다. 그러나 불안과 회의(懷疑)에 쪼들

중요 어구

17) 곤각 : 곤란하거나 고생스럽게 삶.
18) 김만필의 우울은~심했다 : 이상과 신념을 지닌 지식인과, 타락한 현실 사이의 갈등 속에서의 점점 정신적으로 몰락하고 있다.
19) 낭하 : 廊下. 복도
20) 대가리를 휘젓고 있고 : 실세를 가지고 있음을 뜻한다.

린 김만필에게는 모든 것이 자기를 해하려는 흉계로만 들렸다.

"바빠서 난 참가 못 하겠소."

그는 단번에 스스끼의 청을 딱 거절했다.

"선생님 틈 계신 대로라도……."

스스끼는 다시 열심으로 청했다.

"몹시 바쁘니까 도저히 못 가겠소."

김 강사는 여전히 딱 잡아떼었다.

"정 그러시면 하는 수 없지요. 안녕히 계십시오."

스스끼는 몹시 실망한 낯으로 모자를 빙글빙글 돌리며 대문을 나갔다.

5

스스끼가 찾아왔다 간 후 김만필의 우울은 한층 더 심했다.[18] 일종의 강박관념에 쪼들리는 정신병자같이 김만필은 항상 무엇엔가 마음의 위협을 느끼고 있었다. 그의 우울은 또 그의 태도를 한층 더 비겁하게 하였다. 그는 S전문학교에 가면 어째 모든 사람이 자기를 손가락질하며 공론하는 것 같아 점점 더 동료들과 말을 하기도 싫어졌다. 교장도 T교수도 H과장까지도 영영 찾아가지 않았다. 그래도 T교수는 가끔 자진해 김 강사를 찾아와 말을 붙였지만, 교장은 가을 이후 겨우 두서너 번 낭하[19]에서 마주쳐 간단히 인사를 교환하였을 뿐이었다.

그러나 그런 중에도 날이 감을 따라, 김 강사는 S전문학교 직원 사이의 공기를 차차로 짐작하게 되었다. 자세히는 모르나 지금 세력을 잡고 있는 교장과 T교수의 일파가 대가리를 휘젓고 있고[20] 그에 대항해 물리학의 S

교수와 독일어의 C강사가 대립해 있는 듯싶었다. 김만필은 그 어느 편에도 가담할 이유도 자격도 없었으나 교장과 T교수에 대한 반감 때문에 슬그머니 C강사 편으로 동정이 갔다.

S교수는 교장 반대파라 해도 비교적 든든한 지위를 갖고 있었으나 C강사는 까딱하면 이 두 파의 알력의 희생이 될 듯싶어, 과부의 설움은 과부가 아는 격으로 그에게는 동정이 가는 것이었다.

그러나 C강사의 심술궂게 된 얼굴과 김 강사의 히포콘드리는 결합될 기회가 없이 지냈다.

흐린 하늘에서 가느다란 눈발이 날리고 가게 처마마다 '세모대매출'의 붉은 깃발이 휘날리는 연말이 가까운 어느 날 아침, 김 강사는 수업하러 들어가다가 낭하에서 T교수와 마주쳤다.

"몹시 춥습니다."

"대단히 추운데요."

인사를 던지고 지나려니까 T교수는 무엇을 생각하였는지, "저, 잠깐만." 하고 돌아서서 김 강사는 멈추었다.

"저…… 이런 말씀은 허기가 좀 무엇하구먼두……."

하고 T교수는 싱글싱글 웃으면서 소리를 낮추어,

"긴상, 가을 생각하세요? 저 H과장 집에서 만나던 밤……."

무슨 의미인지를 몰라 김 강사는 잠자코 T교수를 쳐다만 보았다. 교수는 여전히 웃으며,

중요 어구

21) 김 강사는~교실로 들어갔다 : T교수의 처세술에 대해 혐오감을 드러내고 있다.
22) 더럽혀지는 것은~ 인격이 아닌가 : 혐오하던 T교수의 처세술을 따라하는 자기 자신을 합리화 하고 있다.

"내가 과자상자 들고 간 것 보았지요. 세상이란 다 그런 겝니다. 우리 교장도 그런 것을 대단 생각하는 사람이니 연말도 되구 허니 한 번 과자나 한 상자 사 가지구 찾아가 보시란 말이오."

"흐……."

김 강사는 할 말이 없어 얼굴을 비뚤어 뜨린 웃음으로 대답하고 그대로 교실로 들어갔다.[21] 그러나 그 시간에는 가르치는 데는 정신이 하나도 없고 T교수의 그 말에만 정신이 팔렸다. T교수는 대체 무슨 동기로 자기에게 그런 말을 또 들려주는 것일까? 친절인가? 조롱인가? 그러나 그것은 어쨌든 T교수의 그 말로 교장이 김 강사에 대해 몹시 불쾌하게 생각하고 있는 것은 짐작할 수 있었다.

그 날 밤에 김 강사는 명치옥에 가서 서양과자를 한 상자 샀다. 윗덮개에 교장의 이름을 쓰고 그 밑에 자기의 명함을 붙였다. 그러나 그의 마음속에서는 종시 두 가지 의사가 싸우고 있었다. 창피하다. 아무리 자리를 위해서라 해도 차마 이 짓만은 할 수 없다. 이제 이왕 노염을 산 다음에야 이까짓 과자상자를 사다 주면 무얼 하느냐. 도리어 노염을 돋울 뿐이다. 내가 이것을 사다 주면 등 뒤에서 T가 그 능글능글한 웃음을 띠고 나의 어리석음 조소할 것이다. 아니 그래도 그렇지 않아. 이것이 세상이 아닌가. 나는 나의 선물을 받고 기뻐하고 또는 나의 어리석은 심정을 조롱하는 사람을 도리어 경멸하면 그만 아닌가. 선물을 보내는 것 때문에 더럽혀지는 것은 나의 인격이 아니라 도리어 받는 자의 인격이 아닌가……[22]

그러나 김 강사는 드디어 그 과자상자를 교장의 집에까지 가지고 갈 용기는 없었다. 전차를 타고 가다 말고 중간에서 내려 한참이나 헤매다가 생각난 것이 욕심쟁이로 일가간에 돌림뱅이가 난 아주머니였다. 아주머니는 뜻 않은 선물에 무슨 영문도 모르고, 그러나 넌지시 과자상자를 받아 들었다.

6

어느덧 동기 휴가가 되고, 새해가 되고, 다시 학교가 시작되었다. 그러나 그 동안 김 강사는 아무데도, 아무도 찾아가지 않았다. 책상 위에는 먼지가 쌓이고, 외국서 온 신문, 잡지는 겉봉도 안 뜯긴 채 방 안에 흩어졌으나 그것을 정돈하기도 싫었다. 김 강사는 아침에 일어나서는 밥을 한술 떠 넣고 바람 부는 거리로 헤매는 것이 일과가 되었다. 피곤하면 거리에 갑자기 많아진 찻집을 찾아 정신나간 사람같이 앉아 있었다. 날이 갈수록 그는 점점 더 피곤을 느꼈다. 감당해 나가기에는 너무나 많은 모순을, 그는 알고 있는 것이다. 어느 편으로든가 그는 그 모순의 터져나갈 길을 구하지 않으면 안 되었으나 그것을 구할 방도와 용기가 없는 것이었다.

'L' ennui lui vint.'[23] 칠팔 년 전에 읽던 도데의 소설에서 우연히 기억한 이 짧은 구절이 무슨 깊은 의미나 가진 것처럼 매일같이 머리에 떠올랐다.

T교수는 겨울 동안에 몸이 한층 더 뚱뚱해진 것 같았다. 아무리 추워도 답답하다고 바지 밑에는 잠방이 하나밖에 안 입고 다니건만 얼굴은 기름이 번질하게 흐르고 붉은 빛이 이글이글하였다. 교무실 안은 그의 너털웃음과 떠드는 소리로 일상 떠들썩하였다. 겨울 이후로는 그의 조선의 민속(民俗)을 연구한다고 젊음 무당과 양금 가야금 뜯는 기생을 돼지 떼처럼 몰고 돌아다녔다. 학교에서는 누구를 붙들기만 하면 무당의 신장 내리는 신비에 대해 끝없는 열변을 토하였다. 그러나 T교수가 젊은 무당이나 기

중요 어구

23) L' ennui lui vint : 권태가 그에게 왔다.

생을 데리고 무엇을 연구하는지 아무도 모르는 듯이 또 그가 일상 떠들고 웃고 하는 이면에서 무엇을 생각하고 무엇을 하는지, 아는 사람은 아무도 없었다.

하루는 T교수가 또 예의 인품 좋은 웃음을 띠고 김 강사를 찾아와, 집으로 나가는 길에 잠깐만 어디로 같이 가자고 청하였다. 김 강사는 지금까지 T교수와 접촉해서 유쾌한 기억을 가진 일은 한 번도 없었으나 어쨌든 또 따라가지 않을 수 없었다. 두 사람은 언젠가 같이 갔던 세르팡이라는 찻집으로 갔다. 그러나 T교수의 이야기는 또 언제나 마찬가지로 불쾌한 것이었다.

"어제 저녁에 H과장을 만났더니 긴상을 좀 만나자고 그럽디다. 우리 교장의 성미는 내가 잘 아니까 요전에도 무슨 과자상자라도 갖다 주라니까, 아마 안 그랬지요. 허, 긴상은 실례의 말이지만 아직 세상을 모른단 말요. 무슨 말이 어떻게 들어갔는지 나는 모르지만 어째 도무지 공기가 좀 재미없는 듯 하던걸요. 아마 H과장도 이 근래는 한 번도 안 찾아갔지요. 그것도 다 긴상의 섣부른 짓이란 말씀이오. 긴상으로 말하면 H과장의 추천으로 들어왔겠다 잘만 하면 차차 시간도 더 얻을 수 있구 할 텐데 왜 헤다(실수)를 한단 말씀이오."

T교수는 충심으로 김 강사를 동정하는 눈치를 보였다. 어찌 생각하면 그 말도 그럴 듯한 말이나 김만필에게는 어째 T의 하는 말이 뺨치고 등 만지는 수작같이 생각되었다.

"네, 잘 알았습니다. H과장은 곧 찾아가지요."

그는 침이나 뱉듯이 대답하였다. 그러나 그는 그 날 밤으로 곧 H과장을 찾아갔다. 불안해 견딜 수 없었던 것이다.

H과장 집 현관에는 마침 손이 있는지 구두 한 켤레가 놓여 있었다. 그러

나 응접실에는 H과장 혼자서 앉아 있었다. 하녀가 와서 테이블 위의 찻종을 치우고 있는 것이, 누가 왔다가 금방 간 모양이다. H과장은 웬일인지 노기가 등등해 앉아 있었다. 일상의 그 온후하던 안색은 간 곳 없고 독살스런 눈으로 김만필을 노려보았다.

"무얼 하러 왔나?"

그는 김만필이 방을 들어서자마자 대고 쏘았다. 김만필은 너무나 의외여서 어쩔 줄을 모르다가 겨우 대답하였다.

"T말이 과장께서 좀 만나자고 하신다기에……."

"만나자고 해야만 만나겠나. 자네한테 긴할 때는 자꾸 찾아오고 자네한테 일없이 되니까 발을 뚝 끊는 그런 실례의 경우가 어디 있나! 그러기에 조선 사람은 배은망덕을 한다고들 하는 게야."

"잘못되었습니다."

김만필은 앉지도 못하고 과장 앞에 고개를 숙이고 서 있다. 하녀가 차를 가져왔다. H과장은 노한 소리를 한층 높여,

"자네는 또 그런 경우가 어디 있나. 나는 자네만 믿었지 남을 그렇게 감쪽같이 속여 남의 얼굴에 똥칠을 해 주는 그런 법이 어디 있나?"

"제가 과장님을 속이다니요?"

"속이다니요? 자네는 나한테 와서 취직 청을 할 때 무어라고 그랬어. 사상 방면에는 절대로 관계 없다고 그랬지. 그래 그렇게 남을 감쪽같이 속이는 데가 어디 있나?"

올 것이 온 것이다, 라고 김만필은 생각하였다. 그러나 이렇게 되고 보면 어디까지 한 번 버티어 보는 수밖에 없었다.

"무슨 말씀인지 저는 잘 모르겠습니다. 저는 사상이니 무어니 그런 것은 아무것도 모르고, 더군다나 과장님을 속이다니요. 그건 천만의 말씀입니

다."

"무엇! 그래도 자네는 나를 속이려나?"

H과장은 소리를 버럭 지르며 찻종을 덜그럭하고 놓고 의자를 뒤로 떼밀며 몸을 벌떡 젖혔다. 그 때 이웃 방으로 통하는 문이 열리며, 언제나 일반으로 봄물결이 늠실늠실하듯 온 얼굴에 벙글벙글 미소를 띤 T교수가 응접실로 들어왔다.[24]

중요 어구

24) 일반으로 봄물결이~응접실로 들어왔다 : 김만필의 과거 문제를 H과장에게 발설한 사람이 T교수다.

작품 이해 및 논술 다지기

 **핵심 정리**

- 갈래 : 단편소설, 지식인 소설
- 시점 : 전지적 작가 시점
- 배경 : 시간적—일제 시대
  　　　　공간적—일본 교사가 중심인 S전문학교
- 구성 : 순행적 단순 구성
- 문체 : 서사적 만연체
- 주제 : 식민지 조선의 지식인이 겪는 이상과 현실 사이의 갈등

 **등장 인물의 성격**

- 김만필 : 주인공. 나약한 지식인의 전형. S전문학교 시간 강사. 타락한

현실에 자신을 적응시키기 위해 타협하는 소시민적 지식인. 끝내 비극을 맞음.
- T교수 : 김만필의 선임자. 일본인 교수로 교무 일을 맡고 있음. 약삭빠르고 교활하고 비굴한 성격으로 반동적 인물.
- H과장 : S전문학교 재단 사무 과장격으로 막후 실력자.
- 교장 : 강자에게는 약하고 약자에게는 매우 거만한 인물. 일본인
- 스스끼 : 학생

 **이해와 감상**

1935년 《신동아》에 발표된 이 소설은 지식인의 구직난을 다루고 있을 뿐 아니라, 지식인이 가진 이상과 현실 사이의 갈등이라는 보다 본질적인 문제를 제기하고 있다. 그 위에 식민지 조선의 지식인과 일본 지식인 사이의 대비도 선명하게 보여 주고 있다.

주인공 김만필은 동경 유학중, 사상 서클 문화비판회에서 활동했던 지식인이다. 그러나 귀국 후 1년 반 동안 실업자 노릇을 하면서, 현실의 힘에 점차 몸을 굽히게 된 인물이기도 하다. 때문에 S전문학교에 취직이 된 후 사상 운동의 전력이 발각될까 전전긍긍하고, 처세술을 익히려고 애써 보기도 한다. 하지만 그가 아무리 노력해도 현실과 완전히 타협할 수는 없다. 사회에 대해 지니고 있는 이상이 남아 있기 때문에 현실에 굴복하는 자신을 비굴하다고 느껴 결국 그는 자기 세계로 소심하게 움츠러들어 버린다.

일본인 T강사는 그런 김만필과 대조를 이룬다. 처세술에 능란한 그는, 김만필 앞에서는 위안과 충고를 아끼지 않으면서도 돌아서서는 그를 해하고 모함하는 이중성을 지니고 있다. 나약한 지식인 김만필은 이런 인물이 대표하는 타락한 현실에 의해 점점 파멸해 간다. 이 점은 스스끼라는 학생이 찾아와 김

만필에게 진보적 서클을 지도해 달라고 부탁하는 것을 김이 거절하는 데서 잘 드러난다. 김만필은 그것이 자신을 시험하는 T의 공작이 아닐까 두려워하고, 직업을 잃게 될지도 모른다는 두려움 때문에 스스끼의 부탁을 거절하는 자신에 대해 자괴감조차 느끼지 못한다. 현실의 힘은 그렇게 크고 위력적인 것이다. 그 속에서 김만필은 과거의 이상을 점차 포기하게 된다. 그러나 현실과 타협하려는 그의 노력에도 불구하고 결국 현실은 그를 밀어내고 만다.

 생각 나누기

1. 이 작품이 다루는 가장 본질적인 문제는 무엇인지 써 보자.
2. T교수가 대표하는 인물형은 어떤 것인지 써 보자.
3. 김만필의 정신적 갈등이 어떤 것인지 써 보자.

 모범 답안

1. 이 작품은 사상운동의 전력을 가진 주인공 김만필이 오랜 실업자 생활후 취직이 되면서부터 점점 파멸해 가는 과정을 그린 소설로, 타락한 현실 사이에서 갈등하는 이상과 신념을 지닌 지식인의 정신적 몰락 과정을 다루고 있다.
2. 철저한 이중성으로 특징지워지는 제국주의적 지식인.
3. 김만필은 지식인이지만 시대상황 때문에 실업자 신세를 벗어나지 못하는 처지였다. 지식인도 현실을 살아가는 사람으로서 실업에 따른 고난을 겪을 수밖에 없었으며 이런 문제는 점차 현실에 몸을 굽히게 만든다. 실업자 노릇을 청산하기 위해 어떤 경로든 취직을 해야 했고, 어렵게 구한

강사자리를 유지하기 위해 현실과 타협하며 지식인으로서의 이상을 포기해야 하는 과정에서 김만필은 절망하고 고뇌에 빠지게 된다.

 **연관 작품 더 읽기**

- 《레디메이드 인생》(채만식) : 허울좋은 일본의 문화 정책·우민화 정책으로 인한 지식인의 과잉 공급으로, 대학을 나와도 취직이 안 되는, 준비 인생이라는 지식인의 고뇌를 그린 소설.

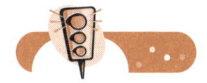 **좀더 알아보기**

- 전형성 : 특정한 역사적 단계에 처해 있는 어떤 특정 사회의 성격과 내부적 모순을 가장 잘 드러내 보여 주는 대표적인 성질들, 혹은 그런 성질을 가지고 있는 요소들이 소설 속에 잘 반영된 경우를 지칭하는 용어. 말하자면 여러 현상들 속에 있는 본질적인 것을 발견해 내고 끄집어 내어 예술적으로 설득력 있게 표현해 내는 방식.

논술 다지기

❖ 다음 제시문에는 '조롱'과 '쑥덕공론'이라는 현상에 대한 설명이 나

타나 있다. 제시문의 내용을 참조하여 위 작품의 등장 인물들의 행동에 대해 비판적으로 분석하되, 이와 유사한 현대인들의 문제점이 드러나도록 논술하라.

> 조롱과 쑥덕공론은 모든 종류의 1차 집단에서는 사회 통제의 강력한 도구이다. 많은 사회는 조롱을 어린이에 대한 주요 통제 수단의 하나로 이용하고 있다. 어린이가 순종하는 것은 벌 받는 것이 무서워서가 아니라 비웃음을 당하지 않기 위해서이다. 대부분의 사람들은 자신이 조롱거리가 되는 경우 몸이 오싹하는 두려움을 경험한다. 또한 쑥덕공론은 사람들이 사회적으로 노출되어 있고 이웃에 의해 감시당할 가능성이 많은 작은 공동체에서 특히 효과적이다. 그러한 공동체에서는 쑥덕공론이 의사소통을 위한 주요 통로의 하나이며 사회 조직을 유지시켜 나가는 데 있어서 필수적인 것이다. 조롱과 쑥덕공론 역시 그것의 전달 통로에 접근할 수 있는 영리한 사람이라면 누구나 의도적으로 이용할 수 있다.

 모범 답안

한 집단에서 특정 구성원에 대한 여론이 만들어지는 과정은 의외로 단순하다. '왕따' 나 '이지매' 라는 용어가 자연스럽게 사용되고 있는 현실을 보면 이를 짐작할 수 있다. 비웃음을 사기 쉬운 성격을 지녔다거나 특이한 사고방식을 갖고 있다고 한 번 낙인이 찍힌 개인은 쉽게 다른 사람과 어울리기 힘들다. 특히 서로와 함께 하는 시간이 긴 집단, 가령 학교나 소규모 동네 같은 집단에서는 한 번 만들어진 평판이 쉽게 바뀌지 않음은 물론 그것이 다른 구성원들에게 강력한 선입견으로 작용하게 된다. 집단 내에서 쑥덕공론의 대상이 되지 않게 행동하는 것이 사회 생활의 요령이라는 말까지 생겨날 정도이다.

이처럼 조롱과 쑥덕공론에 노출되기 쉬운 사회에서 개인들의 자유와 독립성이 위축되는 것은 당연하다. 이러한 기제가 사회 통제의 수단으로 활용되는 것도 사실이지만 부정적인 영향을 미치기도 한다. 최근에는 특출난 아이디어를 냈다가 동료들의 시기를 받게 되는 것이 두려워 자신의 재능을 감추는 회사원들이 많다는 보도가 있었다. 잘못된 행동 때문에 조롱의 대상이 되는 경우도 있지만 어리석은 대중에 의해 인재의 재능이 묻혀지는 경우도 있는 것이다.

어느 사회에서나 조롱과 쑥덕공론이 존재하는 것은 어쩔 수 없지만, 이러한 쑥덕공론을 조장하여 자신의 위치를 확보하려 드는 개인들은 문제적이라고 본다. 〈김 강사와 T교수〉의 'T교수'와 같은 인물이 그러하다. 그는 일본인 중심의 보수적인 학교 단체 내에 '김 강사'의 사회 운동 전적을 소문냄으로써 결과적으로 '김 강사'를 궁지에 몬다. 이렇게 여론을 조종하여 타인을 매장하고 자신의 입지를 확보하는 수법은 직접적인 비난이나 조롱보다 더욱 비굴하게 느껴진다. 정정당당한 토론으로 맞서는 것이 아니라 타인의 약점을 들춰내 집단의 동조를 얻어내는 방식이기 때문이다.

'김 강사' 역시 이러한 조롱과 쑥덕공론에서 초연하지 못하고 자신이 옳다고 여겼던 행동조차 오히려 감추고 싶어한다는 점에서 나약한 성격을 드러낼 뿐이다. 타인의 시선에서 자유롭지 못하다면 자신의 신념을 정당하게 밝히면서 살아가는 삶을 추구하기는 힘들 것이다. '김강사'나 'T교수'처럼 조롱과 쑥덕공론에서 자유롭지 못한 개인들이 많은 사회에서는 결국 어리석은 대중들의 힘이 커질 뿐이라는 생각이 든다.

지식 없는 성실함은 연약하고 쓸모없으며, 성실함 없는 지식은 위험하고 두려운 법이다.

-존슨(Johnson, Samuel)-